Helen und Morna Mulgray

Keine Verdachtsmomente

*Lady Detective Smith und Gorgonzola
in Schottland*

Aus dem Englischen von
Anke und Eberhard Kreutzer

BLOOMSBURY BERLIN
BLOOMSBURY PUBLISHING • LONDON • NEW YORK • BERLIN

2. Auflage 2009
Die Originalausgabe erschien 2007 unter dem Titel
No Suspicions Circumstances bei Allison & Busby Limited, London
© 2007 Helen und Morna Mulgray
Für die deutsche Ausgabe
© 2009 Berlin Verlag GmbH, Berlin
BLOOMSBURY BERLIN
Alle Rechte vorbehalten
Umschlaggestaltung:
Rothfos & Gabler, Hamburg
Gesetzt aus der Stempel Garamond
durch hanseatenSatz-bremen, Bremen
Druck und Bindung: CPI – Clausen & Bosse, Leck
Printed in Germany 2009
ISBN 978-3-8270-0794-0
www.berlinverlage.de

*Für Alanna
in Dankbarkeit und Freundschaft*

1

Für meine engsten Freunde bin ich DJ Smith, Drogen-fahnderin bei Ihrer Majestät Zoll- und Finanzamt. Meine Feinde kennen mich hoffentlich nicht. In meinem Beruf tut man gut daran, so wenig wie möglich in Erscheinung zu treten. Sich in Schweigen zu hüllen. Im Geheimen zu wirken. Undercover. Das bin ich. Denn die Feinde, die ich mir mache, sähen mich lieber tot. Dessen bin ich mir immer bewusst.

Deshalb hätte ich besser auf den Pagen achten sollen, der einen mit Koffern schwer beladenen Gepäckwagen in meine Richtung lenkte. Ich wollte gerade mit dem Lift von einer der Penthouse-Suiten nach unten fahren, als mich ein unerwarteter, heftiger Schlag auf den Rücken gegen die stählerne Schachttür schleuderte ... Die sich eigentlich nicht hätte öffnen dürfen. Ich stürzte kopfüber nach unten ...

Allerdings war demjenigen, der es auf mein Leben abgesehen hatte, wohl entgangen, wo sich zu diesem Zeitpunkt der Fahrstuhl befand, nämlich ein Geschoss weiter unten. Also stürzte ich nicht, wie beabsichtigt, zwölf Stockwerke tief, sondern gerade mal zwei Meter, und meine Verletzungen beschränkten sich auf ein paar Schnittwunden, Prellungen und einen gehörigen Schock. Ich kam noch mal mit dem Leben davon – aber als Freizeitberaterin war ich erledigt.

Meine Dienststelle trug die Tatsache, dass ich die sorgsam vorbereitete Operation gründlich vermasselt hatte, mit Fassung und versetzte mich dankenswerterweise nicht nach Sibirien, sondern nach Schottland.

»Nur ein bisschen rumschnüffeln, Deborah, reine Routine.
Betrachten Sie es als Urlaub für sich und Ihre Katze. Nach
dieser kleinen Unannehmlichkeit neulich wird Ihnen das guttun.«

Kleine Unannehmlichkeit! Um ein Haar wäre ich draufge-
gangen! Andererseits konnte man einen zwei Meter statt zwölf
Stockwerke tiefen Sturz vielleicht tatsächlich als »kleine Unannehmlichkeit« bezeichnen ...

Er hielt mir eine Akte unter die Nase. »Wir haben einen
Hinweis auf einen Landgasthof nicht weit von Edinburgh be-
kommen. Was wir bis jetzt wissen, steht alles hier drin. Das
Drogendezernat Ostschottland meldet, dass im Laufe des
letzten Jahres der Heroinhandel stark zugenommen hat. Die
Kollegen gehen davon aus, dass der Stoff irgendwo über den
Küstenstreifen zwischen Edinburgh und dem englisch-schot-
tischen Grenzgebiet reinkommt.«

Ich schlug die Akte auf. In der ersten Plastikhülle steckte
das Foto eines großen Greystone-Hauses im schottischen
Baronial-Stil.

»Das White Heather Hotel, da wohnen Sie während Ihres
Aufenthalts dort oben.« Er summte ein paar Takte aus »The
Bonnie Banks of Loch Lomond«. »Eigentümer Murdo und
Morag Mackenzie. Nicht vorbestraft.«

Ich sah mir ein Foto von ihnen an. Ein harmlos wirkendes
Paar, aber das besagte nicht viel. Murdoch Mackenzies wuch-
tiges Gesicht blickte mir skeptisch entgegen. Die tiefe Furche
zwischen seinen Augen zeigte, dass er zu den Zeitgenossen gehörte, die sich ständig Sorgen machen. Eine Sorge schien seinem vorzeitigen Haarverlust zu gelten, da er sich in dem ver-
geblichen Versuch, seine fortschreitende Glatze zu verbergen,
dunkle Strähnen quer über den Schädel gekämmt hatte. Morag
war gut vier Jahre älter. Sie hatte ihr schwarzes, grau meliertes
Haar zu einem altmodischen Nackenknoten straff zurückfri-

siert. Ihr hartes Gesicht und die dünnen Lippen ließen darauf schließen, dass sie die Strengere der beiden war.

Jim wedelte eine Fliege weg, die gerade zum Landeanflug auf seinen Aktenstapel ansetzte. »Gegen die Frau liegt nichts vor, doch ihr Mann ist eine ziemlich zwielichtige Erscheinung. Die Kollegen da oben interessieren sich schon seit ein paar Jahren für ihn. Konnten ihm allerdings bisher nichts nachweisen.« Er betrachtete sinnend die Fliege, die keine Furcht zu kennen schien und gerade einen Stapel vertrauliche Unterlagen inspizierte. »Unser Informant hält es für möglich, dass er mit dem Heroinhandel zu tun hat. Sollte für Sie kein großer Zeitaufwand sein, den Laden da unter die Lupe zu nehmen. Der Einsatz läuft unter dem Namen ›Operation Schottische Nebelsuppe‹.« Er zog eine Dose Insektenspray aus einer Schublade. *Pssssh.* Die Fliege kippte auf den Rücken und winkte noch einmal zum Abschied mit einem Bein, bevor sie für immer schwieg. »Ich glaube allerdings kaum, dass was dabei rauskommt.« Ich bekam eine weitere Kostprobe aus »The Bonnie Banks of Loch Lomond«. »Wie gesagt, betrachten Sie's einfach als Urlaub für sich und Ihre Katze.«

Es war Mitte Juni, doch sobald ich die Grenze von England hinter mich gebracht hatte, erschwerte der berüchtigte Nebel der schottischen Ostküste die Fahrt. Kalt und düster hing er tief über den Feldern und Hügeln, so dass die Sommerfarben der Landschaft verblichen, die berühmte Schönheit der Gegend zu einem grauen Einerlei verschwamm und die diffusen Konturen ebenso schnell vor uns auftauchten, wie sie sich hinter uns im Nichts verloren. Ich starrte angestrengt durch die Windschutzscheibe. Hätte ich statt der landschaftlich reizvollen Route die vierspurige Autobahn genommen, wäre ich bereits seit einer Stunde im White Heather Hotel. Ich würde just in diesem Moment die Füße hochlegen und einen Kaffee oder

auch einen schottischen Malt-Whisky genießen. Ich ließ mir
schon mal die Namen auf der Zunge zergehen: Glenmorangie,
Laphroaig, Cragganmore, Dalwhinnie, Macallan, Royal Loch-
nagar, Talisker ...

Die Nebelsuppe wurde immer dicker. Die Scheiben beschlu-
gen von innen. Ich griff nach dem Tuch, das auf dem Rücksitz
lag. Im Spiegel begegnete mein Blick den kupferfarbenen Augen
von Officer Gorgonzola. Sie grinste wie eine Cheshire Katze
und entblößte dabei jeden ihrer perfekten, scharfen Zähne.

Nur falls Sie sich wundern, unsere begnadete Drogen-
schnüfflerin Officer Gorgonzola ist eine Katze, eine große rote
Perserkatze mit einer struppigen, anrüchigen Erscheinung. Sie
besitzt die typische Sanftmut und die Augenfarbe ihrer Rasse,
aber nicht das lange, prächtige Fell. Irgendein streunender
Don Juan hat wohl ihre Mutter verführt, daher das motten-
zerfressene Fell. Zuweilen kneift sie ohne einen ersichtlichen
Grund die Augen zu Schlitzen zusammen, fährt die Krallen
ein und aus und faucht leise vor sich hin, als verweile sie gerade bei den qualvollen Umständen ihrer Geburt, nach der sie
beinahe ertrunken ist.

Es konnte bis zum White Heather Hotel nicht mehr weit
sein, doch die Sicht beschränkte sich auf höchstens zweihundert Meter. Ich drehte die Scheibe herunter und steckte den
Kopf aus dem Fenster. Rechts tauchte eine niedrige Bruchstein-
mauer auf, dahinter hörte ich das schwache Schlagen der Wellen an die Küste. Ein Stück weiter vorne schimmerte ein riesiger Baum, eine Aurakarie, durch den Nebel und breitete
ein dunkles Gewirr von Armen aus. Als ich das Ungetüm erreichte, wirbelte ein Windstoß den Nebel auf, so dass über der
Straße ein weißes Schild an einem Ast zum Vorschein kam.
Darauf stand in verschnörkelten Lettern:

Gasthof Hotel White Heather

Ich war am Ziel. Ich bremste scharf, so dass Gorgonzola mit einem plötzlichen Satz auf dem Boden landete.

»Selbst schuld«, brummte ich ohne Mitgefühl. »Du hättest dich eben mit deinem Geschirr anschnallen lassen sollen, statt auf dem Rücksitz herumzutänzeln.«

Sie ignorierte die unfreundliche Bemerkung, sprang auf den Sitz zurück und ringelte sich ein. Mit einem Auge sah sie mir missmutig hinterher, als ich aus dem Wagen stieg.

Gasthof Hotel White Heather
Ferienhäuser
Jacuzzi, Solarium, Sauna
Haustiere nicht erwünscht
Eigentümer Mr & Mrs Mackenzie

Darunter hing ein kleineres Schild:

Zimmer & Ferienhäuser frei

Das Haustierverbot stellte kein sonderliches Problem dar. »Nichts, was wir mit unserer gut einstudierten Nummer nicht hinbekämen, was, Gorgonzola?«

Gorgonzola war nicht gerade ein nachtragendes Geschöpf; sie sprang anmutig aus dem Wagen und strich mir, wie um diesen Charakterzug zu unterstreichen, zärtlich um die Beine.

Das Hotel lag abseits jeglicher Zivilisation; eine Autopanne war sicher die perfekte Ausrede dafür, nicht im Voraus gebucht zu haben. Ich schaltete den Motor aus, klappte die Haube hoch und sägte mit der Schere, die ich in meiner Notfalltasche bei mir trug, energisch am Keilriemen. Nach ein, zwei Minuten betrachtete ich zufrieden den gezackten Schnitt. Dann zog ich den Riemen von der Scheibe und warf ihn ins Gebüsch.

Nun zum Gepäck. Ich öffnete den Kofferraum und zog eine große blaue Reisetasche mit der Aufschrift MEINS sowie ein ebenso großes und vor allem schweres rotes Gegenstück mit der Aufschrift DEINS heraus, das ein flauschiges Handtuch, ein weiches Schaffell (Gorgonzolas Bett, sie verzichtete nur ungern auf ihren Komfort) sowie fünfzehn große Dosen mit einer teuren und von Gorgonzola bevorzugten Marke Katzenfutter enthielt. Ich schloss den Wagen ab, schnappte mir das Gepäck und machte mich auf den Weg. Gorgonzola stolzierte mit hochgerecktem, struppigem Schwanz voraus.

Trotz der schlechten Sicht konnte ich erkennen, dass das Hotel auf einem weitläufigen, gepflegten Anwesen lag – Rasenflächen, so glatt wie ein Billardtisch, grenzten mit ihrem silbrig-feuchten Glanz an zwei riesige (natürlich weiße) Heidebeete. Ein halbes Dutzend Autos parkte auf einem kiesbedeckten Vorplatz, von dem aus eine breite Treppe zum Eingang hinaufführte. Hier wurde der strenge graue Stein von den elegant geformten Blättern des wilden Weins gemildert, der an der Hausfront wuchs.

Von Gorgonzola war weit und breit keine Spur. Sie wusste immer, wann sie sich rar machen sollte.

Ich lief mit knirschenden Schritten über den Kies und die Treppe hinauf. Die geräumige Eingangshalle zierte eine stilvolle weiße Jardiniere mit einer schönen Topfpflanze. Daneben stand auf einem kleinen Nussbaumtisch mit Spindelbeinen ein geschmackvoll gestaltetes Pappschild, auf dem das Hotel in einer eleganten Schrift in glühenden Farben beschrieben wurde. Einer auf Hochglanz polierten Messingplakette war eine lakonischere Botschaft zu entnehmen:

**Zum Bedauern der Hotelleitung können
keine Haustiere bewirtet werden.**

Bewirten? Eine festlich gedeckte Tafel, an der Katzen und Hunde sitzen? Nicht lachen, mahnte ich mich, das könnte auf dem Überwachungsmonitor erscheinen.

Ich ließ meinen Blick über eine teppichbelegte Treppe und eine imposante Standuhr mit vergilbtem Zifferblatt schweifen und stellte mein Gepäck vor der blitzblank polierten Rezeption ab. Vor mir lag ein aufgeschlagenes Meldebuch, und daneben befand sich eine Handglocke aus Porzellan mit dem Hinweis: *Bitte Läuten.* Also klingelte ich. Nichts. Ich nutzte die Gelegenheit, drehte das Buch herum und überflog die Einträge.

»Kann ich Ihnen helfen … Madam?« Die klirrend kalte Stimme legte vor »Madam« eine deutliche Pause ein.

Ich wirbelte schuldbewusst herum, als hätte mich jemand dabei ertappt, unberechtigterweise die Diagnose eines Arztes zu lesen. Ich sah mich einer großen, kantigen Frau mit grau meliertem schwarzem Haar gegenüber. Mrs Morag Mackenzie.

»Sie haben noch ein Zimmer frei?«, fragte ich.

Sie neigte majestätisch den Kopf. »Hotel oder Ferienhaus?«

»Oh, Hotel!«, sagte ich. »Ich mag ein bisschen Luxus!«

Ihr Blick fiel auf die beiden Gepäckstücke. »Einzel- oder Doppelzimmer, Madam?«

»Doppel«, erwiderte ich höflich. »Ich bin zwar alleine unterwegs, hab aber gerne etwas mehr Platz.«

Sie musterte mich eingehend, als ginge es darum, meine Moral zu durchleuchten. »Wenn Sie sich bitte hier eintragen?« Sie schob mir das Meldebuch hin und nahm einen Schlüssel von dem hinter ihr befindlichen Brett.

Ich unterschrieb mit einem schwungvollen Schnörkel. Das heißt, schon mit meinem echten Namen. Ein Alias, habe ich festgestellt, bringt nur unnötige Komplikationen mit sich.

»Ms Deborah Smith. Smith …« Sie schürzte die dünnen Lippen, als handle es sich bei dem Namen um etwas Ekliges, das sie im Salat entdeckt hatte. Wieder richtete sich ihr Blick wie eine ferngesteuerte Rakete auf das Gepäckstück mit der Aufschrift DEINS.

»Ja, schlicht und ergreifend Smith, nicht einmal mit Y oder mit einem E am Ende, fürchte ich, Mrs … ähm …« Ich schenkte ihr ein entwaffnendes Lächeln.

»Mackenzie.« Die Gorgone erwiderte mein Lächeln nicht. »Ich zeige Ihnen Ihr Zimmer. Es ist die Nummer vier im ersten Stock.«

Ich hob die Taschen auf. Um auch die letzten Zweifel zu zerstreuen, dass meine Ankunft rein zufällig war, fragte ich: »Gibt es ein Telefon auf dem Zimmer? Mein Wagen hat kurz vor Ihrer Einfahrt den Geist aufgegeben, und ich muss eine Werkstatt anrufen.«

»Zimmertelefon, Madam? *Selbstverständlich.* Hier entlang.« Sie ging steifbeinig voraus und führte mich die Treppe mit dem üppig verzierten Geländer hinauf.

Das Wetter war sicher ein unverfängliches Thema. »Haben Sie hier oft so dichten Nebel?«

»*Haar*«, erwiderte Mrs Mackenzie, »so nennen wir hier oben diese kalte Nebelsuppe von der See.«

Der Akzent stammte aus dem Westen, schätzungsweise Devon oder Cornwall. Von einer solchen Verbindung hatte Orr in seiner Kurzeinführung über das Hotel und seine Bewohner nichts erwähnt. Vielleicht würde es sich als lohnend erweisen, dem nachzugehen.

»*Haar*?«, wiederholte ich in der Hoffnung, ihr mehr zu entlocken.

Sie blieb an einem grandiosen viktorianischen Buntglasfenster auf dem Treppenabsatz stehen. Ihre dünnen Lippen verzogen sich zu einem herablassenden Lächeln. »*Haar*«, sagte sie langsam und betont, als hätte sie es mit einem begriffsstutzigen Menschen zu tun, »ist das hiesige Wort für den Meeresdunst, der nach einer Heißwetterperiode mehrere Tage lang liegen bleibt.«

»Wie interessant«, erwiderte ich wahrheitsgemäß.

Zimmer vier lag an der Rückseite des Hauses, direkt oberhalb eines kleinen Baums, dessen Äste über das schräge Dach eines an die Längsseite des Hotels angebauten Gewächshauses hingen. Ich würde Gorgonzola also nicht unter meiner Jacke einschmuggeln müssen, wie sonst, wenn die Örtlichkeit ihre Kletterkünste überstieg.

Kaum war ich allein, schob ich so geräuschvoll wie möglich die untere Hälfte des Fensters hoch. Nach normalen Maßstäben konnte man dieses schreckliche Wetter wohl als Winter bezeichnen, und so war ich mir ziemlich sicher, dass ich nicht lange würde warten müssen.

Gorgonzola hasste es zu frieren oder nass zu werden – angesichts ihrer Nahtod-Erfahrung als Neugeborenes kein Wunder. Bei einer unstandesgemäßen Verbindung kennen Stammbaumzüchter kein Pardon. Ich entdeckte sie damals an einem späten Herbstnachmittag, ein nasses, zitterndes Bündel, das sich verzweifelt an einen alten, am Ufer verkeilten Holzklotz klammerte. Neben ihr schwammen die Kadaver ihrer ertränkten Brüder und Schwestern. Ich hatte sie aufgelesen und in meiner Wollmütze nach Hause mitgenommen. Was blieb mir anderes übrig? Schließlich konnte ich sie nicht ihrem Schicksal überlassen.

Also trocknete ich sie ab, baute aus einer Wärmflasche und einem alten Pullover eine Intensivstation und machte mich daran, sie alle zwei Stunden mit einer Pipette zu füttern. Viel Leben war nicht mehr in ihr. Sie war so schwach, dass ich ihr die Spitze ins Maul schieben und ihr dabei über die Kehle streichen musste, damit sie die warm heruntertröpfelnde Flüssigkeit schluckte. Die ganze Nacht hieß es: rein ins Bett, raus zum Füttern. Und schlaftrunken stellte ich immer wieder überrascht fest, dass das rotbraune Bündel noch lebte.

Am nächsten Morgen leckte mir eine rosafarbene Zunge den Finger. »Willkommen in der Welt, Miezekätzchen«, sagte ich. »Du kannst hierbleiben, bis ich für dich ein gutes Zuhause gefunden habe.«

Ich gab ihr keinen Namen, sondern nannte sie nur »Miezekätzchen«. Es kam überhaupt nicht in Frage, mir eine Katze zu halten, und so war es besser, mich an das winzige Geschöpf gar nicht erst zu gewöhnen. Zu der Zeit bildete ich für das Finanz- und Zollamt Hunde aus; ich nahm jeweils ein paar mit nach Hause und testete sie, indem ich einen Gegenstand im Haus versteckte. Auf diese Weise fand ich heraus, welcher von ihnen Talent zum Spürhund hatte.

Anfangs sorgte ich dafür, dass Miezekätzchen den Hunden nicht in die Quere kam, doch bald machte sie deutlich, dass sie selbst auf sich achtgeben konnte. Jeder Hund, der ihre Grenzen überschritt, wurde mit scharfen Krallen zurechtgewiesen. Die Welpen kamen und gingen, doch Miezekätzchen blieb. Sie spielte mit den Hunden, fraß mit den Hunden, schlief mit den Hunden. Wahrscheinlich hielt sie sich selbst für einen Hund. Ich kürzte ihren Namen zu »Mieze« ab und gab mir nicht allzu große Mühe, ein gutes Zuhause für sie zu finden.

Trainingsstunden sehen vielleicht wie ein Spiel aus, dabei sind sie eine ernste Angelegenheit. Die Hunde dürfen nicht abgelenkt werden, daher schloss ich Mieze, wenn ich sie fangen konnte, in ihren Korb ein, auch wenn das Ritual meist in Fangenspielen ausartete. Sie versteckte sich, ich suchte. Manchmal schloss ich sie in den Garten aus, und sie schaute uns, das rötlich braune Gesicht untröstlich an die Scheibe gedrückt, von draußen zu.

Miezes Karriere beim Zollamt begann an dem Tag, als ich

| 16

für meine Hundeprüfung einen reifen Käse nahm. Um ihnen die Aufgabe zu erschweren, spritzte ich auf sämtliche Holzflächen im Wohnzimmer, insbesondere auf die Bücherregale, reichlich nach Lavendel duftende Möbelpolitur. In die fünfzehn Zentimeter hohe Lücke zwischen dem Teppich und dem Sockel des Regals platzierte ich meinen stinkenden Käsehappen, den ich noch dazu so weit wie möglich nach hinten schob. Nur ein Hund mit einer außergewöhnlich guten Nase würde diesen anspruchsvollen Test bestehen.

Bevor ich die Tiere hereinließ, suchte ich nach Mieze. Sie lag, das Gesicht im Schwanz vergraben, in ihrer Bitte-nicht-stören-Haltung eingerollt auf meinem Bett. Ich streichelte sie nur kurz und ließ sie, wo sie war. Es schien nicht nötig, sie in ihren Korb zu stecken. Ich holte die Welpen Jenny und Roger aus ihren Zwingern, leinte sie an und führte sie ins Haus. Jenny band ich am Treppengeländer fest, dann kniete ich mich neben Roger. In der Hand hielt ich ein zweites Stück des stinkenden Käses.

Nachdem er es ausgiebig beschnüffelt hatte, ließ ich ihn von der Leine, zeigte auf die geöffnete Wohnzimmertür und sagte: »Such!«

Der kleine Hund sauste los, bellte vor Vergnügen und wedelte mit dem Schwanz, während ich mit Stoppuhr und Notizbuch in der Tür stand. Stuhl, Sitzecke, Schrank, wieder Stuhl, flüchtiges Scharren und Schnuppern. Bücherregal. Ein kurzes Schnüffeln darunter, dann wieder zum Sofa und eine zweite Runde von einem Möbelstück zum anderen. Er trottete erneut am Bücherregal vorbei, zeigte jedoch kein Interesse. Am Ende musste ich schreiben: *Roger – durchgefallen.*

Dann war Jenny mit dem Käsetest an der Reihe. Ich ließ sie von der Leine. »Such!«

Mit wedelndem Schwanz lief sie direkt zum Bücherregal. Schnauze am Boden, Hintern aufgereckt, schnupperte und schnupperte sie und wedelte heftig mit dem Schwanz. Ich hielt den Stift schon über dem Papier, um für Jenny *bestanden* zu notieren, als sie das Interesse am Bücherregal verlor. Sie rannte davon, um den Kaminsessel und anschließend ein Kissen auf dem Sofa zu untersuchen. Dann absolvierte sie eine zweite Runde, kehrte jedoch nicht zum Bücherregal zurück. Zu meinem Bedauern musste ich schreiben: *Jenny – durchgefallen.*

Da sieht man's mal wieder, dachte ich. Man wird doch immer wieder überrascht. Ich war mir ziemlich sicher gewesen, dass Jenny den Käse finden würde. Es war wirklich enttäuschend. Morgen sollten sie beide eine zweite Chance bekommen.

Ich brachte die Hunde wieder in ihre Zwinger und ging ins Wohnzimmer zurück, um den Käse aus dem Versteck zu nehmen. Zum leichteren Wiederfinden hatte ich das Stück direkt unter das *Handbuch zur Hundehaltung* gelegt, doch als ich danach griff, berührte ich nur Teppich. Meine Finger tasteten nach links, nach rechts. Nichts. Ich legte mich in voller Länge auf den Boden und blinzelte angestrengt in die Lücke. Zwei Augen blickten zurück. Zwei kupferfarbene Augen und ein zufriedenes rötlich braunes Grinsen. An ihren Schnurrhaaren klebten noch zwei Krümel, mehr war vom Käse nicht übrig geblieben.

Ich brauchte nicht lange, um nachzuvollziehen, was passiert war. Mieze hatte gewusst, dass die Trainingsstunde anstand; sie hatte mitspielen wollen, und so war sie, während ich die Hunde holte, ins Wohnzimmer geschlichen. Unter dem starken Lavendelduft hatte ich den Käsegeruch an der Hand gehabt, als ich sie streichelte. Den hatte sie wiedererkannt – und war ihm gefolgt. Die Hunde waren bei ihrem Test nicht durchgefallen. Es war nur kein Käse mehr da gewesen, den sie hätten finden können.

Ich war von Miezes Großtat beeindruckt und wiederholte

den Käsetest, nur dass es diesmal drei Teilnehmer gab. Roger fiel durch, Jenny war in sechzig Minuten am Ziel, Mieze in dreißig. Von da an erlaubte ich ihr, an den Schnüffelspielen der Hunde teilzunehmen. Ein ums andere Mal bewies sie, dass ihr Geruchssinn und ihre Intelligenz hervorragend waren. Was blieb mir anderes übrig, als sie für die Ausbildung zu empfehlen?

An dem Tag, an dem sie ihre Abschlussprüfung bestand, kam ich zu dem Schluss, dass ihre neue Rolle einen neuen Namen verdiente, und so taufte ich sie nach dem Käse, der an ihrem Karrieresprung einen so entscheidenden Anteil hatte. »Willkommen im Mitarbeiterstab des Zollamts, Gorgonzola«, sagte ich und nahm sie in die Arme. Das unerwünschte hässliche Entlein war zum Schwan herangereift. Seitdem sind wir ein Team.

Ich brauchte nicht lange am geöffneten Fenster des White Heather Hotel zu warten. Zwei Minuten später hörte ich es in dem Baum über dem Gewächshaus knacken, dann trat Gorgonzola, die entfernt an einen schmutzigen Spüllappen erinnerte, graziös über die Fensterbank und hinterließ eine nasse Pfotenspur auf Mrs Mackenzies blütenreinem Teppich. »*Haar*«, fauchte sie verdrießlich.

Ich war beeindruckt. Sie war bereits dabei, sich mit dem örtlichen Dialekt vertraut zu machen. Nachdem ich mit einem Knall das Fenster zugeschoben hatte, wühlte ich in der DEINS-Tasche und zog ihr flauschiges Handtuch heraus – wie alle Primadonnen erwartete sie, verwöhnt zu werden.

Ich wickelte sie hinein und rieb sie sanft. »So, schon besser, nicht?«, sagte ich zärtlich.

Klopf, klopf, machte es an der Tür. Ich hatte nicht abgeschlossen, um keinen Verdacht zu erregen. Schließlich musste ich, solange ich nicht das Gegenteil bewiesen hatte, davon ausgehen, dass die Mackenzies schuldig waren.

Als Mrs Mackenzies klirrendes »Darf ich einen Moment stören, Miss Smith?« ertönte, drehte sich auch schon der Knauf.

In einer einzigen schnellen Bewegung wickelte ich Gorgonzola in das Handtuch und warf das Knäuel unters Bett. Sie maunzte ein Mal erschrocken, dann war sie still. Sie hatte erkannt, dass es sich um eine Notfallmaßnahme handelte. Der Notfall träte nämlich ein, falls Mrs Mackenzie mich aus dem Hotel warf, weil ich ein ausdrücklich untersagtes Haustier bei mir hatte. Ein rascher Blick auf das geöffnete Gepäckstück bescheinigte mir, dass Mrs Mackenzie nichts Belastenderes zu sehen bekam als die Schaffelldecke.

Ihre knorrige Gestalt erschien in der Tür. »Ich wollte nur mal kurz vorbeischauen und fragen, ob alles zu Ihrer Zufriedenheit ist.« Auf der Suche nach irgendetwas Unbotmäßigem huschte ihr Blick blitzschnell durch das Zimmer.

»Alles bestens, danke, Mrs Mackenzie.«

Sie verweilte einen Moment bei der geöffneten Tasche, doch sie schien beruhigt. Nach einer letzten Überprüfung des Zimmers drehte sie sich um. »Wir erwarten von den Gästen, dass sie sich an vernünftige Zeiten halten. Das Hotel schließt um Mitternacht.« Mit einem knappen Nicken ging sie hinaus. Die Tür fiel hinter ihr ins Schloss.

So, so … Sie hatte mich überprüft. Interessant. Leise trat ich an die Tür und legte das Ohr daran. Drei Sekunden, vier, fünf … Dann hörte ich die Treppe unter ihren Schritten knarren. Geräuschlos drehte ich den Schlüssel herum.

Ich bückte mich, um unters Bett zu sehen. »Okay, du kannst –« Ich hörte das Knirschen von Reifen auf dem Kies und lief schnell genug zum Fenster hinüber, um noch zu sehen, wie ein Lieferwagen in der riesigen Doppelgarage verschwand, die in einigem Abstand hinter der Rückseite des Hauses lag. Das Garagentor schwang zu. Ich wartete im Schutz der Gar-

| 20

dine. Murdo Mackenzie, Miteigentümer des White Heather Hotel, trat mit einem kleinen, in Plastik gehüllten Päckchen aus einer Seitentür. Bildete ich mir das nur ein, oder lag etwas Verstohlenes in der Art, wie er sich umsah? Er lief Richtung Haus und entschwand meinem Blickfeld.

Aus meinem Gepäck zog ich ein ziemlich altmodisches Handy, in dessen Gehäuse sich in Wahrheit ein ultramodernes verschlüsseltes Telefon mit Kamera befand. Ich hielt es mir dicht an die Lippen und begann mit meinem Bericht.

»19. Juni, 20 Uhr. Operation Schottische Nebelsuppe. Rückwärtige Doppelgarage sieht interessant aus. Soeben blauer Transporter eingetroffen. Fahrer Mackenzie im Besitz eines in Plastik gewickelten Päckchens.«

Ich schaltete aus und trat erneut ans Fenster. Der Nebel schien sich ein wenig zu lichten, denn ich konnte jetzt am hinteren Ende des feuchten Rasens einen großen Teich und die Umrisse zweier kleiner Gebäude sehen, bei denen es sich vielleicht um die Ferien-Cottages handelte. Ich öffnete das Fenster und lauschte. Bis auf das leise Tropfen aus dem durchtränkten Baum, der Gorgonzola als Trittleiter diente, war es still.

Sie hockte immer noch unter dem Bett. Ich hob die Schabracke an und spähte darunter. Es kostete mich einiges Zureden und eine reichlich gefüllte Schüssel mit ihren Lieblings-Lachsflocken, bevor sie besänftigt war und sich bequemte, hervorzukommen.

Ich wartete, bis sie mit ihrer rauen Zunge den letzten Bissen weggeschleckt hatte. Dann sagte ich: »Tut mir leid, Süße, aber es ist Zeit, dass wir uns an die Arbeit machen. Du bist im Dienst«, ich griff in ihre Tasche und zog das breite schwarze Halsband mit Miniatursender heraus, das sie trug, wenn sie auf Drogensuche ging.

Mit Schrecken schien sie zu begreifen, dass ich sie in die feuchte graue Welt dort draußen schicken wollte. Eben noch schleckte sie sich zufrieden das Fell, schon sackte sie zu einem müden Häufchen zusammen, schloss die Augen, atmete tief und erschöpft, und nicht einmal der strengste Zuchtmeister hätte es übers Herz gebracht, ihren Schlaf zu stören.

»Netter Versuch, Gorgonzola.« Ungerührt schnallte ich ihr das Halsband um. »Erinnere mich daran, dass ich dich für den Oscar als beste Schauspielerin des Jahres nominiere.«

Der Profi in ihr regte sich; gelernt ist gelernt. Unter schwachem Protest ließ sie sich von mir in die Arme nehmen und zum Fenster tragen. Ich zeigte auf die Garage. »Such!«

Mit dem Zucken ihres räudigen Schwanzes bekundete sie anhaltendes tiefes Missfallen, sprang jedoch leichtfüßig ins Geäst des so praktisch platzierten Baums. Anhand der raschelnden und tropfenden Geräusche konnte ich ihren Abstieg zum Boden verfolgen. Mit einem letzten betonten Schwanzzucken verschwand sie hinter der Garagenwand.

Ich trat vom Fenster und stellte einen harmlos aussehenden iPod auf Empfang, legte mich, die Hände hinter dem Kopf verschränkt, aufs Bett und wartete. Fünf Minuten … zehn Minuten … Der Halsbandsender wurde durch Geräusche aktiviert, so dass ich nichts zu hören bekam, solange ihre Suche nicht erfolgreich war. Mir wurden die Lider schwer … Es war eine lange Fahrt von London bis hierher gewesen, und durch den Nebel hatte mich die Strecke von der schottischen Grenze an besonders ermüdet. Ich döste ein …

Rrrrrr rrrrrr. Als das leise Schnarren im iPod ertönte, war ich hellwach. Offenbar lohnte es sich tatsächlich, das Etablissement der Mackenzies genauer unter die Lupe zu nehmen.

2

Um halb sieben weckte mich die Sonne eine halbe Stunde früher als der Wecker. Ich gähnte und warf die Decke zurück. Gorgonzola war noch nicht von ihrem frühen Morgenspaziergang zurückgekehrt. Als ich ans Fenster tappte, blähte der kühle Wind die dünnen Gardinen durch die Öffnung. Der Nebel hatte sich gelichtet. Zum ersten Mal sah ich das gesamte Gelände hinter dem Haus. Ein weitläufiger, sattgrüner Rasen reichte an der Garage mit ihrem interessanten Inhalt vorbei bis zu der Stelle, wo in einiger Entfernung ein großer, unregelmäßig geformter Teich in der hellen Sonne glitzerte.

Dahinter befanden sich zwei Gebäude im Landhausstil, deren Umrisse ich gestern Nacht vom Fenster aus gesehen hatte. Von der Einfahrt waren sie durch dichte Rhododendronbüsche abgeschirmt.

Endlich Sonne. Während ich mich gemächlich fertig machte, pfiff ich fröhlich vor mich hin. Die MEINS-Tasche schloss ich gegen neugierige Augen ab. Die andere mit dem großen Vorrat an verschiedensten Katzenfuttersorten, Verkaufsbroschüren und Bestellformularen ließ ich offen, um etwaige Schnüffler – und dazu zählte zweifellos Mrs Mackenzie – irrezuleiten. Als ich fertig war, schloss ich das Fenster, für Gorgonzola das Zeichen, dass sie draußen bleiben sollte.

Es war 7:15 Uhr. Mir blieb fast eine Stunde, um unter dem Vorwand eines Spaziergangs noch vor dem Frühstück das Gelände zu erkunden. Ich ging nach unten. Die frühe Morgensonne fiel schräg durch das viktorianische Buntglasfenster und legte einen rot-blauen Flickenteppich über den Parkettboden der Diele. Wie gehofft, ließ sich noch niemand blicken, auch wenn das ferne Klappern von Geschirr darauf deutete, dass das Küchenpersonal bereits bei der Arbeit war.

Zeit für ein wenig Schnüffelei. Ein paar Schritte, und ich war hinter der Rezeptionstheke, um mir im Meldebuch, das immer noch offen dalag, die letzten Einträge anzusehen. Miss F Lannelle aus London. Zwei Amerikaner, Hiram J Spinks aus San Francisco und Waldo M Hinburger jr aus New York. Eine gewisse Signora Gina Lombardini aus Mailand. Ein englisches Paar, Mr und Mrs John Smythe, aus Liverpool. Hatte Mrs Mackenzie den Smythes mit einem Y, die natürlich Sm-ai-th ausgesprochen wurden, dasselbe Misstrauen angedeihen lassen wie mir, einer gewöhnlichen Smith? Das ist die Krux mit meinem Namen. Manchmal zieht er mehr Aufmerksamkeit auf sich als ein viel exotischerer wie … Lombardini oder Hinburger … oder …

Ich war so sehr in diese Überlegungen vertieft, dass ich das leise schlurfende Geräusch von Schritten hinter mir überhörte. Ein Schatten fiel auf die geöffnete Seite.

Dann sagte eine Stimme mit amerikanischem Akzent gedehnt: »Ich möchte nicht in Ihrer Haut stecken, Ma'am, wenn der alte Drachen Mackenzie Sie dabei erwischt, wie Sie ihr Gästebuch unter die Lupe nehmen.«

Eine seltsam gekleidete Gestalt sah mich mit einem breiten, wohlwollenden Grinsen an. Eine gelb-schwarze Schottenmütze saß dem Mann schief auf dem Bürstenhaar, auf seinem grünen T-Shirt prangte eine Landkarte mit den besten Golfplätzen Schottlands, und das Hemd steckte seinerseits in einer Überfallhose aus Tweed. Die gelben Socken nahmen die Farbe der Mütze wieder auf.

Ich erwiderte das Grinsen. »Wie ich sehe, frönen Sie der al-

| 24

ten Kunst des Golfs.« Ich zeigte auf den Putter, den er bei sich hatte. »Schon so früh zum Üben auf, Mr eh ...«

»Hiram J Spinks aus San Francisco, Vereinigte Staaten von A. Muss bis zum Frühstück vierzig Putts reinkriegen.« Er winkte fröhlich, strebte Richtung Haustür, öffnete den Schnappriegel und trat ins Freie.

Ich sah dem fröhlichen Spinks stirnrunzelnd hinterher und strich den gemütlichen Spaziergang vor dem Frühstück vom Programm. Wenn schon einer der Gäste eine morgendliche Runde Golf einlegte, fiel es nicht weiter auf, wenn ein anderer joggen ging. Ein Jogger passte bestens in die Landschaft. Die Mackenzies hatten etwas zu verbergen. Wenn ich einfach so über das Anwesen ging, erregte ich vielleicht ihre Aufmerksamkeit, aber wenn ich joggte ...

In wenigen Minuten war ich wieder in meinem Zimmer und kehrte in einem ziemlich abgetragenen schwarzen Trainingsanzug zurück, den ich eingepackt hatte, um bei Bedarf mit der Landschaft zu verschmelzen. Wieder durchquerte ich die Eingangsdiele, blieb jedoch an der Haustür stehen, als mein Blick auf eine zierliche Keramikhand fiel, die auf einen Flur mit Teppichboden zeigte. Darunter stand *Zu Jacuzzi, Sauna und Solarium*. Mich packte die Neugier; mal sehen, welche Annehmlichkeiten Mrs Mackenzie in diesen nördlichen Gefilden ihren Gästen bot. Also stellte ich auch meine frühmorgendliche investigative Joggingrunde zurück, um dem Fingerzeig zu folgen.

Zwei weitere, ebenso geschmackvolle Schilder wie im Foyer zierten die Tür am anderen Ende des Flurs. Das erste säuselte: *Wir wünschen Ihnen angenehme Erholung in Jacuzzi – Sauna – Solarium. Benutzung durch die Gäste von 7:00 – 21:30.* Das zweite warnte in wahrhaft schottisch-presbyterianischem Geist vor der Schwäche des Fleisches und gebot: *Die Gäste sind stets zu schicklicher Kleidung angehalten.*

Ich schob die Tür auf und war in warme, feuchte Luft gehüllt, die stark nach Kiefernnadel duftete. Eigentlich hatte ich mit einem schlicht weiß gekachelten Raum in viktorianisierendem Stil gerechnet, mit einer zeitgemäßen Version eines Sitzbads, und so war ich von den modisch-klassischen Fliesen an Wand und Boden sowie dem hochmodernen Jacuzzi angenehm überrascht.

In einer besitzergreifenden Geste hatte der einzige Benutzer der Wanne einen flauschigen weißen Bademantel wie zufällig quer über beide eleganten Liegestühle geworfen. Er funkelte mich an und gab sich keine Mühe, seinen Ärger über die Störung zu verbergen. Ich hatte keine Lust, das Jacuzzi mit diesem grobschlächtigen Griesgram zu teilen, und widerstand der verlockenden Vorstellung von einem entspannenden Bad in sprudelnd heißem Wasser.

»Bin gleich wieder da«, log ich und schenkte ihm ein freundliches Lächeln. Das sollte ihn in Alarmbereitschaft versetzen und ihm den Spaß verderben. Gemächlich schloss ich die Tür hinter mir.

Draußen im Freien holte ich tief Luft und absolvierte für den Fall, dass ich aus einem der Fenster beobachtet wurde, ein paar Aufwärmübungen, bevor ich zu meiner Runde um das Gelände aufbrach. Vor allem wollte ich mir die Garage genauer ansehen, doch dazu musste ich erst einmal unverfänglich um den Rasen im Vorgarten joggen. Ich lief los und machte einen großen Bogen um Hiram J Spinks, der den Kopf tief über seinen Schläger gebeugt hielt und außer dem weißen Ball vor seiner Nase sowie dem kleinen Fähnchen, das er in wenigen Metern Entfernung platziert hatte, alles um sich herum vergessen zu haben schien.

Nach zwei Pro-forma-Runden schwenkte ich ab und lief am Haus vorbei zum rückwärtigen Rasen, um mein Zielobjekt, die Garage, anzusteuern. Ich hatte Glück. Das Tor war vollständig hochgeschoben, und ich stellte fest, dass an sämtlichen Wänden bis unter die Decke Kartons gestapelt waren. Ich lief langsamer und wechselte in Laufschritt auf der Stelle; dann erlegte ich mir so lange, wie ich für einen ausgiebigen Blick ins Garageninnere brauchte, energische Arm- und Bein-Übungen auf. Tai-Chi im Zeitlupentempo wäre zwar weniger ermüdend gewesen, doch hätte ich zweifellos mehr Aufmerksamkeit erregt, wenn ich mit weit gespreizten Armen wie auf einem ägyptischen Wandgemälde und mit tänzelnden Schritten auf das Gebäude zugelaufen wäre. Der blaue Lieferwagen, den ich am Abend gesehen hatte, stand noch da, und die Hecktüren waren geöffnet. Fragte sich nur, ob zum Be- oder Entladen.

Aus der Garage war Pfeifen und Ächzen zu hören, dazwischen das schleifende Geräusch von schweren Kartons, die jemand über den Boden schob. Meine Gymnastikübungen mussten warten. Ich trat an das geöffnete Tor und steckte den Kopf hinein. Bis zur Rückwand der Garage stapelten sich noch mehr Kartons, die mit dem Stempel *Mackenzie's Taste of Scotland* versehen waren. Ich blinzelte ins Dunkel und konnte so eben erkennen, wie Murdo Mackenzie eine schwere Ladung über den Boden wuchtete. Unter Flüchen ging er mit gebeugten Knien gerade in Stellung, um den Karton in den Kofferraum seines Wagens zu hieven.

»Hallo, Jimmy! Kein *haar* heute?«, rief ich beschwingt.

»Was zum Teufel«, schnauzte er und wirbelte so schnell herum, dass der schwere Karton ihn aus dem Gleichgewicht brachte, herunterfiel und seinen Inhalt über den Boden ergoss. Eine große Dose mit Schottenmuster blieb zu meinen Füßen liegen. Sein Gesicht verzerrte sich und wurde alarmierend dunkelrot. Selbst seine Kopfhaut, die unter dem gekämmten, angeklatschten Haar hervorschimmerte, nahm einen interessanten Ton an.

27

»Meine Schuld!«, rief ich. »Warten Sie, ich helfe Ihnen.«
Bevor er mich zurückweisen konnte, machte ich einen Satz
zu den nächsten Dosen und verfrachtete sie in den Karton. Sie
trugen dieselbe Aufschrift wie die Packungen.

»Oh, da drüben ist noch eine«, quiekste ich.

Damit rannte ich zur Vorderseite des Wagens, kniete nieder
und hob zwei Dosen auf. Als ich mich zu ihm umdrehte, hielt
ich ihm nur eine hin. Die andere hatte ich mir etwas unbequem
in den Hosenbund meines Trainingsanzugs geklemmt.

»Tut mir wirklich furchtbar leid, wenn ich Sie erschreckt
habe, Jimmy, aber wie ich sehe, haben Sie da einen Ford. Ich
hätte nur gern gewusst, ob Sie vielleicht zufällig einen Ersatz-
keilriemen besitzen?«

Die vertikale Furche zwischen seinen Augenbrauen wurde
länger und tiefer. Unverständliche Laute drangen ihm über
die Lippen. Ich wartete höflich, bis er nicht mehr nach Atem
rang.

»Verzeihung. Das hab ich nicht ganz verstanden. Ich tu
mich mit dem schottischen Akzent noch ein bisschen schwer«,
sagte ich beschwichtigend.

Das Purpur in seinem Gesicht ähnelte inzwischen der Haut
von Auberginen. Die kehligen Laute klangen noch heftiger.
Zeit, zu verschwinden.

»Aber wie ich sehe, passt es gerade nicht so gut, ähm …
Jimmy«, fügte ich hastig hinzu. »Falls Sie einen Keilriemen
finden sollten, den Sie nicht benötigen, lassen Sie es mich einfach wissen. Zimmer vier. Gestatten, Smith, ohne Y oder E.«

Ich verdrückte mich zum Tor hinaus und steuerte im Laufschritt die entfernte Gruppe Rhododendronbüsche an, während ich mir mit dem Ellbogen meine kostbare Beute in die
Hüfte stemmte. In wenigen Minuten war ich bei den zwei
Ferienhütten am Teich. Die eine, bei der sämtliche Gardinen
zugezogen waren, schien nicht bewohnt, bei der anderen stan-

| 28

den Tür und Fenster offen. Augenscheinlich waren noch mehr Gäste so früh auf den Beinen.

Ich blieb stehen, als bewunderte ich die Aussicht, während ich in Wahrheit nur die Dose hochschob, die mir jeden Moment das Hosenbein hinunterzurutschen drohte. Ich ließ den Teich links liegen und joggte weiter, bis ich das Gebüsch rechts von den Cottages erreichte.

Ein verschnörkelter Wegweiser aus Metall wies verschiedene Routen aus: *Cottages, Mauergarten, Taubenschlag, Einsiedlerhöhle.* Ich nahm keine davon, sondern zwängte mich ins dichte Gebüsch aus Lorbeer und Rhododendron, um meine Trophäe zu inspizieren. Es handelte sich um eine Dose Haggis – gefüllter Schafsmagen, eine schottische Spezialität. War Mackenzie derart explodiert, nur weil ihm eine Dose Haggis auf dem dicken Zeh gelandet war? Oder reagierte er so übertrieben, weil ich ihn bei etwas Dubiosem gestört hatte? Konnte nicht schaden, eine Probe des Inhalts an die Kriminaltechnik zu schicken. Ich kicherte leise. Wenn die Jungs im Labor eine Portion Haggis untersuchen sollten, würde das sicher zur allgemeinen Erheiterung beitragen. Sollte das Ergebnis negativ ausfallen, konnte ich ihnen nie wieder unter die Augen treten. *Haggis, Smith, was haben Sie noch auf Lager …*

Hinter mir im Gebüsch raschelte es. Ich verwandelte mein Kichern in ein vernehmliches Räuspern und drehte mich schnell um – und sah, wie die unteren Zweige des Rhododendrons wie von unsichtbarer Hand zurückschnellten. Das Gefühl, beobachtet zu werden, jagte mir einen Schauer über den Rücken. Und ich ignoriere diesen sechsten Sinn nie. Er hat mir schon mehr als ein Mal das Leben gerettet. Da stand ich nun und hielt die gestohlene Dose Haggis in der Hand. Plante der von hier aus unsichtbare Mackenzie einen Hinterhalt, um sich sein Eigentum zurückzuholen? Mir ging eine Flut an Entschuldigungen durch den Kopf. *Bin drüber gestolpert. Bot sich so schön zum Gewichtheben an. Ich bin ein Haggis-Freak auf Fresstour.* Alle gleich weit hergeholt. Wieder Rascheln, diesmal aus dem Rhododendrondickicht rechts von mir. Erneut zitterte und schwankte ein Ast. Wohl nicht Mackenzie. Nach allem, was ich von ihm gesehen hatte, würde er kaum auf Händen und Knien kriechen und geduldig auf der Lauer liegen. Er würde sich auf seine Haggis-Dose stürzen, so wie Eisenspan an den Magneten flutscht. Egal, wer dort war, es würde das Beste sein, mein Beweisstück so schnell wie möglich loszuwerden. Aus dem Handgelenk heraus schleuderte ich die belastende Dose ins Gebüsch.

Zweierlei geschah.

Aus den Büschen vor mir kam ein schrilles Kreischen, gefolgt von einer Reihe wenig damenhafter Bemerkungen. In genau diesem Moment stolzierte Gorgonzola mit hoch erhobenem Schwanz aus dem Unterholz. Sie kauerte sich nieder, blickte mit zusammengekniffenen Augen zu mir hoch und begrüßte mich mit dem verärgerten Miauen einer halb verhungerten Katze, deren Frühstück längst überfällig ist. Dann brandeten und wogten die Büsche und teilten sich vor einer Dame von üppiger Gestalt, die mit wildem Blick empört die Haggis-Dose schwang.

»Ich könnte *tot* sein. Dieses Geschoss hätte mir um ein Haar den Schädel zerschmettert. Ich *erwarte eine Erklärung* für ein solch rüpelhaftes Benehmen! Und beleidigen Sie nicht meine Intelligenz, indem Sie behaupten, Sie hätten gerade dieser Katze da das Apportieren beigebracht.« Die Üppige legte eine Pause ein, während derer ihr Busen sich vor Empörung hob und senkte.

Angesichts ihrer Degradierung zu einem Azubi-Welpen peitschte Gorgonzola alarmierend mit dem Schwanz. Als Spürkatze war sie eine hoch qualifizierte Fachkraft und der Vergleich mit einem Hund, der einem Stock nachspringt, ein Affront.

Ich holte tief Luft.»Ich … ähm, *habe* keine Erklärung. Jedenfalls«, überschlug ich mich,»keine, die entschuldigen würde, dass ich Sie mit diesem Gegenstand getroffen habe.«

Die respekteinflößende Dame schien drauf und dran, mir gegenüber handgreiflich zu werden. Ich improvisierte hastig.»Aber Sie haben sicher von den Scottish Highland Games gehört?«

Ein ungeduldiges Nicken.

»Und vom Baumstammwerfen?«

Noch ein ungeduldiges Nicken.

»Na ja, anstelle von diesen riesigen, schweren Holzklötzen«, fuhr ich aalglatt fort,»dürfen Frauen auch viel leichtere Gegenstände werfen, zum Beispiel ein halbes Kilo Haggis. Ich hab mir nur gerade ein bisschen Training gegönnt. Natürlich hatte ich keine Ahnung, dass jemand in der Nähe war. Das tut mir wirklich schrecklich leid. Ich hoffe, die Dose hat Sie nicht allzu schmerzhaft getroffen?« Ich legte die Stirn in Sorgenfalten.

Du liebe Güte, die Furie schien immer noch auf schwere Körperverletzung aus zu sein.

Ich versuchte es mit einem Ablenkungsmanöver.»Tja, ich hab zwar eine Haggis-Dose geworfen, aber gegessen hab ich das Zeug noch nie. Es soll gewöhnungsbedürftig sein.«

Offenbar hatte ich die Zauberformel gefunden.

»Ich versichere Ihnen, dass Haggis – zumindest so, wie sie es hier servieren – ohn-wahr-schein-lich gut ist. Und ich verrate Ihnen was.« Mit einem konzentrierten Blick suchte sie das Gebüsch nach möglichen Lauschern ab.»Ich schreibe an einem Artikel über das kulinarische Angebot dieses Hauses. In meiner Bewertung habe ich vor, die Küche hier mit fünf Gabeln zu benoten. Diese Delikatesse wird nach hiesigem Brauch zu *tatties* und *neeps* gereicht – zu Kartoffeln und Rüben«, fügte sie hinzu, als sie meinen fragenden Blick sah.»Oder auch ohne Beilagen

nur mit einem Glas Whisky. Grandios. Das Gemüse wird natürlich organisch gezogen, da drüben im Küchengarten.«
»Habe ich etwa das Vergnügen mit …?« Ich legte eine gewisse Ehrerbietung in meinen Ton.

»Ja, Felicity Lannelle, die Gourmet und Restaurantkritikerin vom *Gastronome Monthly*. Als Ihre Dose mir fast den Schädel zertrümmert hat, war ich gerade dabei, die schottische Variante der Trüffel zu erforschen, nach landläufiger Meinung eine französische Spezialität. Sie werden es nicht glauben, aber letztes Jahr wurde eine preisgekrönte Sorte hier in dieser Gegend gefunden!«

»Nein!«, rief ich zutiefst unbeeindruckt. »Also, wenn Sie es so rühmen, lass ich mir bestimmt nicht die Gelegenheit entgehen, das Haggis des Hauses zu probieren.«

Über den Rasen und den Teich schallte ein Gong.

»Ah, das Frühstück.« Sie reichte mir die Dose. »Ich empfehle den Porridge. Mit Zucker und Sahne, auch wenn ihn natürlich der wahre *afficionado* ohne alles isst.«

Felicity Lannelle, vereidigte Trüffel-Sachverständige, begab sich zielstrebig Richtung Hotel, um sich eine weitere gastronomische Köstlichkeit munden zu lassen, was Gorgonzola zum Anlass nahm, mir mit ihrem ganzen Körpergewicht auf den Fuß zu treten und mich daran zu erinnern, dass es noch jemanden gab, dem der Magen knurrte. Nachdem *ein* weibliches Wesen besänftigt war, schien es an der Zeit, auch das zweite zufriedenzustellen.

Es war 8:30 Uhr und das Frühstück voll im Gange. Der helle Wintergarten mit seinem weißen Anstrich und den cremefarbenen Musselingardinen bot Platz für ein Dutzend runder Tische mit jeweils zwei oder vier Gedecken. Kleine Vasen mit Sommerblumen zierten die frisch gestärkten weißen Leinendecken. Ich blieb in der Tür stehen und suchte nach einem freien Platz. Es gab einen in der Ecke neben Ms Lannelle, doch ihr Tisch war bereits mit allem, was die Küche hergab, sowie mit einem großen Notizbuch beladen. Eine Störung ihrer intensiven Forschungstätigkeit war zweifellos unerwünscht. Besser, wenn ich nicht so schnell ihren Zorn erneut heraufbeschwörte.

Aus dem leisen Frühstücksgemurmel war die näselnde Stimme von Hiram J Spinks herauszuhören. Die Worte »Putter«, »Eisen« und »Bunker« schlugen mir entgegen. Der Vortrag richtete sich an eine junge Frau, eine kultivierte Erscheinung mit leicht gebräunter Haut und dunklem Haar. War das vielleicht die Italienerin Gina Lombardini? Sie wirkte höflich gelangweilt.

Der einzige noch freie Platz befand sich neben einer großen Zimmerpalme. An einem Tisch für zwei ließ sich der Griesgram aus dem Jacuzzi, nunmehr in einem teuren, leichten Anzug amerikanischen Zuschnitts, einen Teller Eier und Speck schmecken, während er in der New York Times las, die an der Kaffeekanne lehnte. Der Waldo M Hinburger im Meldebuch?

»Prächtiger Morgen«, bemerkte ich, während ich den Stuhl zurückzog und mich ihm gegenüber setzte. »Was dagegen, wenn ich mich zu Ihnen geselle?«

Ich hoffte, seine Laune hatte sich inzwischen gebessert. Hatte sie nicht. Zur Antwort bekam ich ein unkommunikatives Grunzen. Ich erspähte die Ecke der Speisekarte unter der halb entfalteten Zeitung.

»Sie gestatten«, sagte ich und zog sie heraus.

Die einzige Reaktion war irritiertes Rascheln auf der anderen Seite des Tischs.

Passend zum ländlichen Charakter des Hotels bot die Frühstückskarte als Erstes eine Auswahl an Säften, sodann diverse Zerealien und Bircher Müsli sowie Porridge mit Sahne, als dritten Gang Loch-Fyne-Räucherfisch und als Hauptspeise das original viktorianische Gericht aus Eiern, Speck und scharf gewürzten gebratenen Nierchen. Gewöhnlich begnüge ich mich morgens mit Orangensaft, Toast und Kaffee, doch meine kleine Joggingrunde über das Gelände hatte meinen Appetit angeregt. Ich wandte mich an die *New York Times.* »Können Sie mir etwas empfehlen? Haben Sie den Porridge probiert?«

Jetzt wurde der Amerikaner gesprächig. »Nö.« Er blätterte weiter.

Dann musste ich meine Wahl eben ohne ihn treffen; wenn der Brei der Vorkosterin genügte, dann zweifellos auch mir. Ich bestellte ihn mit Sahne.

Während ich wartete, warf ich einen Blick in die Runde. Am Nachbartisch saß eine Familie mit zwei wohlerzogenen Kindern. Mrs Mackenzie würde natürlich auch nichts anderes dulden. Sie schienen sich angeregt über Ferienpläne zu unterhalten. Dahinter speisten frisch Vermählte, die nur füreinander Augen hatten. In regelmäßigen Abständen warfen sie sich Küsse zu und schoben sich gegenseitig Toasthappen in den Mund.

»Ihr Porridge mit Sahne, Madam.« Die Kellnerin stellte eine Schale und einen Krug vor mir ab. »Einige unserer Gäste bevorzugen ihn mit einer Prise Zucker. Die Croissants und den Kaffee bringe ich später.«

Ich goss die Sahne über den Brei und hielt Ausschau nach dem Zucker. Da war er. Außer Reichweite, neben der Kaffeetasse des alten Griesgrams.

Ich beugte mich vor. »Verzeihung, ob …«

Die Zeitung zuckte heftig, die Kaffeekanne schwankte, braune Spritzer besudelten Mrs Mackenzies blütenweißes Tischtuch.

»Ihr Cops geht mir tierisch auf den Wecker. Was versucht ihr mir eigentlich anzuhängen?« Der Amerikaner bohrte seinen Blick in meine Augen, und seine erweiterten schwarzen Pupillen erinnerten mich an den Doppellauf einer abgesägten Flinte.

Mist. Wie hatte er bloß meine Tarnung durchschaut? Die Operation Schottische Nebelsuppe schien vorbei, bevor sie richtig angefangen hatte.

»Ähm, was …?«

»Sie haben gerade gesagt, Sie wären bei der Polizei, oder nicht?«

»Polizei? Keine Ahnung, wovon Sie reden.« War immerhin einen Versuch wert.

»Cop«, schnauzte er ungeduldig, »Sie sagten was von Cop.«

»Nein, nein, ich wollte gerade sagen, *ob* Sie mir wohl den Zucker reichen könnten.« Ich kicherte nervös.

Grunzen. »Wenn Sie kein Cop sind, was dann?« Seine schwarzen Augen funkelten immer noch voller Misstrauen.

Bei einer solchen Frage greife ich gewöhnlich zur Masche mit der Versicherungsvertreterin, was die meisten von weiteren Fragen abschreckt. In diesem Fall vielleicht nicht so ideal. Ein Gangster versteht unter Versicherungswesen nur eins: Schutzgelderpressung. Also sagte ich in liebenswürdigem Ton: »DJ Smith, Großhandelsvertreterin für Katzenfutter.« Ich wühlte in meiner Tasche und zog schwungvoll eine Visitenkarte heraus, auf der mit Messer und Gabel in den Pfoten und umgebundener Serviette eine Katze prangte.

Die Geste zeigte die gewünschte Wirkung. Er entspannte sich und verzog die Mundwinkel zu einem verächtlichen Lächeln. DJ Smith als Einfaltspinsel entlarvt – keine Bedrohung, keine Gefahr.

»Jedem Tierchen sein Pläsierchen«, brummte er und faltete die Zeitung zusammen. »Muss in New York anrufen. Hab mit ein paar Leuten noch was Geschäftliches zu erledigen.«

35

Ich sah auf die Uhr und tat entgeistert. »Aber da ist es nach Mitternacht.«

»Richtig.« Die Mündungen des Doppellaufs schwenkten in meine Richtung und erstickten jede weitere Frage.

Ich tupfte beflissen auf den Kaffeespritzern herum.

Die Kellnerin kam eilig herüber. »Hat's Ihnen geschmeckt, Mr Hinburger?«

Die Antwort war ein weiteres Grunzen. Unter dem teuren Anzug straffte er die breiten Schultern und lief zielstrebig zur Tür.

Ich starrte ihm nachdenklich hinterher. Waldo M Hinburgers geschäftliche Angelegenheiten lohnten sicher einen genaueren Blick. Heute Nachmittag würde ich zusammen mit meinem übrigen Bericht seinen Namen und eine Personenbeschreibung nach London durchgeben.

3

Die heiße Nachmittagssonne brannte von einem strahlend blauen Himmel herunter. Keine Spur mehr von dem grässlichen Nebel. Auf Edinburghs Royal Mile drängten sich die Touristen. Boutiquen, Galerien mit Kunstgewerbe, Restaurants und Cafés rangelten an der schmalen Straße um Platz. Die Kamera um den Hals, den Reiseführer unterm Arm, schlenderte ich in Richtung Schloss, um mir einen Erfahrungsschatz anzueignen, über den ich nach dem Abendessen mit den anderen Gästen in der Lounge plaudern konnte.

Ein Kilt für jeden Anlass und Geschmack! Ich blieb vor einem der vielen Tartan-Läden stehen, dessen Schaufenster von Kleidung in Schottenmustern nur so überquoll – ob Mann, Frau oder Kind, hier konnte man sich von Kopf bis Fuß in die Klans der MacDonalds, Stewarts, Buchanans oder Campbells einreihen. Nichts für mich. Das überließ ich Leuten wie Hiram J Spinks. Als ich mich zum Gehen wandte, fiel mein Blick auf einen Korb neben der Tür. *Staffieren Sie Ihr Haustier aus. Passend zu Ihrem Tartan. Mäntelchen, Mützen, Stiefeletten, Halsbänder und Leinen – für ihn, für sie und für es.* Gorgonzola und ich foppen uns ab und zu ganz gerne. Das hier würde sie auf die Palme bringen. Ich wühlte, bis ich das Richtige gefunden hatte: ein Mäntelchen in einem besonders giftigen Violett, Rot und Gelb für einen kleinen Hund – oder eine sehr große Katze. Ich grinste. Das würde ich ihr zeigen, wenn sie sich einmal wieder abartig stur stellte. Ich ging hinein und kaufte es.

Gegenüber dem Laden befand sich ein interessantes Haus, dessen obere Stockwerke prekär bis über die Straße ragten. Ich ging hinüber, um die Plakette an der Tür zu lesen.

Gladstone's Land. Schottischer Denkmalschutz. Wohnhaus eines wohlhabenden Edinburgher Kaufmanns aus dem 17. Jahrhundert.

Eine halbe Stunde in den holzvertäfelten Räumen würde mir eine Menge Munition für abendliche Gespräche am Kamin verschaffen. Als ich das Haus verließ, war es 15:30 Uhr. Mir blieb gerade noch Zeit für eine weitere Erledigung. Was war besser? Ein Rundgang durch Schottlands turbulente Vergangenheit zwischen den Fässern des Scottish Whisky Heritage Centre? Oder ein Blick auf die schottischen Kronjuwelen und den Krönungsstein im Schloss? Oder ein Besuch der hundertvierzig Jahre alten Camera obscura, um über die Aussicht im Drehspiegel auf dem Dach zu staunen? Ja, das schien das Beste. Es dauerte vermutlich nicht mehr als eine Viertelstunde. Dann mit dem Bus zum Hotel zurück. Inzwischen musste jemand von der nächst gelegenen Werkstatt aufgetaucht sein, um den selbst angerichteten Schaden an meinem Wagen zu reparieren, und ich wäre rechtzeitig zum Abendessen zurück, um von meinem Stadtbummel zu berichten.

Mit einer nicht besonders großen Gruppe stieg ich die Treppe im Turm der Camera obscura zu einem kleinen Raum ganz oben hinauf, wo starke Linsen die Aussicht vom Dach aus auf die konkave Fläche eines runden Tischs projizierten. Vor mir lag die Royal Mile mit dem Tartan-Laden, in dem ich Gorgonzolas Mäntelchen erstanden hatte. Wir alle ohten und ahten, als die weiße Fläche in dem dunklen Raum in lebensechten Farben aufleuchtete. Die Gesichter der Passagiere eines offenen

| 38

Touristenbusses, der an einer Ampel stand, zeichneten sich so scharf und deutlich ab, als stünde ich auf dem Bürgersteig. Mir gefiel die Vorstellung nicht, dass ich auf meinem Gang über die Royal Mile von unsichtbaren Augen verfolgt worden war.

Die Kamera schwenkte zum oberen Teil der High Street und fing Touristen ein, die sich über Stadtpläne beugten und das Schild am Eingang zum Whisky Heritage Centre lasen. Einer von ihnen hob den Kopf, und der Doppelflintenblick von Waldo M Hinburger bohrte sich mir kalt in die Augen. Einen Herzschlag lang dachte ich, er sähe *mich*. Neben ihm stand in einer auffallend leuchtend roten Jacke die dunkelhaarige, kultivierte Frau, die ich beim Frühstück dabei beobachtet hatte, wie sie Hiram J Spinks' Golf-Geschichten über sich ergehen ließ. Hinburger wandte sich ihr zu und schien sich der fortwährenden Bewegung seiner Kinnlade nach ernstlich mit ihr zu unterhalten.

»Das war's, meine Damen und Herren.« Der Mann, der die Kamera bediente, zog an einem Hebel. Hinburgers Antlitz verschwand. »Ich hoffe, die Vorführung hat Ihnen gefallen.«

Ich hastete die Treppe hinunter, doch als ich blinzelnd aus der Tür trat, waren Hinburger und die Frau verschwunden. Vielleicht waren sie ins Whisky Heritage Centre gegangen? Vorsichtig schob ich die Tür auf. Drinnen wartete eine Schlange am Kartenschalter. Von Hinburger und seiner Begleiterin keine Spur.

Ich blickte in beide Richtungen der High Street. Die dichte Menschentraube auf dem Bürgersteig lockerte sich einen Moment lang, und ich erhaschte einen Blick auf etwas Rotes, das in eine schmale Nebenstraße verschwand. Bis ich mich durch die Menge gekämpft hatte, war die Gasse leer. Die Goldlettern an der Wand gaben Auskunft, dass dies Lady Stair's Close war. Unter dem Vorwand, in den Stadtführer zu schauen, verlangsamte ich meinen Schritt.

Nach ein paar Metern öffneten sich die rauen Wände auf einen geräumigen Innenhof mit zwei Ebenen. Kein Mensch zu sehen. Eine y-förmige Steintreppe führte zu vier Türen hinab, die alle fest verschlossen waren. Mir direkt gegenüber befand sich unter dem Spruch *Fürchte den Herrn und weiche vom Bösen* eine offene Tür. Ich las das Schild an der Wand: *Lady Stair's House ist ein öffentliches Museum.* Ich spähte hinein, konnte aber keine rot gekleidete Person erkennen.

Ich war am Ende mit meinem Latein. Unschlüssig sah ich mich um, doch die Fenster mit den kleinen Scheiben starrten blind zurück, und auch die mit Eisenbeschlägen verzierten Türen behielten ihre Geheimnisse für sich. Wenn ich hier im Hof lauerte und die Frau am anderen Ende die steile Treppe hinuntergegangen war, entfernte sie sich mit jeder Sekunde weiter von mir. Allerdings konnte sie auch hinter einer dieser verschlossenen Türen stecken. Sollte ich warten, ob sie dort herauskam, oder sollte ich woanders suchen? Ich warf in Gedanken eine Münze und hastete weiter.

Plötzlich war die Gasse zu Ende, und ich stellte fest, dass ich mich bereits auf halbem Wege den Hügel hinauf befand, der die Princes Street mit dem Schloss verband. Bingo! Da vorne lief Gina zügig den Hügel hinab Richtung Princes Street. Allein. Ich folgte in sicherem Abstand und versteckte mich unter den Passanten, auch wenn sie sich nicht ein einziges Mal umsah.

Sie steuerte schnurstracks die Touristeninformation in der Nähe des Bahnhofs und des Balmoral Hotels an. Der Raum war gut besucht, weswegen ich diesmal nicht ganz so viel Vorsicht walten ließ. Was konnte unverfänglicher sein als zwei Touristen, die sich an einem solchen Ort begegnen? Dennoch hielt ich es für besser, nicht weiter aufzufallen. Ich nahm mir einen Ferienprospekt und versteckte mich dahinter, während sie an einer Theke mit einem Schild *Ausflüge* wartete. Endlich war sie an der Reihe. Als sie vortrat, schlich ich mich näher heran und ging hinter einem Broschürenständer in Deckung. »Die Bootstour zur Insel Inchcolm?«, fragte die Angestellte laut und deutlich. »Ja, das Boot fährt jeden Nachmittag, aber es wäre ratsam, im Voraus zu buchen. Die Fahrt ist sehr beliebt, wissen Sie ... Soll ich Ihnen einen Platz reservieren?« Ein unverständliches Gemurmel von meiner Zielperson. »Ihr Name und das Hotel, in dem Sie wohnen?« Wieder leises Gemurmel. Die Angestellte blätterte in einem Heft mit Fahrscheinen. »Also, Ms Lombardini, es gibt noch ein paar Plätze am Donnerstag und am Freitag. Was wäre Ihnen lieber?« Lauter!, hätte ich am liebsten gebrüllt. Ich beugte mich vor ... Die Tragetasche mit Gorgonzolas neuem Mäntelchen stieß gegen den übervollen Broschürenständer. Ich versuchte, die Heftchen aufzufangen, die stumm zu Boden flatterten. Zuerst war es ein Tröpfeln, dann ein Strom, schließlich ein Sturzbach. Betroffen schielte ich zur Theke. Gina drehte sich um. »Mon Dieu! Quelle catastrophe!«, rief ich aus, während ich den Kopf abwandte und zwischen dem Werbematerial auf dem Boden krabbelte.

Eine junge Mitarbeiterin eilte mir zu Hilfe. »N'importe, madame. Puis-je vous aider?«, fragte sie freundlich.

Als wir sämtliche Blätter aufgehoben und wieder an Ort und Stelle hatten, sah ich mich um und stellte fest, dass Gina Lombardini gegangen war.

Was wollte sie auf der Insel Inchcolm? Ich hatte sie im Gespräch mit Hinburger gesehen, also interessierte ich mich ganz entschieden für ihre Pläne.

Die junge Angestellte stand immer noch hilfsbereit in meiner Nähe. »Madame, vous voulez prendre un billet d'excursion?«

Merde, ich musste weiter so tun, als wäre ich Französin.

»Oui.«

41

Sie zeigte auf die Schlange und befand sich immer noch in Hörweite, als ich an der Reihe war. Also bekam der Rotschopf hinter der Theke mein bestes Frenglisch zu hören. »Isch möschte ge'en auf Bootraisö zu Insöl Inschküm. Wann ist erstö Fahrt möglisch?«

»Am – Donnerstag. Es – gibt – noch – Fahrscheine.« Sie sprach langsam und deutlich.

Hatte sich Gina für Donnerstag oder Freitag entschieden? Ich ging auf Nummer sicher. »Sie aben eine anderö Zeit diese Wochö?«

Sie sah im Computer nach. »Es – gibt – auch – noch – Tickets – für – Freitag.«

»*Bon.* Isch werde buchön für die beidö Tage«, erklärte ich entschlossen.

Ihre Stimme klang erstaunt. »Sie wollen für Donnerstag *und* Freitag buchen?«

»*Mais oui.* Für der Fall, dass die See ist …« Ich legte eine Pause ein, als suchte ich nach dem *mot juste*. Ich beschrieb mit den Händen Aufwärts- und Abwärtsbewegungen und zeigte auf meinen Bauch, was höflicher war, als Würgelaute auszustoßen. »Isch abe die *mal de mer*, die Krank'eit von der See, Sie verste'en?«

Sie nickte und versuchte sichtbar, ein Grinsen zu unterdrücken.

»*Alors*«, fuhr ich fort, »isch fa're, wenn die See ist nischt …«, und wieder beschrieb ich mit den Händen ein aufgewühltes Meer.

Damit war wohl sichergestellt, dass ich Gina Lombardini nicht verpassen konnte. Doch dann kam mir ein schrecklicher Gedanke. Falls sie nun nicht am Donnerstag auftauchte, musste ich die Fahrt an beiden Tagen machen. Bei möglicherweise hohem Wellengang. Meine *mal de mer* war keine Erfindung gewesen. *Merde.*

Der Bus setzte mich ein paar Meter von der Einfahrt des White Heather Hotel entfernt ab. Von meinem Wagen war nichts mehr zu sehen. Ich hoffte, daraus schließen zu können, dass ihn der Mechaniker wie angewiesen auf dem Parkplatz des Hotels abgestellt hatte.

Als ich die Kurve in der Einfahrt erreichte, hörte ich den Schlag eines Putters gegen einen Ball. Wenige Meter später sah ich Hiram J Spinks bei einer weiteren Runde Golftraining. Die ideale Gelegenheit, einen Hotelgast unter die Lupe zu nehmen. Also ignorierte ich das Schild *Betreten des Golfplatzes verboten* und schlenderte über den Rasen zu Mr Spinks. Er warf mir einen flüchtigen Blick zu, dann ging er, mit fest zusammengedrückten Knien, halb in die Hocke. Vor Konzentration hatte er die Stirn in Falten gelegt.

»Hi, Ma'am! Sehen Sie sich diesen Putt an.«

Ich schaute höflich zu. *Zack.* Der Ball schnellte über das Gras, schlug gegen ein Büschel, hüpfte über das Loch und rollte mehrere Meter den abschüssigen Rasen hinunter, bis er in einem Heidebeet landete.

Spinks richtete sich auf und drehte sich zu mir um. »Peinlicher Schnitzer …« Plötzlich warf er seinen Schläger hin und schritt, ohne sich noch einmal umzusehen, Richtung Hotel.

War für ihn ein verpatzter Putt eine solche Schmach? Seltsam. Ich machte kehrt, um das geheiligte Territorium des Golfplatzes zu verlassen, bevor mich Mrs Mackenzie erwischte.

Mitten auf der Einfahrt räkelte sich gähnend Gorgonzola, ein struppiges Bündel Katzenfell. Litt Spinks unter einer Katzenphobie? War das vielleicht die Erklärung für seinen plötzlichen Abgang? Immerhin erging es mir mit Spinnen ganz ähnlich. In einer Woge des Mitgefühls las ich den Ball aus dem Heidebeet auf und legte ihn zusammen mit dem weggeworfenen Putter ordentlich neben das Loch. Sobald er sich erholt hatte, würde er sicherlich beides einsammeln.

Gorgonzola strich mir um die Beine, setzte sich vor mich hin, sah mich vorwurfsvoll an und leckte sich ostentativ das Maul, um mich an meine Pflichten zu erinnern.

»Es ist schon längst Teezeit, was, Gorgonzola. Okay, schon unterwegs.«

Dicht neben einem der Heidebeete geparkt, entdeckte ich meinen Wagen. Zu dicht, stellte ich fest. Die Hinterreifen zermalmten ein Büschel von Mrs Mackenzies heiß geliebten Pflanzen. Am besten änderte ich das, bevor sie mir den Schaden noch auf die Rechnung setzte. Ich wühlte in der Tasche nach meinen Autoschlüsseln, kramte aber nur ein paar Münzen und ein Busticket hervor. Offenbar hatte ich das Ersatzpaar in meinem Zimmer gelassen.

Ich dirigierte Gorgonzola zur Rückseite des Hotels. »Du nimmst den Dienstboteneingang.«

Sie stolzierte hochmütig davon und signalisierte mir mit heftig zuckendem Schwanz, dass sie die Bemerkung als Kränkung empfand. Ich schwenkte die Einkaufstüte mit ihrem Schottenmäntelchen und grinste gemein.

Spinks hatte die Haustür nur angelehnt. Die Empfangshalle war menschenleer, und die Standuhr tickte laut in die Stille hinein. Ich sah meinen Zimmerschlüssel neben einem Briefumschlag in meinem Fach an der Rezeption liegen. Falls ich hinter die Theke ging, um ihn mir zu holen, würde zweifellos Mrs Mackenzie wie der Geist aus der Flasche auftauchen. Also zeigte ich Manieren und läutete mit dem Glöckchen aus Porzellan. Ihr knöchernes Gesicht begrüßte mich mit einem freudlosen Lächeln. »Der Automechaniker hat seine Rechnung zusammen mit Ihren Schlüsseln hinterlegt.« Sie griff in mein Fach. »Ich hoffe, Sie hatten einen angenehmen Tag, Miss Smith?«, fragte sie mit besonderer Betonung auf »Smith«.

Ich erzählte ihr begeistert von meinen Abenteuern, ohne die Royal Mile und das Touristenzentrum zu erwähnen, und nutzte die Gelegenheit zu einem Hinweis auf mein berufliches Engagement: »Natürlich war es kein reiner Urlaubstag. Ich habe mich auch nach Einzelhandelsgeschäften umgesehen. Wissen Sie, Katzenbesitzer können in Bezug auf die Ernährung ziemlich fanatisch sein. Dummerweise muss ich immer Warenmuster mit mir rumschleppen ...«

Ich erging mich lang und breit über die Zumutungen, die das Leben eines Handelsvertreters mit sich brachte. Mrs Mackenzies säuerliches Gesicht erstarrte zu einem gelangweilten Ausdruck.

In meinem Zimmer traf ich einige Entscheidungen. Morgen würde ich diese Dose Haggis öffnen und eine Probe an die Kriminaltechnik schicken. Den Rest konnte sich Gorgonzola schmecken lassen. Als Einführung in die schottische Küche. Schließlich muss man mit den Wölfen heulen. Heute Abend blieb mir vor dem Essen nur noch Zeit, die Katze zu füttern und übers Handy meinen verschlüsselten Bericht nach London durchzugeben.

Ich öffnete das Fenster. Gorgonzola ließ sich noch nicht blicken und betonte so ihre Unabhängigkeit. Ich war gerade mit meinem Bericht fertig und loggte mich aus, als ich ein leises Scharren hörte und Gorgonzola über die Fensterbank glitt. Ohne mich eines Blickes zu würdigen, tappte sie zielstrebig zu ihrer Tasche, setzte sich davor und schleckte sich die Pfoten.

»Okay, Gorgonzola. Sehen wir mal, was heute Abend auf der Speisekarte steht.« Ich griff in ihre Tasche, um eine Dose herauszuholen, als ich stutzte. Auf den ersten Blick schien sie unberührt, doch bei genauerem Hinsehen wurde mir klar, dass neugierige Augen den Inhalt inspiziert hatten. Die Einzelhandelslisten für das Katzenfutter lagen nicht mehr in der richtigen Reihenfolge.

An der DEINS-Tasche hatte ich absichtlich den Reißverschluss offen gelassen, um das Schnüffeln zu erleichtern. Dagegen hatte ich MEINS so arrangiert, dass sich der Buchstabe M genau über einem langen Kratzer auf dem Gepäckständer befand. Die Position war keinen Millimeter verändert. Mein Trick hatte funktioniert. Derjenige, der mich ausspionieren wollte, hatte sich offenbar mit all der harmlosen Katzen-Information zufriedengegeben.

Gorgonzola stupste mich energisch und kitzelte mich mit ihrem räudigen Schwanz an der Nase, um mir zu verstehen zu geben, dass sie das Warten leid war. Wenn sie zu anmaßend wird, zeige ich ihr gerne, wer der Boss ist. Also packte ich das scheußliche Schottenmäntelchen aus und hielt es in die Höhe. »Sieh mal, was ich dir mitgebracht habe, Gorgonzola. Das wird dich in diesem schrrrrrecklichen schottischen *haarrrr* warm und trocken halten.«

Beim Anblick der grellroten, violetten und gelben Scheußlichkeit machte sie große Augen.

»Möchtest du dich zum Abendessen umziehen?« Ich ging mit hoch erhobenem Mäntelchen einladend auf sie zu.

Mit einem verächtlichen *harrr* schoss sie unters Bett. Zufrieden, dass ich die Hierarchien mal wieder klargestellt hatte, öffnete ich ihr eine Dose schottischen Lachs.

Ich hoffte, dass sich mein eigenes Abendessen ebenso appetitlich gestalten würde, und betrat den Speisesaal unmittelbar nach dem Gong, nur um festzustellen, dass die anderen Gäste in Erwartung von Mrs Mackenzies kulinarischen Genüssen schon ihre Plätze eingenommen hatten. Als ich zögernd in der Tür stand, blickte Felicity Lannelle zu mir auf und lud mich mit einer stummen Geste unmissverständlich ein, den Tisch mit ihr zu teilen.

Mein Hintern schwebte noch über dem Stuhl, als sie sich vorbeugte und sagte: »Verraten Sie mir doch bitte, wie Sie heißen, Ms … Der Schrecken, den Sie mir heute Morgen eingejagt haben, sei Ihnen vergeben«, sagte sie in verschwöreri-

| 46

schem Flüsterton, »wenn Sie mir anvertrauen, wo Sie die Dose Haggis herhaben.«

»Ähm …« Hilflos ließ ich mein Weinglas über dem Tischtuch kreisen.

Ich fühlte ihre schwabbelige Hand, die mich an Hefeteig erinnerte, auf meinem Arm. »Für meine Recherchen ist es absooo-luuut unerlässlich, dass ich das Dosengericht mit dem deliziösen Haggis vergleiche, wie es hier gereicht wird. Sehr oft beeinträchtigt die Konservierung das Aroma; es schmeckt dann irgendwie« – sie suchte nach dem richtigen Wort und entschied sich, als es ihr nicht einfiel, für »blechern«.

Als die Kellnerin kam, um meine Bestellung aufzunehmen, schwieg sie diskret. Kaum war das Mädchen gegangen, spähte sie in die Runde und sprach jetzt so leise, dass ich die Ohren spitzen musste. »Ich hab gefragt, ob ich eine Dose bekommen kann. Sie werden es nicht glauben, aber Mrs Mackenzie hat *mir*, Felicity Lannelle, Gourmet *par excellence*, einen Korb gegeben. Und schrecklich herablassend gelacht.« Ms Lannelles plumpe Wangen liefen bei der Erinnerung an das demütigende Erlebnis rot an. »›Meine Liebe‹, hat sie zu mir gesagt, ›unser Haggis ist ein kulinarischer Triumph, den Sie nur in unserem Speisesaal genießen können oder aber in den besten Delikatessgeschäften im Ausland. Die Dosen sind hier keinesfalls zu kaufen. Sie sind nur für den Export bestimmt.‹«

»›Nun ja‹, hab ich zu ihr gesagt, ›dann frage ich mich nur, wieso einer der *anderen* Gäste eine Dose hat.‹ Der Drachen hat mich nur mit eiserner Miene angestarrt und geschnauzt: ›Das kann nicht sein.‹«

Scheiße, Scheiße, Scheiße. Ich beherrschte mich und mimte höfliches Interesse.

Felicity Lannelle vergewisserte sich mit einem weiteren Blick durch den Saal, dass niemand uns hörte. »Natürlich hat sie mich gefragt, um welchen Gast es sich handle. Dummerweise kannte ich nicht Ihren Namen ...« Sie zog erwartungsvoll die Augenbrauen hoch.

»Deborah Smith«, murmelte ich. Gott sei Dank hatte sie *nicht* gewusst, wer ich war.

»Aber ich habe Sie beschrieben. Anfang dreißig, kurzes braunes Haar, Schorf von Schnittwunden an den Händen – hatten Sie kürzlich einen Unfall, meine Liebe?« Ohne meine Antwort abzuwarten, fuhr sie fort: »Ich habe ihr geschworen, dass Sie *definitiv* eine Dose hätten.«

Dumm gelaufen. Es gab nur ein paar weitere weibliche Gäste in meiner Altersgruppe, und keine von denen hatte Schnittwunden an den Händen.

»Wann haben Sie mit ihr geredet?« Obwohl mein Puls raste, brachte ich einen beiläufigen Ton zustande.

»Vor wenigen Minuten, vor dem Abendessen.« Die Feinschmeckerin lachte herzhaft. »So wie sie reagierte, hätte man meinen können, Sie hätten die Kronjuwelen gestohlen.«

Ich sah es nur zu lebendig vor mir.

»Vielleicht«, erwiderte ich gedehnt, während ich verzweifelt nach einer plausiblen Erklärung suchte, »ist das Rezept ja tatsächlich ein Familienerbe, eine Art Firmengeheimnis.« Dieses Argument leuchtete Felicity Lannelle unmittelbar ein, und ihre Augen funkelten. »Sie *müssen* mir einfach verraten, woher Sie diese Dose haben!« Sie sah mich prüfend an. »Natürlich könnten Sie sie mir auch verkaufen.« Sie öffnete ihre Handtasche und kramte darin herum. »Wie viel möchten Sie dafür?«

Ich überlegte blitzschnell. »Nein, nein ... Ich bin nicht an Geld interessiert. Ich würde Ihnen die Dose gern für Ihre Recherchen überlassen, Mrs Lannelle ...«

»Misses«, korrigierte sie mich unwillkürlich.

»Ms Lannelle«, wiederholte ich, dankbar für die zusätzliche Bedenkzeit. »Das Problem ist nur, dass Mrs Mackenzie mich gerade auf der Treppe angehalten und sie zurückgefordert hat. Deswegen kam ich ein bisschen zu spät.«

Enttäuscht ließ sie ihre Tasche zuschnappen. »Wissen Sie, ich habe hier extra ein Ferienhäuschen genommen, damit ich sozusagen an Ort und Stelle meine Experimente durchführen kann. Mit einer eigenen Küche ist man so unabhängig. Natürlich habe ich für Unterkünfte ohne eigene Küche meinen Reisekocher dabei.« Sie verfiel in Schweigen und spielte mit dem Brötchenrest auf ihrem Teller. »Die Dose ist also wieder im Besitz von Mrs Mackenzie?«

Ich nickte.

»Was für ein Jammer! Es wäre eine einmalige Gelegenheit gewesen zu testen, ob man hier einen Weg gefunden hat, wie Gourmet-Speisen in der Dose ihr volles Aroma bewahren.«

Ich entspannte mich. Meine Lüge hatte sie überzeugt.

Plötzlich hellte sich Ms Lannelles Gesicht auf. »Sie können mir immer noch verraten, wo Sie diese Dose *her*haben.« Sie spielte ihr Ass aus. »Ich gehe sicher richtig in der Annahme, dass Mrs Mackenzie sie Ihnen nicht gegeben hat? Wie sind Sie also daran gekommen?«

Jetzt verfiel ich in Schweigen. Schließlich konnte ich ihr nicht sagen, dass sie von einem Lieferwagen gefallen war. Aber vermutlich würde es nicht weiter schaden, wenn ich ihr verriet, dass die Dose aus der Garage stammte. Falls sie versuchte, eine zu stibitzen, würde ihr ungeschickter Versuch vielleicht dabei helfen, den Verdacht von Lady Detective Smith abzulenken …

Das schien sie zufriedenzustellen, doch trotzdem gelang es mir nicht, mich auf mein Essen zu konzentrieren. Sobald es der Anstand erlaubte, entschuldigte ich mich und hastete hinauf in mein Zimmer. Ich hatte die Haggis-Dose in Gorgonzolas Tasche unter dem Katzenfutter versteckt. Bei meiner Rückkehr aus Edinburgh war sie noch da gewesen. Ich schnappte mir die Tasche und kippte kurzerhand den Inhalt aufs Bett. Eine Kollektion an Truthahn, Lachs, Gänseleber, Kaviar und Sahnedessert kullerte über die Decke.

Doch von *Mackenzie's Taste of Scotland* weit und breit keine Spur.

4

Nachdenklich ging ich nach unten. War meine Tarnung aufgeflogen? Die Haggis-Dose hatte sich ja in derselben Tasche befunden wie das Katzenfutter, und mit ein bisschen Glück würden die Mackenzies vielleicht vermuten, ich wollte meinen Bestand an Warenmustern aufstocken. Das jedenfalls würde ich behaupten, falls sie die Sache zur Sprache brachten.

Um den Mackenzies aus dem Weg zu gehen, blieb ich vor dem letzten Treppenabsatz stehen und warf einen prüfenden Blick in die Halle. Die Rezeption war nicht besetzt, die Tür dahinter jedoch halb offen. Von der Lounge drangen die gedämpften Geräusche eines Fernsehapparats, männliche Stimmen und das schrille Lachen einer Frau herüber. Am besten, ich mischte mich unauffällig zwischen die anderen Gäste.

Auf Zehenspitzen taperte ich an der Rezeption vorbei, als ich hinter der leicht geöffneten Tür die empörten Stimmen der Mackenzies hörte. »Das verdammte Weibsstück ... Dose ...«

Ich schlich mich hinter die Theke und zog behutsam die Tür ein Stück weiter auf. Dahinter erschien ein schmaler Flur, dann eine dunkle Treppe ohne Teppich, an deren unterem Ende aus einer weiteren Tür Licht schimmerte.

Ich hörte leises Klappern von Geschirr und etwas lauter das beleidigte Jammern von Murdo. »Aber Morag, wie konnte ich denn ...?«

»Mackenzie, ein zehnjähriges Blag hätte sich nicht so dämlich angestellt wie du ...« Scharf wie die Klinge eines Dolchs schnitt die stählerne Stimme ihm das Wort ab und prügelte verbal weiter auf ihn. So faszinierend ich Mrs Mackenzies ausdrucksstarke Sprache fand, ich durfte mich auf keinen Fall beim Lauschen erwischen lassen.

Ich wollte gerade leise die Tür zuschieben und mich wegschleichen, als sie schnauzte: »Vielleicht ist ja gar kein Schaden entstanden, aber du tätest gut daran, bei dem Treffen morgen Nachmittag nichts von der Haggis-Dose zu erwähnen, sonst bekommst du es nicht nur mit mir zu tun.« Mackenzies Antwort konnte ich nicht verstehen. Der Lichtkegel aus der offenen Tür wurde breiter. Zeit, zu verschwinden. Mit wenigen Schritten war ich an der Tür zum Aufenthaltsraum. Aus der Küche im Kellergeschoss kamen Schritte herauf.

Als ich die Tür öffnete, wogte mir der Lärm der anderen Gäste entgegen – für Mr oder Mrs Mackenzie auf der Treppe zweifellos ein Indiz dafür, dass jemand in der Halle gewesen war und möglicherweise den Streit in der Küche mit angehört hatte.

Ich schlüpfte in den Raum, zog hastig die Tür hinter mir zu und sank neben Felicity Lannelle aufs Sofa. Außer Atem flüsterte ich ihr zu: »Tut mir leid, dass ich eben so schnell vom Tisch aufgestanden bin. Ein dringender Anruf. Sie müssen mir unbedingt sagen, wie Sie das Essen fanden.«

»Ach so! Sie haben mich schon ein bisschen erschreckt«, sagte sie und legte sich theatralisch die Hand aufs Herz. »Ist auch schädlich für die Verdauung. Wissen Sie, Stress regt die Magensäure zu sehr an, und …«

Ich spürte, wie hinter Felicitys breiter Schulter die kantige Mrs Mackenzie im Türrahmen stand. Sie warf einen prüfenden Blick in die Runde. Nach einer halben Ewigkeit beendete sie ihre Inspektion und verkündete: » Zwischen neun und zehn Uhr abends stehen hier in der Lounge heiße Getränke und Kekse zur Verfügung.«

Nach einem letzten misstrauischen Blick zog sie sich zurück.

»… also helfen Sie mir, ja?« Felicity sah mich erwartungsvoll an.

Ich hatte nur mit halbem Ohr hingehört. »Ähm, also … ja, natürlich«, sagte ich aufs Geratewohl.

Sie stieß einen erfreuten Schrei aus. »Jetzt, wo Sie wissen, *wie* wichtig es für mich ist, an dieses Haggis ranzukommen, bin ich zuversichtlich, dass ich auf Sie zählen kann.« Sie beugte sich verschwörerisch herüber. »Also, ich hab drüber nachgedacht. Wir müssen gar nicht in die Garage einbrechen, um eine Dose –«

»In die Garage einbrechen? *Wir?*« Jetzt produzierte mein Magen entschieden zu viel Säure. »Nicht?«

»Nein.« Sie verschränkte triumphierend die Arme vor der Brust und lehnte sich zurück. »Weil sie es in der *Küche* zubereiten. Ich hab's gerochen. Ein himmlischer Duft!« Ihr Blick verklärte sich.

O Gott, offenbar hatte ich mich von Felicity zu einem Raubüberfall verpflichten lassen. Zu spät versuchte ich mich herauszuwinden.

»Aber ich glaube nicht, dass ich so etwas kann … Nein«, schob ich entschlossen hinterher. »Dafür hab ich kein Talent.«

Ms Lannelle kniff die Augen zu und sah mich unerbittlich an. »Aber Sie *müssen*«, flehte sie leise. Sie beugte sich noch weiter herüber und tätschelte mir den Arm. »Sonst bleibt mir nichts anderes übrig, als Mrs Mackenzie Ihr kleines Geheimnis zu verraten.«

Wie sollte sie irgendwas über Operation Schottische Nebelsuppe wissen? Ich sah sie mit unschuldigem Augenaufschlag an. »Aber ich habe doch gar kein Geheimnis.«

Sie legte sich einen plumpen Finger auf die Lippen, griff nach der Fernbedienung und schaltete den Ton um einige

Stufen lauter. »Das stimmt nicht ganz!«, sagte sie in genüsslichem Singsang. »Ich hab gesehen, wie Sie diese struppige Streunerin in Ihr Zimmer gelassen haben. Keine Sorge, ich liebe Katzen.« Sie warf einen vielsagenden Blick auf die Schrammen an meinen Händen. »Aber ich gebe Ihnen einen Rat, meine Liebe, halten Sie sich an reinrassige Tiere. Die gehen nicht so leicht auf Sie los. Helfen Sie mir bei meinem kleinen Problem, und das Ganze bleibt unser süßes Geheimnis.« Sie bekräftigte ihren Vorschlag mit einem übertrieben konspirativen Augenzwinkern. Offenbar spielten ethische Überlegungen im Weltbild einer Feinschmeckerin eine untergeordnete Rolle.

Es gibt nichts Schlimmeres als den Zorn einer geschmähten Feinschmeckerin. Auch wenn ich es nur ungern zugab, bewunderte ich Ms Lannelles taktisches Geschick. Wenn ich riskierte, aus dem Hotel zu fliegen und die Mackenzies aus dem Auge zu verlieren, war die Operation Schottische Nebelsuppe ernsthaft gefährdet. Doch obwohl ich wusste, dass ich geschlagen war, unternahm ich einen letzten Versuch, meinen Kopf aus der Schlinge zu ziehen.

»Aber Ms Lannelle«, sagte ich in halb gespieltem Staunen, »ich verstehe eigentlich nicht, wozu Sie meine Hilfe brauchen. Ich bin mir ziemlich sicher, Sie schaffen das auch alleine. Sie müssen sich doch nur mitten in der Nacht aus Ihrem Cottage schleichen und aus der Küche eine Kostprobe Haggis entwenden. Ich gebe Ihnen gerne meinen Haustürschlüssel.«

Sie seufzte. »Na schön, jetzt muss ich Ihnen etwas beichten: Ich habe diese blöde Angst vor Dunkelheit, in meinem Zimmer lass ich nachts eine kleine Lampe an. Sollte der Strom mal ausfallen« – ihr massiger Körper erschauderte bei dem Gedanken –, »ich wäre halb tot vor Angst!« Sie kicherte verlegen.

Um 2:05 Uhr morgens drang ein Lichtkegel durch einen Gardinenspalt in Felicity Lannelles Ferienhaus, der für eine Nachtbeleuchtung zu hell war und somit zeigte, dass sie, statt zu schlafen, sehnsüchtig auf mich und die heiß begehrte Dose Haggis wartete.

Ich trat vom Fenster und ging zur Schlafzimmertür. Gorgonzola öffnete gähnend ein Auge, Neugier und Bequemlichkeit im Wettstreit miteinander. Die Bequemlichkeit siegte. Gorgonzola kam zu dem Schluss, dass sie mit meinen Aktivitäten nichts zu schaffen hatte, und schlief wieder ein.

Ich stand als schwarze Gestalt inmitten der Schatten am oberen Treppenabsatz und wartete, bis sich meine Augen an die schummrige Notbeleuchtung gewöhnt hatten. Die Muster, die bei Tage leuchtend bunte Farben auf den Treppenläufer warfen, wirkten im fahlen Licht des Vollmonds blutleer und verwaschen. Ich lauschte auf die Geräusche des schlafenden Hauses, das gelegentliche Knacken und Rascheln, das gleichmäßige Ticktack von der alten Standuhr in der Halle. Nachdem ich mich davon überzeugt hatte, dass außer mir niemand auf war, tappte ich leise nach unten.

Das Schloss an der Tür hinter der Rezeption hielt dem Dietrich, den ich aus der Tasche zog, nicht lange stand. Eine Drehung, und die Hebel schnappten zurück. Ich knipste meine Stiftlampe an und richtete den schmalen Lichtstrahl auf die Tür am unteren Ende der Treppe. Kein altmodisches viktorianisches Schloss, ja nicht einmal ein modernes Einsteckschloss mit Mehrfachverriegelung, sondern eine Vorrichtung, an der selbst meine raffinierte Ausrüstung scheitern konnte. Ein bisschen viel Sicherung für die Küche eines Landgasthofs, meiner Meinung nach. Vielleicht ein untrüglicher Beweis dafür, dass es etwas zu verbergen gab?

Ich benötigte volle zehn Minuten, bis das Schloss vor meinem Dietrich kapitulierte und die Tür aufging. Das helle

Mondlicht fiel durch ein großes Fenster und spiegelte sich in den weißen und stählernen Arbeitsflächen einer ultramodernen Küche. Abgesehen von zwei riesigen Bottichen aus Stahl, die neben einem großen weißen Schrank an der Rückwand standen, fiel mir nichts Außergewöhnliches auf. Eine kurze Inspektion brachte kein Ergebnis. Die Behälter waren leer. Ich wandte mich dem weißen Schrank zu. Das leise Summen deutete auf eine Art Kühlschrank hin. Ich zog die Tür auf.

Im Innern stapelten sich mehrere große Behälter mit Felicity Lannelles kostbarem Haggis; daneben befand sich in einem Plastikkanister eine breiige, dunkelbraune Flüssigkeit mit der Aufschrift *Soße für Haggis*. Bingo! Ich atmete einmal tief durch. Dann holte ich einen Löffel aus einer Schublade und füllte Felicitys Schüssel mit Haggis. Mir kam der Gedanke, auch eine Kostprobe aus dem Kanister zu nehmen, und so goss ich reichlich Soße über das Fleisch. Abschließend löffelte ich noch, eher hoffnungs- als erwartungsvoll, eine Probe des Haggis in ein leeres Filmdöschen, um es später nach London zu schicken.

Es war frustrierend, dass meine gründliche Suche nichts Verdächtigeres zu Tage förderte. Dieses Sicherheitsschloss war für eine gewöhnliche Küche viel zu teuer. Gab es vielleicht eine vollkommen harmlose Erklärung, zum Beispiel der Versuch, ein altes Familienrezept zu schützen? Nein. Mein Instinkt sagte mir, dass die Mackenzies ein dunkleres Geheimnis hüteten. Wenn Murdo in wenigen Stunden zu diesem Treffen ging, würde ich ihm folgen, um es herauszufinden.

Ich sah mich noch einmal um. Nachdem ich mich vergewissert hatte, dass ich keine Spuren hinterließ, ging ich wieder nach oben in die Eingangshalle. Inzwischen war das Fenstermuster nicht mehr auf der Treppe, sondern an der Wand. Ich hielt den Atem an, horchte auf das laute Ticken der Uhr und blieb im Schatten des Empfangstischs stehen. Ich zählte langsam bis hundert, bevor ich zur Glastür hinüberhuschte und den Riegel am Schloss zurückzog. Der schwere Schlüssel in der äußeren Holztür ließ sich mühelos drehen. Hier gab es keine Hochsicherheitsvorrichtungen.

Der Mond überflutete mit seinem weißen Licht den Rasen und legte eine silbrig schimmernde Bahn über das dunkle Wasser bis hin zu dem erleuchteten Fenster des Cottages, in dem Felicity Lannelle ungeduldig wartete. Ich warf einen Blick zurück zum Haus. Nirgends brannte Licht, was jedoch nicht besagte, dass mir keine Augen folgten, und so nahm ich einen Umweg durchs Gebüsch von einer guten Viertelstunde. Kaum hatte ich die schützenden Rhododendren erreicht, kam ich leicht und zügig bis zur Rückseite ihres Hauses.

Durch die karierten Gardinen drang Licht. Als ich leise klopfte, wurde es schwächer.

Eine schattenhafte Gestalt öffnete das Fenster einen Spalt breit und flüsterte: »Sind Sie das, meine Liebe? Haben Sie es?«

»Auf beide Fragen ja«, murmelte ich und widerstand der Versuchung, ihr zu antworten: Ich bin's, Mrs Mackenzie, wollte mal sehen, was hier gespielt wird!

Felicity trug einen grell orangefarbenen Kaftan und darüber eine große weiße Schürze. Hinter ihr erspähte ich einen Topf auf einem Herd und daneben, auf der Arbeitsplatte, einen Notizblock mitsamt Stift.

»Oh, wie soll ich Ihnen nur danken, meine Liebe!« Sie griff gierig nach der Schüssel Haggis. »Ich kann es kaum abwarten, es zu untersuchen. Und ich *werde* nicht abwarten. Ich werde auf der Stelle ein eigenes kleines Rezept ausprobieren!« Eine plumpe Hand winkte mir zu und gab mir deutlich zu verstehen, dass meine Anwesenheit nicht länger erwünscht war. Ms Lannelle ging schon ganz in ihren kulinarischen Experimenten auf.

Gorgonzola fand es gar nicht lustig, zwei Mal hintereinander durch mein Kommen und Gehen, oder genauer gesagt, mein Gehen und Kommen, mitten in der Nacht gestört zu werden. Sie rächte sich, indem sie sich selber mehrere Male auf Wanderschaft begab. Ich driftete zwischen Wachen und Schlafen hin und her und konnte mich jedes Mal nur vage an einen Traum erinnern … Eine Gestalt, in der Felicity und Gorgonzola miteinander verschmolzen, saß, die Serviette um den Hals geknotet, Messer und Gabel in den Pranken, in einem Kaftan mit Schottenmuster an einem Tisch mit weißem Tuch. Gorgonzola mit Felicitys Körper, oder Felicity mit Gorgonzolas Gesicht? Ich dachte immer noch angestrengt darüber nach, als Mrs Mackenzie stolz lächelnd mit einem Tablett hereinbalancierte, auf dem sich Schüsseln mit dampfendem Haggis türmten. Mit einer schwungvollen Geste stellte sie eine Schale nach der anderen auf den Tisch, bis Gorgonzola-Lannelle hinter einem Haggis-Wall verschwand.

Ich will auch was, rief ich. Mein rechter Fuß steckte bis zum Reißverschluss in der MEINS-Tasche, mein linker in der DEINS; so schlurfte ich quer durch den Speisesaal und schwang einen großen hölzernen Löffel. Mrs Mackenzie hielt ihr Tablett hoch, auf dem nunmehr die Auskunft eingraviert war: *Zu ihrem Bedauern kann die Hotelleitung keine Smiths bewirten.* Sie bewegte ihre schmalen Lippen, brachte jedoch keinen anderen Laut hervor als das schrille Miauen, das Gorgonzola antrainiert war, um zu signalisieren, dass sie illegale Drogen aufgespürt hatte …

Ich erwachte vom Piepston meines Weckers. Mühsam öffnete ich ein Auge und versuchte, die Uhrzeit abzulesen. 7:30 Uhr. Schläfrig drehte ich mich auf die Seite, dann warf ich in einer übermenschlichen Willensanstrengung die Decke zurück. Gorgonzola, die sich am Fußende eingerollt hatte, blieb reglos liegen.

»In unserem Alter rächt es sich, wenn man die Nacht zum Tage macht, nicht wahr, Gorgonzola?«, brummte ich auf dem Weg zur Dusche. Ich durfte nicht zu spät zum Frühstück kommen. Sonst würde ich nur unnötig Aufmerksamkeit auf mich ziehen. Ball flach halten. Mrs Mackenzie bloß keinen Vorwand geben, mich überhaupt wahrzunehmen.

Felicity Lannelle war beim Frühstück nirgends zu sehen. Kaum verwunderlich, wenn man bedachte, wie viel Zeit sie damit zugebracht haben musste, die Proben zu kosten und sich detaillierte Notizen zu machen. Nachdem sie das ganze Haggis verdrückt hatte, konnte sie vermutlich ohnehin kein Frühstück sehen – es sei denn, sie ging wie bei der Weinprobe vor und spuckte die Happen nach dem Testen in einen Napf.

Auch dieser Mafia-Verschnitt, Waldo M Hinburger, der gewöhnlich neben der Topfpflanze saß, glänzte durch Abwesenheit. Ich suchte ihn an den anderen Tischen. Fehlanzeige. Vielleicht hatte er die halbe Nacht damit zugebracht, seine Geschäftsfreunde in den Staaten anzurufen. Ich würde seine Telefonleitung abhören lassen, doch das setzte eine richterliche Verfügung, somit einen schlüssigen Beweis und eine Menge Zeit voraus. Zumindest würde er mich heute nicht am Frühstücken hindern.

Ich saß in meinem Wagen und dachte missmutig an die vielen Stunden, die ich vielleicht warten musste, bis Murdo Mackenzie in seinem blauen Lieferwagen zu diesem Treffen fuhr, und so sah ich zum hundertsten Mal auf die Uhr am Armaturenbrett. 12:15 Uhr. Hier in der Parkbucht, etwa dreihundert Meter vom White Heather Hotel entfernt, konnte er mir nicht entgehen. Ich streckte ein verkrampftes Bein aus und gähnte. Trotz der geöffneten Fenster war es im Wagen stickig heiß. Tapfer kämpfte ich gegen den Schlaf an …

Endlich schob sich die Kühlerhaube des blauen Lieferwagens aus der Einfahrt. Die Gänge knirschten, die Kieselsteine spritzten, und der Wagen fuhr in Richtung Hauptstadt. Ich ließ ein paar andere Wagen vorbei, dann reihte ich mich selber ein und folgte in diskretem Abstand. Vielleicht war dies der Durchbruch, auf den wir gewartet hatten.

5

Ich stand mit einer Paris-Hilton-Sonnenbrille und einem Seidenkopftuch – einer dürftigen Verkleidung, zugegeben, doch das musste genügen – unter einem Keulenbaum. Die Gewächshäuser des Botanischen Gartens von Edinburgh schienen ein seltsamer Ort für ein Treffen zu sein, doch Mackenzie war schnurstracks dorthin gefahren, ohne nach rechts oder links zu sehen. Und er war nicht gekommen, um mit den Pflanzen zu reden, da war ich mir sicher.

Ich spähte durch die blaugrünen Kaskaden der Zweige. Das Gewächshaus der gemäßigten Zone glich mit seiner Vielfalt an Grün – von Pastell- über Tannen- zu Oliv-, Flaschen- und Graugrün – einem Dschungel. Die Sträucher wuchsen mannshoch, und die Bäume stießen bis ans achtzehn Meter hohe Glasdach: Die Mimosen, Magnolien, Banksien und Eisenholzbäume gediehen so dicht und üppig, dass ich die kleine Gruppe Touristen, die einen anderen Pfad entlangkamen, nicht sehen, sondern nur anhand ihres Geschnatters verfolgen konnte.

»Sieh dir nur diese violetten Beeren an ...«

»Nicht violett. Ich würde sagen, sie sind kobaltblau ...«

»Hab noch nie eine Fuchsie mit solchen Blüten gesehen ...«

»Ein *Tomaten*baum, also, so was hab ich wirklich ...«

Welchen Weg durch das dichte Laub hatte Mackenzie eingeschlagen? Der nächste Pfad wand sich unter einer hohen Brücke aus Beton hindurch, die so von Kletterpflanzen überwuchert war, dass kein Geländer mehr zu erkennen war und die räuberischen Ranken bis auf den Gehweg darunter reichten. Auch da keine Spur von Mackenzie. Er musste irgendwo auf der zweiten Ebene sein. Ich trat aus der Deckung des Keulenbaums und eilte zur Treppe.

Von oben hörte ich die unverwechselbare, quengelnde Stimme von Mackenzie. »Ich sehe nicht ein, wieso wir die Abwurfstelle ändern sollen. Sie ist vollkommen sicher. Die neue ist viel unpraktischer zum –«

»Das entscheiden wir«, fiel ihm die raue Stimme eines Amerikaners ins Wort. »Du machst nur, was man dir sagt, Junge.« Der Ton war bedrohlich, die Stimme vertraut. Waldo M Hinburger.

Ich hörte, wie knarrend eine Tür aufging und das Gespräch jäh unterbrochen wurde. Ich hastete die Treppe hinauf. Als ich oben ankam, war die Brücke menschenleer. Links davon, nur wenige Meter entfernt, lag das Südamerika-Haus. Durchs Glas sah ich inmitten von Bromelien eine bucklige Brücke. An der Tür stand eine Pflanze Wache, wie sie Hinburger gut und gerne in seinem Garten züchten mochte, eine mörderisch wirkende Agave, deren Blätter aussahen, als wären sie in Blut getränkt.

Weder auf der Brücke noch auf dem Pfad um den Teich war jemand zu sehen. Da mir unter diesen Umständen keine Vorsicht geboten erschien, rannte ich über die Brücke, um ins angrenzende Haus für die Trockenzone zu schauen. Stachlige Kakteen erhoben sich grün aus dem staubig roten, ockerfarbenen und grauen Gestein und starrten aggressiv zurück. Es gab ein paar Besucher, doch Mackenzie und Hinburger waren nicht dabei.

Ich war auf dem obersten Treppenabsatz nach links abgebogen, folglich Mackenzie und sein Begleiter nach rechts. Ich rannte denselben Weg zurück, den ich gekommen war, und zü-

| 62

gelte mein Tempo, als ich auf der Empore anderen Menschen begegnete. Eile mit Weile. Eine Familie kam mir entgegen und versperrte mir den Weg. Ich trat nach links, und Opa schlurfte ebenfalls in die Richtung. Ich wechselte nach rechts, und der alte Mann blieb wie angewurzelt stehen. Plötzlich schwang er seinen Stock, und meine Beine entgingen ihm nur um Haaresbreite.

»Verzeihung ... tut mir wirklich leid ...« Unter höflichen Entschuldigungen wich ich seitlich aus und eilte weiter. Eine prächtige Passionsblume reckte sich mit ihren Ranken über das Geländer, um mich am Genick zu packen und sich um meine Kleider zu schlingen. Keine Zeit, das Schild zu lesen, keine Zeit, die samtene, violette Blüte zu bewundern oder an den duftigen gelben Bällchen der Mimosen zu riechen.

Wohin jetzt? Rechts führte der Gang zu den Orchideen und Palmfarnen. Vor mir tauchten die beschlagenen Türen des tropischen Aquarien-Hauses auf. Durch die nassen Scheiben konnte ich so verschwommen wie ein Monet-Gemälde einen mit Riesenwasserlilien bedeckten Teich erkennen, von dem sich eine nebulöse, doch stämmige Gestalt entfernte.

Warme, feuchte Luft schlug mir ins Gesicht, als ich die Tür öffnete und eintrat. Das Zischen der Luftbefeuchter und das stetige Tropfen von den Bäumen, die sich zwischen Glas und Wasser drängten, klangen unnatürlich laut. Der Teich nahm den größten Teil der Fläche ein. Riesige Wasserlilien, zarte grüne Polster, die am Rand wie große stachlige Obstkuchen nach oben gebogen waren, breiteten sich über die dunkle Fläche.

Am anderen Ende des Gewächshauses schloss sich langsam die Tür unter ihrem eigenen Gewicht. Da ich annehmen musste, dass Mackenzie und Hinburger ins nächste Haus gegangen waren, bot der breite Pfad keine Deckung, falls sie es sich in den Kopf setzten, umzukehren. Andererseits würde ihnen eine Frau mit Kopftuch und Sonnenbrille, die sich brennend für diese Krotonblätter mit ihrem wilden, an Jackson Pollock erinnernden Geäst in Rot, Gelb, Grün und Orange interessierte, wahrscheinlich nicht weiter auffallen.

Ich hatte schon die Hand am Griff der Farnhaus-Tür, da kamen mir Zweifel. Vielleicht war es besser, jetzt den Rückzug anzutreten, solange es noch möglich war. Immerhin hatte ich einige Fortschritte gemacht – ich hatte herausgefunden, dass definitiv eine Verbindung zwischen Mackenzie und dem amerikanischen Gangster bestand, und ich hatte eine Bemerkung über »Abwurfstellen« belauscht. Besser ein kleiner Erfolg als ein fataler Rückschlag für Operation Schottische Nebelsuppe, wenn ich ihr Misstrauen weckte. Andererseits hatte ich noch nicht genug erfahren, um die Fahnder auf den Plan zu rufen. Ich entschied mich für das kalkulierte Risiko und öffnete die Tür.

Der Temperaturabfall im kalten Dunst des Farnhauses war enorm, und mir schlug der Geruch von vegetativer Zersetzung entgegen. Unmittelbar hinter dem Eingang blieb ich stehen und konzentrierte mich auf die Laute in meiner Umgebung – das Zischen von Nebeldüsen, das Plitschplatsch des Wassers, das von den anmutig gewölbten Wedeln der Baumfarne lief, das laute Gurgeln eines Bächleins. Und rechts von mir das Murmeln von Stimmen.

Der Mittelgang bot nicht genügend Deckung, doch links schlängelte sich ein Nebenpfad zwischen den dichten Stämmen und Riesenfarnen hindurch. Ich schlich mich an. Die Stimmen waren jetzt lauter, ich hörte das amerikanische Näseln, das verächtliche Lachen einer Frau, doch die Worte wurden vom Glucksen des Bachs und der dichten Vegetation geschluckt. Frustriert blieb ich abrupt stehen. Nur Touristen. Als ich die verschwommene Gestalt durchs Glas entdeckte, hatte ich voreilige Schlüsse gezogen. Zerknirscht strich ich mit dem Finger den wollig zimtenen Stamm eines Baumfarns entlang. Sie waren sicher längst über alle Berge.

»Ich sag's noch einmal, nein!« Als ich Hinburgers lautes Organ hörte, zuckte ich zusammen.

Dann die undeutliche Stimme einer Frau.

Ein Murmeln des Amerikaners.

Stille.

Ich schlich mich noch näher heran und spitzte die Ohren. Mackenzie quengelte verdrießlich:»Die Burg ist völlig in Ordnung. Das ist die beste Stelle.«

Hinburger, Mackenzie – und vielleicht Gina Lombardini? Ich hob die Hand, um die Wedel zu teilen, als ich laut und deutlich von Hinburger hörte:»Klar, aber …«

Laut und deutlich. Das hieß, sie waren … Ich machte kehrt und rannte denselben Weg zurück, den ich gekommen war. Der lärmende Bach, den ich verflucht hatte, weil er die Unterhaltung übertönte, half mir jetzt, unbemerkt über den nassen Steinboden zu laufen. Wenn sie mich auch nur eine einzige Sekunde zu Gesicht bekamen … Es gibt nichts Verdächtigeres als einen Menschen, der wegrennt. Zu spät begriff ich, dass Normalität meine beste Tarnung gewesen wäre: Ich hätte meinen Notizblock zücken und mich wie ein Künstler zum Zeichnen zwischen den Farn hocken sollen.

Hinter mir schwang die Tür zum Farnhaus zu.

Lange bevor ich das Tropenhaus verlassen konnte, würden sie durch dieselbe Tür kommen. Krise. Es gab weit und breit niemanden, den ich in ein Gespräch ziehen, keine Gruppe, in die ich mich unauffällig einreihen konnte. Die Laubmassen – tropische Sträucher, Bananenstauden, Kaffeebüsche, bunte Krotons – drängten sich dicht aneinander, doch ich würde eine Spur der Zerstörung hinterlassen, die den dreien schwerlich entgehen würde. Ebenso gut konnte ich ein Schild aufstellen: *Hier versteckt sich jemand!*

Es gab sonst nirgends Deckung. Nur dieses Bündel Zuckerrohr, das im braunen Teichwasser wuchs …

Ich stopfte mein Kopftuch und die Brille in die Tasche und war dankbar, dass niemand in meiner Nähe war und ein Theater machen konnte, als ich ins Wasser glitt. Ich legte mich der Länge nach so in die braune Brühe, dass man von der Tür aus nur meinen Hinterkopf sehen konnte. Ich musste mich also auf meine Ohren verlassen, um zu wissen, was passierte. Während ich meinen Körper unter dem riesigen Stachelkissen einer Wasserlilie verbarg, steckte mein Kopf hinter den dicken Stängeln eines Zuckerrohrs.

Ich hörte das Öffnen der Tür, dann ganz in meiner Nähe Schritte. Die Frau sagte gerade: »Das entscheiden wir, nachdem ich da gewesen bin, ja?« Ausländischer Akzent.

Hinburger brummte etwas zur Antwort.

Etwas knabberte an meiner Hand. Im Geist sah ich einen gewaltigen Schwarm Piranhas in meine Richtung schießen, der dafür sorgte, dass mein Arm in weißen Skelettfingern endete. Was für ein Dummkopf ich doch war. Natürlich hielten sie in einem Teich, der für Kinderhände zugänglich war, keine gefährlichen Fische. Ich biss die Zähne zusammen und schnippte, so energisch ich konnte, mit den Fingern. Die kleinen Mäuler machten sich an meiner anderen Hand zu schaffen. Etwas Großes streifte mein Bein. Einen Moment lang ignorierte ich die im Trüben fischenden Schmarotzer und blinzelte angestrengt an den schön gemusterten Blättern einer Pflanze vorbei, die an eine Schattenblume erinnerte. Ich hatte Recht gehabt, die Frau war tatsächlich Gina Lombardini.

Sie eilte den anderen voraus und rief ungeduldig über die Schulter: »Beeilen Sie sich! Sehen wir zu, dass wir hier rauskommen. Sie wissen doch, ich hasse es, eingeschlossen zu sein!« Die Tür fiel leise hinter ihnen zu. Ich ließ mir ihre Worte noch einmal durch den Kopf gehen. *Das entschei-*

den wir, nachdem ich da gewesen bin, ja? Wo? Unternahm sie deshalb den Ausflug nach Inchcolm? Und stritten sie sich darüber, wo sie ihre Drogenlieferungen an Land bringen sollten? Das entscheiden wir, nachdem ich da gewesen bin, ja? Steckten Mackenzie, Hinburger *und* Lombardini auf diese Weise unter einer Decke? Endlich kam Bewegung in die Sache.

Ein brennender Biss von einem Möchtegern-Piranha riss mich aus meinen Gedanken und erinnerte mich an meine prekäre Lage. Ich richtete mich auf. Hinter mir hörte ich Trippelschritte und eine piepsige Kinderstimme:»Mami, wieso geht die Frau baden?« Ein Mädchen mit Kringellocken, rosa Latzhose und Schlapphut starrte mich mit großen Augen an. »Mami, darf ich auch baden gehen?«

Ich sah mich streng zu ihr um.»Es ist ziemlich eklig hier drinnen. Diese kleinen roten Fische fressen einen auf.«

Sie lutschte am Daumen, während sie sich die Sache überlegte. Dann verzog sich das kleine Gesicht. Sie heulte los und blickte Hilfe suchend zu ihrer Mutter.

Ich hievte mich an Land und ging so würdevoll, wie es meine Lage erlaubte, an der fassungslosen Mama vorbei, während mir das schmutzige Wasser den Körper herunterlief. Ich war schon fast an der Tür, als sie aufflog und mir ein stämmiger Polizist entgegenstürmte.

»Dann sind Sie nicht ertrunken, mein Mädchen?« Er klang erleichtert.»Einen Stock tiefer hat jemand durch das Sichtfenster die Fische beobachtet und gemeldet, dass in dem großen Becken eine Leiche schwimmt. Die Frau war ziemlich schockiert«, fügte er vorwurfsvoll hinzu.

Ich setzte mein strahlendstes Lächeln auf und zückte meinen Dienstausweis, der glücklicherweise wasserdicht laminiert war.

»Finanz- und Zollfahndung«, flüsterte ich geheimnisvoll.

»Top Secret.« Als ich davonmarschierte, spürte ich seinen Blick im Rücken.

Triefend lief ich die Aussichtsbrücke zurück und die Treppe hinunter. Einige Köpfe drehten sich zu mir um, doch niemand sagte etwas, die Ausländer vielleicht vor Verwirrung, die Briten aus Höflichkeit.

Draußen war von Hinburger und seinen Gefährten nichts zu sehen. Die Sonne brannte von einem leuchtend blauen Himmel herab, und die gelben Gänseblümchen im Staudenbeet neben den Gewächshäusern wiegten sich kaum merklich in der sanften Brise. Dennoch fröstelte ich in meinen nassen Sachen. Ich beschloss zu warten, bis ich trocken war, denn nach einer schrecklich ungemütlichen Fahrt zum Hotel zurück stand mir nicht gerade der Sinn. Da war es wohl besser, es den Edinburghern nachzumachen, die – Arme artig über der Brust verschränkt, Beine an den Knöcheln übereinandergeschlagen – auf den Rasenflächen lagen, als hätte sie die ungewohnte Hitze dahingerafft und ein eifriger Bestattungsunternehmer sie für die Beisetzung aufgebahrt. Ich fand ein sonniges, windgeschütztes Plätzchen und legte mich in der ortsüblichen Körperhaltung ins Gras. Während ein zarter grauer Dampf langsam aus meinen Kleidern stieg, schloss ich die Augen und genoss, wie die Wärme mich durchflutete. Ich ließ die Gedanken treiben …

Eine Stimme mit amerikanischem Akzent riss mich aus meinen Träumen. »Ja, so was, hi, Ma'am!« Über mir schwebte Hiram J Spinks' grässliche gelb-schwarze Schottenmütze im Macleod-, oder besser gesagt, Maclaut-Muster. Er starrte mit unverhohlener Neugier auf die Dunstschwaden, die meinen Kleidern entstiegen.

»Bin in den Teich gefallen«, sagte ich zur Erklärung, bevor er mich fragen konnte. »Hab beim Entenfüttern das Gleichgewicht verloren. Bitte keine Fragen. Die Sache ist mir schrecklich peinlich. Nicht auszudenken, wenn jemand im Hotel davon erführe.«

Er schnalzte wohlwollend-amüsiert mit der Zunge. »Sie können sich ganz auf mich verlassen, Ma'am.« Er legte den Finger auf den Mund.

Ich hoffte es. Es wäre gar nicht gut, wenn Hinburger, Mackenzie und die Signora hörten, dass ich den Botanischen Garten genau zur selben Zeit besucht hatte wie sie. Als die gelbschwarze Mütze hinter einem riesigen Büschel Pampasgras verschwand, reckte ich mein Gesicht erneut der Sonne entgegen und wunderte mich ein wenig, wieso Hiram J Spinks an einem so prächtigen Tag hierhergekommen war, statt auf einem seiner geliebten Golfplätze herumzutrampeln.

Es verging geraume Zeit, bis ich verkrumpelt und voller Wasserflecken, doch nahezu trocken, nach Hause fuhr. In dem Moment, als ich in die Einfahrt des Hotels einbog, kam mir ein Krankenwagen entgegengeschossen und zwang mich, scharf zu bremsen. Im Rückspiegel sah ich dem Blaulicht hinterher. Hatte es einen Küchenunfall gegeben? Oder ein Gast einen Herzinfarkt erlitten? Langsam rollte ich die Einfahrt weiter.

Vor dem Haus stand eine aufgeregte Menschentraube. Ich parkte den Wagen und schlich mich, meiner ramponierten Erscheinung bewusst und in der Hoffnung, dass sie zu beschäftigt waren, um von mir Notiz zu nehmen, unauffällig zur Tür.

Im Vorbeigehen schnappte ich Gesprächsfetzen auf.

»… gestern Abend noch völlig gesund.«

»… in ihrem Zimmer gefunden.«

»… bewusstlos und weiß wie eine Leiche. Sie hat ganz merkwürdig geatmet. Wetten, es ist eine Lebensmittelvergiftung?«

»Mein Gott! Was hat sie denn gestern gegessen?« Ein gedrungener, kleiner Mann blickte wild um sich. Als er mich vorbeischleichen sah, leuchteten seine Augen. »Moment mal, haben Sie nicht gestern Abend an ihrem Tisch gesessen? Hat sie« – seine Stimme zitterte – »die Miesmuscheln gegessen?«

Fünf Augenpaare durchbohrten mich.

»Tut mir leid«, stammelte ich, »ich habe keine Ahnung, was ... wer ...?« Ich verstummte.

»Miss Lannelle. Haben Sie es denn noch nicht gehört?«

»Was ist passiert?« Ich hoffte, dass ich nur milde interessiert klang. »Gestern Abend in der Lounge schien sie noch bei bester Gesundheit.«

»Na ja, das ist nicht weiter verwunderlich, oder? Lebensmittelvergiftungen zeigen oft erst nach mehreren Stunden Wirkung.« Der rundliche Mann packte mich verzweifelt am Arm. »Also, hat sie nun die Muscheln gegessen?«

Ich sah ihm unerschrocken ins Auge.

»Also, ja«, log ich in der berechtigten Hoffnung, mit dieser Auskunft für genügend Aufregung zu sorgen, um mich unauffällig verdrücken zu können.

Auf dem Weg durch die Halle fiel mein Blick in den Wintergarten, wo eine uncharakteristisch aufgeregte Mackenzie das Decken der Tische fürs Abendessen beaufsichtigte.

In meinem Zimmer öffnete ich sofort das Fenster, um Gorgonzola hereinzulassen. Am hinteren Ende des Teichs sah ich, dass die Tür zu Felicitys Ferienhütte offen stand. War es tatsächlich eine Lebensmittelvergiftung? Mit ihrer Statur, ihrem Lebensstil und ihrer beruflichen Tätigkeit war sie eine eindeutige Kandidatin für einen Herzinfarkt. Hatte sie vielleicht einen Anfall erlitten? Noch während ich am Fenster stand, kam Mackenzie aus dem Cottage und zog die Tür hinter sich zu. Er schien Mühe mit dem Schloss zu haben und hielt einen Gegenstand in der linken Hand. Mist, mein Fernglas hatte ich im Wagen gelassen. Angestrengt kniff ich die Augen zusammen. Ja, da war tatsächlich etwas Weißes in seiner Hand, doch als er auf dem Pfad zwischen den Büschen im Laufschritt in Richtung Haus lief, wurde der Gegenstand von seinem Körper verdeckt. Hinter der dünnen Gardine wartete ich, bis er wieder zwischen den Büschen hervorkam.

Als es so weit war, hielt er nichts mehr in den Händen. Was auch immer er gerade noch bei sich gehabt hatte war verschwunden.

6

Das Essen verlief an diesem Abend ernst und schweigsam. Mrs Mackenzies kulinarische Anstrengungen wurden mit Argwohn bedacht und jeder Teller einer genauen forensischen Analyse unterzogen. Gegen 21:00 Uhr war der Speisesaal ebenso leer wie die Lounge. Wer noch nicht abgereist war, hatte sich in sein Zimmer eingeschlossen und wartete bang auf die ersten Symptome des gefürchteten Botulismus. Auch ich hatte mich zurückgezogen, wenngleich aus einem ganz anderen Grund – nämlich in Erwartung einer Antwort auf mein dringendes E-Mail-Ersuchen, mir so schnell wie möglich die Analyse der Haggis-Probe sowie einen medizinischen Befund bezüglich Ms Lannelles Zusammenbruch zu schicken.

Probe: negativ. Enttäuscht schürzte ich die Lippen. Vielleicht war der Krankenbericht aufschlussreicher. Ich starrte auf das Display ... *eine starke Überdosis Heroin.* Ich schaltete den iPod aus und dachte über die Auskunft nach. Felicity Lannelle heroinabhängig? Völlig unmöglich! Diese Überdosis musste viel mehr mit ihrem mitternächtlichen Festmahl in Verbindung stehen. Anderseits kam das Haggis, das sie gegessen hatte, aus *demselben* Behälter wie die negative Probe ... Ich stand vor einem Rätsel.

Gorgonzola trat mir sanft auf den Fuß, um mir zu bedeuten, dass sie *ihr* Abendessen haben wollte. Angesichts der herrschenden Fischphobie im mackenzieschen Betrieb wäre es höchst unsensibel gewesen, ihr etwas zu servieren, das irgendwie an Fisch erinnerte. Also löffelte ich ihr saftige Brocken schottisches Moorhuhn in den Napf, während mir Felicitys Überdosis nicht aus dem Kopf ging. Es musste eine Erklärung geben. Gedankenverloren sah ich zu, wie Gorgonzola ihre Mahlzeit verschlang. Ein letztes Schlecken der rauen Zunge am leeren Napf, dann dieser geübte flehentliche Blick, der mir in bester Oliver-Twist-Manier sagen sollte: Wie wär's mit einem Nachschlag? Ich tat so, als hätte ich es nicht bemerkt, ging zum Fenster und blickte zum Cottage hinüber. Vielleicht lag dort die Antwort. »Heute machst du deinen Mitternachtsspaziergang nicht alleine, Gorgonzola«, sagte ich.

Die schwarze Silhouette des Hotels ragte in den schwach erleuchteten Himmel. Hinter den zugezogenen Gardinen eines Fensters schimmerte ein mattes Licht. Noch stand der Mond nicht hoch genug, um Rasen und Teich in sein silbriges Licht zu tauchen, und meine dunkle Jeans und schwarze Jacke verschmolzen mit der Nacht. Ich war immer noch nervös, aber als ich hinter Felicitys Cottage vom Hotel aus nicht mehr zu sehen war, entspannte ich mich ein bisschen. Ich würde Gorgonzola mit ihrem Arbeitshalsband losschicken. Mit der Katzenpfeife rief ich sie zu mir, und während ich auf sie wartete, steckte ich den Dietrich ins Haustürschloss.

Klick. Ich schob die Gartentür zur Küche auf und richtete den schmalen Strahl der Stiftlampe auf einen umgefallenen Stuhl. Auf dem Tisch stand eine Flasche Wein und ein halbvolles Glas, daneben lag Felicitys geöffneter Notizblock und ihr Stift.

Etwas Weiches, Haariges legte sich mir um die Beine und sagte mir, dass Gorgonzola eingetroffen war.

»Ich komme mir vor wie in *Flannan Isle* oder *Marie Celeste*, du auch, Gorgonzola?«

Ich schloss die Tür hinter uns. Auch wenn an den Fenstern die Gardinen zugezogen waren, konnte ich nicht riskieren, Licht anzumachen. Im Schlafzimmer fiel der Schein meiner Taschenlampe auf Felicitys voluminöses Nachthemd, das ordentlich über einem Stuhl hing. Das Bett war unberührt.

»Ihr muss nach dem Verzehr des Haggis ziemlich bald schlecht geworden sein. Was meinst du, Gorgonzola?«

Gorgonzola enthielt sich einer Meinung, kratzte sich am Ohr und gähnte.

Ich ging wieder in die Küche. Mackenzie hatte definitiv *irgendetwas* aus dem Ferienhaus entfernt. Und es entsorgt. Auf dem Tisch befand sich ein Tuch, aber kein Geschirr oder Besteck. Ich öffnete die Schränke, bis ich einen mit zwei Töpfen, drei Topfdeckeln und einer Pfanne fand. Ein Topf fehlte offenbar – und die Schüssel, in der ich ihr das Haggis aus der Hotelküche gebracht hatte. Selbst wenn ein Zimmermädchen den Abwasch gemacht hatte, hätte sie wohl kaum Topf und Schüssel mitgenommen. Und mit Sicherheit hätte sie den umgekippten Stuhl aufgerichtet. Für den Fall, dass sie die Schüssel zu dem übrigen Geschirr gestellt hatte, sah ich in den anderen Schränken nach. Sie war nicht da.

Es schien ziemlich eindeutig, dass Mrs Mackenzies Pantoffelheld alles entfernt hatte, was auf Felicitys mitternächtliche Mahlzeit schließen ließ. Er hatte die zwei Beweisstücke in einem der Müllbeutel unter dem Spülstein nach draußen befördert. Um sie im Gebüsch zu verstecken. Das hatte ich von meinem Fenster aus beobachtet. Vielleicht hatte er Angst, dass Vertreter des Gesundheitsamts kommen würden, um einem Fall von Lebensmittelvergiftung nachzugehen.

»Also, Gorgonzola«, sagte ich, nahm sie auf den Arm, öffnete die Tür und stellte sie auf der Eingangsstufe ab. »Jetzt bist du an der Reihe. Sieh nach, ob der Beutel noch da ist.«

Ich war auf halbem Wege zurück zum Hotel, als ich ihren Signalton hörte. Nach wenigen Minuten im Gebüsch hatte sie den Müllbeutel aufgespürt. Also zurück und nach links. Ich tastete mich durch die Büsche. Der Mond stand jetzt so hoch, dass er ein schwaches Licht auf die Sträucher warf, während es am Boden noch stockdunkel war. Die Stiftlampe ließ ich unbenutzt in der Tasche. Die Stelle war aus jedem Fenster an der Rückseite des Hotels zu sehen, und ein Lichtstrahl oder ein Schimmer auf den Blättern und am Boden wäre leicht aufgefallen.

»Du hast es gut, Gorgonzola«, brummte ich, als ich über Wurzeln und niedrige Äste stolperte. »Du kannst im Dunkeln sehen. Und du bist –«

Nur gerade so konnte ich einen runden schwarzen Fleck vor mir erkennen, eine leichte Erhebung mit einer kleineren Kugel darauf, wie eine riesige Pudelmütze mit einem Bommel. Einem miauenden Bommel.

»Das ging aber schnell, du schlaue Katze. Das ist nachher eine kleine Belohnung wert. Wie wär's mit ein bisschen gebratener Ente?«

Das Miauen verwandelte sich in Schnurren. Der Bommel erhob sich, fuhr vier Beine sowie einen buschigen Schwanz aus und löste sich von der Erhebung. Ich tastete mich vorsichtig vor ... ein Schritt ... noch einer ... Da stieß ich plötzlich mit dem Fuß an etwas Scharfes, Metallisches, stürzte kopfüber und landete unsanft auf der weichen Erde. Als ich keuchend und von dem Schrecken desorientiert um mich sah, blickte mir Gorgonzola besorgt entgegen. Vorsichtig berührte sie mit der Pfote meine Nase.

Ich rappelte mich mühsam auf und riskierte mit Hilfe der Taschenlampe einen Blick über den Boden. Im Rasen steckte ein verschnörkeltes Metallschild mit der Aufschrift *Einsiedlergrotte.* In der Erhebung befand sich eine niedrige Öffnung und dahinter, zwischen Farnbüscheln versteckt, ein Plastikbeutel mit Kochtopf, Löffel und Schüssel.

Da der Inhalt ziemlich vertrocknet und verkrustet war, fiel es mir nicht schwer, von allen drei Gegenständen etwas abzuschaben und in Probenröhrchen zu füllen. Alle drei Kapseln verstaute ich, krakelig beschriftet, in meiner Jackeninnentasche. Durch den Nachweis von Heroin in Felicitys Haggis-Mahlzeit hatte Gorgonzola mir den handfesten Beweis geliefert, den ich brauchte, um die Mackenzies mit der Droge in Verbindung zu bringen.

Als ich in unser Zimmer kam, saß Gorgonzola schon, gleichsam Messer und Gabel in den Pfoten, Serviette unter dem Kinn, neben ihrer Tasche.

»Hätte ich auch so nicht vergessen, Gorgonzola.« Ich wählte eine Dose Bratente in Soße aus und löffelte die Belohnung in Gorgonzolas Napf.

Sie hockte sich hin und fraß manierlich; ihr geräuschloses Schlecken wurde ab und an von laut vernehmlichem, zufriedenem Schnurren unterbrochen. Dabei zuckte ihr Schwanz von links nach rechts – ein Schwingometer an Wohlbehagen.

»So viel Fressen setzt an, Gorgonzola. Sollen wir morgen das Frühstück streichen?«, fragte ich besorgt, sozusagen von Frau zu Frau.

Sie sah mitten im Kauen auf, und an ihrem Schnurrhaar klebte ein glänzender Tropfen Bratensoße.

Auf einmal fiel der Groschen. Gestern Abend hatte ich eine Probe Haggis genommen. Und dann hatte ich *Bratensoße* über Felicitys Schüssel gegossen. Die harmlos wirkende Soße in Mackenzies Kühlschrank war nichts anderes als Heroin in flüssiger Form. In tödlicher Konzentration. Auch als »polnische Suppe« bekannt.

Ich hob eine erstaunte Katze hoch und gab ihr einen triumphierenden Kuss auf die Schnauze.

Das Piepsen des Weckers riss mich um 7:00 Uhr aus dem Schlaf. Zögernd öffnete ich ein Auge. Kein heller Sonnenstrahl an diesem Morgen. Was ich durch einen Gardinenspalt vom

Himmel sehen konnte, war grau und stürmisch. Prasselte da Regen an die Scheiben? Mein gestriger Vorsatz, heute möglichst früh aufzustehen, um zwecks weiterer Nachforschungen joggen zu gehen, war wohl doch keine so gute Idee gewesen. Ich zog mir die Decke über den Kopf. Was für ein Tag! Eine halbe Stunde konnte ich mir noch gönnen.

Gorgonzola sah das anders. Das Bett knarrte und wackelte, als ein Schwergewicht auf meinen Beinen landete. Eine ungeduldige Pfote zog die Decke zurück und ein empörtes haariges Gesicht sah mich vorwurfsvoll an. *Sie* war für den Frühsport bereit. Ich stöhnte und gab mich geschlagen.

Nachdem ich hinter ihr das Fenster geschlossen hatte, freundete ich mich mit dem Gedanken an, mich fertig zu machen. Mein Blick fiel auf den weichen weißen Bademantel hinter der Tür. Ein schönes heißes Bad wäre an einem solchen Morgen genau das Richtige. Ich betete, dass sich nicht der alte Griesgram schon vor mir breitgemacht hatte, schlüpfte in meine Badesachen und begab mich zum Jacuzzi.

Als ich die Treppe hinunterging, hörte ich, wie die Haustür leise ins Schloss fiel. Durch das gemusterte Glas erhaschte ich einen Blick auf die schemenhafte Gestalt und das unverwechselbare Gelb-Schwarz von Hiram J Spinks' Golfmütze. Alle Achtung vor einem Mann, den ein solches Wetter nicht davon abhalten konnte, einen kleinen Ball durch die Gegend zu schlagen. Um diese Zeit war niemand anders unterwegs, und es sah so aus, als hätte ich das Jacuzzi ganz für mich.

Ich schaute um die Ecke. Falls der übellaunige Amerikaner dort war, überlegte ich es mir vielleicht anders. Doch zu meiner Freude war der Raum leer, auch wenn auf den Bodenfliesen ein verkrumpelter Bademantel lag. Wahrscheinlich hatte der Griesgram, dieser Schlamper, ihn einfach liegen gelassen. Ich dagegen hängte meinen säuberlich an einen Haken.

Das grüne Wasser brodelte und schäumte verlockend.

Ich tauchte einen Fuß ein und tastete nach einer unsichtbaren Stufe unter dem Strudel. Ich fand sie und blieb einen Moment in der wohligen Wärme stehen. Ich stieg tiefer hinein und legte mich der Länge nach auf den Sitz, um mir von den Wasserdüsen die Beine massieren zu lassen. Die Blasen schäumten mir um die Schultern. Ich schloss die Augen. Vollkommene Entspannung. Diese Wohltat würde ich mir in Zukunft häufiger gönnen. Kein Wunder, dass Jacuzzis so beliebt waren.

Das Wasser spritzte mir in die Augen. Ich setzte mich auf und schwang die Beine vom Sitz. Dabei stieß mein Fuß gegen etwas Weiches. Ich tastete mit den Zehen danach. Sie berührten Stoff. *Und etwas, das sich schrecklich nach Haut anfühlte.*

Ich zuckte zurück, schnellte hoch – und stand auf etwas, das nichts anderes als ein *Gesicht* sein konnte. Ahhh! Ich stürzte aus dem Jacuzzi und lehnte mich zitternd mit geschlossenen Augen an die gekachelte Wand.

Neben mir blubberte und schäumte das Bad fröhlich vor sich hin, sein grässliches Geheimnis verborgen. Mit fahriger Hand beugte ich mich vor und drückte auf den Aus-Knopf. Langsam verebbte der Schaum. Das brodelnde Wasser kam zur Ruhe. Durch die klare grüne Flüssigkeit gaben die Flinten-Augen von Waldo Hinburger einen letzten Schuss ab, von dem mir das Herz aussetzte. Hinburgers Mund war wie in einer Mischung aus Staunen und Empörung weit geöffnet, als könne er nicht fassen, dass der Tod ihn unentrinnbar vor Gericht gezerrt hatte.

Für einen Drogenfahnder stellen Leichen ein Berufsrisiko dar, mit dem ich normalerweise umgehen kann, allerdings ein Bad zusammen mit einer Leiche … Mich erfasste eine Woge der Übelkeit, die Knie wurden mir weich, und ich sackte auf eine Liege. Auch wenn ich keine offensichtlichen Zeichen für Gewaltanwendung hatte sehen können, war Mord nicht auszuschließen. Das würde die hiesige Polizei untersuchen. Wie ging ich am besten vor? Mein erster Impuls riet mir, mich davonzuschleichen und die Entdeckung der Leiche jemand anderem zu überlassen. Feige – und nicht durchführbar. Auf meinem Weg hierher hatte ich den Golfer Spinks gesehen, wenn auch er nicht mich. Daher war die Wahrscheinlichkeit groß, dass jemand beobachten würde, wie ich in meinem verräterischen Bademantel auf mein Zimmer zurückging.

Ich wartete einen Moment, holte tief Luft und wappnete mich, um noch einmal in den Jacuzzi zu sehen. Ein Fehler. Noch ein Blick aus diesen Flinten-Augen reichte, und ich verließ fluchtartig den Raum. Ich nahm meinen Bademantel vom Haken, wickelte mich darin ein, riss die Tür auf und rannte, ohne auf die nasse Spur zu achten, die ich auf dem Teppich hinterließ, durch den Flur zur Rezeption.

So früh am Morgen war das Foyer immer noch menschenleer. Der graue Himmel und das Ticken der Standuhr verbreiteten eine ungewöhnlich finstere Atmosphäre. Aus dem Radio in der Küche unten drang ein vielstimmiger, monotoner schottischer Psalm – genau die richtige Trauermusik zum Tod von Waldo M Hinburger; mehr Trauer würde es um den Verblichenen gewiss nicht geben.

Um hysterisch die Glocke zu läuten und der stirnrunzelnden Mrs Mackenzie keuchend meine Geschichte zu erzählen, brauchte ich kein schauspielerisches Talent.

»Ich fürchte, der arme Mr Hinburger hat einen Herzinfarkt erlitten«, schloss ich meinen Bericht.

Die Furchen auf ihrer Stirn vertieften sich. Sie presste die Lippen zu einem dünnen, harten Strich zusammen. »Für Missbrauch des Jacuzzi übernimmt die Hotelleitung keine Haftung. Das steht auch auf einem Schild.« Ihre Hand schwebte über dem Telefon. »Und jeder Irrtum ist … ausgeschlossen?« Ihr Ton legte nahe, dass ich mir möglicherweise einen geschmacklosen Scherz erlaubt hatte, der nur einem Engländer einfallen konnte.

Ich schüttelte den Kopf, als wäre ich unfähig zu sprechen.

Sie stieß einen nachsichtigen Seufzer aus und verschwand nach unten, um im nächsten Moment mit ihrem murrenden Ehemann im Schlepptau zurückzukehren. Unwillig eilte er Richtung Jacuzzi davon.

Die Eigentümerin des White Heather Hotel stand grimmig und schweigend vor mir. Mit einer Hand trommelte sie auf die Theke, mit der anderen drückte sie das Telefon fest auf den Sockel, als gälte es, die Verbreitung schlechter Publicity zu verhindern. Ihre zusammengekniffenen Augen starrten auf die feuchte Spur im Teppich.

Wenige Minuten später kam ein sichtlich mitgenommener Mackenzie zurück. Auf ihre stumme Frage nickte er nur. »Ich hab die Tür abgeschlossen, Morag«, fügte er seufzend hinzu.

Ohne ein weiteres Wort ging er wieder die Treppe hinunter. Der klagende schottische Psalm wurde auf volle Lautstärke gedreht.

Mrs Mackenzie entließ das Telefon aus ihrem eisernen Griff, um vorwurfsvoll auf meine nassen Handabdrücke zu zeigen, die ihre blank polierte Theke verunstalteten. Mit dem weichen Ärmel meines Bademantels wischte ich entschuldigend über das Holz, während sie sich an die unerfreuliche Aufgabe machte, der Polizei die überhastete, frühmorgendliche Abreise des Gastes Waldo M Hinburger zu melden.

»…Ja, von einem anderen Gast entdeckt, einer Ms Smith … Ja, er ist definitiv tot … Und bitte ohne Blaulicht und Sirenen«, schnauzte sie. »Kommen Sie zum Hintereingang, ich will nicht, dass Sie meine Gäste stören.«

Schuldbewusst starrte ich auf die Pfütze, die sich zu meinen Füßen bildete, und trat hastig den Rückzug an, solange die Wirtin anderweitig beschäftigt war.

Bis ich zur Befragung bestellt wurde, hatte ich Zeit, mich anzuziehen und einen Bericht zu schicken. Die Polizei zeigte größtes Verständnis für mich und die schockierende Erfahrung meines Funds. Ich hielt es nicht für nötig, meine dienstliche Stellung preiszugeben, und die Befragung dauerte nicht lange.

Später bewunderte ich im Schutz meiner Zimmergardinen, wie diskret und zügig man Hinburgers massige, weiß verhüllte Gestalt in den Krankenwagen verfrachtete, der hinter dem Haus neben der Garage wartete. Natürlich hatte Mrs Mackenzie Recht, wenn sie darauf pochte, die Angelegenheit so unauffällig wie möglich zu erledigen, denn erst tags zuvor hatten die Gäste mit angesehen, wie einer von ihnen auf einer Krankenbahre fortgeschafft wurde. Wäre heute vor aller Augen eine Leiche fortgeschafft worden, hätte sich das Hotel schneller geleert, als man den Namen Waldo M Hinburger aussprechen konnte. Und damit wäre ich dem Misstrauen von Gina Lombardini und den Mackenzies schutzlos ausgeliefert gewesen.

Inzwischen waren die anderen Gäste vermutlich längst beim Frühstück und schauten mit nervöser Neugier in die Runde, um festzustellen, wer die letzte Nacht überlebt hatte und wer nicht. Nun ja, Waldo hatte die Nacht überlebt, nur nicht bis zum Frühstück. Falls irgendjemand sein Fehlen bemerkte, würde Mrs Mackenzie mauern, und die einzige Person, die sich lebhaft genug dafür interessierte, um nachzuhaken, war zweifellos Gina. Die meisten Gäste würden einfach vermuten, er sei abgereist. Ich überlegte, ob ich zum Frühstück gehen sollte. Falls ja, wäre es später schwer zu erklären, wieso ich gegenüber den versammelten Gästen nichts von dem Toten erwähnt hatte. Dagegen wäre mein Fernbleiben angesichts meiner schockierenden Entdeckung nur allzu verständlich. Außerdem war mir nach meinem Tritt ins Gesicht einer Leiche tatsächlich ein wenig flau.

Gina. Sie war nunmehr die einzige Person, die mit den Mackenzies unter einer Decke steckte. Dieser Gesprächsfetzen, den ich im Botanischen Garten aufgeschnappt hatte: *Die Burg ist völlig in Ordnung. Das ist die beste Stelle.* Sie wusste, was Mackenzie damit meinte. Und vielleicht fand ich die Antwort in ihrem Zimmer. Während sie frühstückte, konnte ich es problemlos durchsuchen. Falls ich herausfand, von welcher Burg die Rede war, und wenn ich hinter die Handelswege kam …

Aber war sie überhaupt schon frühstücken? Und falls ja, wann würde sie wiederkommen? So schnell und leise wie möglich näherte ich mich ihrem Zimmer und drückte ein Ohr an die Holztür. Nichts zu hören. Wenn es sich um eine dieser modernen Billigtüren handelte, konnte ich sicher sein, dass ihr Zimmer leer war, während dickes Massivholz jedes Geräusch schluckte. Ich straffte die Schultern und klopfte energisch. Falls sie antwortete, würde ich ihr erklären, es hätte einen Unfall gegeben und Mrs Mackenzie bäte alle Gäste, so bald wie möglich zum Frühstück herunterzukommen. Drinnen blieb es still. Ich versuchte es noch einmal. Immer noch keine Reaktion. Langsam drehte ich den Knauf. Wie erwartet, war abgeschlossen.

Ich hatte gerade den Dietrich ins Schloss gesteckt, als ich die Treppe knarren und die leise Reibung von Schuhsohlen auf dem Teppich hörte. Zeit zum Rückzug. Ginas Zimmer musste warten.

7

Um Viertel vor zwei stand ich am Kai der South-Queens-Fähre und blickte über mir in das spinnennetzartige Maßwerk der Eisenbahnbrücke über die Firth of Forth. Im Vergleich zu den honiggelben Steinsäulen, auf denen das rostfarbene Eisenständerwerk ruhte, wirkten die Yachten, die auf den Wellen schaukelten, winzig klein und zerbrechlich. Die zarten Wolkenbänder hatten sich verdichtet, und unter einem blassblauen Himmel, der an verwaschene Jeans erinnerte, schwoll die See zu Kuppen und Bergen an.

Von Gina Lombardini keine Spur. Ich reihte mich in die Schlange aus etwa einem Dutzend Menschen ein, die ihre Fahrscheine vorzeigten, um an Bord zu gehen. Es war wohl besser, auf dem Schiff zu sein, bevor sie eintraf, auch wenn es auf einer so kleinen Fähre fast unmöglich sein würde, ihr aus dem Weg zu gehen.

Ich fand einen guten Aussichtsposten im Innendeck, von wo aus ich den Landungssteg im Auge hatte. Die *Maid of the Forth* füllte sich schnell. Nur wenige trieb es auf das offene Oberdeck, die meisten suchten so wie ich den Komfort und Schutz des geschlossenen Decks darunter. Ein lautes Paar mit einem Kind diskutierte vor aller Ohren lang und breit, wo sie sitzen sollten, dann machten sie sich es mit ihrem Gepäck auf der Bank hinter mir gemütlich. Aus der Traum von einer friedlichen Flussfahrt. Mich traf ein dumpfer Schlag nach dem anderen – die übermütigen Tritte des Kindes gegen meine Rückenlehne. Ich biss die Zähne zusammen und schaute durch eins der großen Panoramafenster nach draußen. Immer noch keine Spur von der Italienerin. Über uns vollführten Seemöwen unter lautem Getöse ein luftiges Ballett. Eine Wolkenbank legte sich langsam vor die Sonne und verwandelte die See in ein metallisches, mit silbernen Glanzlichtern durchsetztes Blaugrau.

Punkt 14:00 Uhr begannen die Schiffsmotoren zu rumoren, und die Crew zog den Landesteg ein. Offenbar war ich zu einem nutzlosen Ausflug verdammt, der ohne sie stattfinden sollte. Doch da sah ich sie, eine Gestalt in einem knöchellangen schwarzen Mantel, die an der Ufermauer entlang herüberrannte. Ich merkte, dass ich unbewusst die Luft angehalten hatte, und stieß sie in einem langen Seufzer aus. Gerade als das letzte Seil losgebunden wurde und die Fähre dabei war, abzulegen, sprang sie an Bord. Die Taktik eines Profis, der sicherstellen will, dass ein möglicher Verfolger das Nachsehen hat.

Sie lief am Innendeck vorbei direkt zum Oberdeck. Falls es mir gelang, von ihr unentdeckt zu bleiben, konnte ich auf gute Ergebnisse hoffen. Ich faltete die Touristenkarte auf, die ich an der Bar der Fähre bekommen hatte, und beschloss, mich wie eine echte Touristin zu benehmen.

Mit stampfenden Maschinen tuckerten wir im Rückwärtsgang stromaufwärts bis zu dem hoch gespannten Bogen der Road Bridge, bevor wir wendeten und die vier Meilen lange Fahrt den Fluss hinunter zur Insel Inchcolm antraten. Kaum hatte das Schiff das schützende Ufer verlassen, hob und senkte es sich im Takt und stieß mit dem Bug in die weißen Schaumkronen der Wellen.

»Mami, ich muss mich übergeben!«, kündigte das Kind hinter mir mit zitternder Stimme an. *»Jetzt!«*

Das hatte mir gerade noch gefehlt, wo sich schon mein eigener Magen unheilvoll zusammenkrampfte. Ich versuchte, meine Ohren vor dem folgenden Würgen zu verschließen, und vergrub mich in die Karte. Ich hatte keine Ahnung, wohin Gina wollte. Mit dem Finger strich ich die Strecke von der Anlegestelle bis zur Abteiruine entlang – einem geeigneten Treffpunkt inmitten von Heerscharen an Touristen.

Links von der Landungsbrücke, an der östlichen Inselspitze, befanden sich Geschützstellungen aus dem Krieg und ein Munitionstunnel ... Vielversprechend, aber für eine Drogenlieferung zu bekannt. Die Festungsanlage befand sich auf einem Kliff, mit einem einzigen Zugang, und zwar direkt vom Landesteg aus. Touristen sind neugierige Geschöpfe. Früher oder später würden sie über ein altes Waffendepot stolpern, und da das Cottage des Verwalters in der Nähe lag, wären nächtliche Aktivitäten äußerst riskant. Ich strich das Lager von meiner Liste und wanderte die Karte noch einmal mit dem Finger ab.

Vielleicht die Ostmole an der Südwestspitze der Insel? In der kurzen Zeit, die Gina für den Besuch blieb, würde es nur wenige Touristen dorthin verschlagen. Ich schürzte die Lippen und blickte versonnen ins Leere.

Der kindliche Sopran schrillte nur wenige Zentimeter von meinem Ohr entfernt: »Mir geht's schon viel besser, Mami! Guck mal, guck mal!«

Während ich mich in die Karte vertieft hatte, war eine lange, flache Insel jenseits des Bugs in unser Sichtfeld getreten. Inchcolm. Eine Viertelstunde später schwenkte die Fähre in ein geschütztes kleines Hafenbecken, über das Kliffe aus braunem Vulkangestein wachten. Im selben Moment erschien geradeaus der quadratische Turm der Abtei aus dem zwölften Jahrhundert.

Gina Lombardini hatte bereits am Landesteg Stellung bezogen, um möglichst schnell vom Schiff zu kommen. Fragte sich nur, wie ich ihr unbemerkt folgen konnte. Als spürte sie, dass sie beobachtet wurde, drehte sie langsam den Kopf in

meine Richtung. Ich widerstand der Versuchung, mich wegzu-
ducken. Solch eine plötzliche Bewegung würde mit Sicherheit
ihre Aufmerksamkeit erregen.

Ein Klicken, dann ein stotterndes Geräusch in der Laut-
sprecheranlage kam mir zu Hilfe. »*Ladies and gentlemen*, eine
wichtige Durchsage.« Die blecherne Stimme legte eine takti-
sche Pause ein, um die allgemeine Aufmerksamkeit auf sich zu
lenken. »Sollten sich die Wetterbedingungen heute Nachmittag verschlechtern, werden Sie vor der fahrplanmäßigen Zeit
zurückgerufen. Wenn Sie ein dreifaches Hornsignal hören,
müssen wir Sie bitten, unverzüglich wieder an Bord zu kommen. Das Schiff legt zehn Minuten nach dem Signal ab.«

Zum Abschied gab das Kind meinem Rücksitz eine letzte
Salve kräftiger Tritte, doch ich rührte mich nicht. Ungeach-
tet des hektischen Treibens legte ich Wert darauf, als eine der
Letzten von Bord zu gehen. Gina war bereits davongestürmt,
allerdings nicht zur Ostmole hinüber, sondern zur Ruine der
Abtei. Da die Mehrzahl der Besucher in dieselbe Richtung
strebte, konnte ich mich problemlos unter die Menge mischen.
Ich hoffte, dass sie mich nicht gesehen hatte – falls ja, konnte
ich auch nichts dagegen tun.

Ihre schwarz gekleidete Gestalt verschwand im Eingangs-
bogen der Abtei und war, als ich dort ankam, nirgends mehr
zu sehen. Ich sah mich um. Der Grundriss-Plan an der Mauer
sagte mir, dass ich an einer Ecke des Kreuzgangs stand, der anders als die luftigen, offenen Kreuzgänge englischer Abteien
von festen Mauern eingeschlossen war und nur in weitem Abstand über kleine Bogenfenster verfügte. Von meiner Warte
aus konnte ich zwei Seiten überblicken, während die anderen
beiden Teile des Gangs außer meiner Sichtweite lagen. Folglich wusste ich nicht, ob dort jemand stand.

Eine Gestalt ging an einem der Bogenfenster vorbei: Gina
oder nur irgendein Tourist? Es war die perfekte Stelle, poten-

zielle Verfolger abzuschütteln – oder aber zu sehen, ohne gesehen zu werden. Richteten sich in diesem Moment irgendwelche Augen auf *mich*? Mir stellten sich die Nackenhaare auf. Hastig trat ich außer Sichtweite des Fensters.

Das alte Gemäuer schien die Geräusche der Außenwelt zu schlucken. Es war gespenstisch still. Selbst meine Schritte waren gedämpft, als ich durch den östlichen Kreuzgang lief. Am Ende des Gangs führte eine niedrige Tür in die Kirche. Ein paar Besucher lasen die Informationsschilder. Sie gingen weiter und ließen mich allein. Ohne ersichtlichen Grund hatte ich wieder das Gefühl, beobachtet zu werden.

Gina war immer noch verschwunden. Von einer Ecke der Kirche aus führte eine ausgetretene, steile Treppe zu einem dunklen Eingang hinauf. Auf der obersten Stufe blieb ich stehen und horchte. War das fernes Gemurmel? Vielleicht handelte es sich nur um Touristen. Trotzdem beschleunigte sich mein Pulsschlag, als ich durch die Tür trat, denn ich war mir sehr wohl bewusst, dass meine Silhouette für einen Moment im hellen Türrahmen deutlich zu sehen sein würde. Als sich meine Augen an das Halbdunkel gewöhnt hatten, konnte ich am entgegengesetzten Ende des dämmrigen Innenraums soeben zwei Gestalten erkennen, die ein Blatt Papier studierten. Eine davon trug einen knöchellangen Mantel. Gina.

Vorsorglich trat ich einen Schritt zurück. Als ich mit dem Fuß über eine unebene Bodenfliese schleifte und das Echo des Geräuschs durch die stille Kirche hallte, brach das Gemurmel augenblicklich ab. Die Karte glitt mir aus den Fingern und flatterte zu Boden. Ostentativ kniete ich mich hin, um sie aufzuheben, und als ich den Kopf hob, waren die beiden gegangen.

Tuuut tuuut tuuut, dröhnte es aus der Richtung der Anlegestelle herüber. Als das Echo des Schiffshorns verhallte, hörte ich das Getrappel von Füßen, die eilig hinunterliefen. Passagiere, die zum Landesteg zurückwollten, oder Gina und ihr Kumpan auf der Flucht? Ich gab die Deckung auf und rannte quer durchs Kirchenschiff zur Wendeltreppe, duckte mich unter dem niedrigen Bogen hindurch und hastete, so schnell ich mich traute, die steilen Spiralen hinab.

An einer dunklen Öffnung der Seitenwand blieb ich einen Moment stehen. Die Schritte vor mir gingen weiter stetig nach unten. Ich riskierte es, zwei Stufen auf einmal zu nehmen, auch wenn mir mein keuchender Atem in den Ohren hallte.

Als ich hinter mir Geflüster hörte, war es schon zu spät. Ein kräftiger Stoß traf mich plötzlich mit voller Wucht. Ich stürzte und hielt verzweifelt einen Arm hoch, um meinen Kopf zu schützen. Für den Bruchteil einer Sekunde sah ich noch, wie die ausgetretenen Stufen mir entgegenwirbelten.

Dann nichts.

8

Ja, wir haben Zimmer frei.« Eine lang gestreckte Mrs Mackenzie ragte über mir auf. »Doppelbetten für Smythes, Einzelbetten für Smyths und Zimmer ohne Betten für Smiths. Und natürlich Hochbetten für hochgewachsene Menschen und Katzenbetten für Katzen.«

Der Boden war sehr hart. Ich läutete kräftig die Glocke am Empfang. Unter der Theke schwebte Mrs Mackenzies Kopf hervor.

»Ich möchte meinen Namen zu Smythe ändern«, jammerte ich.

»Einmal ein Smith, immer ein Smythe«, sagte ihr Kopf, bevor er wieder entschwebte.

Mir tat der ganze Körper weh, und wenn ich den Kopf bewegte, zuckte mir ein unerträglicher Schmerz durch den Schädel und überschwemmte mich mit einer Woge der Übelkeit. Ich kniff die Augen zu und blieb in der Hoffnung, dass es vorüberging, reglos liegen. Brechreiz … Ich versuchte, meine benebelten Gedanken zu ordnen und den Grund für den Brechreiz herauszufinden. Waren sie im Hotel nicht wegen Lebensmittelvergiftung in Panik gewesen? … Botulismus, richtig. Jemand war niedergeschlagen worden, und in einem Leichensack hatten sie auf einer Bahre einen Toten hinausgetragen. Ich hatte das Gefühl, dass ich mich unbedingt daran erinnern sollte, wen, doch es strengte mich zu sehr an …

Das Bewusstsein kam und ging. Ein leises *tap tap tap*. Es näherten sich Schritte. Ich musste fliehen … *musste* … Erneut spürte ich diese Hände an meinem Rücken, die mich kopfüber die steile Steintreppe hinunterstürzten. *Panik.*

Die Schritte waren jetzt schon deutlich näher, der unbekannte Angreifer kam, um es zu Ende zu bringen. Wenn ich reglos liegen blieb ... Jetzt spürte ich, dass sich jemand über mich beugte. Mir hämmerte das Herz gegen die Rippen. Ich hörte, wie jemand nach Luft schnappte und eine laute Männerstimme etwas sagte, das in meinem Kopf widerhallte, ohne dass ich es verstand. Eine Hand berührte mich an der Schulter. Als ich versuchte, mich wegzudrehen, explodierte in meinem Kopf ein erstaunliches Feuerwerk, dem ebenso plötzlich Dunkelheit folgte.

Mühsam und zitternd öffnete ich die Augen. Mein Kopf tat schrecklich weh, und ich sah nur verschwommen. Ich fühlte mich wie durch die Walzen einer riesigen Wäschemangel gedreht. Jede Bewegung eine Qual. Mrs Mackenzies Betten waren sehr hart. Jemand sollte sich mal beschweren ...

Es klickte, als ob eine Tür aufging, und ich war mit einem Schlag wach. In Hotels habe ich es mir zur Gewohnheit gemacht, meine Schlafzimmertür abzuschließen. Wieder erfasste mich diese Woge der Angst. Als ich versuchte, den Kopf zu heben, bewegte sich etwas neben mir, und ich blickte in ein fremdes, bärtiges Gesicht.

»Wer karrt den klappernden Ratterkarren durch das knarrende Karrengatter, Mädel?«, sagte das Gesicht fröhlich in dickem schottischem Akzent, und während ich es erstaunt anstarrte, erkannte ich in diesem haarigen Gesicht Gorgonzolas bestes zähnefletschendes Cheshire-Katzen-Grinsen. Von ihrer Anwesenheit getröstet, driftete ich in einen unruhigen Schlaf.

Als ich das nächste Mal erwachte, tat mir immer noch alles weh. Der Versuch, den Kopf zu drehen, führte allerdings nur kurz zu Schwindelgefühlen. Ich setzte mich halb in den Kissen auf und sah mich um. Wo war ich? Dieses Zimmer war mir vollkommen fremd. Blau-grün karierte Gardinen flatterten am offenen Fenster, durch das ich einen Himmel in Eierschalenblau erkannte. Das Mobiliar war aus hellem Kiefernholz, die Tapete in einem fröhlich warmen Farbton. Das war jedenfalls nicht der unpersönliche, gewollt altmodische Stil, den Mrs Mackenzie im White Heather Hotel bevorzugte. Was hatte ich hier verloren? Ich schob mich noch ein Stück die Kissen hoch und versuchte, eine Antwort zu finden, doch mein Kopf war wie in Watte getaucht.

Einem leisen Klopfen an der Tür folgte ein bärtiger Mann, der mir vage bekannt vorkam. Die Augen unter dem unbändigen hellbraunen Haarschopf sahen mich aufmerksam an.

»Bin ich froh, dass Sie endlich wach sind!« Der Mann trat mit einem strahlenden Lächeln näher. »Ich hab mir echte Sorgen um Sie gemacht, Mädel. Hat Sie ganz schön erwischt. Böser Sturz, soviel steht fest. Wir wollten, dass der Doktor nach Ihnen schaut, aber bei dem Sturm konnte er nicht rüberkommen.«

»Sturm? Sturz? Doktor?«

»Ach, ich hab ganz vergessen, dass Sie sich vielleicht nicht an viel erinnern können, wegen der Gehirnerschütterung. Ich bin Ian Fraser. Meine Frau und ich sind hier in Inchcolm Kustoden. Als gestern *The Maid* wegen des Sturms vorzeitig ablegen musste, haben sie eine Passagierin vermisst gemeldet, also hab ich mich in der Abtei ein bisschen umgesehen und Sie auf der untersten Stufe der Schlafsaaltreppe gefunden.« Er schwieg einen Moment. »Sie sehen heute schon bedeutend besser aus.«

Ich starrte ihn erstaunt an. »Das Letzte, woran ich mich erinnern kann«, sagte ich gedehnt, »ist, wie ich an der Forth Bridge an Bord gegangen bin.«

Er tätschelte mir beruhigend die Hand. »Da machen Sie sich mal keine Sorgen, Mädel. Das ist nach einer Gehirnerschütterung ganz normal. Der Arzt aus Aberdour muss bald da sein. Der wird Ihnen das bestätigen. Ruhen Sie sich einfach noch was aus, bis er kommt.«

Mit einem aufmunternden Lächeln verließ er das Zimmer und zog leise die Tür hinter sich zu. Ich legte mich entspannt in die weichen Kissen zurück, doch in meinem Kopf tobte es weiter. Vage Bilder schwirrten mir durchs Gehirn und waren kurz davor, sich zu Erinnerungen zusammenzufügen … Mir fielen die Lider zu, und ich sank in einen leichten Schlaf …

»Noch ein Tag Bettruhe, und Sie sind wieder mobil«, versicherte mir der Arzt, als er kam. »Allerdings mit dem Bus und nicht mit dem Auto, Ms Smith.«

Also saß ich am nächsten Tag im Bus zurück zum White Heather Hotel, starrte aus dem Fenster und versuchte angestrengt, mich an irgendetwas zu erinnern, das passiert war, nachdem ich die *Maid of the Forth* bestiegen hatte. Sosehr ich mir das Hirn zermarterte, blieben diese entscheidenden Stunden frustrierend und irritierend im Dunkeln.

Nachdem mich der Bus am Tor abgesetzt hatte, ging ich langsam Richtung Hotel. Auf den Eingangsstufen kam ich ein wenig ins Stolpern. Der kurze Gang hatte mich wesentlich mehr erschöpft als gedacht. Ich drückte die Tür auf und sah zu meiner Erleichterung, dass wie meistens niemand in der Halle und auch die imposante Rezeption nicht besetzt war. Der furchterregenden Mrs Mackenzie fühlte ich mich noch nicht gewachsen. Eigentlich wollte ich *niemandem* begegnen. Bis ich mich wieder daran erinnern konnte, was nach dem Filmriss in Inchcolm geschehen war, spürte ich instinktiv, dass ich vorsichtig sein musste.

Als ich mich über die Theke lehnte und die Hand nach dem Schlüssel mit dem schweren Messinganhänger ausstreckte, hörte ich ein verhaltenes Hüsteln von links und zuckte zusammen. Mr Mackenzies dunkler, wilder Haarschopf tauchte, dicht gefolgt von der charakteristischen Furche auf seiner Stirn, langsam über der polierten Arbeitsfläche der Theke auf. Als er mich sah, weiteten sich seine Augen, und wie bei einem Fisch auf dem Trocknen schnappte sein Mund lautlos auf und zu. Dann erholte er sich, öffnete die Tür zum Keller und brüllte: »Morag, sie ist zurück!«

Mrs Mackenzie entstieg mit säuerlichem Gesicht der Unterwelt. Ich kam einem potenziellen Wutanfall zuvor.

»Es tut mir schrecklich leid, Mrs Mackenzie, aber ich hatte am Freitag einen ziemlich schlimmen Unfall. Mir ist natürlich bewusst, dass die zwei Nächte, die ich abwesend war, normal berechnet werden.«

Ihr Ausdruck glättete sich kaum merklich. Sie knallte meinen Schlüssel auf die Theke, ohne sich auch nur mit einem Wort nach meinem Befinden zu erkundigen.

Es war vielleicht nicht klug, sie zu provozieren, vielleicht war es auch meiner Gehirnerschütterung zuzuschreiben, jedenfalls konnte ich der Versuchung nicht widerstehen. »Und wie geht es Miss Lannelle?«, fragte ich freundlich.

Augenblicklich stieg ihr die Säure wieder ins Gesicht.

Mit einem geheuchelten Ausdruck der Besorgnis schob ich hinterher: »Hoffentlich sind nicht allzu viele Gäste erkrankt?«

Diese indirekte Verunglimpfung der White-Heather-Cuisine entlockte Murdo einen spitzen Entrüstungsschrei und Morag ein wütendes Schnauben. Ich wandte mich ab und humpelte, so schnell es mein Zustand erlaubte, die Treppe hinauf.

Sobald ich meine Zimmertür hinter mir abgeschlossen hatte, ging ich zum Fenster. Auch wenn Gorgonzola im Falle einer Krise durchaus für sich selber sorgen konnte, indem sie auf Beutefang ging, machte ich mir immer ein wenig Sorgen, wenn ich sie für längere Zeit allein lassen musste. Kaum hatte ich das Fenster geöffnet, warf ich mich aufs Bett. Es war mir egal, wie lange ich warten musste; ich würde einfach ein wenig ruhen, bis Gorgonzola kam …

Schnurrhaare kitzelten mich im Gesicht, dann tippte mir etwas – zuerst sacht, dann fester – auf die Wange. Gorgonzola blickte miesepetrig auf mich herab. Als sie sah, dass sie meine volle Aufmerksamkeit hatte, sprang sie leichtfüßig vom Bett und setzte sich neben die Tasche mit den Futterdosen, wo sie begann, sich betont die Schnauze zu lecken.

Ich war gerade dabei, ihr eine großzügige Portion Ente in den Napf zu löffeln, als der Gong zum Abendessen rief. Eigentlich war mir nicht nach Essen, doch es war wohl besser, mich blicken zu lassen, da Mrs Mackenzie mein Fernbleiben am Ende als eine weitere, absichtliche Kränkung verstehen und mich auffordern konnte, ihr Haus zu verlassen. Und das wäre nicht gut. Mehr denn je war ich davon überzeugt, dass der Schlüssel zum Erfolg der Operation Schottische Nebelsuppe in der Küche der Mackenzies lag …

Prrr, prrrr, prrr. Grrrrrrrrr … Gorgonzola hielt die Tantalusqualen angesichts des erhobenen Löffels nicht länger aus. Sie schlang sich so eng um meine Beine, dass es eher dem Würgegriff einer Anakonda als einer freundlichen Erinnerung glich.

»Schon gut, schon gut, entschuldige bitte.« Reumütig gab ich noch eine großzügige Menge Bratensoße dazu und stellte ihr den Napf hin.

Mampf. Schlurf. Mampf. Ich schloss die Tür hinter mir.

Ich war halb die Treppe hinunter, als der weiche schwarze Vorhang, der über meinem Gedächtnis lag, sich plötzlich hob und ein flüchtiger Erinnerungsfetzen an die fehlenden Stunden wiederkam … Gina und eine schattenhafte Gestalt, die im Dunkeln miteinander flüsterten …

Mir wurde bewusst, dass ich ihr vielleicht im Speisesaal begegnen würde. Vielleicht sogar zusammen mit ihrem phantomhaften Gefährten. Plötzlich fiel mir auch wieder ein, wie mich eine Hand geschubst hatte und wie die Stufen zum Schlafsaal mir entgegengeschossen waren.

Reiß dich zusammen. Verärgert stellte ich fest, dass ich vor Angst einen trockenen Mund hatte. *Die ideale Gelegenheit zu sehen, wie sie reagiert, wenn du hereinspazierst.* Vielleicht bekam ich ja sogar einen Hinweis auf das Phantom.

Ich holte tief Luft, betrat den Speisesaal – und war geradezu enttäuscht, als ich sah, dass Gina nicht da war. So lässig wie möglich steuerte ich einen leeren Tisch gegenüber der Tür an. Sobald sie den Raum betrat, würde sie mich sehen.

Als ich am Tisch von Hiram J Spinks vorbeiging, strich ich aus Versehen gegen die Falten des steif gestärkten Tischtuchs. Ein Löffel fiel zu Boden. Spinks sah auf, und die Broschüre, die er gerade gelesen hatte, flog ihm aus der Hand.

»Tut mir leid.« Ich bückte mich, um die heruntergefallenen Gegenstände aufzuheben.

Seine Finger legten sich einen Moment vor meinen um das Faltblatt. Als ich mich aufrichtete, sorgte ein Schwindelanfall dafür, dass Spinks und der Raum sich alarmierend zu drehen begannen. Ich griff nach dem Tischtuch, um mich aufzurichten, und mit lautem Klirren folgte das übrige Besteck dem Löffel auf den blank polierten Boden. Im selben Augenblick erschien Mrs Mackenzie in der Tür wie ein böswilliger Flaschengeist.

»Oh, das tut mir wirklich leid, Mr Spinks«, stammelte ich. »Bin wohl nach dem Unfall am Freitag immer noch ein bisschen wacklig auf den Beinen.«

Mrs Mackenzie machte sich mit übertriebenem Eifer daran, den Tisch erneut zu decken, während sie mir verzweifelte Blicke zuwarf.

Spinks sah mich aufmerksam an. »Unfall?«, fragte er gedehnt.»Sie sehen in der Tat so aus, als wären Sie im Rough gewesen, Ma'am, wenn Sie mir mein Golferlatein verzeihen wollen. Ich hoffe, Sie mussten nicht ins Krankenhaus?«

»Nein, aber –«

Er sprang auf und schob mir einen Stuhl hin.»Wollen Sie sich nicht einfach zu mir setzen, Ma'am, und mir alles von A bis Z erzählen?«

Obwohl ich eigentlich nicht vorgehabt hatte, mit irgendjemandem zu reden, sank ich einigermaßen erleichtert auf den Stuhl, ohne auch nur für einen Moment Gina zu vergessen. Warum nicht meine Geschichte an Mr Spinks erproben.

»Ich kann mich an absolut gar nichts mehr erinnern«, sagte ich bedächtig.»Ich hatte eine Bootsfahrt nach Inchcolm gemacht, und dann hat mich jemand am Fuß einer Treppe in der dortigen Kirche gefunden – ich glaube, sie nennen sie Abtei.«

Mrs Mackenzie stellte unsere Suppe auf den Tisch.

»Und Sie können sich an rein gar nichts erinnern?« Er musterte mich über den Suppenlöffel hinweg.

Ich schüttelte den Kopf.»Muss wohl auf der Treppe gestolpert sein, nehme ich an.«

»Moment mal, warten Sie.« Er nahm einen letzten Löffel Suppe und lehnte sich neugierig vor.»Man stolpert doch nicht einfach so, ohne Grund. Vielleicht war schlechtes Licht oder eine Stufe hatte sich gelöst?« Seine Augenbrauen waren zu einem dünnen, doppelten Fragezeichen hochgezogen.»Ich kann Ihnen einen hervorragenden Rechtsanwalt empfehlen, der auf Körperverletzung spezialisiert ist, nur falls Sie Anzeige erstatten wollen.«

»Ich fürchte, ich war selber schuld, Mr Spinks.« Ich lächelte süßsäuerlich.»Ich bin so was wie ein Pechvogel. Erst falle ich im Botanischen Garten in den Teich, und jetzt das!«

Er starrte mich an.»Und Sie können sich wirklich an nichts erinnern?«

Etwas an seinem Ton machte mich stutzig, doch zum Glück verschaffte mir Mrs Mackenzie, die gerade mit dem zweiten Gang an den Tisch trat, etwas Bedenkzeit. Während sie unsere Suppenteller wegräumte und uns stolz ihre kulinarischen Meisterwerke vorsetzte, versuchte ich, den Unterton seiner letzten Frage zu deuten. Dann wusste ich es: Erleichterung, eindeutig Erleichterung. Ich merkte, wie sich mir die Muskeln in der Magengrube zusammenzogen. War am Ende Hiram J Spinks Ginas Komplize? Spinks – der Gedanke schien absurd. Andererseits tauchte er just an dem Tag im Botanischen Garten auf, als ich Mackenzie dorthin gefolgt war. Und unmittelbar, bevor ich Hinburgers Leiche im Jacuzzi fand, hatte ich seine unverwechselbare Golfmütze gesehen. Mir sträubten sich die Nackenhaare.

»Sie können sich wirklich an nichts erinnern?«, wiederholte er seine Frage.

Schauen wir mal, wie er reagiert, wenn … Ich runzelte die Stirn, als versuchte ich angestrengt, mich an den Unfall zu erinnern, und sagte langsam: »Mir ist gerade was eingefallen.«

Unwillkürlich zuckte sein Ellbogen zurück, und sein Besteck landete zum zweiten Mal auf dem Boden. Wieder erschien Mrs Mackenzie, inzwischen siedend vor Wut, und ich hatte einen kostbaren Augenblick lang Zeit, mir den nächsten Schritt zu überlegen. Ich war leichtsinnig gewesen und hatte keinen Volltreffer, sondern ein Eigentor geschossen. Ich musste ihn unbedingt davon überzeugen, dass meine Erinnerungen unbedeutend waren.

Ich lehnte mich vor. »Ja, ich erinnere mich an den stechenden Schmerz, als ich mit dem Kopf auf den Steinboden traf. Aber«, plapperte ich weiter und setzte ein lakonisches Grinsen auf, »der Arzt hat gesagt, ich litte an einer posttraumatischen Amnesie, deshalb würde ich mich höchstwahrscheinlich nie an den Unfall selbst erinnern. So unglaublich es auch klingen mag, aber von dem Moment an, als ich an der Forth Bridge die Fähre bestiegen habe, ist alles blank, blitzeblank.«

Er starrte mir so lange in die Augen, dass es mir wie eine Ewigkeit erschien. Dann nahm er seine Gabel und wandte sich dem in Hafermehl gebratenen Hering zu, einer von Mrs Mackenzies Spezialitäten.

War ich überzeugend gewesen? Möglicherweise hing mein Leben davon ab. Ich sah Waldos totes Gesicht vor mir, ein wenig wie Banquos Geist an der Tafel von Macbeth. Für den Rest der Mahlzeit gab ich mir redlich Mühe, unbeschwert über belanglose Touristen-Erlebnisse zu plaudern, um ihn nur ja davon zu überzeugen, dass ich mich bis zu meinem Sturz an nichts erinnern konnte und daher völlig arglos war.

Endlich schob Spinks seinen Stuhl zurück. »Muss Sie jetzt leider verlassen, Ma'am.« Er machte eine schwungvolle Geste mit einem imaginären Schläger. »Noch ein bisschen trainieren, solange es hell genug ist.« Schon war seine drahtige Gestalt aus der Tür.

Ich lehnte mich erleichtert zurück. Das war gerade noch mal gut gegangen. Ich konnte nur hoffen, dass ich mich mit meinem Geschwätz aus der Gefahrenzone manövriert hatte, doch eins stand fest: Ich würde ganz bestimmt kein zweites Mal im Jacuzzi des White Heather Hotel baden gehen.

Unter Spinks' Teller lugte ein leuchtend bunter Führer des Fremdenverkehrsvereins über East Lothian hervor. Ich zog ihn ein Stück heran und blätterte ihn hastig durch. Nichts Brauchbares für die Operation Schottische Nebelsuppe. Nur Sehenswürdigkeiten und Erholungsgebiete, wobei er die Golfplätze mit dickem schwarzem Marker angestrichen hatte.

Als ich die Broschüre gerade zusammenfalten und wieder unter seinen Teller schieben wollte, fielen mir die schwachen Bleistiftmarkierungen ins Auge. Zwei Örtlichkeiten an der Küste waren zart unterstrichen. Ich hielt das Hochglanzpapier schräg gegen das Licht. Er konnte jeden Moment zurückkommen und mich dabei erwischen, wie ich sein Faltblatt las ... Doch das Risiko war es wert.

Bingo. Bei den Sehenswürdigkeiten handelte es sich um zwei *Burgen*: Tantallon und Fast Castle. Hatte nicht Mackenzie im Botanischen Garten darauf beharrt, dass die Burg der beste Ort für ... irgendwas war?

Vor Aufregung und Nervosität bekam ich feuchte Hände. Hastig schob ich die Broschüre wieder unter den Teller, bevor ich mich erhob und den strategischen Rückzug aus dem Speisesaal antrat. Keinen Moment zu früh. Ich stellte gerade den Fuß auf die unterste Treppenstufe, als Spinks, den Putter in der Hand, an mir vorbei Richtung Esszimmer stürmte.

Kaum war ich in meinem Zimmer, drohten meine Nerven, mich im Stich zu lassen. Die Gehirnerschütterung forderte immer noch ihren Tribut: Mir pochte der Kopf, und meine Glieder wurden bleischwer. Sehnsüchtig schielte ich aufs Bett. Welch verlockender Gedanke, sich in die weichen Kissen fallen zu lassen und wie Gorgonzola, die sich mitten auf dem Bett eingerollt hatte, um ihre verspätete Mahlzeit zu verdauen, selig einzuschlummern.

Stattdessen zog ich das Handy heraus und schickte einen verschlüsselten Zwischenbericht zu Operation Schottische Nebelsuppe nach London. *Hiram J Spinks Hauptverdächtiger im Mordfall Hinburger. Vorläufig bitte nichts unternehmen. Tantallon und Fast Castle, East Lothian, mögliche Abwurfstellen. Ermittlungen laufen.*

Ich klappte das Handy zu. Da Spinks mit Golf beschäftigt und Gina irgendwo unterwegs war, bot sich jetzt die beste Gelegenheit, ihr Zimmer zu durchsuchen. Gorgonzola hatte sich auf den Rücken gedreht und schnurrte zufrieden. Wie gemütlich war doch das weiche Bett. Ich tippte ihr energisch auf die Schulter. Das Schnurren verstummte. Sie lag da wie tot.

»Die Pflicht ruft«, sagte ich erbarmungslos und schnallte ihr das Arbeitshalsband um. Widerwillig öffnete sie ein Auge, dann gähnte sie, streckte sich und ließ sich absichtlich Zeit, in die Gänge zu kommen. Ich wartete ihre Unabhängigkeitsbekundung geduldig ab. Als sie leichtfüßig zu Boden sprang, zog ich geräuschlos die Zimmertür auf und schlüpfte in den Flur.

Diesmal kam der elektronische Dietrich ungestört zum Einsatz. Binnen zwei Sekunden waren Gorgonzola und ich im Zimmer und hatten die Tür wieder hinter uns verschlossen. Auch wenn es unwahrscheinlich war, dass Gina plötzlich zurückkehren würde, steckte ich vorsichtshalber den Dietrich von innen ins Schloss, damit von außen kein Schlüssel hineinpasste.

Es ist nicht leicht, ein penibel aufgeräumtes Zimmer zu durchsuchen und keine Spuren zu hinterlassen, doch Gina Lombardini gehörte zum Glück eher zu den unordentlichen Menschen, die ihre Sachen chaotisch quer durch den Raum verstreuen. Jemand wie sie würde es nicht einmal bemerken, wenn ein Wirbelwind durch ihr Zimmer gefegt wäre.

»Such, Gorgonzola.«

Mit hoch erhobenem Schwanz, dessen Spitze zuckte, als wollte sie beim Aufspüren verbotener Substanzen helfen, tappte Gorgonzola über den Boden. Auch ich begann mit meiner Arbeit und suchte den Raum systematisch im Uhrzeigersinn ab. Nach zehn ergebnislosen Minuten waren meine Kopfschmerzen kaum noch zu ertragen. Gorgonzola hatte ebenfalls aufgegeben und saß jetzt auf einem von Gina Lombardinis teuren Kleidern, um eine Schmeißfliege zu beäugen, die wütend gegen das Fenster surrte.

Ich fühlte mich genauso frustriert wie die Fliege. Irgendwo *musste* sie irgendetwas aufgeschrieben haben, bloß hatte ich es noch nicht gefunden. Unorganisierte Menschen denken nicht klar und methodisch, sie müssen sich wichtige Dinge notieren, um sie im Kopf zu behalten.

Genervt starrte ich auf das Insekt. Auch Gorgonzola starrte. Plötzlich machte sie einen Satz. Unverfroren zog die Fliege ihre Kreise um den Kopf der Katze. Ein Vergeltungsschlag mit der Tatze verfehlte das Ziel um Längen und brachte stattdessen Mrs Mackenzies Bibel-Ersatz zu Fall, einen Roman von Sir Walter Scott, der zur Erbauung der Gäste in jedem Zimmer lag. Die Fliege machte einen Siegessalto. Gorgonzola führte die Pfote in einer fließenden Bewegung ans Ohr, um sich zu kratzen, und tat so, als hätte sie nie etwas anderes gewollt.

Ich bückte mich nach dem Buch. *Die Braut von Lammermoor.* Zwischen zwei Seiten steckte ein improvisiertes Lesezeichen, ein Fetzen Papier aus einer italienischen Zeitschrift. Konnte es sein, dass jemand, der nicht allzu fließend Englisch sprach, ein so schwieriges Buch las? Wider alle Hoffnung schlug ich die Seite auf. Etwa in der Mitte waren die Worte »Wolf's Crag« mit roter Tinte dick unterstrichen, und am gegenüberliegenden Rand stand in Krakelschrift *Tantallon.* Beinahe hätte ich den kleineren Zettel hinter dem Lesezeichen übersehen. In derselben eigenwilligen Handschrift stand darauf *Lunedì 23 14:30* und darunter *Mercoledì 25 19:00.*

Ich hatte gefunden, wonach ich suchte.

Am liebsten hätte ich Gorgonzola umarmt. Selbst Gina, wäre sie hier gewesen – auch wenn keine der Damen darüber sonderlich erfreut gewesen wäre.

In diesem Moment der Euphorie rüttelte es am Türknauf. Jemand versuchte, einen Schlüssel ins Schloss zu stecken. Erneutes Rütteln. Auf Zehenspitzen schlich ich hinüber und legte das Ohr an die Tür. Leise Verwünschungen auf Italienisch, dann entfernten sich Schritte. Ich schätzte, dass ich für meinen Rückzug knapp zwei Minuten hatte, bevor sie mit den Mackenzies wiederkam.

Ich brauchte weniger als die Hälfte der Zeit, um das Buch wieder auf die Fensterbank zurückzulegen, Gorgonzola auf den Arm zu nehmen und geräuschlos die Flucht in mein Zimmer zu ergreifen.

9

Es war ein Uhr mittags, anderthalb Stunden zu früh, als ich, inzwischen wieder fahrtüchtig, an dem Weg zur Burg Tantallon vorbeikam; meinen Wagen stellte ich neben ein paar Cottages ab. Da ich zu einer polizeilichen Überwachung hier war, wäre mein Wagen auf dem wegen des schlechten Wetters nahezu verlassenen Besucherparkplatz zu sehr aufgefallen. Ein dichter schottischer *haar* hüllte die Landschaft derartig ein, dass ich kaum noch die Hand vor Augen sah und fröstelte, als hätte der Winter frühzeitig Einzug gehalten. Eindeutig eher November als Juni.

Ich zog meine Jacke enger und machte mich zu Fuß auf den Weg zur Burg. Den Wagen, der mir entgegenkam, hörte ich erst, als er fast auf meiner Höhe war, so sehr schluckte der Nebel das Motorengeräusch. Hundert Meter vor mir versuchten Nebelleuchten, sich durch den dichten weißen Dunst zu bohren. Ich drückte mich mit dem Rücken in das tropfnasse Laub eines der großen Büsche, die am Wegrand standen. Die Silhouette eines kleinen Wagens kroch an mir vorbei. Hinter dem Fahrzeug schlossen sich die Nebelschleier wieder, die es für Sekunden aufgewirbelt hatte. Ich löste mich aus dem Gebüsch und spürte, wie mir vom regenschweren Laub die Jacke nasskalt an den Schultern klebte. Ich war dienstlich hier und fühlte einen Anflug von Sympathie mit all den Touristen, die gnadenlos ein Besichtigungsprogramm absolvieren müssen, auch wenn es regnet oder schneit – oder Nebelsuppe herrscht.

Inzwischen war es fünf nach eins. Laut Ginas handschriftlicher Notiz in Mrs Mackenzies Scott war das Treffen für halb drei anberaumt. Demnach blieb mir genügend Zeit, mich auf der Burg umzusehen und einen geeigneten Spähposten auszumachen, auch wenn es im dichten Nebel schwer sein würde, Gina auf den Fersen zu bleiben.

Wie vermutet, war der offizielle Parkplatz bis auf einen Vauxhall, einen Renault, einen zerbeulten Ford sowie einen Reisebus leer. Es war klug gewesen, meinen Wagen bei den Cottages abzustellen. Hier jedenfalls hätte ihn Gina mit Sicherheit entdeckt.

Hinter der Holzhütte, die als Kassiererhäuschen diente, stieg das Gelände in grünen Hügeln stetig an, und dahinter ragte im wogenden Nebel die kantige, wuchtige Burgruine auf. An der Hütte prangte ein Schild mit einer Liste der Eintrittspreise und Öffnungszeiten. Als ich an das beschlagene Fenster klopfte, wurde die Scheibe prompt zur Seite geschoben.

Der grauhaarige Wächter riss eine Eintrittskarte von einem Apparat ab. »Guten Morgen, hab bei diesem Wetter gar nicht mehr mit Besuchern gerechnet.« Er reichte mir das Wechselgeld. »Sie sind heute erst die Vierte, abgesehen von den fest gebuchten Reisebusgruppen.«

»An so einem Tag muss es langweilig für Sie sein.« Ich nahm eine Broschüre in die Hand. Burg Tantallon. *Erbaut im Jahr 1350 ... Belagerung durch Cromwell ... Besuch von Queen Victoria ...* Da, auf der Rückseite, wonach ich suchte: ein Grundriss von der Burg.

»In diesem Faltblatt stehen eine Menge interessante Informationen.« Er ließ seine Arme auf dem Fenstersims ruhen.

Mir schwante nichts Gutes. Offenbar war er zu einem Plauderstündchen aufgelegt. Ich bezahlte die Broschüre und trat den Rückzug an.

Er lehnte sich vertrauensvoll heraus. »Ich fürchte, die Schotten haben wenig Ahnung von ihren eigenen Burgen. Ich muss zugeben, unsere Besucher aus England wissen viel mehr darüber.«

Ich nickte und entfernte mich noch ein paar Zentimeter.

Offensichtlich witterte er die Chance, mal wieder über sein Lieblingsthema reden zu können. »Keine Ahnung, was sie den Kindern heutzutage in der Schule beibringen. Die Schüler scheinen überhaupt nichts mehr über schottische Geschichte zu wissen. Bestenfalls haben sie mal von Robert the Bruce und seinem legendären Kampf mit der Spinne gehört, und alles, was sie über William Wallace wissen, haben sie aus dem Film *Braveheart*. Eine Schande, dass Ausländer mehr Ahnung von schottischer Geschichte haben als die Schotten. Also ...«

Ich lächelte höflich und hoffte, nicht allzu ungeduldig zu wirken, auch wenn ich von einem Fuß auf den anderen trat.

»... erst vor einer halben Stunde wollte eine Ausländerin, ich glaube, sie war Italienerin, doch wahrhaftig wissen, ob es hier gefährliche *Wölfe* gäbe. Zuerst dachte ich, sie verwechselt uns mit der Burg Wolf of Badenoch in der Nähe von Newtonmore, doch dann stellte sich heraus, dass sie wahrhaftig Walter Scotts Roman *Die Braut von Lammermoor* gelesen hatte und die dort beschriebene Burg Wolf's Crag sehen wollte. Nun ja, ich musste ihr erklären, dass es sich um eine Verwechslung handelte. Wolf's Crag ist nicht Tantallon, sondern Fast Castle weiter unten an der Küste. Sie finden heute nicht mehr viele Schotten, die diesen Roman oder auch irgendein anderes seiner Bücher gelesen haben, geschweige denn wissen, dass er Fast Castle meinte ...« Er brach mitten im Satz ab und starrte ins Leere.

Also war Gina bereits hier. Ich war nicht früh genug auf

dem Posten gewesen und hatte damit einen der fundamentalsten Fehler bei einer polizeilichen Überwachung begangen.

Ich versuchte, beiläufig zu klingen. »Was für ein Zufall! Eine Italienerin in meinem Hotel hat mir von Sir Walter Scott, Tantallon und *Der Braut von Lammermoor* erzählt. Vermutlich rührt ihr Interesse von der gleichnamigen Oper her. Das muss sie sein. Vielleicht hole ich sie noch ein. Oder ist sie schon wieder weg?«

»Die Gruppe mit dem Reisebus ist noch hier, und auch dieser Franzose.« Er rieb sich mit der Hand das Kinn. »Ich glaube, der Amerikaner ist schon abgereist. War schon mehrmals hier. Diesmal ist er allerdings nicht lange geblieben. Muss das Wetter sein. Hab schon gestaunt, dass er heute überhaupt gekommen ist. Hat den Eintritt bezahlt und war nach zwanzig Minuten wieder verschwunden. Na ja, so sind die Amis eben! Geben das Geld mit vollen Händen aus. Aber ich glaube, die Italienerin ist noch da. Es gefällt mir, wenn die Leute mit Interesse bei der Sache sind.«

Die Bemerkung über einen Amerikaner traf mich wie ein Hammerschlag. Handelte es sich dabei am Ende um Hiram J Spinks?

»Danke. Ich schau einfach mal, ob ich sie finde.« Mit einem Lächeln wandte ich mich ab und lief über das nasse Gras zum äußeren Wall der Burg hinüber. Ich beschleunigte meine Schritte. Das Treffen hatte ich offenbar verpasst, doch falls ich Gina fand, konnte ich immer noch etwas erfahren.

Ich trat durch die Überreste des äußeren Tors. Vor mir ragte schemenhaft dunkel und bedrohlich die Ruine des Hauptgebäudes auf. Das ferne Rauschen der See zu meiner Rechten schwoll zu einem dumpfen Dröhnen an, als ich über ein Stück kurz gemähten Rasen auf einen Zaun zulief. Dort unten konnte ich durch die Nebelschwaden das bewegte Meer und die Spitzen zerklüfteter Felsen ausmachen. Ich schauderte und drehte mich um. Der *haar* wirbelte in dichten Schwaden. Wie eine Einblendung auf einer Filmwand nahm die Burg am Rand des Kliffs Gestalt an. Eine Ruine aus rotem Sandstein, flechtenüberwucherte Außenmauern, mit einem hohen Turm bekrönt, ragte zwölf bis fünfzehn Meter hoch aus dem Felsen. Ich überquerte eine Zugbrücke und trat unter einem verblichenen Wappen durch einen niedrigen, bogenförmigen Durchgang in den Innenhof der Burg.

Gina war nirgends zu sehen. Den einzigen möglichen Aussichtsposten bildete eine bröckelnde Mauer des Mittelturms. Die altehrwürdigen Steine erhoben sich glitzernd nass und bodenlos vier Stockwerke empor in das grauweiße Nebeldach. Die einzigen Geräusche kamen vom leisen Quietschen meiner Schuhe auf dem glatten Stein sowie vom Flattern der Tauben, die ich von ihren Nistplätzen in den alten Kaminen verscheuchte. Ich ging weiter.

Möglicherweise entdeckte ich Gina, wenn ich die überdachte Treppe zu den Zinnen hinaufging. Ich nahm die ersten ausgetretenen Stufen, die nur von künstlichen Wandlampen beleuchtet wurden, durch die mit gespenstischen grauen Fingern der Nebel drang. Vom Dach hing wie eine alte, zerlöcherte Kriegsstandarte ein riesiges Spinnennetz. Wäre ich ein echter Feriengast gewesen, hätte ich die schauerliche Atmosphäre genossen. So aber war ich, als ich endlich die Zinnen erreichte, einfach nur enttäuscht. Nach links und rechts behinderte der graue Dunst den Blick. In der Enge des Gemäuers horchte ich angestrengt auf Stimmen oder Schritte, doch das einzige Geräusch war das ferne Branden der brodelnden See. Bei dieser schlechten Sicht schien es nicht sinnvoll, noch höher hinaufzusteigen.

Ein Windstoß riss für einen Moment die graue Decke auf und gab eine weitere schmale Treppe frei – eine, die steil nach unten führte. Ich nahm sie und fand mich im zentralen Bereich der Burg wieder. Hier war der Nebel wie ein Eindringling an den alten roten Mauern gescheitert. Zu meiner Linken musterte gerade eine Gruppe japanischer Touristen, die sich mit Plastikhauben vor dem Regen schützten, mit ernster Miene die Ruinen eines alten Turms. Sie kamen mir als Deckung überaus gelegen. Ich gesellte mich zu ihnen.

»Diese Treppe …« – der schottische Führer zeigte auf die verwitterten Stufen, die sich die Mauern entlang in einen kleinen grauen Himmelsausschnitt wanden –, »stellen Sie sich nur einmal vor, wie viele Füße hier schon hinaufgestiegen sind.« Er sah seine Schäfchen herausfordernd an. Die Japaner erwiderten seinen Blick mit unergründlicher Höflichkeit und unterschiedlichem Verständnisgrad.

Mich zumindest hatte er nachdenklich gemacht. Ich betrachtete die ausgetretenen Steine. Welche Hoffnungen und Ängste …?

Aus dem Augenwinkel erhaschte ich einen Blick auf etwas Rotes, eine Gestalt verschwand in einen Durchgang auf der anderen Seite des Hofs. Gina Lombardini trug einen roten Mantel.

Ich ging, so schnell ich konnte, über den Hof, verfiel auf den letzten paar Metern sogar in Laufschritt, und spähte dann in den Eingang, durch den die Gestalt verschwunden war. *Verlies.* Ein kleines Schild deutete durch eine Reihe von Bögen hindurch nach unten. Aus der Tiefe schlug mir der unangenehme modrige Geruch nach klammer Erde, Schimmel und stickiger Luft, der Geruch nach Verzweiflung und Tod entgegen. Die armen Teufel waren dort hinuntergeworfen worden, um nie wieder herauszukommen. Zu einem solchen Ort gab es nur einen Eingang – und keinen Ausgang. Ich brauchte mich ganz einfach nur hinter einem passenden Pfeiler zu verstecken und zu warten.

Nach einigen Minuten hörte ich leise Schritte heraufkommen. Eine japanische Touristin. Die Frau hatte ein Allerweltsgesicht, doch eine auffällige Frisur mit einer eingefärbten blonden Strähne im kohlschwarzen Haar. War sie Ginas Kontaktperson? Eine asiatische *connection* würde der Operation Schottische Nebelsuppe eine ganz neue Dimension verleihen. Ich beobachtete, wie sie über den Hof ging, um sich zu den anderen zu gesellen. Wenn möglich, würde ich sie später fotografieren.

Ich zog mich hinter den Pfeiler zurück und wartete. Gina war vielleicht immer noch dort unten. Sie würde einige Zeit verstreichen lassen, bevor sie wieder aus dem Gefängnis kam.

Als ich zehn Minuten später immer noch vergeblich auf Gina wartete, wusste ich, dass ich meine Zeit vergeudet hatte. Da unten war niemand. *Mist.* Wie dumm von mir, einen roten Mantel automatisch mit Gina in Verbindung zu bringen. Schließlich hatte sie bei ihren Ausflügen nach Inchcolm und in den Botanischen Garten auch kein Rot getragen …

So klar wie in einem Video sah ich mich im warmen Wasser des Tropenhauses liegen … Gina eilte Hinburger und Mackenzie voraus und rief mit ihrem starken italienischen Akzent: *Beeilen Sie sich! Sehen wir zu, dass wir hier rauskommen. Sie wissen doch, ich hasse es, eingeschlossen zu sein!* Gina litt an Klaustrophobie und würde es nicht eine Minute in der dunklen, fauligen Atmosphäre des Verlieses aushalten. *Mist, Mist, Mist.*

Es brachte nichts, meine Zeit mit Selbstvorwürfen zu vergeuden. Schon ging der *haar* zum erneuten Angriff über und fiel über die Burg her. Die japanischen Touristen waren kaum mehr zu erkennen.

Eben noch folgten sie ihrem Reiseführer gewissenhaft zum oberen Rand der Klippe, da streckten im nächsten Moment die Männer die Hände aus und deuteten alle mit dem Finger in dieselbe Richtung, während die Frauen sich mit der Hand an den Mund fuhren und voller Entsetzen die Köpfe verdrehten. Ich rannte durchs Gras und blickte über die Regenhauben hinweg.

Und entdeckte Gina Lombardini.

Im Nebel stand ein mit Strebepfeilern gestützter Turm, dessen rote Sandsteinmauern aus den Klippen zu wachsen schienen. Aus einem hohen, schmalen Fenster ragten Ginas Kopf und Schultern hervor; ihr Gesicht war vor Panik verzerrt, ihr Mund bildete ein rundes O. Sie schien sich aus der schmalen Öffnung stemmen zu wollen. Dabei wedelte sie so heftig mit beiden Armen, dass sie mit den Händen gegen die rauen Wände schlug. Ihre Gestalt bebte und krümmte sich. Sie stieß eigenartige, miauende Laute aus. Etwa zwanzig Meter darunter entblößte der stürmische Wellengang beim Verebben einer Woge spitze Felsen wie die Zähne in einem geöffneten Schlund.

Ich drängte mich durch die Gruppe nach vorne. »Gina! Gina! Treten Sie zurück!«

Ich winkte und brüllte, doch die aufgerissenen, starren Augen schienen blind. Offenbar war sie zu keinem rationalen Gedanken mehr fähig. Ich bahnte mir mit den Ellbogen einen Weg zurück durch die stumme Menge und rannte los.

Den breiten Eingang am Fuß des Turms hatte ich in wenigen Sekunden erreicht. Drinnen befand sich links ein kleines eisenbeschlagenes Tor. Verzweifelt schob ich den Riegel hoch und zerrte an der wuchtigen Tür. Sie gab keinen Millimeter nach. Vielleicht war sie abgeschlossen? Aber in dem riesigen Schloss steckte kein Schlüssel.

»Gina! Gina!« Ohne auf meine wunden Fingerknöchel zu achten, hämmerte ich gegen das dicke Holz.

Keine Antwort.

Durch das Schlüsselloch spähte ich in einen Raum, der für die klaustrophobische Gina beängstigend eng sein musste. Es gab nur ein einziges kleines Fenster, und Gina verdeckte mit ihrem Körper das meiste Licht. Meine Augen brauchten ein paar Sekunden, um sich an das Dunkel zu gewöhnen. Dann konnte ich die Steine in der Wand und einen wild in der Luft baumelnden Fuß ausmachen.

Hinter mir hörte ich das Klirren eines Schlüsselbunds. Als ich mich umdrehte, sah ich den Wächter, der vom schnellen Laufen keuchte, und hinter ihm den Fremdenführer mit rotem, besorgtem Gesicht.

Der Wächter starrte auf das leere Schlüsselloch und furchte die Stirn. »Dieses Schloss war so eingerostet, dass sich der Schlüssel nicht mehr drehen ließ. Ich begreif das nicht, Dave. Als ich bei meiner Runde heute Morgen aufgemacht habe, war der Schlüssel noch da. Muss wohl einer von diesen Souvenirjägern mitgenommen haben, die ständig irgendetwas verschwinden lassen. Wüsste allerdings nicht, wie der Mistkerl das angestellt hat.« Er suchte mit den Augen den Boden ab, als könne er den fehlenden Schlüssel mit bloßer Willenskraft hervorzaubern. »Glaube nicht, dass wir die Tür da aufbekommen.« Er schob seine Kappe zurück und kratzte sich am Kopf. »Wir werden sie aufbrechen müssen.«

Dazu wären die Feuerwehr und ein Rammbock nötig gewesen. Ich wusste, wir hatten keine Zeit zu verlieren.

»Wenn Sie mit einem der anderen Schlüssel einfach ein wenig herumrasseln, merkt sie vielleicht, dass Hilfe kommt.«

»Gute Idee.« Er murmelte etwas vor sich hin, steckte dann den größten Schlüssel aus dem Bund ins Schloss und bewegte ihn heftig hin und her.

Mir stand ein dünner Schweißfilm auf der Stirn. Wie lange würde es dauern, bis sie völlig den Verstand verlor und sich aus dem Fenster stürzte?

Ich legte das Ohr an die Tür. Auf dem Sandstein scharrten Füße … Plötzlich verstummte das Geräusch.

Mich packte eine böse Ahnung, und ich spähte wieder durch das Schlüsselloch. Das Fenster war nicht mehr verdunkelt. Ich konnte einen Teil des Raumes sehen, und der war leer.

»Ich glaube, sie ist gesprungen«, platzte ich mit zitternder Stimme heraus.

Hastig stolperten wir über den unebenen Boden zu dem Zaun auf dem obersten Rand der Klippe zurück. Die Japaner standen in einer schweigsamen Gruppe dicht zusammengedrängt und starrten zum Fenster hinüber. Mit pochendem Herzen folgte ich ihrem Blick.

Gina war nicht gesprungen. In ihrem panischen Wunsch, nach draußen zu entkommen, hatte sie sich irgendwie durch das kleine Fenster gezwängt und stand jetzt auf einem schmalen Sims, das Gesicht an den rauen Stein des Turms gedrückt. Sie hatte ihre Schuhe verloren. Mit einem Fuß tastete sie im bröselnden Sandstein nach Halt, während der andere hilflos über dem zwanzig Meter tiefen felsigen Abgrund schwebte.

Ihr gesamtes Gewicht ruhte auf diesem einen Fuß und seinem prekären Halt. Wir mussten mit ansehen, wie sie schwankte und der Griff ihrer verkrallten Finger sich lockerte. Für einen Moment schien sie sich zu fangen. Dann rutschte in schrecklichem Zeitlupentempo zuerst die eine, dann die andere Hand von der Mauer, als winke sie in einer gespenstischen Geste zum Abschied. Sie stürzte in die Tiefe, den wartenden Felsen entgegen.

Von der fallenden Gestalt aufgeschreckt, schossen Eissturmvögel durch den Dunst und stießen unheimliche Schreie aus, die wie Klagelaute verlorener Seelen klangen. Die Japaner schnappten kollektiv nach Luft, dann folgte ein langer Seufzer.

Als sie fiel, hatte ich die Augen zugekniffen. Jetzt machte ich sie wieder auf. Unter dem Leichentuch des Nebels lag Gina auf den Felsen. Ein ausgestreckter Arm, an dem die Wellen leckten, schien hilflos nach einem gelben Kanister zu greifen, der auf der Brandung schaukelte.

10

Gnädigerweise zogen die Nebelschwaden in Sekundenschnelle einen Schleier über die Stelle, wo Ginas Schädel auf den scharfen Felsen zertrümmert war. Mir zitterten die Knie, und ich schluckte schwer, als mich eine Woge der Übelkeit erfasste. Natürlich der Schock. Eine halbe Ewigkeit blieben alle stumm und rührten sich nicht vom Fleck.

Dann rieb sich der Wächter erschöpft die Augen. »Ich hole die Polizei und den Bereitschaftsdienst, Dave. Du siehst am besten zu, dass du deine Leute in den Bus verfrachtest und zum Hotel zurückfahren lässt.« Mit einem kurzen Seitenblick zu mir fügte er hinzu: »Du und die Dame hier werden als Zeugen gebraucht.«

Ich nickte, und er wandte sich mit schweren Schritten zum Gehen. Die Touristen folgten flüsternd ihrem Reiseführer zum Bus und ließen mich allein auf dem Kliff zurück.

Der Tod war so unwiderruflich. Und doch musste für andere das Leben weitergehen.

Ein gewaltsamer Tod war mir zwar nicht unbekannt, doch dieser hier kam so vollkommen unerwartet und er war so … so … überflüssig. Hätte nur dieser Schlüssel gesteckt … Hätte Gina nur ihre Angst so lange unter Kontrolle gehabt, bis wir das Schloss … Es war unerträglich, mir ihre wachsende Panik auszumalen. Sobald ihr bewusst geworden war, dass sie in diesem winzigen Raum in der Falle saß, hatte sie die Kontrolle über ihre Angst verloren. Was für ein tragischer Zufall, dass irgendein Witzbold die Tür hinter ihr zugeschlagen und abge-

| 114

schlossen hatte ... Das gehörte zu den albernen Streichen, die Kinder spielen. Doch heute waren keine Kinder da gewesen, und ich konnte mir beim besten Willen nicht denken, dass einer von diesen ach so ernsten Japanern dafür verantwortlich war. Andererseits ... hatte sich eine Frau von den anderen abgesetzt. Eine Japanerin in Rot. Ich versuchte, mich zu erinnern, ob ich in der Gruppe, die zum Bus zurückgezottelt war, einen roten Mantel gesehen hatte. Ich konnte es nicht sagen – ich war zu aufgewühlt gewesen, um irgendetwas zu registrieren. Wer war heute noch da gewesen? Ein Franzose, hatte der Wächter gesagt. Ich hatte zwar keinen gesehen, doch das besagte ...

Da war noch etwas, ich war kurz davor, mich zu erinnern ... Wie frustrierend. Etwas, das irgendwie nicht ganz zusammenpasste ... Ja, das war's. Würde ein Witzbold, der sich einen spontanen Streich erlaubt, den Schlüssel aus dem Schloss entfernen? Und da war noch etwas mit dem Schlüsselloch ... Ich ging ein weiteres Mal durch, was ich wann getan hatte. Ich hatte an die Tür gehämmert, durch das Schlüsselloch gesehen, gehorcht, ob sich drinnen etwas bewegte. Etwas Wichtiges, das mir entgangen war, geisterte mir irgendwo im Hinterkopf herum. Vielleicht fiel es mir wieder ein, wenn ich zum Turm zurückging.

Eine Weile stand ich vor der beschlagenen Tür. Ich sah nach links und rechts, um festzustellen, ob ich beobachtet wurde, dann simulierte ich, wie ich hämmerte und brüllte. Als ich durchs Schlüsselloch spähte, konnte ich deutlich den Boden und die Wand gegenüber sehen. Jetzt verstellte Gina nicht mehr das Tageslicht. Doch da war nichts, was mir dabei half, das entscheidende Etwas ins Bewusstsein zu heben. Entmutigt richtete ich mich auf. Trotzdem konnte es nicht schaden, alles bis zu Ende durchzuspielen ...

Ich legte das Ohr an die Tür. Und hörte wieder dieses

leise Huschen, das Scharren ihrer Füße auf dem Sandsteinsims ... Ich sprang zurück, als wäre das Holz der Tür plötzlich glühend heiß, und stand mit pochendem Herzen da. Irgendwann kratzte ich genügend Mut zusammen, um erneut durchs Schlüsselloch zu gucken. Ich sah eine huschende, graue Gestalt, dann eine zweite. *Ratten.* Mit Ratten in einen kleinen Raum eingesperrt zu sein, würde die meisten Menschen in Panik versetzen, selbst wenn sie nicht an Klaustrophobie litten.

In Sekundenschnelle war die Ratte aus meinem Gesichtsfeld verschwunden. Dicht vor meinem Auge entdeckte ich einen Tropfen Flüssigkeit. Neugierig steckte ich den Finger ins Loch, rieb ihn an den Rändern und zog ihn behutsam wieder heraus. Mein Finger war von einer dünnen Schicht gelblicher, durchsichtiger Substanz verschmiert. Ich roch daran. Ohne Zweifel so etwas wie Öl.

Ich starrte auf das Indiz an meinem Finger. Die Tür war abgeschlossen. Jemand hatte dieses verrostete Schloss geschmiert und den Schlüssel umgedreht. Gina war nicht das tragische Opfer eines gedankenlosen Witzbolds, sondern eines kaltblütigen Mörders, der den Ort für ihren Tod sorgfältig ausgewählt hatte. Eines Mörders, der wusste, dass Gina unter Klaustrophobie litt. Derjenige, der diese Tür verschlossen hatte, war davon ausgegangen, dass Gina springen würde. *Er wollte ihren Tod.*

Es war schwer vorstellbar, dass einer der japanischen Touristen das Schloss geölt und den Schlüssel mitgenommen hatte. Doch irgendjemand hatte es getan, und so kamen nur die einzigen anderen Besucher der Burg, der Franzose und der Amerikaner, als Hauptverdächtige in Frage. Und falls tatsächlich Hiram J Spinks der Amerikaner war ...

Jetzt wirkten die alten Mauern mit ihren Schießscharten feindlich und bedrohlich. Erschüttert und tief in Gedanken kehrte ich zum Eingang und zum Wächterhäuschen zurück. Mitten auf der Brücke blieb ich einen Moment stehen und malte in den grauen, feuchten Film, der auf der glatten Metalloberfläche des Handlaufs lag, ein riesiges Fragezeichen. Der Parkwächter hatte gesagt, der Amerikaner sei bereits nach zwanzig Minuten wieder gegangen. Genügend Zeit, um die Tür zum Turm abzuschließen, doch gewiss nicht genug, damit das Öl durch den Rost von Jahren dringen konnte. Natürlich war nicht auszuschließen, dass die Japanerin im roten Mantel dahintersteckte. Sie war tatsächlich allein umhergewandert. Doch auch sie entlastete der Zeitfaktor hinsichtlich des Öls, da sie entweder zusammen mit den übrigen Japanern oder nach mir eingetroffen war. Das musste ich noch beim Wächter in Erfahrung bringen.

Als ich um die Ecke bog, heulte der Motor des Reisebusses auf, und für einen Moment blitzten die Rücklichter rot, bevor sie wieder im Nebel verblassten. Die Tür der Holzhütte öffnete sich, und der Wächter kam heraus, um ein Schild anzubringen, auf dem in großen weißen Lettern stand: BURG HEUTE GESCHLOSSEN.

»Die Polizei müsste jeden Moment kommen, Miss.« Er blockierte den Eingang mit dem Schild. »Die werden Sie befragen wollen, wenn Sie also bitte drinnen warten würden …«

Wir traten in die Hütte, und er schloss die Tür zum Schutz vor dem Nebel. Dann bot er mir stumm einen von zwei Stühlen an, während er selbst schwer auf den anderen sank und Dave sich mit dem Wasserkessel und der Teekanne zu schaffen machte. Wir hockten eine Ewigkeit auf unseren Stühlen, bis das Schweigen zu bedrückend wurde. Der Wächter hob den Kopf und sah mich an. »Ich hätte nie den Schlüssel stecken lassen dürfen, aber selbst mit aller Kraft konnte ich ihn nicht bewegen, also dachte ich, dass nichts passieren kann …« Er verstummte und blickte müde geradeaus, wo er sicher nicht die dünnen Wände der kleinen Hütte sah, sondern den verwitterten roten Sandstein und die Finger, die sich verzweifelt ans Leben klammerten.

Als Dave neben dem Ellbogen des Wächters einen dampfend heißen Henkelbecher mit einem torfbraunen Gebräu abstellte, sah er mich fragend an. Der Anblick der dunklen Brühe nahm mir augenblicklich den Appetit auf eine gute, belebende Tasse Tee. Ich schüttelte den Kopf.

»Kopf hoch, George. Mach dir keine Vorwürfe.« Dave gab seinem Kollegen einen tröstlichen Klaps auf die Schulter. »Es war einfach ein schrecklicher Unfall. Niemand kann etwas dafür.«

Daves wohlmeinende Sympathiebekundung ging ins Leere. In der düsteren Stille, die auf seine Bemerkung folgte, erinnerte das ferne Kreischen einer Möwe verstörend an Ginas letzten Schrei.

Ich räusperte mich. »Niemand kann etwas dafür, sagen Sie? Ich glaube, die Polizei könnte zu einem ganz anderen Schluss kommen.«

Bei diesen Worten zitterte Georges Hand so heftig, dass der Tee über den frischen Stapel Reiseführer schwappte. Dave knallte seinen Becher auf den Sims und starrte mich herausfordernd an. »Jetzt aber mal halblang. Ich glaube nicht, dass Sie –«

»Nein, nein. Ich habe nicht Sie gemeint. Sie beide trifft keine Schuld.«

Sie schienen nicht überzeugt.

Ich beeilte mich klarzustellen, dass ich mich keineswegs als Ankläger aufspielen wollte. »Das Schloss ist erst kürzlich geölt worden, damit es funktioniert. Der Tod dieser Frau war kein Unfall, sondern *Mord*.«

Eine zweite Flutwelle Tee ergoss sich über das Informationsmaterial.

Einige ermüdende Stunden später war ich auf dem Heimweg zum White Heather Hotel. Sosehr ich es auch versuchte, ich konnte die schrecklichen Bilder des Tages nicht aus meinem Kopf verbannen. Dieser verzweifelte, starre Blick. Die krampfhaft verkrallten Finger. Die in der Brandung schwimmende Leiche, der Griff der toten Hand nach dem gelben, auf den Wellen schaukelnden Kanister …

Und ich war dem Rätsel des mysteriösen Amerikaners kein bisschen näher gekommen. Mit gerunzelter Stirn hatte George in seinen Erinnerungen gekramt, ohne jedoch eine brauchbare Personenbeschreibung liefern zu können. »Einfach nur ein stinknormaler Ami«, hatte er seinen Eindruck zusammengefasst.

Nach dem ersten Schock hatte er sich – wie ein Ertrinkender an einen Ast – an meine Mordtheorie geklammert, um seine quälenden Schuldgefühle zu überwinden. Bei dem grauhaarigen Polizisten, der gekommen war, um den gemeldeten Unfall zu untersuchen, war bedeutend mehr Überzeugungsarbeit nötig. Ich musste eine Menge onkelhafter Beschwichtigungen und vielsagende Blicke über mich ergehen lassen, die er den beiden Männern zuwarf. Erst als ich meinen Ausweis mit Geheimdienststufe zückte, zog er widerwillig die Möglichkeit in Betracht, dass meine Theorie nicht ganz und gar dem Schock zuzuschreiben war, sondern möglicherweise einen Funken Wahrheit enthielt. Dennoch musste ich ihm unter vier Augen erklären, dass Gina Lombardini mit einem internationalen Drogenring in Verbindung stand, bevor er mich ernst genug nahm, um die Kripo und die Kriminaltechniker zu benachrichtigen. Die Polizeiarbeit zog sich stundenlang hin. Die obligatorischen Befragungen wurden peinlich genau durchgeführt. Irgendwann traf die Feuerwehr mit Leitern, Seilen und anderen Gerätschaften ein, um die im Tod mehr als im Leben fotografierte Gina in eingespielter Teamarbeit zu bergen und auf einer Bahre zur Leichenhalle zu transportieren. Dann musste ich auch noch bleiben, bis sie die Tür zum Turm aufgebrochen hatten. Am Ende nahmen sie eine Axt zu Hilfe …

Ich versuchte, den Chef der Spurensicherung dazu zu überreden, dass er mir einen Blick in etwaige Unterlagen verschaffte, falls sie Ginas Schultertasche fanden. Doch im Verlies war sie nicht. Nur eine von Ginas Designersandalen lag, mit deutlichen Spuren von Nagetierzähnen an den Riemchen, unter dem Fenster.

Auf der Rückfahrt zum Hotel holte ich einige Zeit auf, bis ich vor einer Baustelle in einen Stau geriet. Frustriert trommelte ich mit den Fingern auf das Lenkrad. Der Nebel hatte sich endlich gelichtet, auch wenn sich hier und da noch ein paar graue Wolken hartnäckig hielten. Ungeduldig blickte ich auf das Armaturenbrett. Es wurde eng. Kaum auszudenken, wenn ich zu spät zum Abendessen käme. Doch als die Ampel wieder auf Grün sprang, schafften es nur fünf Wagen. Ich war meinem Essen zwanzig Meter näher gekrochen.

Jetzt erst wurde mir bewusst, dass ich seit dem Frühstück nichts gegessen hatte. Ich kramte in meinem Handschuhfach nach irgendetwas zum Knabbern. Als es wieder Grün wurde, machte der erste Wagen einen Satz nach vorn – und blieb mit abgewürgtem Motor stehen. Die Ampel wechselte auf Rot. Ich musste mich wohl damit abfinden, Mrs Mackenzies Missfallen zu erregen.

Erneut richtete ich meine Hoffnung auf das Handschuhfach. Kassetten, Leselampe, diverse Tankquittungen, eine Sardinenbüchse, ein paar zerkrümelte Katzenkekse sowie eine zerknüllte Zellophantüte, in der sich früher einmal (aber jetzt nicht mehr) Toffees befunden hatten.

Wieder wechselte die Ampel von Rot zu Grün. Aufheulende Motoren, zentimeterweiser Landgewinn, eine Menge angespannter Erwartung und sehr wenig Fortschritt. Eine

ruppige Meinungsverschiedenheit zwischen einem entgegen-
kommenden Auto und einem, das bei Rot über die Ampel gefahren war, führte zu interessanten wechselseitigen Beschul-
digungen und hitzigen Wortgefechten. Folglich war mit einer
weiteren beträchtlichen Verzögerung zu rechnen.

Ich schaltete den Motor aus und betrachtete die Sardinenbüchse, ein Notproviant für Gorgonzola. Sollte tatsächlich ein
Notfall eintreten, wäre sie zweifellos verschnupft, doch ist die
Katze aus dem Haus … Ich nahm mir vor, so bald wie möglich
für Ersatz zu sorgen, zog den Deckel ab und ließ mir den Inhalt schmecken. Ich leckte mir gerade genüsslich die Finger ab,
als ich mir eingestehen musste, dass dies schon meine zweite
Verfehlung an einem einzigen Tag war. Die erste hatte ich begangen, als ich mich heimlich zu Ginas Wagen stahl. Das war
in dem Moment gewesen, als es der Feuerwehr gelang, die Tür
zum Verlies aufzubrechen. Ich war zum Parkplatz zurückgekehrt, wo ihr Auto einsam und verlassen stand. Ich wusste, dass
mir nicht viel Zeit blieb, irgendwelche persönlichen Papiere zu
finden, bevor die Polizei sich ihrerseits mit dem Fahrzeug be-
fasste. Das Schloss hatte ich in drei Sekunden geknackt. Des-
organisiert, wie Gina war, hatte sie ihre Ledertasche als Einla-
dung für jeden Dieb auf dem Beifahrersitz liegen gelassen. Eine
hastige Durchsuchung förderte nur dieselbe Ansammlung von
Plunder zu Tage, den ich selbst seit Wochen aus meiner eigenen
Tasche entfernen wollte. Nichts Brauchbares im Handschuhfach oder in der Türablage. Enttäuscht wollte ich schon die
Wagentür schließen, da fiel mir ein, dass unordentliche Menschen Dinge auf den Boden fallen lassen, und warf einen Blick
unter die Vordersitze, wo ich allerdings nichts weiter als eine
zerfledderte Zigarettenschachtel fand. Ich drehte sie um. Hei-
liger Strohsack! Sie hatte sie zerrissen, um sie für eine Liste mit
Orts- und Zeitangaben zu zweckentfremden. Ich steckte sie in
meine Tasche und entfernte mich vom Tatort.

Tüüüüt. Das hartnäckige Hupen vom Wagen hinter mir riss mich aus meinen Gedanken. Die Kolonne fuhr weiter. Ich kam gerade noch durch, doch der Wagen hinter mir nicht. Ich wagte nicht, zurückzublicken. Dies musste ich wohl als Fehltritt Nummer drei verbuchen.

Es kam wie befürchtet. Mrs Mackenzie fand es gar nicht komisch, dass ich erst in der Tür des Speisesaals stand, als die letzten Gäste schon fast mit dem Dessert fertig waren. Nach einem Moment beredten Schweigens wanderte ihr Blick gezielt zu einem Schild an der Wand. *Die Gäste werden gebeten, die Hotelleitung RECHTZEITIG zu unterrichten, wenn sie von den Mahlzeiten fernbleiben.* Einige Sekunden lang starrte sie angestrengt auf den Hinweis, als wollte sie ihn sich ins Gedächtnis rufen, dann marschierte sie zu den zwei Tischen hinüber, deren Gedecke unbenutzt waren, stürzte sich auf das Besteck und trug es Richtung Küche. Mein Mut verließ mich, und ich murmelte in ihrem Rücken eine demütige Entschuldigung, bevor ich mich in mein Zimmer flüchtete.

Als ich mich bückte, um Gorgonzola zu streicheln, kniff sie die Augen zu. Ihr Begrüßungsschnurren verwandelte sich in einen Laut, der eher wie forderndes Knurren klang, als sie den verführerischen Duft nach Sardinen an meiner Hand bemerkte. Dann stolzierte sie wie Mrs Mackenzie verdrießlich davon, um mit zuckendem Schwanz neben ihrer Futtertasche in Stellung zu gehen. Eine nachvollziehbare Reaktion, urteilte ich verständnisvoll, wenn man Kohldampf schiebt und jemand anders einem kaltblütig die Mahlzeit weggegessen hat.

Ich musterte die Dosen in der Tasche. Welche war wohl das schmackhafteste Friedensangebot? Lachs. Das Bild auf dem Etikett war so verführerisch. Gorgonzola lief in Erwartung der Haute Cuisine bereits das Wasser im Maul zusammen. Ein laut vernehmliches Knurren aus meinem Magen erinnerte mich daran, dass ich außer dem Sardinenhappen seit fast zwölf Stunden nichts gegessen hatte. Ich sah Gorgonzola nachdenklich an. Vielleicht konnte ich ihr etwas von ihrer Mahlzeit stibitzen ... Nein, drei moralische Vergehen waren genug für einen Tag.

Nachdem ich der Katze ein paar Minuten lang dabei zugesehen hatte, wie sie den Lachs hinunterschlang, geriet mein Entschluss ins Wanken. Doch ich riss mich zusammen. Das ging nun wirklich zu weit. Eine Finanz- und Zollbeamtin konnte nicht so tief sinken, dass sie Katzenfutter aß. Und außerdem waren meine Chancen, Gorgonzolas Tigerfängen die letzten Happen Lachs zu entreißen, gleich null.

Wie einem halb verdursteten Menschen in der Wüste das Trugbild von kühlem blauem Wasser vor dem geistigen Auge erscheint, hatte ich eine unwiderstehliche Vision von köstlichen, außen knusprigen und innen weichen, dick mit Butter bestrichenen Scones. Zwar hatte Mrs Mackenzie niederträchtigerweise das Besteck abgeräumt, doch vielleicht standen wenigstens noch die Scones auf dem Tisch. Ein kurzer Überraschungsangriff, und sie würden wie von Zauberhand verschwinden. Solange ich in meinem Zimmer keine verräterischen Krümel hinterließ ...

Gemächlich schlenderte ich die Treppe hinunter, so dass ich, sollte Mrs Mackenzie mich entdecken, unauffällig die Richtung ändern und in die Lounge gehen konnte. Ich spähte durch die Tür. Niemand da. Offenbar war sie noch mit den Aufräumarbeiten beschäftigt, auch wenn sie jeden Moment wiederkommen konnte. Da vorne, nur wenige Meter entfernt, stand der verführerische Korb mit Scones neben einem kleinen Teller mit Folienpäckchen Butter.

Während ich mir für den Notfall ein paar plausible Entschuldigungen zurechtlegte, wog ich ab, welche Methode die beste war: langsam und leise auf Zehenspitzen oder ein schneller, kühner Vorstoß. Ich entschied mich für Tempo. Mit fünf, sechs flinken Schritten war ich am Tisch. Ich schnappte mir drei Scones und eine Handvoll Butterpäckchen. Zu spät bereute ich, keine Tasche dabeizuhaben. Ich trat mit vollen Händen meinen Rückzug an – als im Keller die Küchentür aufging.

Ich rannte die Treppe hoch und war gerade um die Ecke und in Sicherheit, als ich über eines meiner Scones die Kontrolle verlor. Es rutschte mir unter den Armen weg und purzelte munter die Stufen hinab auf den Dielenboden, wo es vor einem riesigen gelben Paar Golfschuhe liegen blieb. Langsam wanderte mein Blick die schwarze Hose über den leuchtend gelben Pullover hinauf und blieb unter der gelb-schwarzen Golfmütze an einem wohlvertrauten Gesicht hängen.

»Prächtiger Chipshot, Ma'am.« Hiram J Spinks zog amüsiert eine Augenbraue hoch und grinste, ohne dass sein Lächeln die kalten, berechnenden Augen erfasste. Er hob das Scone auf und reichte es mir. »Vermutlich das Abendessen verpasst?« Der forschende Ton war unmissverständlich.

Mir fuhr es wie ein kalter Strahl durch die Magengrube.

»Ähm, ja«, sagte ich, während es fieberhaft in meinem Kopf arbeitete. Ich wusste mit schrecklicher Gewissheit, was er mich als Nächstes fragen würde.

»Irgendwas Interessantes gesehen, was ich mir nicht entgehen lassen sollte?« Der Ton war beiläufig, die Absicht tödlich.

Catch22. Erzählte ich ihm, ich sei auf der Burg Tantallon gewesen, und er hatte es nicht gemerkt, würden bei ihm sämtliche Alarmglocken läuten. Behauptete ich dagegen, woanders gewesen zu sein, und er hatte mich doch bei der Burg gesehen …

Ich wog die Möglichkeiten ab und setzte auf Risiko. »Ich war zum Einkaufen in Edinburgh. Sie wissen ja, wie das ist, wenn man eine Frau auf all diese Boutiquen loslässt.« Ich zwang mich zu einem Lachen und nahm ihm das Scone ab. »Ich will doch hoffen, dass Sie mich wegen des Mundraubs nicht bei Mrs Mackenzie verpfeifen.«

Er lachte verschwörerisch, doch sein Blick war kalt und verschlossen.

Plötzlich fiel mir wieder ein, wie ich mich kurz vor Tantallon ins Gebüsch gedrückt hatte, als sich die Nebelleuchten eines Wagens durch die Schwaden bohrten und in den nassen Blättern spiegelten. Ich hatte schemenhaft eine Gestalt erkannt, die sich über das Lenkrad beugte. Er *hatte* mich gesehen – und mich erkannt. Sollte er nach dem Vorfall in Inchcolm einen ersten Verdacht geschöpft haben, so hatte ihn meine heutige Anwesenheit in Tantallon sicher darin bestärkt. Als ich jetzt in diese Augen blickte, wurde mir eines schlagartig klar: Hätte ich mich nicht instinktiv in die triefnassen Büsche gedrückt, um dem Wagen auszuweichen, sondern wäre mitten auf der Straße weitergegangen, er hätte mich ohne Gewissensbisse unter seinen Rädern zerquetscht, so wie man auf dem Golfplatz das störende Erdhäufchen eines Regenwurms beseitigt. Künstlerpech.

Meine Lüge über den Einkaufsbummel in Edinburgh verriet ihm, dass ich ihn in Tantallon gesehen hatte *und es nicht zugeben wollte.*

Ich hatte einen fatalen Fehler begangen.

11

Kaum war ich wieder in meinem Zimmer, sank ich aufs Bett. Der Appetit auf meine schwer erkämpften Butterscones war mir vergangen. Ich hatte weiche Knie, und mir pochte das Herz bis zum Hals – ich machte mir keine Illusionen darüber, in welcher Gefahr ich jetzt schwebte. Spinks hatte schon zwei Menschen getötet. Er würde nicht zögern, einen dritten Mord zu begehen.

Zwar konnte er nicht wissen, dass ich zu verdeckten Ermittlungen des Drogendezernats da war, doch meine übertriebene Neugier war ihm sicher nicht entgangen. Er hatte mich im Botanischen Garten, in Inchcolm und dann auch noch heute auf Burg Tantallon gesehen. Der entscheidende Punkt aber war für ihn zweifellos, dass ich ihm darüber nicht die Wahrheit gesagt hatte. Nunmehr musste er mit Sicherheit davon ausgehen, dass ich nicht zufällig an diesen Orten aufgetaucht war.

Gorgonzola, der meine Stimmungen nur selten entgingen, räkelte sich in dem bequemen Nest, das sie sich auf der Daunendecke eingerichtet hatte, und berührte mich mit der Tatze sanft am Arm. Als ich ihr weiches Fell streichelte, wurde ich ruhiger. Diese Liste, die ich aus Ginas Wagen gestohlen hatte, sah vielversprechend aus, und die polizeilichen Ermittlungen zur Identität der Japanerin führten vielleicht auf eine weitere Spur. Mit dieser auffälligen blonden Strähne im Haar sollte es nicht schwerfallen, sie im Hotel der Reisegruppe ausfindig zu machen. Was meine persönliche Sicherheit betraf, so war ich immerhin gewarnt und konnte mich wappnen. Diese Begegnung mit Spinks war zwar dumm gelaufen, doch selbst wenn ich zugegeben hätte, in Tantallon gewesen zu sein, wäre er misstrauisch geworden. Ich musste einfach schneller sein als er und ihm etwas nachweisen.

Nachdem dies geklärt war, kehrte mein Appetit zurück. Ich brach eins der Scones auf und strich mit Hilfe des Löffels von meiner Tee-Ausstattung dick Butter auf die weiche, weiße Innenseite. Als ich es zum Munde führte, um kräftig hineinzubeißen, ertappte ich mich dabei, wie ich sabberte ...

Nachdem der schlimmste Hunger gestillt war, schob ich Gorgonzola von der Mitte des Betts an die Seite und schlief fast im selben Moment ein.

Mein Kopf befand sich auf der Höhe seiner Füße. Ich blickte aus der Froschperspektive auf die Stollen seiner Golfschuhe. Die enorme gelb-schwarze Golfmütze wie einen riesigen Heißluftballon auf dem Kopf, lächelte mich Hiram freundlich an. Mit demselben freundlichen Gesicht griff er in seinen Caddie und zog ein gigantisches Buttermesser heraus, in das die Aufschrift *Made in Japan* eingestanzt war. Er hielt das Messer wie einen Putter mit beiden Händen, nahm eine Abschlagposition ein und zielte auf meinen Kopf. Ich schielte zu ihm hinauf und sah, wie er das Messer hinter der Schulter hoch in die Luft schwang und mit enormer Kraft hinuntersausen ließ ...

Ich riss die Augen auf. Mir stand der Schweiß auf der Stirn, mein Körper war starr vor Angst. Einen Moment lang sah ich verwirrt auf den Wecker neben meinem Bett. 4:30 Uhr. Von draußen drang bereits Licht und Vogelzwitschern herein. Die weißen Stores bauschten sich in einer leichten, frühmorgendlichen Brise.

Besorgt ließ ich den Blick durchs Zimmer schweifen. Nichts. Niemand. Nicht einmal Gorgonzola. *Entspann dich, es war nur ein Traum.* Doch ich würde die Warnung beherzigen. Kein Jacuzzi-Bad, keine einsamen Spaziergänge in tückischen alten Burgen. Spinks' Morde waren alle als Unfälle getarnt gewesen. Was konnte er schon machen, wenn ich von jetzt an darauf achtete, immer unter Menschen zu bleiben? Viel, jammerte eine leise Stimme in meinem Innern. Schläfrig hörte ich mir ihre ängstlichen Klagen an. Heute würde ich Spinks erst einmal aus dem Weg gehen und im Bett frühstücken ...

Ein paar Stunden später, genauer gesagt, um 7:30 Uhr, sah die Sache nicht mehr ganz so einfach aus. »Ich hätte gerne gewusst, ob ich mein Frühstück heute aufs Zimmer bekommen kann, Mrs Mackenzie.«

Am anderen Ende der Leitung herrschte erst einmal Schweigen. Dann antwortete die Chefin langsam und betont, damit ja keine Missverständnisse aufkamen: »Ich fürchte, das Hotel bietet prinzipiell keinen Zimmerservice an, es sei denn, in besonderen Ausnahmefällen.« Ein blechernes Lachen unterstrich, wie absurd meine Bitte war.

Ich schluckte hinunter, was ich ihr eigentlich sagen wollte – *Ich fürchte noch ganz andere Dinge, und der Wunsch, seinem potenziellen Mörder im Speisesaal aus dem Weg zu gehen, müsste eigentlich die Kriterien für »besondere Ausnahmefälle« erfüllen.* Stattdessen täuschte ich eine Demut vor, auf die selbst ein Uriah Heep stolz gewesen wäre.

»Es tut mir schrecklich leid, Mrs Mackenzie. Mir ist bewusst, dass ich Sie um einen wirklich großen Gefallen bitte, aber ich fühle mich ganz und gar nicht gut. Vermutlich der verspätete Schock von meinem Unfall.« Ich spielte einen niederträchtigen Trumpf aus. »Sehen Sie, es täte mir leid, die anderen Gäste zu beunruhigen, wenn ich im Speisesaal einen Schwächeanfall erleiden würde. Sie fänden es vielleicht ein wenig bedenklich, wenn ich wie die arme Ms Lannelle weggetragen würde.« Da ich einen Lachanfall kaum unterdrücken konnte, klang meine Stimme überzeugend wacklig und weinerlich.

Sie schnappte hörbar nach Luft.

Ich nutzte meinen Vorteil. »Natürlich gehe ich davon aus, dass Sie mir die zusätzliche Mühe in Rechnung stellen.«

Mrs Mackenzie wusste, wann sie geschlagen war. »Meine liebe Miss Smith«, gurrte sie in einer plötzlichen Aufwallung honigsüßer Besorgnis, »selbstverständlich fällt Unwohlsein unter besondere Umstände. Wieso haben Sie das nicht gleich gesagt? Ich werde Ihnen persönlich ein Tablett hochbringen.«

Ich schloss das Fenster, damit nicht Gorgonzola im falschen Moment auf der Bildfläche erschien, lehnte mich in überzeugend geschwächter Haltung in die Kissen und wartete. Zehn Minuten später klopfte es an der Tür, und der Knauf drehte sich. Für Sekunden geriet ich in Panik. Würde im nächsten Moment diese gelb-schwarze Mütze im Türrahmen erscheinen? Im Bett wäre ich einem Angriff hilflos ausgeliefert.

Ein Tablett schob die Tür auf, gefolgt von Mrs Mackenzies kantiger Gestalt. Ich stieß einen nur halb gespielten zittrigen Seufzer aus.

»Ich habe Ihnen ein leichtes Frühstück zusammengestellt, wo Sie sich doch nicht gut fühlen.« Sie stellte das Tablett auf den Nachttisch und musterte mich, als suchte sie nach versteckten Hinweisen auf meine wahre Verfassung.

Ungläubig betrachtete ich das ausgesprochen kleine gekochte Ei und die beiden winzigen Dreiecke Toast. »Wie aufmerksam von Ihnen«, sagte ich; bei dem bloßen Gedanken an einen großen Teller mit herzhaftem Speck, Würstchen und Spiegelei klang meine Stimme schwach vor Hunger. Sehnsüchtig dachte ich an die Butterscones von gestern Abend.

»Falls Sie sich heute Mittag immer noch nicht besser fühlen, geben Sie mir einfach Bescheid, und ich mache Ihnen was Bekömmliches.«

Als ihr dämmerte, dass sie für sehr wenig Essen einen hohen Preis verlangen konnte, nahmen ihre Augen einen habgierigen Glanz an. Es gab der Redewendung »wenig, aber mit Liebe« eine ganz neue Bedeutung. Mit stiller Genugtuung warf sie einen prüfenden Blick auf das Tablett in seiner minimalistischen Schlichtheit. Ein letztes Zupfen am Tuch, ein Ausrichten von Löffel und Messer, dann machte sie kehrt.

Auf halbem Weg zur Tür wechselte sie abrupt die Richtung, trat an mein sorgsam geschlossenes Fenster und riss es weit auf. »Ein bisschen frische Luft wird Ihnen guttun.« Ihr forscher Ton duldete keinen Widerspruch.

Ich lächelte schwach und hoffte, dass die hungrige Gorgonzola nicht ausgerechnet in diesem Moment hereinspazierte.

Es war wohl angesagt, etwas zu erwidern. »Das ist sehr liebenswürdig von Ihnen, Mrs Mackenzie«, flüsterte ich, »dass Sie sich all die Mühe machen, wo Sie sich doch um Ihre anderen Gäste kümmern sollten.«

Sie neigte huldvoll den Kopf und rauschte wie eine Königin aus dem Zimmer.

Im Verlauf des Vormittags verließ ich das Hotel und versteckte mich dabei hinter meiner riesigen Sonnenbrille, die mir, wie ich hoffte, eine fahle Blässe verlieh und somit meine Unpässlichkeit unterstrich. Allerdings gebe ich zu, dass sie meinen Abstieg durch die dunklen Winkel und Nischen der Treppe ein wenig behinderte. Am Fuß der Treppe fuhr mir ein brennender Schmerz durchs Schienbein, und einen quälenden Augenblick lang, während mir das Herz stillstand, glaubte ich, Spinks hätte mir im Schatten aufgelauert und ginge auf mich los. Ich riss die Brille herunter und stellte fest, dass ich einem reich verzierten viktorianischen Schirmständer zum Opfer gefallen war.

Ein vertrautes Hüsteln ließ dagegen keinen Zweifel daran, dass Mrs Mackenzie irgendwo in der Nähe lauerte.

Um dem unvermeidlichen Kreuzverhör zuvorzukommen, rief ich: »Ich befolge Ihren Rat und schnappe ein bisschen frische Luft.«

In Wahrheit hatte ich die Absicht, mit dem Wagen Richtung Edinburgh zu fahren und mir eine reichhaltige Mahlzeit zu gönnen. Anschließend wollte ich im Polizeipräsidium Lothian & Borders vorbeischauen, um zu sehen, ob sie mit der Japanerin weitergekommen waren. In der Tasche hatte ich die Zigarettenpackung, die ich in Gina Lombardinis Wagen gefunden hatte. Ich würde sie mir über einer riesigen Portion von … irgendetwas, Hauptsache, viel, unter die Lupe nehmen.

Als ich aus dem Haus trat, stellte ich fest, dass die frühe Morgensonne hinter tief hängenden grauen Regenwolken verschwunden war – ein typischer schottischer Sommertag. Mrs Mackenzie fand es vielleicht befremdlich, dass jemand, der kränkelte, bei drohendem Regen mit Sonnenbrille an die Luft ging. Ich nahm die Tarnung ab und steckte sie in die Tasche. Im Wagen blieb ich ein paar Sekunden hinterm Lenkrad sitzen. Auf dem von Heide gesäumten Parkplatz konnte ich Spinks' Wagen nirgends entdecken, doch als ich losfuhr, behielt ich zur Vorsicht den Rückspiegel im Auge. Man konnte nie wissen.

Nach meinem langen Fasten war ich vom Gedanken an ein Gourmetmenü wie besessen, und so kehrte ich nicht in der erstbesten Imbissbude ein, sondern fuhr weiter, bis ich ein Lokal fand, das mir den ersehnten Gaumenschmaus bieten konnte.

Ich hielt die schwere, ledergebundene Speisekarte in der Hand und ließ mir Zeit, sie zu studieren, auch wenn ich mir vornahm, bei der Auswahl Selbstbeherrschung zu üben. Ich überflog die Hauptspeisen … eine verlockender als die andere:

Erdartischocken-Branade mit Auberginen-Kaviar
In Madeirasoße eingelegter Hering mit Salat
Brunnenkresse und Champignon-Consommé

Gegrilltes Seezungenfilet mit Avocado und Zitronenbutter
Delice aus schottischem Lachs mit feinem
Lauch- und Champignon-Rahm
Noisettes aus südschottischem Lamm mit
Minz- und Gurken-Dressing
Brathähnchen im Paprika-Bett mit Knoblauchsoße
Entrecôte aus zartem Angusrind mit
Champignons und süßen Zwiebeln

Langsam las ich die Liste noch einmal durch und ließ mir in Gedanken jedes Gericht auf der Zunge zergehen. Nachdem ich mich lange nicht entscheiden konnte, fiel meine Wahl schließlich auf die Artischocken und den Lachs. Endlich konnte ich entspannen. Ich kramte Ginas zerrissene Zigarettenschachtel aus der Tasche und studierte die Liste mit den Ortsangaben.

Inchcolm Cramond May
Tantallon Fast
Longniddry Bents

Keine weiteren Informationen. Kein Datum, keine Uhrzeit. Vielleicht war mit Hilfe der Japanerin mehr zu erfahren, falls die Kollegen sie fanden.

Als mein Essen kam, legte ich meine Spekulationen erst einmal auf Eis, und so dauerte es eine gute Stunde, bis ich meine Karte zückte und versuchte, Ginas Treffpunkte zu lokalisieren. Ich gönnte mir noch ein Stück Schoko-Minz-Torte und zeichnete nebenbei mit dem Finger die Linie des Forth auf der Karte nach. Er schien eine Menge Inseln zu haben. Fidra, Bass Rock, Inchkeith, Inchcolm, May. Und Cramond Island, am

| 132

Edinburgher Ufer gegenüber von Inchcolm. Interessant. Alle in bequemer Reichweite des White Heather Hotel. Nachdenklich stellte ich meine Tasse ab.

Ein Kellner, der mit einer Kaffeekanne in der Nähe stand, kam heran, um mir auf Wunsch nachzuschenken.

Ich tippte mit dem Finger auf die Karte. »Könnten Sie mir wohl etwas über dieses Cramond Island erzählen?«

»Aber gewiss, Madam.« Er stellte die Kaffeekanne ab und beugte sich über die Karte. »Warten Sie ... Sie sind hier. Schätze, ungefähr eine Stunde Fahrt. Es ist nur bei Flut eine Insel, bei Ebbe führt ein Damm hinüber.«

Ich nahm einen Bleistift und machte einen Kringel um die Stelle. Einen weiteren um Tantallon. Beide lagen an der Küste, beide höchstens eine Autostunde vom White Heather Hotel entfernt. Falls meine Theorie richtig war ... Ich folgte dem Fluss weiter nach Süden. Longniddry ... An der Küste. Und ein Golfplatz in der Nähe – zwei Golfplätze, genauer gesagt. Das musste Hiram J Spinks gefallen. Auch Longniddry kreiste ich mit Bleistift ein. Fast Castle musste ich erst ein wenig suchen. Es lag ein gutes Stück rechts von Tantallon, auf halbem Weg Richtung Berwick-upon-Tweed, wieder an der Küste.

Ich faltete die Karte und schob den Stuhl zurück. 14 Uhr. Zeit, mich auf die Socken zu machen. Longniddry war das nächstgelegene Ziel. Vielleicht hatte ich genügend Zeit, um auf dem Rückweg vom Präsidium kurz dort vorbeizuschauen. Inzwischen mussten sie die Japanerin und die übrige Gruppe vernommen haben – angeblich als Zeugen eines Unfalls –, und die Polizei würde sie diskret überwachen.

Es hatte angefangen, wie aus Eimern zu gießen. Mit hochgezogenen Schultern rannte ich in meiner dünnen Regenjacke zum Wagen.

Auf dem Polizeirevier warteten allerdings herbe Enttäuschungen auf mich.

»Also, die gute Nachricht ist, dass wir den Namen der Japanerin kennen.« Hörte ich im Ton von Kriminaloberinspektor Macleod von der schottischen Drogenvollstreckungsbehörde eine aufgesetzte Zuversicht heraus? »Sie heißt Kumiko Matsuura.« Er schwieg.

»Und die schlechte Nachricht?«, fragte ich.

»Sie ist uns entwischt. Als unser Mann zur Befragung eintraf, stellte er fest, dass sie bereits abgereist war.« Er vermied es, mir in die Augen zu sehen. »Als die Gruppe planmäßig um zwei Uhr nachmittags nach Pitlochry in den schottischen Highlands aufbrechen sollte, war sie noch nicht zurück. Für sie gilt also ›Aufenthaltsort unbekannt‹.«

Wieso in aller Welt hatten sie mit den Befragungen bis zum späten Vormittag gewartet? Ich hoffte, dass ich meine Verärgerung kaschieren konnte. Ich wollte das Verhältnis nicht trüben und mir unnötige Schwierigkeiten bereiten. Außerdem musste ich zugeben, dass es zum Teil mein Fehler war. Ich hätte es dringend machen müssen. Ich schielte auf die Wanduhr: 15:20 Uhr.

Kriminaloberinspektor Macleod bemerkte meinen Blick und griff nach dem Telefon. »Falls sie wieder auftaucht, gibt uns unser Mann Bescheid.« Sein Ton war defensiv, verlegen, nervös, da ihm mein stummer Vorwurf durchaus nicht entgangen war. »Ich frage nur mal eben nach, ob sich schon etwas Neues ergeben hat.«

Ich verließ den Schreibtisch und schlenderte ans Fenster, um hinauszusehen. Eine ähnliche Aussicht war in einem Reiseführer abgebildet gewesen, der mir wegen seiner interessanten Mischung aus Informationen, Sehenswürdigkeiten und Gedichten über Edinburgh in Erinnerung geblieben war und wegen seiner schönen, ungewöhnlichen Fotos, wie etwa von der regentriefenden Dachlandschaft der Stadt neben einem Gedicht von Alfred Noyes.

Stadt des Nebels und des Regens und der umwehten grauen Räume ...

Regen und umwehte graue Räume ... Dächer, mit grauem Schiefer bedeckt, die sich in steilem Winkel unablässig des Edinburgher Wetters erwehren ...

Hinter mir hörte ich Oberinspektor Macleods nichtssagendes »Ach so«.

Als er laut vernehmlich den Hörer auf den Sockel legte, drehte ich mich um. Der lange schwarze Sekundenzeiger an der Wanduhr war während seines Telefonats nur einmal herumgewandert. Kein gutes Zeichen. Unsere Blicke trafen sich.

»Nichts?«

»Sie ist noch nicht zurückgekommen. Die übrige Gruppe hat eine Stunde auf sie gewartet und ist dann nach Pitlochry gefahren. Wir haben das Hotel gebeten, uns zu informieren, falls sie auftaucht.«

Ich blickte über die nassen Dächer. War Kumiko aus freien Stücken verschwunden, und falls ja, wieso? War sie eine Zeugin, die Angst hatte, die vielleicht gesehen hatte, wie Spinks die Tür zum Turm abschloss? Oder war sie eine Mordkomplizin? Wohl eher nicht. Dann hätte sie nicht in Kauf genommen, die Gruppe zu verlassen und dadurch die Aufmerksamkeit auf sich zu lenken. Oder gab es eine einfache Erklärung – war sie nur zu einer Stadtbesichtigung gefahren und hatte sich verirrt? So oder so schien sich die Frau in Luft aufgelöst zu haben.

Als ich das Polizeirevier verließ, war der peitschende Regen in feines Nieseln übergegangen. Bald schon hörte er ganz auf, und zwischen den grauen Wolken erschien hier und da blauer Himmel. Falls sich das Wetter weiter besserte, würde ich mir dieses Longniddry ansehen. Es wäre nur ein paar Meilen Umweg. Ja, mir blieb reichlich Zeit, bevor Mackenzie, eine schwabbeligere Ausgabe von J Arthur Ranks Muskelprotz, den Gong zum Abendessen schlug. Nicht, dass ich nach diesem grandiosen Mittagessen Hunger gehabt hätte, doch ich konnte mir keine längere Abwesenheit leisten. Zwei Abende hintereinander zu spät zu kommen, würde zwischen Mrs Mackenzie und mir das Fass zum Überlaufen bringen.

Die schmale Straße wand sich kurvenreich, und die Bäume zu beiden Seiten verstellten die Sicht. Dort, wo die Straße nahe der See verlief, hatte der Wind die Ginsterbüsche an der Oberseite gerundet, als hätte ein Formschnittkünstler Hand angelegt.

Longniddry Bents. Beinahe hätte ich das kleine Hinweisschild übersehen, dessen Schrift von Sand und Salz bis zur Unkenntlichkeit verwischt worden war. Ein nach unten gerichteter Pfeil zeigte auf eine schmale Straße zwischen hohen Uferböschungen. Ich bog auf den Weg ab. Er war zwar schmal, aber geteert und führte nach mehreren Kurven zu einem unverhofft großen Parkplatz inmitten von Bäumen und Dünen. Ich kurbelte die Scheibe herunter und schaltete den Motor aus. Die Wolkendecke hatte sich gelichtet, die blauen Stellen am Himmel sich ausgedehnt, doch der nächste Regen ließ sicher nicht lange auf sich warten. Bei gutem Wetter war dies bestimmt ein beliebter Picknickplatz. Jetzt war er vollkommen verlassen.

Ich stieg aus und lief einen schmalen Sandpfad entlang zu der kleinen Brücke über den brackigen Fluss. Als der Pfad durch das Dickicht von Stechginster, Weißdornbüschen und kleinen Bäumen sanft zur Kuppe der Sanddünen anstieg, erhaschte ich hier und da einen Blick aufs Meer. Dann sah ich mich einem verschlungenen Gewirr von Pfaden gegenüber und blieb stehen. Links war eine Reihe Waldkiefern. Ihre dunklen, toten Zweige erinnerten gespenstisch an schwatzende alte

| 136

Weiber, die mit knorrigen Hexenfingern gestikulierten. Rechts lag gar nicht weit von mir das Meer und die Küste von Fife, deren wellige Hügel mit einem Flickenmuster leuchtend gelber Rapsfelder überzogen waren. Ein kühler Wind fegte über die Dünen und raschelte in den vertrockneten Grasbüscheln.

Jemand lief über mein Grab. Ich schauderte unwillkürlich. Hatte ich mir nicht erst gestern Abend geschworen, einsame Orte zu meiden? Mehrere Minuten lang stand ich reglos da und spannte jeden Nerv an, um trotz der klagenden Möwenschreie, des unablässigen Meeresrauschens und des Windes, der in den Büschen seufzte, auch die leisesten Schritte, das kleinste unnatürliche Geräusch zu hören. *Diese Büsche sind so dick, dass man darin eine Leiche für immer verschwinden lassen kann.* – Reiß dich zusammen, DJ, schalt ich mich. Wieso jagte ich mir selber solche Angst ein? Das ferne Motorengeräusch von einem vorbeifahrenden Auto sagte mir, dass ich mich nicht allzu weit von der Hauptstraße befand, vielleicht sogar recht nahe. Ich nahm einen Weg, von dem ich hoffte, dass er zum Strand hinunterführte, und beschleunigte meine Schritte.

Meine Schuhe machten auf dem Sand keinerlei Geräusche. *Dasselbe gilt natürlich auch für einen Verfolger.* Da hatten wir's, schon wieder ängstigte ich mich zu Tode. Auch das keine glücklich gewählte Redewendung. Falls Spinks den Kopf aus den Büschen steckte, musste er keinen Finger krumm machen, denn ich fiele bestimmt vor Schreck auf der Stelle tot um. Ich holte tief Luft. Die Region war schließlich eine beliebte Gegend für Picknickausflüge und nicht die Filmkulisse für einen Mord. Da fing ich tatsächlich schon wieder an. Ich verpasste mir in Gedanken einen Tritt in den Hintern und marschierte zügig weiter.

Eine letzte Biegung, und ich stand zwischen niedrigen Dünen am Rand einer riesigen Bucht. Vor mir ragte eine gezackte

Reihe Pfosten auf, die Rippen eines verfaulenden Schiffsskeletts, dessen einzige Fracht jetzt noch aus Salzwasser bestand. Ich suchte auf meiner Karte. Diese weiße Gebäudegruppe auf der anderen Seite der Bucht musste der Golfclub sein. Andere Gebäude gab es nicht. Es war der ideale Ort, um Drogen an Land zu bringen – abgelegen, aber zugleich nahe einer Straße, um sie weiterzutransportieren.

Wie friedlich es hier war. Die ockerfarbenen Dünen waren mit blaugrünem Gras gespickt. In einem plötzlichen Sonnenstrahl leuchtete eine Seemöwe auf, die gemächlich quer über die drei weißen Wellenkämme am Rand des Wassers segelte. In der Ferne übte ein Golfspieler auf dem harten, flachen Sand seine Schwünge – billiger, nahm ich an, als auf dem benachbarten Clubgelände jede Runde zu bezahlen. Schließlich war der Sport daraus entstanden, dass Männer einen Ball über Sanddünen schlugen. Und heute war es ein Freizeitvergnügen, für das Menschen viele Millionen ausgaben.

Ja, eine Ladung Drogen ließ sich hier mühelos an Land bringen. Wie weit war Tantallon von Longniddry entfernt? Und die Insel dort, war das Inchkeith? Der Wind zog und zerrte an der Karte, so dass ich Mühe hatte, sie zu lesen. Ich ging in die Knie, breitete den Plan auf dem Boden aus und beschwerte ihn mit ein paar Steinen. Tantallon da … Inchcolm da … Longniddry hier … Alles zusammen ergab ein sauberes Dreieck. Ein paar Minuten blieb ich so hocken und überlegte, welche Schlüsse daraus zu ziehen waren.

Ich hörte ein metallisches Klicken nicht weit von mir. Während ich die Karte studierte, war der Golfspieler langsam, aber stetig auf mich zugekommen, so dass er seine Bunker nunmehr in zweihundert Metern Entfernung schlug. Über die Dünenkuppe hinweg war lediglich das blitzende Sonnenlicht an Kopf und Schaft des Schlägers auszumachen. Versonnen sah ich zu, wie er rhythmisch auf und ab ging.

Ich wandte mich wieder der Karte zu. Longniddry ... Konnte man von hier aus Tantallon sehen? Ich stand auf. Dieser Klecks an der Küste rechts von mir – war das die Burg?

Unter meinen Füßen gab der Sand nach. Ich taumelte, stolperte über eine dünne, biegsame Wurzel und fiel vornüber auf Hände und Knie. Vor mir schwirrte etwas in der Luft. Sand spritzte auf und rieselte die Vorderseite der Düne hinunter, als ein Golfball mit tödlicher Wucht einen Meter von mir entfernt in den Sand einschlug. Eine ganze Weile starrte ich fassungslos auf den Ball. Er musste in Kopfhöhe an mir vorbeigeflogen sein. Ich öffnete den Mund, doch der Schock schnürte mir die Kehle zu. Statt eines Wutschreis brachte ich nur einen krächzenden Laut hervor. Wäre ich nicht ausgerutscht, hätte mir der Ball den Schädel zerschmettert. Dieser Golfspieler war *gefährlich* leichtsinnig.

Mir stieg die kalte Wut hoch, und die Lähmung wich. Mit zitternden Beinen rappelte ich mich auf und merkte, dass ich kaum stehen konnte.

Wenig damenhafte Kraftausdrücke kamen mir über die Lippen. »Verfluchter Irrer. Stümperhaftes Arschloch!«, kreischte ich. »Sie ... Sie ... Scheißk...!« Unter meinen zitternden Füßen glitt der Sand weg, und ich rutschte weiter die Düne hinunter.

Ich hatte mit einem erschrockenen, reumütigen Gesicht gerechnet, doch stattdessen hörte ich das leise Zischen eines zweiten Geschosses, das in den Sand einschlug.

Diesmal schrie ich nicht.

Die entnervende Stille sagte mehr als Worte. Mein Angreifer war kein übermütiger, verantwortungsloser Spieler. Vielmehr konnte es sich nur um diesen eiskalt effizienten Killer Hiram J Spinks handeln. Sein typischer Modus Operandi war ein als Unfalltod getarnter Mord. Der Erste, der so starb, war Waldo M Hinburger. Die Nächste Gina Lombardini. Die Dritte Lady

Detective Smith. Ich sah die düstere Schlagzeile schon vor mir: GOLFBALL ERSCHLÄGT FERIENGAST.

Meine vom Adrenalin hochempfindlichen Ohren erfassten das leise Gleiten von Sand und Steinchen auf der anderen Seite der Düne. Seit ich ein Stück die Böschung hinuntergerutscht war, hatte ich mich nicht mehr gerührt, und der Mörder würde jeden Moment zum Vorschein kommen, um sein Werk zu begutachten und sicherzustellen, dass ich tot in einer Mulde lag. Was der Fall sein würde, wenn ich nicht schleunigst etwas unternahm.

Tief gebeugt krabbelte ich im Krebsgang davon. Mir blieb vielleicht eine Minute oder auch weniger, bevor mein Verfolger über die Kuppe kam und sah, dass sein Opfer die Flucht ergriffen hatte. Mein erster Reflex war, auf schnellstem Wege zum Wagen zu fliehen; der Weg zum Parkplatz konnte nicht weit sein, und ... *da war er auch schon.*

Ich rannte los, dankbar für die Deckung, die mir die Bäume und Büsche boten. Die toten, flechtenüberzogenen Zweige griffen nach meinen Armen, zerrten an meinem Mantel. Mit pochendem Herzen lief ich noch schneller, musste jedoch bald meine Schritte wieder zügeln. Die im Sand versteckten Wurzeln erwiesen sich als wahre Stolperdrähte.

Vor mir verzweigte sich der Weg und führte einmal nach rechts in Richtung Parkplatz und einmal nach links, wahrscheinlich zum Meer zurück. Wo lang, wo lang? Mein Atem kam schon jetzt in unregelmäßigen Stößen. Vielleicht war es keine so gute Idee, zum Wagen zu laufen. Genau damit könnte mein Verfolger gerechnet haben und dort jetzt auf der Lauer liegen. War er vor oder hinter mir? War das nur das Rascheln des Windes in den trockenen Ginsterbüschen ... oder ...?

Ich hastete auf dem Weg zum Meer entlang, der auf beiden Seiten dicht umstanden war von stachligem Ginster. Darin konnte sich niemand verstecken. Überraschenderweise machte er plötzlich eine Kehrtwende und schwenkte von der Küste weg in Richtung Straße. Unter meinen Füßen ging der Sand in Gras und einen dichten Teppich toter Kiefernzweige über. Sie würden leicht knacken. Ich musste sehr behutsam sein. Auf Zehenspitzen überquerte ich die Schneise. Ich musste mich irgendwo verstecken, bis er aufhörte, nach mir zu suchen. Ich rannte weiter.

Das quadratische Gebäude war fast gänzlich in einem Gebüsch aus Weißdorn und Bäumen versteckt. Ich zögerte. Vielleicht kam ich mit Hilfe eines doppelten Bluffs davon. Er würde nicht damit *rechnen*, dass ich mich an einer so offensichtlichen Stelle versteckte. Die Sträucher kratzten und rissen an meinen Sachen, als ich mich hindurcharbeitete, darauf bedacht, keine allzu verräterische Spur zu hinterlassen. Über mir ließ die ausladende, dicht belaubte Krone einer riesigen Rosskastanie nur wenig Sonne durch. Am Fuß des Stamms schimmerten blass die kleinen Blüten einer wilden weißen Rose. Meine ausgestreckte Hand berührte die rauen Betonflächen eines niedrigen Gebäudes, das fast vollständig von Kastanien und Weißdorn überwuchert war. Es hatte weder Fenster noch Türen. Ich bahnte mir langsam einen Weg um den Bau herum. Auf der anderen Seite drang mehr Licht ein. Was ich für einen Unterschlupf gehalten hatte, war nichts weiter als eine Gruppe riesiger Panzerabwehrblöcke, Überbleibsel aus der Küstenverteidigung im Zweiten Weltkrieg. Hier konnte man sich nicht verstecken. Ich leckte mir über die trockenen Lippen. Ich hatte zu viel Zeit vergeudet. Mir rann der Schweiß den Rücken herunter.

Über mir kam plötzlich Bewegung in die Zweige, so dass ein Wirbel kleiner Äste und Blätter zu Boden fiel. Erschrocken sah ich auf. Zwei riesige Vögel, wahrscheinlich Krähen, stritten sich um ein totes Tier. Mit flatternden Flügeln schnappte schließlich einer dem anderen die Beute weg, und hinter den dichten Blätterbüscheln flogen sie aus meinem Blickfeld.

Ganz in meiner Nähe hing, halb abgerissen, ein dicker Ast herunter, und das wogende Gebüsch war dem böswilligen Ansturm von Brennnesseln gewichen. Ich sprang hinauf und hängte mich an den Ast. Er knackte unheilvoll, hielt aber. Ich stemmte die Füße gegen den Betonquader und arbeitete mich so langsam hoch, dann hangelte ich bis zur Oberseite des Blocks.

Aus Angst, Spinks könnte mich entdecken, wagte ich nicht, aufzustehen. Von dieser Stelle aus konnte ich weit hinauf in die Kastanie sehen. Bevor die Ängste und Zweifel ganz die Oberhand gewannen, packte ich einen Ast und hievte mich, indem ich ihn als primitive Leiter benutzte, nach und nach in die Krone. Bei meinem mühsamen Aufstieg teilten sich die fünffingrigen Blätter, um mich gleich wieder schützend einzuhüllen.

Als die Äste dünner und biegsamer wurden, hörte ich auf zu klettern. Zu meiner Freude war mein Aussichtsposten überraschend bequem. Aber ich musste hier möglicherweise einige Zeit ausharren. Wie lange würde es dauern, bis ich den Abstieg wagen konnte? Bis nach Einbruch der Dunkelheit? Dann war es vielleicht noch gefährlicher. Jedenfalls wurde es ohnehin erst kurz vor Mitternacht so richtig dunkel, somit blieben mir noch sieben Stunden. Würde Spinks seine Suche vorher aufgeben? Ich konnte mich nicht darauf verlassen. Schließlich brauchte er mir nur auf dem Parkplatz aufzulauern. Also gut, sollte er warten, das konnte ich auch, spielten wir also Katz und Maus. Ich lehnte mich an den Baumstamm ... Meine Ohren stimmten sich auf Dutzende leiser Geräusche ein – den Wind in den Blättern der Kastanie, das Knarren ihrer Äste, das ferne Kreischen der Möwen und in der Nähe das Zwitschern und Trällern der Spatzen und Amseln. Gelegentlich hörte ich das gedämpfte Brummen eines Fahrzeugs auf der Straße, die nicht weit entfernt sein konnte ... Meine Gedanken schweiften ab ...

Knack ... knack ... Es war das Geräusch von kleinen toten

Zweigen, die unter behutsamen Schritten brachen. Ich spürte, wie sich unter mir etwas bewegte. Ich drückte mich fest gegen den Stamm und wandte den Kopf ab. Falls ich in das Dämmerlicht am Fuß des Stammes blickte, fühlte sich vielleicht derjenige, der dort stand, instinktiv beobachtet …

Im Zeitlupentempo bewegte ich meinen Arm zur Seite, bis ich auf meine Uhr sehen konnte. Fünf Minuten. Zehn. Dann *knack … knack …* Spinks, der zurückgekommen war? Oder hatte er die ganze Zeit dort gestanden? Horchen. Warten. Kletterte er vielleicht sogar in diesem Moment auf den Baum? Wie zur Antwort raschelten die Blätter unter mir. Dann gerieten sie noch heftiger in Bewegung … Ich biss mir auf die Lippe, um einen Schrei zu unterdrücken.

Ich sah kein triumphierend grinsendes Gesicht, keinen mörderischen Spinks. Mit heftigem Flügelschwirren schoss ein kleiner brauner Vogel aus seinem Versteck und flog davon. Ich merkte, wie meine Anspannung wich. Wie dumm, wie gefährlich, mich so von meiner Einbildung in Panik versetzen zu lassen. Um ein Haar hätte ich mich verraten. Ich schloss die Augen und zwang mich, langsam und tief durchzuatmen. Sowie die Vernunft die Oberhand gewann, normalisierte sich mein Herzschlag. Solange ich im Baum blieb, war ich sicher. Es würde wohl eine lange Nacht …

Die Rettung nahte von unerwarteter Seite. Der harte, pochende Bass eines Ghettoblasters dröhnte mit der Brise zu mir herauf. Jemand rief wütend etwas, Stille kehrte ein, die nur von lachenden und kreischenden jungen Stimmen unterbrochen wurde. Noch ein Ruf, und auch das Lachen und Schreien verebbte. Stattdessen ertönte die Melodie von »Old MacDonald Had a Farm«, eher gebrüllt als gesungen. Langsam wurde es lauter, und ich verstand einzelne Worte. *Knack … knick … knack … knack …* Eine Salve brechender Zweige rief die unmusikalische Kavallerie zu meiner Rettung herbei.

Behutsam schob ich ein paar tellergroße Blätter zur Seite und spähte auf den Pfad hinunter. In mein Gesichtsfeld schlängelte sich eine lange Reihe Kinder. Kein ordentlicher Gänsemarsch von Schülern, sondern ein ungestümer Tausendfüßler mit hüpfenden und tanzenden Beinen. Jede Hand wedelte mit einem kostbaren Souvenir vom Strand, jede Kehle versuchte mit enthusiastisch schauderlichen Imitationen von Muhen, Blöken, Wiehern oder Krähen die anderen zu übertönen. Geplagte Aufsichtspersonen vorne und hinten trieben die Herde wie gutmütige Hütehunde weiter. Der Mann an der Spitze hatte einen Karton in der Hand, der von zerbeulten Blechdosen, zerknüllten Chipstüten und leeren Flaschen überquoll. Obenauf balancierte – nunmehr dankenswerterweise verstummt – der riesige Ghettoblaster und drohte jeden Moment, herunterzufallen. Der Mann, der die Nachhut bildete, schleppte einen großen Netzsack, prall gefüllt mit Fußbällen, Cricket- und alten Tennisschlägern. Voneweg hüpfte ein knochendürrer kleiner Rotschopf, der mit einer imaginären Flinte wahllos in alle Richtungen schoss und die Vögel so erschreckte, dass sie aus der Deckung kamen.

Ich reckte mich vor, um die bizarre Prozession besser zu sehen. Im selben Moment schwang der Junge, vielleicht weil er mitbekommen hatte, dass sich über ihm etwas bewegte, seine Flinte in die Höhe, als folgte er mit ihrem Lauf einer beweglichen Tontaube. Unsere Blicke trafen sich, unsere Augen weiteten und verengten sich dann wieder zu gefährlichen Schlitzen. Er tat, als drückte er ab. Instinktiv zuckte ich zurück. Mit einem Knall, als hätte jemand tatsächlich geschossen, krachte der Ast unter mir, so dass ich nach vorne taumelte. Verzweifelt suchte ich nach Halt, klammerte mich an Äste, Zweige, Blätter, alles, was mich daran hinderte, sechs Meter tief kopfüber hinunterzustürzen. Laub und kleine Zweige prasselten auf die erstaunten Köpfe der vorübergehend verstummten Kreaturen von MacDonalds Farm. Dann stieß ich mit der Schulter schmerzhaft gegen etwas Festes, und meine Arme umklammerten verzweifelt einen dicken Ast.

»Sir, Sir!«, riefen die jungen Stimmen schrill und aufgeregt. »Norrie hat in dem Baum da gerade eine Frau abgeschossen!«

»Was macht die da, Sir?«

»Nimmt die Vogelnester aus? Dürfen wir die Polizei holen?«

Mit geschlossenen Augen drückte ich die Stirn gegen die raue Rinde und wartete, bis mein Herz seinen gewohnten Rhythmus wiedergefunden hatte.

»Wieso bewegt sie sich nicht, Sir? Ist sie tot?«

Der hoffnungsvolle Ton war deutlich, das Wort »tot« voll ausgekostet.

Ich hörte den enttäuschten Seufzer, als ich mich vorsichtig aufrichtete. So würdevoll, wie es die Situation erlaubte, strich ich mir die Zweige aus dem Haar und lächelte zu den aufgereckten Gesichtern und glotzenden Augen hinunter. Es würde nicht leicht sein, meinen Aufenthalt in einem Kastanienbaum sechs Meter über dem Boden zu erklären ... Dann die Inspiration – dank unzähliger DVDs und Videos, die Kinder vom zartesten Alter an begleiten, hat sich ihnen die Vorstellung eingeprägt, dass Menschen aus den Vereinigten Staaten durch die Bank schräge Vögel sind, die seltsame Dinge tun. Wenn sie mich für eine Amerikanerin hielten, brauchte ich vielleicht überhaupt nichts zu erklären.

»Hi, Kids!« Dem dürren Rotschopf schenkte ich ein warmes Lächeln. »Echt cool geballert, Bruder. Hat mich direkt zwischen den Augen erwischt. Aber ich kann euch verraten, Mann, wie die Amazonas-Indianer *ohne* Knarren jagen, sie benutzen nämlich Pfeile mit vergifteten Spitzen.«

Ich kletterte nach unten und beschrieb ihnen dabei in den anschaulichsten Farben die unterschiedlichsten Varianten gewaltsamer Todesursachen im Dschungel. Als meine Füße schließlich den Boden berührten, hingen mir meine jungen Zuhörer an den Lippen und konnten sich an den grausigen Einzelheiten nicht satthören. Die Aufsichtspersonen waren weniger angetan und beäugten mich reserviert.

Der Mann, der den Müll trug, räusperte sich. »Also, was haben Sie eigentlich da oben gemacht?« Er wechselte den Griff am Karton, so dass der Ghettoblaster bedrohlich ins Wanken geriet.

»Nur ein bisschen Piepmätze beobachtet.« Ich hielt eine Hand an den Blaster, bevor er zu Boden fiel. »Hey, vielleicht könnt ihr ein bisschen Hilfe mit dem Ding da brauchen, wie wär's, wenn ich das für euch zum Parkplatz rüberschleife? Bin selber auf dem Weg dorthin. Auf geht's.«

Ich schwang den Ghettoblaster, wandte mich in Richtung Parkplatz und legte mich mit einer beschwingten Darbietung von »Ol' MacDonald« ins Zeug.

Inmitten meiner Minibodyguards hatte Spinks nicht die geringste Chance, mich noch in die Finger zu kriegen.

»Hi-ja-m-ja-ho«, trällerte ich triumphierend und schritt zügig voran.

12

Bis ich die Tore des White Heather Hotel erreicht hatte, war meine Euphorie verflogen. In der Einfahrt verlangsamte ich den Wagen zum Schneckentempo. Wenn nun Spinks direkt zu seinem Wagen zurückgekehrt war? Wenn er mich nun *nicht* stundenlang im Gebüsch von Longniddry verfolgt hatte? Ich umklammerte das Lenkrad mit eisernem Griff. Lauerte er mir jetzt in der schwach erleuchteten Eingangshalle oder hinter meiner Zimmertür auf? Ich hielt an und legte die Stirn auf die verschränkten Arme.

Nach einer Weile siegte die Stimme der Vernunft. Es war höchst unwahrscheinlich, dass er in mörderischer Absicht irgendwo im White Heather Hotel lauerte. Ein weiterer Unfall im Hotel brächte ihn in Erklärungsnöte.

Doch was sollte ich machen, wenn wir uns das nächste Mal begegneten? Spinks würde zweifellos gespannt auf meine Reaktion warten. Ich starrte auf einen braunen Schmierfleck an der Windschutzscheibe und versuchte, mich in meinen Widersacher hineinzuversetzen. Ich hatte mich zu hartnäckig für seine Angelegenheiten interessiert und war ihm zu sehr auf die Pelle gerückt, folglich wäre ich in seinen Augen kein harmloser Zuschauer mehr, sondern eine Polizistin … oder jemand von einem rivalisierenden Drogenring, der ihm sein Territorium streitig machen wollte. Ja, das waren die beiden Möglichkeiten.

Ich betrachtete die Ereignisse des Nachmittags von dieser Warte. Nach dem zweiten tödlichen Golfball war ich weggerannt und hatte damit zu erkennen gegeben, dass ich den Schlag nicht für ein Versehen, sondern einen Mordversuch hielt. Wie würde eine rivalisierende Organisation reagieren, wenn auf eines ihrer Mitglieder ein Mordanschlag verübt wurde? Ich trommelte mit den Fingern auf das Lenkrad … Der Schmierfleck irritierte mich. Ein kurzer Spritzer aus der Waschanlage, eine schnelle Bewegung der Scheibenwischer, und der Haufen zerquetschter Insekten war fast verschwunden. Ja, Angriff war die beste Form der Verteidigung. Ich musste dafür sorgen, dass *er* sich bedroht fühlte … Aber wie?

Stirnrunzelnd blickte ich die von Bäumen gesäumte Einfahrt hinauf. In Augenhöhe klebte immer noch eine zerquetschte Fliege fest am Glas. Ich pumpte noch einmal Flüssigkeit darauf, betätigte erneut die Wischer, doch sie war immer noch da, durch den Aufprall fest mit ihrem Untergrund verschweißt. Diese Rolle musste ich bei Spinks spielen: ein irritierendes Insekt, das ihn auf Schritt und Tritt belästigte. Ich stieg aus und löste das tote Insekt mit einem Fingerschnippen. So verfuhr er mit Leuten, die ihm in die Quere kamen. So würde er auch mit mir verfahren, falls er sich bedroht fühlte. Also … *setz alles daran, dass er dich für einen Verbündeten oder zumindest für jemanden hält, der ihm bei seinen Vorhaben nützen kann.*

Als ich den Parkplatz erreichte, hatte ich mir einen Aktionsplan zurechtgelegt. Weder sein Wagen noch er selbst waren zu sehen. Gut. Wenn er seine Schlüssel holte, sollte er eine Nachricht finden. Ich wühlte im Handschuhfach, bis ich den Notizblock fand. Die Formulierung war entscheidend. Ich überlegte einen Moment, dann schrieb ich in kräftigen, dicken Lettern: **Wie wär's mit einem Geschäftstreffen?** Daraus musste er schließen, dass ich die Rückendeckung eines großen Drogenrings genoss. Hoffte ich jedenfalls.

Die Verabredung musste an einem Ort stattfinden, an dem wir uns beide sicher fühlen konnten. An einem ruhigen Ort. Und für meine eigene Sicherheit einem nicht allzu isolierten Ort ... wo viele Menschen in der Nähe wären ... Irgendwo in Edinburgh?

Ich kramte noch einmal im Handschuhfach und fand den Stadtführer mit der Faltkarte. Große grüne Flecken kennzeichneten Parks und offenes Gelände im Zentrum. Ich zog ein Treffen im Botanischen Garten in Betracht. Und verwarf den Gedanken wieder – zu viele Möglichkeiten, jemanden ertrinken zu lassen. Ich verbannte die Erinnerung an Waldos starre Augen und sein bleiches Gesicht. Was war mit Princes Street Gardens? Das wäre für Spinks zu öffentlich ...

Am besten geeignet schien die größte Grünfläche auf der Karte, der Queen's Park mit seinem Hügel, dem Arthur's Seat, und seinen drei kleinen Lochs. Das war zweifellos groß genug, um ungestört reden zu können, aber mit den Straßen, die sich wie eine Halskette um das Gelände legten, sowie der angrenzenden Royal Mile und dem Holyrood Palace belebt genug, um Spinks von irgendwelchen krummen Touren abzuschrecken.

Die beste Stelle dort wäre sicherlich ein markantes Erkennungszeichen, leicht zugänglich, aber hoffentlich nicht zu stark besucht und nicht in der Nähe von irgendeiner »Unfall«-Zone. Also weder die Lochs noch die Salisbury Crags. Hunter's Bog? Ein wenig einladender Name. Gutted Haddie. Bizarr! Und Haggis Knowe, nun ja, *nomen est omen* ... Ich schmunzelte. Wenn ich ihn zu einem dieser Orte bestellte, würde er mich nicht ernst nehmen ...

Mein Finger schwebte über der Ruine von St Anthony's Chapel, die zwar abgelegen war, sich jedoch nur ein paar hundert Meter von den Hauptrouten durch den Park befand und somit einige Sicherheit bot. Zugegeben, sie grenzte an einen kleinen See, doch Spinks würde bestimmt nicht versuchen, mich in Sichtweite eines unablässigen Fahrzeugstroms zu eliminieren. Ja, dort würde ich mich mit ihm treffen.

Ich sah mir wieder die Nachricht an, die ich auf den Notizblock geschrieben hatte. *Wie wär's mit einem Geschäftstreffen?* Nicht energisch genug. Ich knabberte nachdenklich am Stiftende, dann schrieb ich rasch die nächste Idee hin, bevor mir wieder Zweifel kamen. *Unsere Organisation könnte jemanden wie Sie gut brauchen. Ich erwarte Sie morgen um 11:30 Uhr in Edinburgh an der St Anthony's Chapel im Queen's Park. Smith.*

Den Köder sollte er schnappen.

Die Eingangsdiele war leer, obwohl aus dem Speisesaal Stimmengemurmel und das Klappern von Besteck und Geschirr herüberdrang. Sollte ich meine Botschaft in Spinks' Fach stecken, wo er sie zusammen mit seinem Zimmerschlüssel finden würde? Oder schob ich ihm den Zettel besser unter die Tür? Sein Wagen stand zwar nicht auf dem Parkplatz, doch er konnte ihn hinter dem Haus abgestellt haben. Folglich war er vielleicht in seinem Zimmer und ertappte mich in flagranti. Im Moment fühlte ich mich meiner Rolle als unerbittlicher Verfolger eines mächtigen Drogenbarons noch nicht ganz gewachsen. Falls allerdings sein Schlüssel an der Rezeption hing, würde ich es wagen.

Ich lehnte mich über die Theke und spähte angestrengt auf die Reihen mit den Fächern. In der dämmrigen Halle konnte ich nur schwer erkennen, ob sein Schlüssel da war. Ich packte die breite Theke an der hinteren Kante und hievte mich halb hinüber. Während ich mit einem Fuß noch so eben auf dem Boden stand, schwang ich wie ein Ballett-Eleve an der Stange mit dem anderen Bein wild durch die Luft. Ich konnte immer noch nicht eindeutig erkennen, ob … Stöhnend schob ich mich zentimeterweise vor … Zum Glück gab es keine Zeugen für mein ungebührliches Benehmen.

Im Schatten hüstelte jemand energisch. Verlegen wand ich mich auf die richtige Seite der Theke zurück und sah mich um. Mrs Mackenzie war ganz in Schwarz, wie auf dem Weg zu einer Beerdigung, aus dem Nichts aufgetaucht, und ihrem knochigen Gesicht war eine Mischung aus Unbehagen und Sorge abzulesen.

»Immer noch nicht ganz auf dem Posten, Miss Smith?«, fragte sie mit einem Ausdruck, der zu ihrer düsteren Kleidung passte. Kranke Gäste waren schlecht fürs Geschäft, erst recht welche, die sich jeden Moment in die Rezeption zu erbrechen drohten.

»Oh ja, ich meine, nein«, stammelte ich. »Mir geht's schon wieder bestens. Ich dachte nur, ich hätte, ähm … etwas, ähm … da vorbeihuschen gesehen …«

Zu meiner Genugtuung lief ihr Gesicht tiefrot an.

Ich plapperte weiter. »Aber natürlich hatte ich mich geirrt. Da war nichts, nein. Wie gesagt, ich habe mich wieder vollkommen erholt, danke.«

Nach diesem eindeutigen Gesundheitszeugnis sowohl für ihren Gast als auch ihr Haus taute sie etwas auf und betrachtete den Zettel in meiner Hand. »Wie kann ich Ihnen helfen, Miss Smith?«

Falls ich sie damit beauftragte, die Nachricht in Mr Spinks' Fach zu legen, würde sie gewiss nicht zögern, sie zu lesen, doch das war jetzt nicht mehr zu ändern.

Ich wedelte mit dem gefalteten Papier in ihre Richtung. »Wie ich sehe, ist Mr Spinks noch nicht zurück, aber ich will deshalb nicht zu spät zum Abendessen kommen.« Damit überging ich elegant die Tatsache, dass ich bereits jetzt zehn Minuten zu spät dran war. »Deshalb wäre es nett, wenn Sie ihm einfach diese Nachricht in sein Fach legen würden.«

Sie hob die Klappe der Empfangstheke und ließ sie wie eine kleine Zugbrücke hinter sich herunter, dann steckte sie das Blatt Papier unter Spinks' Schlüssel.

»Ich werde dafür sorgen, dass er sie sofort bei seiner Rückkehr bekommt, Miss Smith.« Trotz der aalglatten Antwort musterte sie den Zettel bereits mit Röntgenaugen.

Ich lächelte dankbar und ging Richtung Speisezimmer. Zehn Sekunden, schätzte ich, spätestens dann würde sie meine Notiz gelesen haben. Ich ging schneller. Diese Nachricht Mrs Mackenzie auszuhändigen bedeutete zweifellos, dass ich sämtliche Brücken hinter mir abgebrochen hatte. Jetzt gab es kein Zurück. Ich hoffte, dass ich die Kräfte, die ich rief, auch bannen konnte.

Auf die weitere Entwicklung brauchte ich nicht lange zu warten. Als ich gerade dabei war, meine Suppe auszulöffeln, bahnte sich Murdo Mackenzie, das spärliche Haar zurückgegelt und auch sonst fürs abendliche Kellnern geschniegelt und gebügelt, geschickt zwischen den Tischen hindurch einen Weg zu mir. Mit einiger Mühe manövrierte er sein schweres Tablett an vorstehenden Ellbogen und an den Fallstricken am Boden liegender Handtaschen mit ihren tückischen Griffen vorbei und blieb neben meinem Stuhl stehen. Auf dem Tablett stand eine Flasche sehr teurer, elf Jahre alter Bordeaux Schlossabzug, dessen unaufdringlich schlichtes Etikett von seiner Qualität kündete.

Ich war ziemlich erbost. Mrs Mackenzie glaubte offenbar, sie könnte mich übers Ohr hauen, indem sie mir Wein auf die Rechnung setzte, den ich gar nicht wollte!

»Das muss ein Irrtum sein.« Ich zeigte ihm deutlich meine Irritation. »Diesen Wein habe ich nicht bestellt.«

Die steile Furche zwischen Mackenzies Augen vertiefte sich. Er schien nervös und rieb sich ständig wie ein Chirurg, der sich vor einer schwierigen Operation die Hände wäscht, die Linke mit der Rechten.

»Ähm ... wenn Ihnen ein anderer Tropfen lieber wäre ... Morag dachte ...« – er schluckte – »da Sie die Ente bestellt haben ... dachte Morag, Sie bräuchten etwas, um sie hinunterzuspülen. Selbstverständlich auf Kosten des Hauses ...«

Bei dem Wort »spülen« schienen seine Hände unbewusst das Einseifen zu beschleunigen. Er verstand mein Schweigen als Zustimmung, griff nach der Flasche, entkorkte sie, goss mir ein wenig vom Inhalt in mein Glas, trat dann einen Schritt zurück und wartete gespannt auf meine Würdigung.

Mir ging ein Licht auf. Mrs Mackenzie hatte vermutlich keine Zeit verloren, meine Nachricht an Spinks gelesen und ihrem Mann davon erzählt. Das hier war ein unverblümter Versuch, sich bei jemandem einzuschmeicheln, der mächtiger war als Spinks.

Ich hob das Glas, schwenkte die dunkelrote Flüssigkeit mit dem Bouquet reifer Johannisbeere und einem Hauch von Minze. Nachdem ich prüfend daran geschnuppert hatte, nickte ich nach Art der Mafiabosse gnädig und ließ den Hauch eines Lächelns um die zusammengekniffenen Lippen spielen. Cool, emotionslos. So machten die das, zumindest in Hollywood.

Meine Darbietung hatte jedenfalls die gewünschte Wirkung. Eilfertig trat Mackenzie vor, um mir das Glas aufzufüllen, und wieder zurück, um dienstbeflissen zu lächeln und zu nicken. Ich hielt mein Weinglas ans Licht und bewunderte die Klarheit, nahm dann einen weiteren anerkennenden Schluck. Ich hatte bei den Eigentümern des White Heather Hotel mächtig Eindruck gemacht, allerdings das unbehagliche Gefühl, dass meine Notiz Hiram J Spinks nicht ganz so leicht beeindrucken würde.

Vierzig Minuten später schob ich mit einem zufriedenen Seufzer meinen Stuhl zurück. Das Essen war superb gewesen. Jedenfalls hatte ich mir diesen erstklassigen Gaumenschmaus nicht von meinem mulmigen Gefühl verderben lassen.

Kaum war ich wieder in der relativen Sicherheit meines Zimmers, machte sich dieses Gefühl wie zeitverzögerte Verdauungsbeschwerden breit. Ich zog einen Stuhl an den Spiegel heran und musterte mein Ebenbild. Wo war der eingemeißelte finstere Blick, das bösartige Schweinsaugenpaar, der grausame Mund eines Paten oder, in diesem Fall, einer Patin? Hinter meiner linken Schulter öffnete eine schläfrige Gorgonzola träge ein Auge. Nach *ihrem* exquisiten Mahl aus Ente und Lachs lag sie mit aufgedunsenem Bauch am Bettende eingerollt. Wie wär's damit? Ich presste die Lippen zu einer dünnen Linie zusammen und strafte ihr Spiegelbild mit einem eiskalten, starren Blick. Spürte sie die nackte Aggression? Würde sie buckeln und fauchen? Ihr Auge schaute versonnen zurück und ging ganz langsam zu. Das Urteil war gesprochen.

So viel also zum hartgesottenen Blick. Mit dem geschriebenen Wort war ich bedeutend überzeugender gewesen, zumindest bei den Mackenzies. Ich sah mein Spiegelbild nachdenklich an. Bei Spinks würde schon einiges mehr dazugehören, damit er mir meine Rolle abkaufte. Für ihn waren Menschen Marionetten, die kaltblütige Killer von seinem Schlag manipulierten. Bis morgen allerdings hatte ich wohl nichts zu befürchten. Er würde wissen wollen, was ich ihm anzubieten hatte ... Ich machte mir keine Illusionen, in welcher Gefahr ich mich von da an befinden würde. Er hatte keinerlei Skrupel gehabt, andere Möchtegernpartner wie Hinburger und Lombardini loszuwerden. Bis jetzt konnte ich gegen ihn nur mit Vermutungen und Indizien aufwarten. Ich hatte nicht die Absicht, mich als Heldin aufzuspielen, sondern brauchte nur etwas Konkretes in der Hand; dann würde ich den Rückzug antreten und Verstärkung holen. Also ... Ich starrte in den Spiegel und arbeitete an meinem bösartigen Lächeln.

Gorgonzolas Tatze tappte mir an die Wange und holte mich aus einem unruhigen Schlaf. Ich lag da und versuchte, noch nicht ganz wach, die einzelnen Teile meines Traums zusammenzubekommen. Nicht lange. Sie brachte bald ihre Ungeduld zum Ausdruck, indem sie mir in böswilliger Absicht auf meinem Bauch herumspazierte.

Ich zwang mich, ein Auge zu öffnen, stolperte aus dem Bett und tappte zum Fenster, wo Gorgonzola bereits mit zuckendem Schwanz in Stellung gegangen war. Durch den schmalen Spalt an der Unterseite kam kalte Luft herein. Gähnend schob ich das Fenster so weit hoch, dass sie hinaushuschen konnte. Die frühe Morgensonne schimmerte bereits auf dem kleinen Teich und schickte lange, schwarze Schatten über den Rasen.

Wie spät war es denn? Ich warf einen Blick auf den Wecker neben dem Bett. Erst sechs. Viel zu früh, um aufzustehen. Ohne die geringsten Schuldgefühle kroch ich wieder ins Bett und wickelte mich in die Decke ein. Ich würde einfach nur einen Augenblick liegen bleiben und planen …

Trr … trr … Ich streckte eine schläfrige Hand aus und tastete nach dem Knopf. *Trr … trr …* Wieder versuchte ich, den Schalter zu finden. Dieses entnervende Klingeln wollte nicht enden. Ich stützte mich auf den Ellbogen auf und schaffte es, die Augen weiter zu öffnen. Das Klingeln kam nicht vom Wecker, sondern vom Telefon auf dem Nachttisch. Wer rief mich wohl so früh am Morgen an? Ich richtete mich halb auf und sah, während ich nach dem Hörer griff, auf die Uhr. 7:30. Der Wecker hätte vor einer halben Stunde klingeln müssen. Ich stöhnte. Das konnte nur wieder Gorgonzola gewesen sein. Es bereitete ihr ein abartiges Vergnügen, mit der Pfote den Aus-Knopf zu treffen.

»Hallo«, sagte ich verhalten.

»Oh, guuuten Mor-gen, Miss Smith.« Eindeutig die Stimme

von Mrs Mackenzie, doch der honigsüße Ton war vollkommen ungewohnt. »Ich habe nur gerade überlegt, Miss Smith, ob Sie heute vielleicht wieder das Frühstück ans Bett haben möchten.« Nur ganz zart hob sie das Wort *wieder* hervor.

»Ähm …« Mein schläfriges Hirn versuchte, sich auf diese neue Mrs Mackenzie einzustellen.

Sie legte mein Schweigen auf ihre Weise aus und verdoppelte ihre Mühe, mein Wohlwollen zu gewinnen. »Sie könnten natürlich auch einfach eine Zeit nennen, zu der Mr Mackenzie Ihnen Ihr Frühstück hochbringen soll.«

Der Gedanke an die beiden winzigen Toastdreiecke von gestern Morgen war wenig verlockend. Ich schwieg.

Sie musste wohl gerade dasselbe karge Bild vor Augen haben, denn sie fügte hastig hinzu: »Falls Sie sich heute das volle Frühstück zutrauen, Miss Smith, macht uns das keine Mühe, überhaupt keine Mühe.« Der honigtriefende Ton war jetzt definitiv bemüht.

»Nun ja, Mrs Mackenzie, ich kann Ihnen gar nicht sagen, wie sehr ich das zu schätzen wüsste. Ihr volles schottisches Frühstück und eine große Kanne Tee dazu wären genau das Richtige.«

Ich legte auf und kicherte bei der Vorstellung, wie der arme Murdo sich mit einem Tablett, das sich unter Porridge, Kippers, Speck und Eiern, Blutwurst und Toast bog, mannhaft die Treppe hochkämpfte. Natürlich würde ich nicht alles selber schaffen, doch die Kippers übernähme zweifellos Gorgonzola.

An der schmalen Straße stand auf einem Wegweiser: *Church of Scotland, Duddingston. Historische schottische Kirche, 12. Jh.* Zu meiner Rechten lugten imposante, weitläufige Villen über hohe Steinmauern. Ich fuhr langsamer und riskierte einen Seitenblick auf die alte Kirche mit ihrem verwitterten Podest zum Besteigen der Pferde. An der benachbarten Wand hing an einer kurzen Kette ein seltsames Eisengeschirr. Ich erhaschte einen flüchtigen Blick auf ein geschlossenes Tor mit Eisenspitzen, von Flechten überzogene Grabsteine, eine Brustwehr mit Zinnen … Dann war ich vorbei.

Der Eingang zum Queen's Park lag hundert Meter weiter vorne. Es war 9:45 Uhr. Das ließ mir reichlich Zeit, den wulstigen Kamm von Arthur's Ridge hochzuklettern und von der Rückseite zur St Anthony's Chapel hinüberzugehen. Ich stieg aus und sah mich um. In der Ferne zogen sich die Pentland Hills wie Tintenkleckse über den Horizont, und auf der anderen Straßenseite glitzerte ein reetgesäumtes Loch in der Sonne. Ich lehnte mich auf das taillenhohe Eisengeländer und blickte auf die Gänse und Enten hinunter, die sich am Wasserrand sonnten. Ein alter Mann verstreute Brotkrumen auf dem Boden. Neben ihm hielt ein kleines Mädchen den Vögeln einen dicken Brocken hin, um sie anzulocken. Widerstrebend kehrte ich der friedlichen Szene den Rücken. Ich gehörte zu einer grimmigeren Welt.

Dem Stadtführer nach musste vom Parkplatz aus ein Pfad über den Hügel führen, der zwar wesentlich länger war als der direkte Zugang vom Holyrood Palace, mir aber mit ein bisschen Glück die Chance bot, Spinks zu überraschen und mir so einen psychologischen Vorteil zu verschaffen. Ich ließ den Blick über den vor mir liegenden Berghang schweifen. Mein Weg führte rechts an diesem adretten viktorianischen Cottage des Parkwächters vorbei.

Treppen, Hunderte von Stufen. Ich holte tief Luft und machte mich an den Aufstieg. Achtundvierzig, neunundvierzig, fünfzig. Schon jetzt begannen meine Beinmuskeln zu protestieren. Achtundneunzig, neunundneunzig, hundert. Ich legte eine Atempause ein und tat so, als betrachtete ich den von Bäumen gesäumten, hübschen See. In der Ferne prallte eine romantische, halb zerfallene Burg ohne Überleitung auf ein hässliches Wohnhochhaus aus dem zwanzigsten Jahrhundert.

Zwischen einer dichten Weißdornhecke und einer hohen, zart rosafarbenen, mit Efeu bewachsenen Mauer schleppte ich mich mühsam hinauf. Als ich mich ungefähr hundert Stufen weiter umsah, war der Blick aufs Loch fast völlig verdeckt.

Irgendwann war das Ende der Treppe, der Hecke und der Mauer erreicht. Von hier aus führte ein Trampelpfad durchs Gras, zwar immer noch bergauf, aber in einer sanften Steigung, die den Beinen guttat. Es war alles so unglaublich friedlich – hohes Wildgras, violette Disteln, summende Insekten, die warme Sonne im Rücken. Die Gräser zitterten in einer sanften Brise. Man hätte meinen können, diese Idylle läge meilenweit draußen auf dem Lande, statt ganz in der Nähe einer geschäftigen, von Autos verstopften Hauptstadt.

Ich kletterte zu einem reich verzierten schwarzen Metallpfosten hinauf, der störend mitten aus dem einsamen Hügel spross, und zu meiner Überraschung fand ich mich am Rand einer Straße wieder. Ich sank auf eine Bank, die strategisch gut platziert war, noch ein unerwartetes Zeugnis der Zivilisation – so wie der Parkplatz ein Stück weiter vorne. Hätte ich die Karte genauer studiert, hätte ich bis hierher fahren und mir eine Menge Mühe sparen können.

Ich zog sie aus der Tasche und faltete sie so, dass die Gegend rund um die St Anthony's Chapel und den Holyrood Palace zuoberst lag. Die Hauptverkehrsader führte um den größten Teil von Arthur's Seat herum und zwängte sich dann zwischen dem Duddingston Loch und dem Berg hindurch, bevor sie am Eingang zur Duddingston Kirk in das Straßennetz des südöstlichen Edinburgh mündete. Ich befand mich schätzungsweise sechzig bis siebzig Meter höher. Ich drehte mich auf der Bank um. Weit unter mir blickte ich auf die Hauptverkehrsstraße. Ein Stück weiter mündete diese in die Straße, die an Kapelle und Palast vorbeiführte, und sie war deutlich eingezeichnet. Wie hatte ich sie nur übersehen können?

Auf dem Parkplatz warf jemand den Motor an. Überrascht blickte ich auf und registrierte, wie links von mir ein Range Rover langsam losfuhr. Ich wandte mich wieder der Karte zu. Sollte ich entsprechend meinem ursprünglichen Plan weiter über den Hügel steigen und so zum Treffpunkt an der Kapelle laufen? Oder entschied ich mich besser für diese Straße? Es würde nicht länger dauern und wäre entschieden leichter. Plötzlich das Quietschen von Reifen, gefolgt von beißendem Gummigeruch. Instinktiv hechtete ich von der Bank, rollte mich zusammen und kullerte über die Kuppe des Hangs. An einem Busch mit schmerzhaft spitzen Dornen blieb ich liegen. Arthur's Seat ist berühmt für den Stechginster an seinen Hängen, mit dem ich gerade intime Bekanntschaft machte. Eine Weile blieb ich außer Atem liegen. Ich hörte das laute Krachen von splitterndem Holz. Das dröhnende Motorengeräusch verebbte.

»Um Himmels willen, alles in Ordnung, meine Liebe?«

Ich löste mich aus der stachligen Umarmung des Buschs und sah auf. Von der Straße aus starrten mich zwei ältere Gesichter an. Ihnen gesellte sich der wangenbärtige Charakterkopf eines Highland-Terriers hinzu. Der Hund schien über meine missliche Lage zu lachen.

»Was für eine Frage, Edith! Natürlich ist sie nicht in Ordnung.« Der Mann schüttelte heftig den Kopf. »Sie hätte tot sein können. Jawohl, tot.« Als er von Schütteln zu Nicken überging, flatterte sein weißes Haar um sein Gesicht. »Was für eine Fahrweise! Noch dazu bei einer Frau!«

»Manchmal redest du eine Menge dummes Zeug, Harry. Das lag nicht daran, dass sie eine Frau war, sie war Ausländerin! Die sind den Linksverkehr nicht gewöhnt, weißt du?«

»Die ist nicht nur auf der falschen Straßenseite gefahren, Edith, sondern auf dem Bürgersteig. Auch Ausländer kennen den Unterschied zwischen Straße und Bürgersteig.«

Ich kam schwankend auf die Füße und kletterte den Hang hinauf. Die Bank lag auf der Seite, und das zersplitterte Holz, die gezackten Kunststofffetzen einer Stoßstange, das verstreute gelbe Blinkerglas zeugten von Spinks' jüngstem Versuch, mich loszuwerden. Demnach war er nicht auf meine Nachricht hereingefallen … Oder vielleicht doch, und dies war seine Art, sich eines unliebsamen Rivalen zu entledigen, so wie zuvor im Fall von Hinburger und Lombardini? Das Treffen an der St Anthony's Chapel hatte sich wohl erübrigt.

»Nein, Harry«, beharrte Edith. »Du überzeugst mich nicht. Keine Frau würde absichtlich versuchen, jemanden zu überfahren.«

Über ihrem vergnüglichen Schlagabtausch schien das alte Paar meine Anwesenheit völlig vergessen zu haben.

Ich hüstelte. »Ähm, entschuldigen Sie.«

»Harry! Die arme Lady – du streitest herum, und sie ist voller Kratzer und blauer Flecken.« Edith holte tief Luft, um für das nächste längere Duell mit ihrem Mann aufzutanken.

»Nein, nein, mir fehlt nichts«, unterbrach ich sie. »Ich wollte nur fragen, habe ich richtig gehört, dass der Wagen von einer Frau gefahren wurde?«

»Allerdings. Von einer Ausländerin noch dazu.« Harry schürzte vorwurfsvoll die Lippen. Ausnahmsweise einmal schienen er und Edith sich einig zu sein. »Oh ja, eindeutig eine Ausländerin«, bestätigte sie und nickte.

»Eine Ausländerin?« Woher wollten sie das wissen? Für einen Moment hatte ich die Zwangsvorstellung einer gallischen Attentäterin in gestreiftem, bretonischem Strickpullover und Designer-Baskenmütze.

»Wir sind vorher schon einmal an ihr vorbeigekommen,

wissen Sie … Sie stand ziemlich genau hier und schaute zum Loch hinunter.« Ediths Augen funkelten. »Und ich sag noch zu Harry, Harry, sag ich, da ist schon wieder so eine ausländische Touristin. Jetzt im Sommer wird Edinburgh von Touristen regelrecht überschwemmt und –«

»Wir haben sie gegrüßt. Na ja, das gehört sich schließlich, nicht wahr?«, unterbrach sie Harry, der die Unterhaltung nicht ganz seiner Frau überlassen wollte. »Sie war nicht besonders freundlich. Sagte kein Wort. Hat uns nur aus ihren Mandelaugen angesehen und –«

»Mandelaugen?« Mein Ton war lauter und schärfer als beabsichtigt.

Erstaunt schnellten Harrys weiße Augenbrauen hoch. »Ja, schon, eine Asiatin, wissen Sie. Chinesin oder …«

»Oder Japanerin?«, fragte ich langsam. Hatte ich demnach mit meiner Vermutung richtiggelegen, dass zwischen Kumiko Matsuura, Lombardini und Spinks eine Verbindung bestand?

Das Vernünftigste wäre in diesem Moment gewesen, den ganzen Fall der örtlichen Polizei zu übergeben. Doch Polizisten, die im White Heather Hotel herumschnüffelten, würden mit Sicherheit dafür sorgen, dass Hiram J Spinks von der Bildfläche verschwände. Und sie würden nichts finden, was ihn belastete. Selbst wenn sie ihn schnappten, gab es nichts, was sie ihm tatsächlich zur Last legen konnten. Widerwillig räumte ich ein, dass meine *einzige* Chance, ihm auf der Fährte zu bleiben, darin bestand, meine Rolle als Mafia-Vermittlerin weiterzuspielen und zu unserem Rendezvous zu erscheinen. Ein äußerst gefährliches Vorhaben, aber vielleicht die einzige Möglichkeit, ihn davon zu überzeugen, dass ich ihm nichts vormacht.

Ich spürte Blicke im Rücken und schaute mich um. Edith und Harry sahen mich erwartungsvoll an. Der Hund schnupperte und wühlte unter einem nahe gelegenen Busch und schenkte mir keinerlei Beachtung.

»Sie sieht ein bisschen benommen aus, Harry. Ich glaube, wir sollten einen Krankenwagen rufen.« Aus den zarten Falten in Ediths Gesicht waren Sorgenfurchen geworden.

Harry zerrte geistesabwesend an der Leine des Hundes. »Wir sollten die Polizei holen, Edith. Das war Fahrerflucht. Vielleicht schnappen sie die Irre, bevor sie den Park verlässt.«

»Was redest du schon wieder, Harry. Völlig unmöglich. Bei dem Tempo ist sie schon meilenweit weg. Nein, ein Krankenwagen ist –«

»Nein wirklich, das ist nicht nötig. Mir geht's schon wieder gut«, sagte ich, um einer weiteren langatmigen Debatte zuvorzukommen. »Ich habe eine Verabredung an der St Anthony's Chapel und bin ein wenig spät dran. Wenn Sie mir nur sagen, wie ich dorthin komme …«

Das war ein Fehler.

»Das da ist der schnellste Weg«, sagte Harry und zeigte auf einen breiten, ausgetretenen Pfad rechts den Hügel hinauf. »Die meisten gehen da lang, nicht wahr, Edith? Er führt bis ganz nach oben. Da brauchen Sie eine halbe Stunde.«

In genau demselben Moment deutete Edith auf einen schmalen Weg, der sich links durch die Ginsterbüsche wand. »Also, Harry, du musst zugeben, dass dieser Weg definitiv der beste ist.« Sie drehte sich zu mir um. »Er ist vielleicht ein wenig länger, aber nicht annähernd so steil.«

Ich zuckte zurück. Ich war dabei, mich in eine weitere Auseinandersetzung zu verstricken. Schnell traf ich eine diplomatische Entscheidung.

»Danke schön. Über den Berg wäre sicherlich das Beste, aber im Moment fühle ich mich dem noch nicht ganz gewachsen. Der andere Weg sieht wirklich ein wenig leichter aus. Ich werde wohl da lang gehen. Nochmals danke für Ihre Hilfe.«

Bevor einer von ihnen etwas erwidern konnte, winkte ich ihnen fröhlich zu und machte mich nach links auf den Weg.

Aus sicherer Entfernung riskierte ich einen Blick zurück. Edith und Harry untersuchten die Überreste der Bank. Sie schienen sich zu streiten. Der Hund saß da und kratzte sich am Ohr, während er den haarigen Kopf schiefhielt, als überlegte er, wer die besseren Argumente hatte.

Der Pfad führte sanft nach oben. Aus einem hüfthohen Grasmeer ragte hier und da wie der glatte Rücken einer Kreatur ein grauer Felsbrocken hervor. Das wespenartige Surren eines Motorrads tief unter mir wetteiferte mit dem Summen von Insekten. Meine angespannten Nerven erholten sich ein wenig.

Dieser angenehme Spaziergang dauerte fünf Minuten, bevor der Pfad wieder steiler wurde und ich anhalten musste, um Atem zu holen. Nicht annähernd so steil, hatte Edith gesagt. Umso besser, dass ich nicht Harrys Route genommen hatte. Der Anschlag auf mein Leben hatte mich stärker mitgenommen, als ich wahrhaben wollte. Ich sah auf die Uhr. Kein Grund zur Hetze, wenn ich ankam, sollte ich nicht zu sehr erschöpft sein, um für alles, was Spinks mir – im buchstäblichen Sinne – an den Kopf werfen könnte, gewappnet zu sein.

Am Horizont tanzte strahlend hell ein Drachen im blauen Himmel, der in Spiralen höher stieg, dann wieder in die Tiefe stürzte. Meine eigenen kindlichen Versuche, einen Drachen in die Luft zu bekommen, hatten in Tränen geendet. Wenn er einmal wieder auf die Erde gekracht oder sich unentwirrbar in einem nahen Baum verfangen hatte, war ich jedes Mal absolut in Trübsal verfallen, aber wie gesagt, ich gehörte jetzt einer grimmigeren Welt an. Jedenfalls schien der Pfad, den wahrscheinlich Schafe ausgetreten hatten, immer steiler und schmaler zu werden. Edith und Harry mussten die Kondition von Bergziegen besitzen, wenn sie das hier bequem fanden. Von weit unten wehte das Heulen einer Sirene herauf. Wäre der Versuch, mich zu überfahren, nach Plan verlaufen, würde dieser

Krankenwagen jetzt vielleicht kommen, um meine zerschmetterte Leiche wegzufahren. Mir stieg die blanke Wut hoch, und überraschenderweise schien mir die Steigung auf einmal ein Kinderspiel zu sein.

Fünf Minuten später brach das braune Knochengerüst des Hügels durch die dünne Grasnarbe, und die wie wahllos hingeworfenen grauen Lavabrocken erinnerten bedrückend an verwitterte, flechtenüberwachsene Grabsteine. Immerhin wurde der Weg jetzt flacher. Was mochte Spinks, der Meister der Planung und Improvisation, gerade denken? Hatte er mich nach dem erfolgreichen »Unfall« bereits als die verstorbene Miss Smith abgehakt? Und was für einen netten kleinen Unfall hatte er für den Fall vorgesehen, dass ich statt über Duddingston auf dem kürzesten Weg zur Kapelle gekommen wäre? Ich musste weiter auf der Hut sein.

Als ich über den Bergrücken kam, lag der Gipfel rechts von mir, und zwar nicht, wie ich vermutet hatte, einsam und verlassen, sondern recht bevölkert: Kleine Gruppen kletterten plaudernd und lachend über das nackte Felsgestein und arbeiteten sich auf dem vulkanischen Geröll in Zickzacklinien die rötlich schimmernde Kuppe hinauf.

Kurz nach 11 Uhr. Ob mir ein paar Minuten Zeit blieben, um auf der obersten Spitze von Arthur's Seat zu stehen? Ich verharrte unentschlossen und blickte sehnsüchtig zum Gipfel hinüber. Rasch berechnete ich Zeit und Entfernung. Wenn ich einen kleinen Umweg zur Spitze machte, musste ich dort einen grandiosen Ausblick auf St Anthony's Chapel und Umgebung haben – ein guter Beobachtungsposten für mich. Es würde mich ein wenig beruhigen, wenn ich aus der Vogelperspektive überprüfen konnte, ob auf meiner Route nach unten irgendwo jemand hinter Felsvorsprüngen lauerte. Damit war die Sache entschieden, und ich machte mich an den Aufstieg …

Unter mir breitete sich das Häusermeer von Edinburgh aus, und in der Ferne glitzerte das blaue Band des Forth. Inchcolm und die anderen Inseln sah ich deutlich vor mir, während die Kapelle hinter der Hügelkuppe lag. Vielleicht von dort drüben …

Ich lief vorsichtig über den zerklüfteten Gipfelfels, der stellenweise von unzähligen Touristenfüßen zu schwarzem Glanz poliert war. Direkt unter mir lag, wie auf der Karte verzeichnet, das kleine Loch. Auf seiner glatten Oberfläche glitten Schwäne dahin. Die dunkle, unregelmäßig geformte Masse, die prekär auf einer offenen Felsplatte stand, musste die Kapelle sein. So klein und zerfallen hatte ich sie mir nicht vorgestellt – nur noch ein paar Mauern und herumliegende Steine. Rund um die Kapelle war niemand zu sehen, weder offen noch versteckt. Keine Fotografen. Keine Touristen. Keine finstere Gestalt.

Mein Abstieg führte mich durch ein breites Tal, dessen offene, grasbewachsene Fläche kein Versteck bot; außerdem waren dort eine ganze Reihe Menschen zum Gipfel unterwegs.

Kurz vor der Kapelle fiel der Pfad steil ab und führte in eine Mulde. Ich blieb einen Moment stehen und betrachtete die baufälligen Mauern. Ein ähnlich düsterer Ort musste Byron vorgeschwebt haben, als er die Zeile schrieb: *Childe Harolde zu dem dunklen Turme kam.*

Hier zwitscherte kein Vogel. Außer dem Windhauch in den Gräsern herrschte vollkommene Stille. Ich blickte den Pfad zurück, den ich gekommen war, und betrachtete den Gipfel mit den lachenden, plappernden Touristen. Zwischen ihnen und mir lagen Welten.

Als ich mich wieder zur Kapelle umdrehte, war er da. Er stand mit dem Rücken zum blauen Himmel, so dass sein Gesicht im Schatten lag, im verfallenen Torbogen. Ich sah trotzdem, dass er lächelte. Dieses Lächeln war mir von Gorgonzola vertraut, wenn sie sich darauf freute, mit einer Maus zu spielen, bevor sie sie verschlang. Ich hatte geglaubt, darauf vorbereitet zu sein. Doch jetzt krampfte sich mir der Magen zusammen, und meine Kehle fühlte sich an wie Schmirgelpapier.

Ich setzte meinerseits ein selbstbewusstes Lächeln auf und marschierte auf ihn zu. Es ist nicht leicht, zügig einen steilen Hang hinaufzumarschieren und auch noch Haltung zu bewahren. Als ich ihm endlich von Angesicht zu Angesicht gegenüberstand, musste ich mich zusammenreißen, um nicht wie ein gestrandeter Fisch mit offenem Mund zu keuchen. Ich konnte nur zum Herrgott beten, dass Spinks mein rotes Gesicht und meinen schweren Atem der blanken Wut zuschrieb. Eine ganze Weile blieb er stumm. Dann schnarrte er: »Hab Ihre Nachricht bekommen.«

»Und?«, brachte ich, immer noch atemlos, heraus.

Das brachte ihn aus dem Konzept. Offenbar hatte ich die richtige Taktik getroffen. Er war es gewöhnt, den Ton anzugeben und derjenige zu sein, der die Fragen stellte. Bevor er sich wieder fassen konnte, trat ich vor und stieß ihm so fest mit dem Finger in die Brust, dass er nach hinten stolperte.

»Die Sache ist die«, sagte ich und sah ihm dabei unverwandt in die Augen, »ich bin mir nicht so sicher, ob wir in *unserer* Organisation Platz für Sie haben. Verstehen Sie, was ich meine?«

Er runzelte die Stirn. Die Begegnung lief nicht so, wie er sie sich vorgestellt hatte.

Ich zückte mein Handy und tippte mein Geburtsdatum und meine Sozialversicherungsnummer ein. »Smith am Apparat. Er kommt mir dumm. Hat's sogar mit Körpereinsatz versucht.« Während ich schwieg, ließ ich Spinks keinen Moment aus den Augen.

In meinem Ohr sagte eine Stimme: »Ich weiß nicht, wer Sie sind, aber soll das ein dummer Witz sein?«

| 166

Unglaublicherweise hatten meine Zufallszahlen eine Rufnummer ergeben. Ich betrachtete Spinks mit einem abschätzigen Blick und schürzte die Lippen. »Nein, ich mache keine Witze.« Ich schwieg. »Soll ich in Aktion treten?«

Ein erschrockener Schrei im Handy.

»Okay. Ich frag ihn.«

Ich beendete das Gespräch und sagte zu Spinks: »Wollen Sie eine zweite Chance? Wir müssen sehen, wie glatt es mit Ihrer nächsten Lieferung läuft.« Dann kehrte ich Spinks den Rücken und ging mit schwachen Knien und rasendem Herzklopfen davon. »Geben Sie mir bis heute Abend Bescheid. Ich verlasse morgen früh das White Heather. Sie sind am Zug.«

Ich wartete auf den Einschlag der Kugel zwischen meinen Schulterblättern, den höllischen Schmerz, die Bewusstlosigkeit. Doch eine Minute verging, dann die zweite. Als ich die Straße erreichte, riskierte ich einen kurzen Blick zurück. Seine dünne Gestalt war gerade so zu erkennen. Er stand immer noch im Torbogen der Ruine. Blickte mir immer noch hinterher.

13

Zu meinem Wagen war es die völlig falsche Richtung, doch ich ging weiter. An der hohen Mauer des Palastgartens vorbei. An der kantigen modernen Architektur des schottischen Parlaments vorbei. Als ich mir endlich sicher war, dass Spinks mich selbst mit einem starken Fernglas nicht mehr sehen konnte, begab ich mich auf die belebte Royal Mile. In einem Laufschritt, der einem Olympia-Athleten zur Ehre gereicht hätte, wand ich mich durch die Touristenknäuel, die in der Junisonne bummelten. Ich hatte keine Ahnung, ob sie angesichts meiner sportlichen Leistung die Köpfe herumwarfen oder weil ich sie zwang, mir aus dem Weg zu gehen. Es war mir auch egal, ob ich sie anrempelte, ich hatte nur den einen Wunsch, so weit wie möglich von Spinks wegzukommen. Um die Wahrheit zu sagen, war ich mit den Nerven am Ende. Doch der vom Adrenalin ausgelöste Bewegungsdrang legte sich bald. Mit bleiernen, gummiweichen Beinen blieb ich keuchend stehen und schwor mir (wie schon so oft) mit schmerzenden Lungen, mehr Zeit im Fitnesscenter zu verbringen oder aber wenigstens jeden Morgen ein paar Minuten für Gymnastik zu erübrigen. Wenn ich morgens Gorgonzola nach draußen ließ, würde ich nicht wieder ins Bett zurückkriechen, sondern auf dem Teppich ein paar energische Liegestütze machen.

Ich schloss die Augen, lehnte mich an eine Wand und hielt das Gesicht in die warme Sonne. Was hatte mich nur geritten, Spinks auf diese Weise herauszufordern? Ich musste verrückt gewesen sein. Mein Herzschlag beschleunigte sich wieder. Was zum Teufel sollte ich jetzt tun? Ich musste mir schnell etwas einfallen lassen. Sollte ich meine Ermittlungen einstellen und alles der örtlichen Polizei übergeben? Sie würden schon etwas erreichen. Sie konnten die Mackenzies festnehmen, und damit wäre dieser Zweig des Verteilernetzes ausgeschaltet. Doch die Lieferanten kämen ungeschoren davon ... Es wäre so, als ließe man eine bösartige Krebszelle im Körper zurück ... Ich öffnete die Augen und suchte den Himmel nach einem Zeichen ab. Und da war es. Ein schmiedeeisernes Schild mit der Aufschrift *Clarinda's – Die urtümliche Teestube*. Eine gute, belebende Tasse Tee würde meinen weichen Beinen wieder Kraft verleihen. Ich schob die Tür auf.

Das Café war gut besucht, und ich musste mich zu einem freien Tisch am hinteren Ende des Raums durchkämpfen. Gesprächsfetzen, das gedämpfte Klappern von Geschirr und Besteck, das köstliche Aroma von frisch gebackenem Kuchen – ich sog die wohlige Atmosphäre ein, zog die kleine Speisekarte zu mir heran und studierte die Liste exotischer Tees. Earl Grey Blue Flower, Japanischer Jasmin, Himbeer-Früchtetee, Mango, Pfefferminze ... Ich hatte an diesem Morgen bereits so viele Risiken auf mich genommen, dass ein Leichtsinn mehr oder weniger nicht ins Gewicht fiel, und so bestellte ich eine Kanne Earl Grey Blue Flower und ein riesiges Früchteteilchen, dem ich zwanzig Minuten später eine Kanne Himbeertee und ein Stück von diesem unwiderstehlichen Orangenkuchen folgen ließ.

Eine Stunde nachdem ich hereingekommen war, verputzte ich die letzten Krümel und lehnte mich mit gestärkten Nerven zurück. Ja, es zahlte sich eindeutig aus, etwas zu riskieren. Und ich *würde* ein zweites Wagnis eingehen und Hiram J Spinks weiter bearbeiten. Ermutigt von dieser etwas wackligen Logik, fuhr ich zum Hotel zurück.

Ich bog in eine Parklücke neben dem Heidebeet ein und setzte nach Mafiamanier meine Sonnenbrille auf. Möglicherweise lauerte mir Spinks schon auf. Tolles Gesöff, dieser Himbeertee. Irgendwie empfand ich eher gespannte Erwartung als Angst. Es würde mich geradezu enttäuschen, wenn er nicht auf mein Ultimatum reagierte. Die Frage war nur, ob es eine kurze, unter die Tür geschobene Mitteilung sein würde oder ob er eine zufällige Begegnung am Fuß der Treppe inszenieren oder … mir eine Kugel durchs Hirn pusten wollte. Ich lief knirschend über den Kies.

Nicht Spinks lauerte mir in der Empfangshalle des White Heather Hotel auf, sondern die furchterregende Eigentümerin. Und der Schuss traf mich direkt zwischen den Augen.

»Miss Smith, ich muss Sie ersuchen, bis morgen Mittag das Etablissement zu verlassen. Sie haben gegen eines der fundamentalen Reglements dieses Hauses verstoßen.« Unter Stress bediente sich Mrs Mackenzie einer kuriosen, altertümelnden Sprechweise.

»Regle-ments?«, brachte ich mit wackliger, keuchender Stimme heraus und konnte nicht verhindern, dass die Frage in einem entwürdigenden Kreischlaut endete.

Sie nickte grimmig und riss in einer dramatischen Geste den Arm hoch. Ich starrte auf ihren zitternden Finger. In genau diesem Moment fiel – als ehrfurchtgebietendes Zeichen ihres direkten Drahts zu Gott – ein heller Sonnenstrahl auf die Messingtafel.

**Zum Bedauern der Hotelleitung
können keine Haustiere bewirtet werden**

»Haustiere?«, sagte ich aufrichtig verblüfft. Wie in aller Welt hatte sie das mit Gorgonzola herausbekommen? Was für ein schreckliches Verbrechen hatte meine Katze begangen? Jedenfalls etwas so Entsetzliches, dass Mrs Mackenzies neue servile Unterwürfigkeit wie weggewischt war.

»Leugnen ist zwecklos, Miss Smith. Ich habe Beweise.«

»Beweise?«, krächzte ich. Vor Verwunderung konnte ich kaum sprechen.

»Selbstverständlich.« Voller Entrüstung straffte sie die dünnen Schultern. »Sie glauben doch nicht etwa, ich würde ohne eindeutige Beweise einen Gast beschuldigen?«

Feige schüttelte ich den Kopf. Wenn ich nur gewusst hätte, um was für ein Katzenverbrechen es ging. Vielleicht kam ich mit unverfrorenem Leugnen davon. »Ich glaube wirklich, da liegt ein –«

Mit einer gebieterischen Geste brachte sie mich zum Schweigen und zeigte mir an, dass wir uns nach oben in mein Zimmer begeben sollten. Während ich hinter dem stocksteifen Rücken hertappte, schwirrte mir der Kopf. Hatte Gorgonzola die Gardinen zerfetzt, halb verspeiste Nagetiere fein säuberlich auf dem Teppich aufgereiht oder den Vogelkäfig der Mackenzies aufgebrochen und seinen Bewohner hingemetzelt?

Mit grimmigem Gesicht wartete Mrs Mackenzie, bis ich sie eingeholt hatte, vor meiner Tür und stieß sie dann mit einer triumphierenden Geste auf. Vorsichtig warf ich einen Blick ins Zimmer. Es lag so vor mir, wie ich es verlassen hatte. Die Gardinen waren noch in einem Stück, der Teppich dankenswerterweise frei von angekauten Kadavern und auf den weißen Laken des ungemachten Bettes lag kein leichenstarrer Kanarienvogel.

Ich seufzte erleichtert. »Ähm, was …?«, fragte ich unsicher.

In ihrem Eifer, den Missetäter mit seiner Tat zu konfrontieren, stürmte sie an mir vorbei – fegte mich zur Seite, traf die Sache wohl besser. Vor dem Bett blieb sie stehen und bohrte den Blick in die Decke, die sich in der Mitte zu einem zerkrumpelten Haufen türmte. Ich folgte ihr. Sie wollte es mir doch wohl nicht zum Vorwurf machen, die Bettwäsche zu zerkrumpeln?

»*Katzenhaare*, Miss Smith. Pfotenspuren. Und …« – sie legte eine wirkungsvolle Pause ein – »darunter ist es noch schlimmer!«

Mit dem sicheren Griff eines Magiers bei einem eingeübten Zaubertrick packte sie die Decke an einer Ecke und zog sie zurück.

Gorgonzola blinzelte unschuldig zu uns hoch. Aus dem Maul hing ihr ein halber Goldfisch. Unter einer verschlammten Pfote lag ein weiteres großes Exemplar aus dem Teich der Mackenzies mit glasigem Auge und schon verblassender Farbe.

»O mein Gott!« Mrs Mackenzie taumelte zurück und sackte in den Sessel neben dem Bett.

»O mein Gott!«, entfuhr es auch mir.

Ich hatte die Wahl zwischen einem Teilgeständnis, etwa in der Art: Ach so, ich dachte, das ist die Hotel-Katze, vielleicht habe ich sie tatsächlich ermuntert, und völligem Leugnen. Dummerweise entschied ich mich für Letzteres.

»Ich habe diese Katze noch nie gesehen. Die gehört ganz bestimmt nicht *mir*«, erklärte ich im Brustton der Überzeugung.

Ich starrte Gorgonzola mit einem drohenden Blick an, damit sie ja nicht zu erkennen gab, dass wir uns kannten. Sie räkelte sich behaglich, sprang lautlos vom Bett und legte mir heimtückisch den halb verzehrten Fisch vor die Füße.

»Katzen mögen mich halt«, sagte ich lahm, als sie mir laut schnurrend um die Beine strich. Verzweifelt packte ich sie am räudigen Schwanz und zog zur Warnung einmal kurz daran. Verspielt benutzte sie mein Bein als Kratzbaum.

»Ksch! Verschwinde, du Streuner«, zischte ich zwischen den Zähnen, um den Anschein zu wahren.

Ich hätte wissen müssen, dass Gorgonzola eine sensible Katze ist und insbesondere auf Bemerkungen hinsichtlich ihres zweifelhaften Stammbaums höchst empfindlich reagiert. Sie zuckte verärgert mit dem Schwanz und kniff wütend die Augen zusammen. Mit einem kobraartigen Fauchen verschwand sie unter dem Bett.

Nervös betrachtete ich das schwingende Tuch. Diesen Wesenszug zeigte sie nur selten, doch wenn es einmal dazu kam, konnte sie stundenlang schmollen. Mit ein bisschen Glück würde sie dort unten bleiben, wo sie keinen weiteren Schaden anrichten konnte. Bei diesem tröstlichen Gedanken schielte ich zu Mrs Mackenzie hinüber, die sich gerade räusperte, um die nächste Salve an Bösartigkeiten vom Stapel zu lassen.

Ich kam ihr zuvor. »Sie glauben doch nicht etwa, ich hätte irgendetwas mit diesem räudigen Tier zu tun?«, schnauzte ich. »Sie beleidigen mich!«

Meine heftige Beteuerung verfehlte nicht ihre Wirkung, und sie schien zu schwanken. Ein unsicherer Ausdruck huschte über ihr Gesicht.

Wie auf Kommando schoss Gorgonzola unter dem Bett hervor und stürzte sich auf die DEINS-Tasche mit den Futterdosen. Ich hatte sie wie immer einladend zur Inspektion seitens der Mackenzies offen gelassen. Geschickt fischte Gorgonzola mit der Pfote darin herum und zog schließlich aus der Tiefe ihr Arbeitshalsband hervor, um mich an ihren Rang und ihre Wichtigkeit zu erinnern. Sie legte es mir zu Füßen und setzte sich mit einem selbstzufriedenen Schnurren hin. Sie hatte mich verraten und verkauft, und sie war sich dieser Tatsache vollkommen bewusst.

Mit einer letzten giftigen Bemerkung – »Die Wäsche setze

ich Ihnen auf die Rechnung!« – rauschte Mrs Mackenzie aus dem Zimmer.

Und so kam es, dass ich am nächsten Morgen das White Heather Hotel in Schimpf und Schande verlassen musste.

14

Vor meinem schändlichen Rausschmiss hatte ich noch ein Rendezvous mit Spinks. Nach dem erbosten Abgang von Mrs Mackenzie sackte ich auf den Sessel und starrte zerknirscht auf den toten Fisch. Der Fisch starrte kalt zurück. Aus den Augen, aus dem Sinn, wäre wohl für alle Beteiligten das Beste. Ich nahm ihn und seinen halb verzehrten Artgenossen beim Schwanz und verfrachtete sie in den Papierkorb. Dann zog ich beide wieder heraus. Ich spülte die Kadaver die Toilette hinunter und fing an, für meine morgige Abreise zu packen. Gorgonzola trat durchs halb geöffnete Fenster den strategischen Rückzug an und überließ das Packen ihrer Sachen mir.

Bevor ich mich an die Arbeit machte, sendete ich über das Handy eine verschlüsselte Nachricht an die Zentrale. *Ab 25.6., 12 Uhr, Adresse nicht mehr WHH. Ziel im Visier. Ende der Nachricht. Schottische Nebelsuppe.*

Während ich auf die Eingangsbestätigung und neue Instruktionen wartete, blickte ich über den gepflegten Rasen zum Teich, der jetzt bedauerlicherweise um einige Bewohner ärmer war. Mr Mackenzie schien als Patrouille am Ufer abgeordnet zu sein. Und morgen würden bei meiner Abreise zweifellos zwei Goldfische zum Preis von Kois unter »Extras« auf meiner Rechnung stehen.

Auf dem Handy piepste die Eingangsbestätigung, aber ohne weitere Instruktionen. Ich war auf mich gestellt. Von den Ereignissen des Tages erschöpft, strich ich die zerkrumpelte Bettwäsche zurecht und legte mich auf Gorgonzolas Pfotenmuster. Ich würde alles nochmal in Ruhe überdenken und meine nächsten Schritte planen …

Murdo Mackenzie riss mich mit seiner J-Arthur-Rank-Gong-Nummer aus dem Tiefschlaf. Stöhnend setzte ich mich auf. Ich schwankte zwischen Sorge und gespannter Erwartung. Die Konfrontation mit Spinks stand noch aus. Nahm er meine Herausforderung nicht an und setzte sich heute Abend nicht mit mir in Verbindung, waren meine Chancen, einem so gewalttätigen, windigen Kostgänger unbemerkt auf den Fersen zu bleiben, gleich null.

Der Speisesaal war schon ziemlich voll, doch ich entdeckte ihn fast auf Anhieb an einem Tisch, der ein wenig abseits von den anderen neben einer riesigen Zimmerpalme in einer Steinurne stand – einer von Mrs Mackenzies Versuchen, ein wenig viktorianisches Flair zu verbreiten. Der Tisch stand nahe der Rückwand, doch in gerader Linie zur Tür, so dass Spinks genau sah, wer den Saal betrat. Für Sekunden trafen sich unsere Blicke. Als ich – weder zu schnell noch zu langsam – einen Platz am Fenster ansteuerte und mir einen von ihm abgewandten Stuhl aussuchte, spürte ich, wie sich sein Blick in meinen Rücken bohrte. Jetzt war er am Zuge.

Die Nachricht kam, während ich die Speisekarte studierte. Mackenzie trat seitlich an meinen Tisch und hüstelte, um anzuzeigen, dass er mir etwas auszurichten habe.

»Ja?«, brummte ich, ohne aufzusehen.

Er räusperte sich. »Mr Spinks bittet Sie, den Tisch mit ihm zu teilen.«

»Sagen Sie ihm, ich leiste ihm nach dem Dessert Gesellschaft«, nuschelte ich und ließ mich auch diesmal nicht von der Speisekarte ablenken.

Er trat unbehaglich von einem Bein aufs andere. »Ich habe doch richtig verstanden? Nach dem *Dessert*?«, fragte er nervös.

Ich fuhr mit meiner eingehenden Lektüre auf der nächsten

Seite fort, und er huschte von dannen. Ich hatte den kleinen Wortwechsel durchaus genossen. Also … Spinks hatte seinen Schachzug gemacht und ich den meinen.

Zwei Mal Bauer nach König vier, könnte man sagen.

»Haben Sie schon gewählt, Miss Smith?«

Ich hatte Mackenzies leise Rückkehr nicht bemerkt. Er stand, Stift und Block gezückt, hinter meiner linken Schulter.

»Oh ja«, sagte ich liebenswürdig, »wie Sie vielleicht wissen, verlasse ich morgen das Hotel.«

Verzweifelt bemüht, das Richtige zu tun, verdrehte er den Kopf zu einem halben Nicken und einem halben Schütteln.

»Na ja, da das hier meine allerletzte Gelegenheit ist, Mrs Mackenzies hervorragende Küche zu genießen, werde ich wohl à la carte bestellen.« Es ging mir nicht nur darum, ungezügelte Gaumenfreuden zu genießen (obwohl darum natürlich auch, denn Mrs Mackenzies Cuisine würde mir tatsächlich fehlen). Vor allem jedoch war es ein weiterer Zug in meinem gefährlichen Spiel. Ich rechnete nämlich damit, dass es deutlich länger dauern würde, eine der À-la-carte-Spezialitäten zu kochen und zu servieren – eine gute Gelegenheit, Spinks noch ein wenig zappeln zu lassen.

Ich schenkte Mackenzie mein strahlendstes Lächeln, bevor ich zum Magentiefschlag ausholte. »Ach, eh ich's vergesse, diese kleine Verabredung nach dem Dessert, war es Mr Spinks so recht?«

Er schluckte. Die Bleistiftspitze stach ungestüm ins weiße Blatt Papier. Diesmal reagierte er mit einem halben Schütteln und einem halben Nicken.

Ich blieb cool. »Könnte ich wohl die Weinkarte sehen?«

Er beeilte sich, sie mir zu bringen. Spinks warten zu lassen, sollte mir einen dringend benötigten psychologischen Vorteil verschaffen. Damit hoffte ich, die Tatsache zu unterstreichen, dass ich der Kunde, er der Verkäufer war. Es würde ihm nicht gefallen. Ich würde mich noch mehr in Acht nehmen müssen. Meine Mahlzeit ließ ich mir von diesem Gedanken jedoch nicht verderben.

Die meisten Gäste hatten fertig gegessen und waren gegangen. Ich legte meinen Löffel weg, schob meinen Stuhl zurück und stand auf. Der Moment war gekommen. Eine schreckliche Sekunde lang dachte ich, er hätte es darauf ankommen lassen und sei gegangen, doch da war er und blickte finster zu mir herüber. Er hatte sich so hingesetzt, dass er zum Teil von einem herabhängenden Palmwedel verdeckt wurde. Mit ausdruckslosem Gesicht ging ich an Tischen mit leeren Weingläsern und zerknüllten Servietten vorbei zu ihm hinüber. Es kostete mich einiges an Überwindung. Ich hatte rasendes Herzklopfen und ein hohles Gefühl in der Magengegend. Das war der Moment, in dem ich mit einem einzigen unbedachten Wort alles verderben konnte.

Auf dem Tisch lag eine leere Packung Marlboro, der Aschbecher quoll von Zigarettenstummeln über. Er hatte lange gewartet, was seine Laune nicht gerade verbessert hatte.

Demonstrativ sah er auf seine Armbanduhr. »Sie haben mir meinen ganzen Zeitplan durcheinandergebracht, Ma'am. Ich bin ein beschäftigter Mann.«

»Aber Mr Spinks«, sagte ich und winkte den ängstlich wartenden Mackenzie heran, damit er die Kaffeekanne brachte, »einen guten Geschäftsabschluss sollte man nie überstürzen, finden Sie nicht?«

Ich bekam ein Brummen zur Antwort, das Zustimmung, aber auch Widerspruch bedeuten konnte.

Da ich schon mal im Ballbesitz war, machte ich munter weiter. »Darf ich fragen, ob Sie zu einer Entscheidung gelangt sind? Sie werden feststellen, dass sich eine Partnerschaft mit uns auszahlt. Allerdings brauchen wir einen Nachweis, dass Sie unseren Standards genügen.«

Ich nahm einen ausgiebigen Schluck Kaffee und war angenehm überrascht, dass meine Hand kein bisschen zitterte.

Spinks' Lächeln reichte nicht bis zu seinen Augen. »Ich könnte Ihnen Ort, Datum und Uhrzeit nennen. Aber es geht hier nicht nur um Knete, Ma'am. Es ist auch eine Frage des Vertrauens.«

»In der Tat, Mr Spinks«, sagte ich leise und sah ihm fest in die Augen. Vielleicht hatte ich zu viele James-Bond-Filme gesehen. Er nahm die leere Packung Marlboro und zerdrückte sie langsam zwischen den Fingern. Die ganze Zeit hielt er meinem Blick stand. Vielleicht hatte er dieselben Filme gesehen.

Er schien zu einem Schluss zu kommen. »Okay, Ma'am, abgemacht.« Er bearbeitete noch einmal die zerquetschte Packung und ließ sie dann fallen. »Haben Sie eine Landkarte?«

Ich nickte und griff in meine Handtasche. Als ich die Finger um das längliche gefaltete Papier legte, brachen mir auf der Stirn winzige Schweißperlen aus. Meine Unterstreichungen waren von derselben Broschüre kopiert, deren rot-gelbe Ecke aus der Innentasche seines grellen Jacketts herauslugte.

Mit gesenktem Haupt wühlte ich irritiert nach etwas, das mit Sicherheit da sein musste, und sagte schließlich in gespieltem Ärger: »Tut mir leid, ich muss sie wohl oben gelassen haben.« In einem verzweifelten Bluff schob ich quietschend meinen Stuhl zurück und stand auf.

Mit erhobener Hand forderte Spinks mich auf, zu bleiben. »Vielleicht brauchen wir die gar nicht.«

Ich sank auf meinen Stuhl zurück.

Er machte keine Anstalten, seine eigene Karte herauszuziehen, da er natürlich nicht wollte, dass ich seine Bleistiftkringel sah. »Die Ware kommt in ein paar Tagen.«

Jjjjaaaa. Äußerlich teilnahmslos, innerlich jubelnd, nickte ich geschäftsmännisch nüchtern. Ich goss mir noch eine Tasse

Kaffee ein und entspannte mich zum ersten Mal während unserer Unterredung. Ich hätte es besser wissen müssen.

»Da wäre nur noch eine Kleinigkeit, Ma'am«, sagte er in trügerisch beiläufigem Ton. »Ich bin ein vorsichtiger Mensch, und ich würde mich bedeutend besser fühlen, wenn Sie mich über Ihre eigenen Lieferungen in Kenntnis setzen würden, bevor ich Ihnen weitere Einzelheiten verrate.«

Es schnürte mir so die Kehle zu, dass mir ein paar Tropfen von Mrs Mackenzies gutem Kaffee in die Luftröhre gerieten. Unter einem heftigen Hustenanfall jagten mir die Gedanken durch den Kopf. Wieso hatte ich diese Möglichkeit nicht bedacht? Ich gab mich beleidigt und sah ihn tränenden Auges vorwurfsvoll an.

»Sie erwarten doch wohl nicht ernsthaft …«, brachte ich keuchend heraus. »Das wird der Organisation nicht gefallen. Überhaupt nicht gefallen …«

Er wachte mit Argusaugen über jeder meiner Reaktionen. Dann hob er die Faust und schlug dumpf auf die zermalmte Marlboro-Packung. »Ohne das läuft nichts. Ich muss auch sicher sein, Ma'am.«

Ich stand auf. »Ich frag mal an, Mr Spinks. Wie gesagt, reise ich morgen früh ab. *Falls* wir mit Ihnen Kontakt aufnehmen wollen, sind Sie hier?« Ich hoffte, dass die Betonung auf »falls« das psychologische Gleichgewicht wieder ein wenig zu meinen Gunsten verlagerte.

Hiram J Spinks nickte und grinste. Ein Grinsen, das mir kein bisschen gefiel.

In einer letzten Trotzgebärde gegen Mrs Mackenzie und ihre Regeln verbrachte Gorgonzola eine ungetrübte Nacht auf meinem Bett. Was nicht jeder von sich sagen konnte. Als die kurze Dunkelheit der Juninacht in das blasse Grau der Morgendämmerung überging, lag ich mit offenen Augen schlaflos da und starrte auf einen Fleck an der Decke. Es war machbar, ja, es war durchaus machbar. Allerdings würde es eine Menge Überredungskünste kosten, bis sich die Drogenfahndung bereit erklärte, irgendwo eine Lieferung zu fingieren. So wie der Amtsschimmel nun mal lief, würde es ein Hürdenlauf. Andererseits besaß die Drogenfahndung einigen Einfluss und … Nachdem ich meinen Optimismus wiedergewonnen hatte, verfiel ich für drei volle Stunden in einen tiefen, traumlosen Schlaf.

Bevor ich duschte, setzte ich mich mit meiner Dienststelle in Verbindung, damit sie sich meinen Vorschlag in Ruhe durch den Kopf gehen lassen konnte. Dann packte ich, suchte die Bettwäsche gründlich nach Katzenhaaren ab und beseitigte alle Spuren. Mit Gorgonzola hatte ich keine weiteren Schwierigkeiten zu erwarten. Ich sah ihr an, dass sie sich wegen des gestrigen Vorfalls ein wenig schuldig fühlte, und so war ich mir sicher, dass ich sie in der Nähe des Wagens finden würde.

Das Frühstück wurde von Murdo Mackenzie serviert, der irgendwie schlaftrunken und zerknittert wirkte. Entweder war er früh auf gewesen und hatte Haggis auf seinen Lieferwagen geladen, oder er hatte die ganze Nacht hindurch am Goldfischteich Anti-Katzen-Wache geschoben.

Nach dem Frühstück holte ich mein Gepäck aus dem Zimmer und ging nach unten, um der Gorgone ins Auge zu sehen. Mrs Mackenzie hatte sich strategisch hinter der schweren Theke der Rezeption verschanzt. Als sie mich sah, presste sie die Lippen zu einer dünnen Linie zusammen, in die sie noch einmal ihre ganze Empörung legte; dann besann sie sich vermutlich auf meine Mafiaconnection und zog den dünnen Strich zu einem einschmeichelnden Lächeln in die Länge.

»Meine Rechnung bitte, Mrs Mackenzie, dann bin ich –«

»Ich denke, Sie werden feststellen, dass alles seine Ordnung hat, Miss Smith.« Sie knallte die Rechnung vor mir auf die Theke. Mit knöchernem Finger zeigte sie auf die Einträge unter »Extras«.

Frühstück aufs Zimmer
Unterbringung eines Haustiers
Zusätzliche Wäschegarnitur
Wiederbesetzung des Gartenteichs mit Fischen

Dies alles erhöhte die Endabrechnung auf eine astronomische Summe. Wenn ich in London meine Spesen präsentierte, würde es eine Menge Erklärungsbedarf geben.

Ich hielt es für klug, Einsicht und Reue zu zeigen. »Alles völlig plausibel, Mrs Mackenzie«, murmelte ich.

Nachdem auf diese Weise der offizielle Teil meiner geschäftlichen Angelegenheiten abgeschlossen war, verließ ich das White Heather Hotel.

Ein heißer Windstoß kam durchs geöffnete Fenster. Draußen brüteten die Dächer und Schornsteine, die bei meinem ersten Besuch vom Regen durchnässt gewesen waren, unter Backofentemperaturen. Ich warf noch einen Blick auf die Uhr gegenüber von Macleods Schreibtisch, machte drei Schritte vor und drei zurück … Bereits fünfunddreißig Minuten und zehn Sekunden wartete ich auf den Anruf von der Zentrale. Schon vor meiner Fahrt zum Polizeipräsidium hatte ich einige Stunden in Princes Street Gardens totgeschlagen, und wenn man den Ortsansässigen glauben durfte, die sich in der Mittagspause träge an der steilen Uferböschung räkelten, war dies der heißeste Tag seit zehn, nein, fünfzig Jahren, wenn nicht gar seit Menschengedenken.

Vor einigen Stunden hatte ich in Portobello – *Edinburgh-by-the-Sea* im Jargon der Touristeninformation – ein unauffälliges Bed-&-Breakfast gefunden, in dem man gegen ein Tier, das sich zu benehmen weiß, nichts einzuwenden hatte. Und ich hatte versichert, dass meine Katze genau das war. Gorgonzola tat das Ihre, indem sie laut schnurrte und schmeichelnd um die Beine des Eigentümers strich. Meine Katze wusste, wessen Herz sie zum Schmelzen bringen musste.

Der kleine Ventilator auf Macleods Schreibtisch sirrte und und drehte sich hin und her, ohne die stickige Luft in dem kleinen Büro merklich in Bewegung zu versetzen. Ich ließ mich auf einem Stuhl in der Nähe des Schreibtischs nieder. Bei dieser Hitze konnte man sich nur kraftlos fallen lassen. Noch eine Minute, und ich wäre zweifellos eingedöst. Macleod, der in Hemdsärmeln vor mir saß, schien genauso mit dem Schlaf zu kämpfen, während er endlos auf einem leeren Blatt herumkritzelte. Wir sehnten beide das Klingeln des Telefons herbei.

Endlich war es so weit.

Macleod lauschte kurz, dann hielt er den Siegesdaumen hoch. Er klemmte sich den Hörer fester ans Ohr und machte sich Notizen, während er hier und da ein »Ja« und »In Ordnung« einwarf. Mit einem letzten »Ja, verstanden« legte er auf, lehnte sich zurück, räkelte sich genüsslich und verschränkte die Hände hinter dem Kopf. »Wie's aussieht, kriegen wir, was Sie wollen«, sagte er lächelnd.

Fast Mitternacht, und der blaugrüne nördliche Himmel schimmerte über einer dichten Wolkenschicht am Horizont bleich wie altes Elfenbein. Es herrschte so gerade eben genug Licht, um in der Nähe Bäume und Häuser auszumachen. Alles andere verschwamm zu dunklen Formen und Konturen.

Der kleine, rot glühende Punkt einer Zigarette sagte mir, dass Spinks schon wartete; seine Silhouette hob sich so eben erkennbar vom noch dunkleren Hintergrund ab.

»Hierher«, rief ich leise.

Einen Augenblick lang erschien seine Gestalt vor dem hellen Mitsommernachtshimmel, dann waren seine Schritte wie ein schwaches Flüstern auf dem Asphalt zu hören, und schon stand er neben mir. Die gelbe Mütze und schrille Jacke waren verschwunden, genau wie ich trug er professionelles Schwarz.

Ich führte ihn rasch an einer kleinen Häusergruppe vorbei; in einem einzigen Fenster brannte Licht. Ein niedriges Tor mit Vorhängeschloss versperrte eine schmale Straße, die gefährlich nahe am Rand der Klippe entlangführte, und ein paar Schritte rechts davon ging eine breite Holztreppe nach unten. Wie auf Kommando tauchte ein Dreiviertelmond hinter einer Wolkenbank hervor und erleuchtete das Schild mit der Aufschrift *Achtung. Gefährliche Straße. Bitte Fußweg benutzen.* Zwanzig Meter tiefer fraßen sich die Brecher in weißen, parallelen Linien hungrig in die halb untergetauchten Überreste erodierter Klippen.

Ich lehnte mich über den schützenden Handlauf und zeigte hinunter. »Der größte Teil der Küste ist so. Man kommt mit dem Boot nicht heran.«

Ich sorgte bei unserem Abstieg dafür, dass er vorausging. Mir war nicht nach einer Wiederholung des »Unfalls« auf Inchcolm. Am Fuß der Treppe befanden wir uns immer noch hoch über einem winzigen Hafen, der sich in eine Falte der senkrechten Steilfelsen schmiegte. Der Pfad führte um die Landzunge herum und fing an der gegenüberliegenden Seite des Hafens bei der Mole an. Ich hatte Cove, den Ort, den die Zentrale für den Pseudoabwurf ausgewählt hatte, tagsüber kurz inspiziert, doch selbst da war der Minihafen mit seinen baufälligen Fischerhütten vollkommen verlassen gewesen, obwohl er nur eine Stunde von Edinburgh entfernt lag. Die steilen Klippen und die dünn besiedelte Gegend empfahlen den Ort wie kaum einen anderen für Schmuggler.

Vor einem der Cottages leuchteten weiße Trompetenblüten blass zwischen einem Stapel Hummerkörbe an einer vom Wind geformten roten Sandsteinmauer, und jenseits der rückseitigen Wand kräuselte eine sanfte Brise die silbrig schimmernde Wasserfläche. Trotz der warmen Nacht fröstelte ich. Bei Tage war es eine Postkartenidylle gewesen, doch jetzt lag etwas Bedrohliches über der Stelle. Nicht der richtige Ort, um neben einem Mörder zu stehen. Würde die in Szene gesetzte Drogenlieferung ihn überzeugen? Ich machte mir nichts vor. Falls er merkte, dass etwas faul war, würde mir aus dem Gesicht von Hiram J Spinks der Tod entgegenblicken.

Es war reine Nervensache. Ich drückte auf einen Knopf an meiner Armbanduhr und sah auf das erleuchtete Zifferblatt: 23:56 Uhr.

Sein taxierender Blick war auf mich gerichtet.

»Vier Minuten«, verkündete ich und schickte ein Stoßgebet zum Himmel, dass alles nach Plan lief.

Ich trat an eine niedrigere Stelle in der hohen Mauer, die ihren schützenden Arm um das stille, dunkle Wasser des Hafens legte. Draußen auf See glitzerten die Lichter eines fernen Tankers am Horizont. Warten. Warten. Das regelmäßige *schsch* der Wellen markierte den Countdown.

Piep. Pieeeeps. Ich schaltete den Timeralarm an meiner Uhr aus und gab mit meiner Taschenlampe ein Signal. Zur Antwort flackerte einen kurzen Moment hinter dem Eingang zum Hafenbecken ein winziger Lichtpunkt auf. Mit kaum hörbarem Maschinentuckern glitt etwas Dunkles auf die Mole zu. Neben mir wurde Spinks unruhig. Ein gutes oder ein schlechtes Zeichen?

»Sie benutzen keinen Funk?« Sein Ton war eindeutig spöttisch.

»Die altmodische Tour. Nicht so leicht abzufangen«, brummte ich. »Wir wissen, dass die Küstenwache die Frequenzen mit einem Überwachungsprogramm kontrolliert.« Das entsprach ausnahmsweise der Wahrheit.

Auf der Mole tauchten dunkle Gestalten auf, um die Kisten entgegenzunehmen, die andere dunkle Gestalten auf dem

Boot zu ihnen hinaufreichten. Aus dem Dunkel oberhalb der Klippen war jetzt ein schwaches Summen zu hören, und ein riesiges Ladenetz an einem Haken schlug dumpf auf. Mit Förderbandpräzision wurden die Kisten von Hand zu Hand weitergereicht und im Netz gestapelt. Noch ein schwaches Summen, und das Netz wurde mitsamt Männern und Fracht von der Nacht geschluckt. Das Laden war noch im Gange, als das Boot schon wieder lautlos in der Dunkelheit verschwand. Es lief schnell, effizient und reibungslos. Das ganze Geschäft hatte nicht mehr als vier Minuten gedauert.

»Saubere Arbeit«, brummte Spinks.

Ich war selber ziemlich beeindruckt.

»Ach, noch eine letzte Sache«, sagte er und legte mir die Hand auf den Arm. Ich drehte mich zu ihm um. »Ja?«

»Muss wohl auch die Qualität überprüfen. Ich handle nicht mit verschnittener Ware.«

Ich spürte seinen prüfenden Blick, dem auch das geringste Zögern nicht entgangen wäre.

»Ja, natürlich, Mr Spinks«, sagte ich aalglatt. Wir hatten damit gerechnet. »Die können natürlich nicht da oben an der Straße rumhängen, deshalb habe ich sie angewiesen, eine Kiste aufzubrechen. Sie werden eine Probe unter Ihrem Wagen hinterlegen.«

Schweigend stiegen wir die Holztreppe hoch. In der Stille war nur das gelegentliche Schürfen unserer Gummisohlen auf Holz und das Wispern des Windes im hohen Gras zu hören. Als wir oben anlangten, ließ ich ihn vorausgehen. Auf diese Weise konnte er mich nicht verdächtigen, selber das Päckchen aus der Tasche gezogen und unter seinem Wagen deponiert zu haben.

»Hier, sagen Sie?«

»Auf der Vorderachse. Beifahrerseite.«

Er kniete sich hin und fühlte darunter. Ich hielt den Atem

an. Das war die Nagelprobe. Ich hörte ein zufriedenes Brummen. Als er aufstand und sich zu mir umdrehte, hielt er ein kleines, fest verschnürtes Päckchen in der Hand.

»Darf ich?« Ich trat mit einem Taschenmesser vor.

Behutsam schnitt ich einen kleinen Schlitz ins Plastik. Er befeuchtete seinen Finger und führte das Pulver an die Lippen.

»Nicht verschnitten«, versicherte ich ihm.

Ein paar nervenaufreibende Sekunden lang sagte er nichts. Ich versuchte, in seinem Gesicht zu lesen, doch in der Dunkelheit war sein Kopf nur ein Schatten.

»Okay, wir sind im Geschäft. Kommen Sie zu einem Ort namens Cramond. Wissen Sie, wo das ist, Ma'am? Direkt neben der berühmten Eisenbahnbrücke. Es gibt eine Art Fußweg zur Insel rüber. In zwei Tagen treffe ich Sie dort um 23 Uhr.«

»Geht's ein bisschen genauer, was die Stelle betrifft, Mr Spinks?«

Er drehte sich um. »Machen Sie sich da mal keine Sorgen, Ma'am. Wenn Sie mich nicht finden, finde ich *Sie*.«

15

Cramond. Ich lehnte mich auf den Zaun und betrachtete die römischen Ausgrabungen. Irgendwie hatte ich mehr ... ja, was? erwartet ... Ich suchte nach dem richtigen Wort ... Etwas Gepflegteres. Überall wucherte es, violettes Unkraut und weißer Knöterich versuchten um die Wette, unter sich zu begraben, was der Mensch gerade freigelegt hatte. *Betreten verboten!* Das Schild wirkte wie der klägliche Versuch, die drängende Flut ungezähmten Wachstums einzudämmen.

Bis zu meiner Verabredung mit Spinks blieben mir noch volle zwei Stunden Zeit. Wenn alles nach Plan verlief, würde die Falle heute Abend zuschnappen. Der kleine Radiosender, den ich in der Tasche hatte, war als harmloser Füllfederhalter getarnt. Wenn ich ihn aktivieren wollte, brauchte ich nur den Deckel aufzuschrauben, und die Boote der Zollfahndung fuhren los.

Eine kühle Böe peitschte über den Parkplatz. Ich schlüpfte in meine leichte Wendejacke, die auf der einen Seite schwarz, auf der anderen weiß war und leider nicht viel Schutz vor der Kälte des schottischen Sommers bot. Heute trug ich die schwarze Seite nach außen. Ich lief einen Pfad zum Meer hinunter, das im Moment von einem Gürtel struppiger Bäume abgeschirmt wurde. Eine scharfe Biegung nach links, und plötzlich blickte man auf eine endlose graue Wasserfläche, die sich düster unter dem tief hängenden Himmel ausdehnte. Ich verkroch mich tiefer in meine Jacke.

Hinter einer breiten Strandpromenade ragten Damm-Markierungen wie gezackte schwarze Zähne aus dem Sand. Cramond Island erwies sich als eine tief gelegene, grasbewachsene Erhebung, viel größer als erwartet. Dem Reiseführer nach lebte dort derzeit niemand. Die wenigen Gebäude, die am hinteren Ende auf einer winzigen Klippe thronten, waren Überreste aus dem Zweiten Weltkrieg. Außer Gebrauch und halb verfallen gehörten sie wie die römischen Ausgrabungen der Vergangenheit an.

An einem solch stürmischen Abend bereitete ein Strandspaziergang wenig Vergnügen. Ich joggte zur Steinmole hinunter, wo eine ruhige See gierig an den verkrusteten Entenmuscheln und den langen braunen Blasentangbändern leckte. Abgesehen von den Möwen hatte ich die Insel für mich. Ein blaues Schild mit weißer Aufschrift warnte:

ACHTUNG!
Bei Flut liegt der Damm unter Wasser

Auf einem kleineren Schild waren die Zeiten genannt, zu denen man den Damm sicher überqueren konnte: jeweils vier Stunden vor und nach der Ebbe in Leith. Ich stellte mich auf die Zehenspitzen, um mir die Gezeitentafel anzusehen, die sich ein gutes Stück über der durchschnittlichen Kopfhöhe befand und deren winzige Schrift kaum zu entziffern war. Es war gerade Flut, doch der Zeittafel nach blieb noch reichlich Zeit, hinüberzukommen. In etwa einer Stunde allerdings wäre der Damm unpassierbar, und wer auf der Insel war, konnte sie mehrere Stunden lang nicht mehr verlassen. Ich wischte ein unbehagliches Gefühl beiseite.

Allmählich hätte ich wissen müssen, dass ich besser meinem Instinkt vertraute.

Auf der holprigen Oberfläche des Damms kam man nur

langsam voran. Die Flut schlug mit wütenden kleinen Wellen an die Steine und strudelte angriffslustig zwischen den Markierungen, deren konisch zulaufende Pfeiler wie seltsam lang gezogene Pyramiden wirkten und ein gutes Stück über Augenhöhe mit grauen Entenmuscheln und dunkelbraunem Blasentang verkrustet waren – noch eine strenge Mahnung, dass am Höhepunkt der Flut kein Entkommen von der Insel war. Falls Spinks die Absicht hegte, einen von diesen kleinen »Unfällen« für mich zu arrangieren, dann … Mein Absatz blieb an einem Stein hängen, den die Hammerschläge der Winterstürme gelockert hatten. Fast wäre ich in das einen Meter tiefe kalte Wasser gefallen. Wahrscheinlich sollte ich mich besser auf Schlaglöcher im bröseligen Beton konzentrieren, als über Spinks und seine Absichten zu spekulieren.

Von der Promenade aus hatte die Insel so nahe ausgesehen, doch die Überquerung dauerte weit länger als geschätzt. Ich hatte immer noch ein paar hundert Meter Damm zu bewältigen, und die Zeit wurde knapp, wenn ich mich vorab noch mit dem Gelände vertraut machen wollte. Falls Spinks schon irgendwo auf der Lauer lag …

Endlich ging die Holperpiste in ein kurzes Stück glattere Fläche über, die von schützenden Schwellen gesäumt war. Jetzt kam ich schneller voran. In wenigen Minuten stand ich auf dem Kiesstrand der Insel und blickte zu dem niedrigen Ziegelbau hoch, der sich auf einem scharfkantigen Felsen etwas weit vorgewagt hatte.

Er werde mich finden, hatte er gesagt. Ich starrte auf die Ziegelwände und suchte sie nach irgendeiner verräterischen Bewegung ab. Egal – er würde sich schon früh genug zeigen. Ich musste nur gewappnet sein. Und nicht paranoid. Ich holte tief Luft und drehte mich um.

Es waren keine großen Entscheidungen zu treffen. Ich sah nur einen einzigen Pfad und nahm ihn. Er führte über eine Anhöhe, die zu klein war, um sie als Hügel zu bezeichnen, aber doch hoch genug, um den Blick auf das Inselinnere zu verstellen. Zu beiden Seiten des Pfades wogten größere Flächen hüfthohes Gras in meine Richtung, als huschte eine breite, geduckte Gestalt heimlich auf mich zu. Ich konnte dem Impuls nicht widerstehen, über die Schulter zu schauen.

Ich stand wie einer, dem im Wald
Auf dunklem Pfade graut,
Der immer, immer vorwärts eilt,
Und immer rückwärts schaut.
Er weiß, ein Feind ist hinter ihm,
Sein Herz schlägt bang und laut.

Die vertrauten Zeilen kamen mir hoch und entsprachen nur allzu genau meiner Gefühlslage.

Auf der anderen Seite der Erhebung drängten von stachligen Brombeersträuchern durchzogene Büsche auf den Pfad. Dort lauerten zwar keine Angreifer, doch im Fall der Fälle gab es auch kein Entkommen. Ich hastete weiter. Das Gestrüpp wurde spärlicher. Felsbrocken traten aus dem Boden hervor wie nackte Knie aus einer zerlumpten Hose.

Vor mir beschrieb der Pfad einen scharfen Bogen um ein Felsgestein. Der beißende Rauch von brennendem Holz wies darauf hin, dass noch jemand auf der Insel war. Ich schnupperte, dann ging ich vorsichtig weiter. Ich stand am Rand einer kleinen, baumgesäumten Senke. Vor mir befand sich eine düstere Gruppe von Bäumen zwischen moosgrünen, von Efeu und Brombeeren überwucherten Steinen. Aus dem Eingang einer kleinen Ruine stiegen graue Rauchschwaden in Spiralen auf. Sonst gab es kein Lebenszeichen. Das einzige Geräusch kam vom stürmischen Wind in den Bäumen.

»Spinks!«, rief ich zögerlich.

Eine Antwort wäre mir in die Glieder gefahren. Die Stille war noch schlimmer. Nach einer kleinen Ewigkeit holte ich tief Luft und ging näher heran. Ein Luftstoß wühlte die glimmende Asche eines Feuers auf und schickte eine weitere graue Schwade wie ein geheimes Signal in die Höhe.

»Spinks! Spinks! Spinks!«, rief ich erneut in die drückende Stille. Meine Rufe hallten lautstark in der Senke.

Nichts. Nicht mal ein Rascheln. Kein Flügelschlag von einem aufgeschreckten Vogel. Nur mein beschleunigter Atem. Ich hatte die Hände tief in den Taschen vergraben und zu Fäusten geballt. Wieso erlaubte ich ihm, mich derart zu erschrecken? Schließlich war er auf meine Rolle als Mittlerin eines Drogensyndikats hereingefallen, oder etwa nicht? Somit diente unser Treffen dem einzigen Zweck, ein Geschäft festzuzurren. Ich machte mir die Situation noch einmal klar, ohne dass mich das jedoch sonderlich beruhigte. Ich bekam einfach diese kleine Unsitte von ihm nicht aus dem Kopf, Geschäftspartner zum Schweigen zu bringen. Waldos verzerrtes Gesicht schwamm vor meinem geistigen Auge. Ginas Schrei hallte mir in den Ohren. Meine Finger schlossen sich um den glatten Zylinder des Füllfederhalters, meiner Versicherungspolice. Langsam verebbte die Panikwoge, die über mich hereinzubrechen gedroht hatte. Zeit, mich an die Verabredung zu halten …

Die alten Armeegebäude, die sich auf der Klippe aneinanderkauerten, waren ein möglicher Treffpunkt, auch wenn sie sich aus der Nähe als halb verfallen erwiesen. Ich warf einen Blick über die Bauten. In der steifen Brise klapperte ein Fensterladen, der wie betrunken nur noch an einer Angel baumelte. Vielleicht beobachtete mich Spinks gerade durch eine der dunklen Schießscharten. Wieder legten sich meine Finger leicht um den kleinen Sender.

Es wurde langsam Zeit, mich auf meine Ganovenrolle zurückzubesinnen, eines Ganoven, der sich ärgert, warten zu müssen. Ich verpasste einer der zerbeulten Dosen, die am Boden lagen, einen Tritt, so dass sie klappernd über den rissigen und brüchigen Boden rollte und an einem Büschel Nesseln liegen blieb.

»Spinks, du Mistkerl, wo bist du?«, brüllte ich in den Wind.

Hinter mir ein Knarren. Ich fuhr herum. Unterhalb einer Treppe stand eine Tür ein Stück offen. Ein hartgesottener Bursche würde nicht einfach dort stehen bleiben. Ich rannte die Stufen hinunter und stieß die Tür so energisch auf, dass sie gegen die Ziegel prallte.

Der Raum war leer. Vollkommen leer. Es gab keine Möbel, nur einen mit Schutt übersäten Boden und abblätternde Wände, die über und über mit hässlichen Graffiti verunstaltet waren. Eingeritzte und aufgesprühte Botschaften der Liebe, des Trotzes und des Todes.

Sharon liept Chaz. Echt!

Unabhängigkeit für Schottland. Rächt Culloden!

Mach dir einen schönen Tag! Bring dich um!

Allerdings keine Nachricht von J Spinks.

Meeresblick hatte ein Witzbold in blauer Farbe über eines der scheibenlosen Fenster geschrieben. Ich ging knirschend hinüber und schaute auf einen Ausschnitt der See. Kein überwältigender Blick, nur Klippen über schleimig grünem Gestein. Als Landeplatz für eine Drogenlieferung ungeeignet.

Klick. Ich wirbelte herum. Ein weißer Stein hüpfte über den Boden. In dem Lichtkegel, der durch den Türspalt drang, blieb er liegen. Ein Fetzen Papier war darum gewickelt. Ich starrte auf den rohen Splitter, den er in der Holztür hinterlassen hatte. Spinks spielte Katz und Maus mit mir, er versuchte, wie bei einer Marionette an den Strippen zu ziehen. Ich musste ihm zeigen, dass ich mich nicht einschüchtern ließ, sondern selbst bestimmte, wo es lang ging.

Ich hob den Stein mit der Nachricht auf und stand mit wenigen Schritten in der Tür. »Was sollen die albernen Spielchen, Spinks?«, brüllte ich.

Er antwortete nicht. Ich hatte auch nicht wirklich damit gerechnet. Um die Tür zu treffen, konnte der Stein nur aus einer Richtung gekommen sein.

»Ich lese keine Nachrichten, die mir auf diese Weise ausgehändigt werden.« Damit schleuderte ich den Stein und den Zettel nach rechts. »Wenn du mit mir reden willst, Spinks, dann komm gefälligst her«, schrie ich. »Du hast fünf Minuten, dann blase ich den Deal ab.«

Ich schaute ostentativ auf die Uhr, dann vergrub ich mich in meine Jacke und dachte nach.

Seine Spielchen konnten nur bedeuten, dass in dieser Nacht keine Drogenlieferung eintreffen würde. Er hatte von Anfang an nicht daran gedacht. Wieso hatte er mich dann hierhergelockt? Ich wusste die Antwort. *Noch so ein kleiner Unfall.* Sollte ich den Sender benutzen? Zu früh. Ich hatte noch keinerlei Beweise. Ich würde nur meine Tarnung auffliegen lassen, ohne irgendetwas erreicht zu haben. Es bestand immer noch die Chance, mich in seinen Laden einzuschmuggeln, und solange noch nicht alles verloren war … Allerdings gab es hier nichts mehr zu tun. Jetzt musste ich nur noch zusehen, dass ich von der Insel kam.

Ich sah noch einmal betont auf die Uhr. 21:30. Bald würde die Dunkelheit einbrechen. Ich versuchte angestrengt, mir die Gezeitentabelle ins Gedächtnis zu rufen. War ich zu spät aufgebrochen? Selbst wenn die Flut bereits den Damm bedeckte, konnte ich vielleicht immer noch hinüberwaten. Es gab keine Alternative.

»Der Deal ist gestorben, Spinks«, brüllte ich. »Meine Organisation lässt sich nicht verarschen.« Die indirekte Drohung konnte nicht schaden, vielleicht half sie ja sogar.

Nebenbei hatte ich unauffällig meine unmittelbare Umgebung studiert. Hinter dem Gebäudeblock, in dem Spinks sich mit ziemlicher Sicherheit versteckt hielt, führte eine Treppe in erstaunlich gutem Zustand zu einem höher gelegenen Gelände hinauf. Links von mir befand sich zwischen Brombeersträuchern und verkümmerten Holunderbüschen eine geteerte Straße. Da lang also. Ich konnte nicht riskieren, noch näher zu ihm hinüberzugehen, und ebenerdig kam ich bedeutend schneller voran.

Ohne mich noch einmal umzusehen, machte ich mich entspannt, aber zielstrebig auf den Weg. Schnell, aber nicht im Laufschritt. Ich rechnete halb damit, dass er etwas rufen oder einfach eine Kugel hinterherschicken würde, doch es kam keinerlei Reaktion.

Zwar kam ich gut voran, doch inzwischen hatte es definitiv zu dämmern begonnen. Hinter einer scharfen Kurve öffnete sich ein spektakulärer Blick auf die Forth Bridge, deren Eisenträger sich mit ihrem Flechtwerk scharf vom abendlichen Himmel abhoben. Ich beschleunigte meine Schritte. Der Damm konnte nicht mehr weit sein.

Wo *war* Spinks? Er hatte mich doch nicht hierhergelockt, um mich einfach so weggehen zu lassen. Er musste etwas im Schilde führen.

Und genau in dem Moment fand ich es heraus.

Eher unbewusst war mir aufgefallen, dass einer der Dornenbüsche vor mir dichter schien als der Rest. Jetzt schlug mir das Herz bis zum Hals, als im Gestrüpp eine groteske Gestalt erkennbar wurde. Fluchtbereit starrte ich mit trockenem Mund auf die Stelle. Dann stieß ich einen langen Seufzer aus. Es war nichts weiter als eine alte, mit Zweigen ausgestopfte Anorakmütze und ein rosa Gummihandschuh, der auf eine Baumgruppe ein Stück weiter vorne wies. Um den Hals der Vogelscheuche hing ein mit schwarzer Tinte in schiefen Buchstaben beschriftetes Pappschild. Vor das E des Substantivs war ein großes rotes L eingefügt:

ZUR LEICHE

Ich schluckte. Er versuchte mit Schocktherapie, mich weichzuklopfen. Er hatte anscheinend damit gerechnet, dass ich auf diesem direkteren Weg zurückkehren würde, oder er hatte an jeder anderen möglichen Route einen ähnlichen Hinweis hinterlassen. Der Weg führte dicht an den Bäumen vorbei, auf die der grausige Finger zeigte. Ich würde nur wenige Meter entfernt an der Eiche vorbeilaufen. Doch mir blieb keine Zeit, umzukehren.

Ich versuchte, nicht darüber nachzudenken, was dort auf mich wartete. Natürlich konnte es sein, dass die Puppe nicht von Spinks stammte, sondern nur irgendein alberner Kinderstreich war. Als ich mich auf gleicher Höhe mit den Bäumen befand, hatte ich mich fast davon überzeugt. Jedenfalls würde ich der Sache unter keinen Umständen nachgehen …

Einen flüchtigen Blick zur Seite konnte ich mir allerdings nicht verkneifen. Dicke braune Stämme, dichtes, verworrenes Unterholz – und in der tieferen Dunkelheit unter dem Blätterdach ein Klecks Scharlachrot. Ich warf alle guten Vorsätze über den Haufen, ging langsamer und blieb schließlich stehen. Oberhalb des roten Kleckses ein blasserer Tupfer. Jemand hockte in einer roten Jacke am Fuß eines Baums. Im Geist sah ich, wie Kumiko Matsuura in ihrer roten Jacke im Nebel den Hof des Tantallon Castle überquerte … Er hatte sie als Hinterhalt für mich hier warten lassen.

In einer Anwandlung von blanker Wut bückte ich mich, hob einen Stein auf und schleuderte ihn, so fest ich konnte, um ihr wehzutun. Ich hörte, wie er mit einem dumpfen Aufprall sein Zielobjekt traf, und war auf die Reaktion gefasst. Doch sie blieb aus. Kein plötzlicher Aufschrei, kein unwillkürlicher Satz nach vorn. Ich schleuderte noch einen Stein. Wieder ein Treffer.

Die Neugier war stärker als der Selbsterhaltungstrieb. *Genau darauf hatte er es angelegt.* Ich wusste es, doch ich konnte nicht anders, als hinzugehen und mir die Frau anzusehen. Unter freiem Himmel war es noch eben hell genug gewesen, um etwas zu sehen. Hier unter den Bäumen musste ich meine Taschenlampe benutzen. Ich hielt sie in der Linken, machte den Reißverschluss meiner Jacke auf und benutzte den Stoff, um den Lichtstrahl abzuschirmen.

Der Lichtkegel huschte über das Unterholz. Stechäpfel, Brennnesseln, ein halb verfaulter Ast – und ein Schuh mit niedrigem Absatz. Ich hielt das Licht eine ganze Weile darauf, bevor ich mich so weit im Griff hatte, es langsam nach vorne und in die Höhe zu richten. Ein bestrumpfter Fuß, enge schwarze Hosen, eine rote Jacke … Der helle Kegel verharrte und wanderte nach oben.

Das Gesicht war zu einer theatralischen Wachsmaske erstarrt, die Mandelaugen zu blinden dunklen Höhlen. Die dünne blonde Strähne im schwarzen Haar schimmerte unter dem wackligen Strahl der Taschenlampe. Ich schluckte mühsam. Sachte berührte ich mit dem Handrücken die marmorne Wange. Kalt, aber nicht eisig. Unzweifelhaft tot. Aber wie war sie gestorben? Langsam ließ ich das Licht über die kauernde Gestalt wandern. Kein Blut, keine grausig verzerrten Züge – und keine sichtbare Stütze gegen das Gesetz der Schwerkraft. Jemand kicherte unkontrollierbar, und ich merkte, dass ich es war. Eine Schockreaktion, vollkommen klar, aber nicht gerade passend angesichts einer Leiche.

Mehrere tiefe Atemzüge brachten meine Nerven wieder unter Kontrolle. Ich streckte eine Hand aus und schubste die schlaffe Gestalt ein wenig. Als ihr Kopf leicht zur Seite fiel, glitzerten die toten Augen hasserfüllt. Ich sprang zurück und konnte nur mit Mühe einen Schrei unterdrücken.

Wieder ließ ich mich von Spinks ins Bockshorn jagen! Der Ärger siegte über den Abscheu, und ich untersuchte Kumiko näher. Wie die unsichtbaren Fäden an einer Marionette hingen die Strähnen ihres schwarzen Haars straff gespannt zwischen dem baumelnden Kopf und den dornigen Ästen eines Brombeerstrauchs. Die Dornen des Gestrüpps hatten sich auch in ihren Kleidern verhakt, was den aufgerichteten Kopf und die kauernde Haltung ihres Körpers erklärte. Die arme Madame Butterfly, von ihrem Amerikaner verraten. Ein plötzlicher scharfer Druck auf die Halsschlagader hatte vielleicht schon genügt … Dann brauchte er die Leiche nur noch unter einem dunklen Regenmantel zu verstecken, und wenn sie gefunden wurde, sah es durchaus nach einem tragischen Fall aus, bei dem eine Touristin krank geworden war und der kaltfeuchte schottische Sommer den Tod durch Unterkühlung beschleunigt hatte.

Die Moral von der Geschichte: Halte dir Hiram J Spinks vom Leib. Und hatte ich nicht gerade genau diese Regel grob missachtet? Es war allerhöchste Zeit, hier wegzukommen. Ich schaltete die Taschenlampe aus, um meine genaue Position nicht zu verraten.

Ohne das künstliche Licht herrschte in dem Wäldchen pechschwarze Nacht. Jedes Geräusch schien übertrieben laut, jedes Rascheln und Knacken eine Bedrohung. Durch das hohe Gras stolperte ich zur Straße.

Als ich endlich die glatte Teerdecke unter den Füßen spürte, warf ich einen letzten Blick zurück auf den roten Farbtupfer der Jacke, über dem jetzt kein hellerer Klecks mehr war.

Während ich die Straße entlangrannte, versuchte ich mich zu orientieren. Die Wolkenbänke hatten sich von Westen her gelichtet und ein flammendes Abendrot enthüllt. Es herrschte

| 198

deutlich weniger Licht als vorher. Die Straße führte nicht Richtung Damm, sondern beschrieb eine Haarnadelkurve. Ich schien dorthin zurückzukehren, wo ich herkam.

Daran gab es keinen Zweifel. Die Straße brachte mich zu einer Stelle oberhalb der Armeegebäude. Irgendwo da vorne war Spinks. Etwa dreihundert Meter rechts von mir am Hang sah ich aus dem Augenwinkel heraus, wie sich etwas bewegte. Dort drüben, dann war es verschwunden. Mit trockenem Mund stand ich da und strengte die Augen an. Nichts. Ich schloss sie einen Moment, um sie zu entspannen. Als ich wieder hinsah, stand oben auf einem kleinen Hügel, schwarz vor grüngelbem Himmel, eine Gestalt. Und wartete.

Mein erster Impuls war zu rennen, der nächste, mich auf den Boden zu werfen. Ich wählte einen Kompromiss, duckte mich tief und wandte mein Gesicht ab, um seitlich ins hohe Gras am Straßenrand zu huschen. Ich blickte nicht zurück. Das wächserne Gesicht über der roten Jacke war aus einiger Entfernung zu sehen gewesen. Ich hingegen würde meinen Standort nicht durch einen weißen Klecks verraten. Wenn er allerdings ein Nachtsichtgerät hatte … Ich versuchte, mir die Insel vor Augen zu führen, so wie ich sie bei Tageslicht gesehen hatte. Wenn ich an dieser Stelle den Hang hinunterlief, sollte ich an der Cottage-Ruine herauskommen. Von dort aus war es nur ein kurzes Stück bis zum Damm.

Doch ein kurzer Spaziergang querfeldein bei Tage erwies sich im Halbdunkel als Albtraum. Nachdem ich zuerst über einen großen Stein und dann in ein Brombeergestrüpp gestolpert war, musste ich mein Tempo drosseln. Aufgeschürfte Knie und zerkratzte Arme waren schmerzhaft, doch ein verstauchter Knöchel wäre ein Desaster. Ich huschte durchs hohe Gras und konnte jetzt nachvollziehen, wie sich eine Maus fühlt, die von einer Eule gejagt wird – eine Maus, die sich vor einem grausamen Augenpaar in der Höhe fürchtet, eine Maus, die sich windet, bevor eine Gestalt die Sterne verdunkelt und zum tödlichen Schlag ausholt.

Das dichtere Schwarz, das vor mir lag, konnten die Bäume sein, in deren Schutz die Ruine in ihrer Senke stand. Eine Baumgruppe, das müsste eigentlich … Ohne Vorwarnung sackte der Boden vor mir ab, und ich stürzte kopfüber, ich rollte und rutschte, rollte und rutschte … Außer Atem blieb ich einen Moment auf der feuchten Erde liegen und starrte in den dunklen Himmel, in den das letzte Glühen des Sonnenuntergangs leuchtend grüne und blaue Streifen schnitt. Der beißende Rauch von verkohltem Holz war unverkennbar. Ich hatte die Ruine gefunden.

Zum ersten Mal seit meiner Entdeckung von Spinks' letztem Opfer dachte ich klar. Und ich hatte das Gefühl, dass es doch keine so gute Idee war, mich in der Ruine zu verbergen. Diese baufälligen Mauern würden mir trotz des wuchernden Efeus wenig Möglichkeiten bieten, mich vor Spinks zu verstecken. Und er würde keinen Grund zur Eile sehen, sondern es genießen, mit seiner kleinen Maus zu spielen. In der ersten Morgendämmerung allerdings würde mir die Senke zur Falle. Er brauchte nur oberhalb der Böschung zu stehen, um zu sehen, wo sich etwas bewegte, und …

Meine einzige Chance lag darin, es bis zum Damm zu schaffen. Von dort aus war es nicht weit, nur etwa zehn Minuten – jedenfalls bei Tage. Mir lief die Zeit davon. Ich musste hinüber, bevor die Flut noch weiter stieg und mir die Flucht unmöglich machte. Um schnell voranzukommen, würde ich die Taschenlampe benutzen müssen. Und das würde Spinks verraten, wo genau ich war. Doch mir blieb keine andere Wahl.

Der breite Kegel der Lampe glitt so hell und weithin sichtbar über das Gestrüpp am Boden wie ein Suchscheinwerfer. Ich war auf der Suche nach dem offenen Felsgestein, das den Pfad zum Damm hinunter markierte. Da – links von mir.

Bei Nacht sind Geräusche deutlicher zu hören. Hinter mir – ich konnte nicht sagen, in welcher Entfernung, doch es schien beängstigend nahe – hörte ich ein Brüllen und dann einen krachenden Laut wie von einem schweren Körper, der sich einen Weg durchs Gestrüpp bahnt. Moorhuhntreiber benutzen dieselbe Taktik, um ihre Beute aufzuscheuchen. Ich ignorierte die spitzen Zweige und Äste, die mir an den Kleidern und an den bloßen Händen zerrten, und kletterte weiter den steilen Hang hinauf. Der wacklige Lichtstrahl traf auf festgetretenen Boden. Der Pfad. Dankbar, dass ich endlich leichter vorankam, hastete ich darauf weiter.

Als ich ein offenes Felsgestein hinter mir ließ, funkelten vor mir die Lichter Edinburghs gelb und weiß wie Stecknadelköpfe am Rand des dunklen Festlands. Lichter, Menschen, Sicherheit. So greifbar nahe und doch so weit weg, als wären sie auf dem Mond.

In zehn Minuten sollte ich auf dem Damm sein. Ich kämpfte gegen den übermächtigen Instinkt an, zurückzuschauen, und lief weiter, obwohl ich nur zu gut wusste, dass mein Lichtstrahl, der im Rhythmus meiner Schritte auf und nieder ging, die ganze Zeit meine Position deutlich markierte. Egal, wie dicht er mir auf den Fersen war, ich konnte nichts daran ändern. Der Lichtkegel tanzte vor mir den Pfad entlang und schickte schwarze Muster über die kniehohen Gräser und Farne zu beiden Seiten des Weges. Ich versuchte, an nichts anderes zu denken als daran, wo ich auf dem unebenen Grund meine Füße setzte … Schon seit einer Weile ging es steil bergab … Dann endlich wagte ich es, einen Moment den Kopf zu heben und nach vorn zu schauen. Der Damm musste jetzt schon zu sehen sein.

Es gab keinen Damm, nur Wasser, das von einer Küste zur anderen reichte. Schwarzes Wasser unter einem schwarzen Himmel. Ich blieb stehen. Mir schlug das Herz bis zum

Hals. Vielleicht war er ein Stück weiter ... Nein, da vorne war das flache Gebäude und der Streifen Sand, der jetzt viel, viel schmaler war. Als ich den Strand entlanghastete, sank ich mit den Stiefeln in den Kies ein. Keuchend stieg ich über die großen Steine und stand dahinter in knöcheltiefem Wasser. Hinter mir hörte ich wieder Rufe. Verzweifelt watete ich zur nächsten Dammmarkierung gut hundert Meter weiter.

Trotz der sommerlichen Jahreszeit war das Wasser eiskalt. Ich musste meine Beine gegen den Druck vorantreiben, und als ich schließlich bis zu den Hüften im Wasser stand, kam ich wie im Albtraum nur noch im Zeitlupentempo voran. Kleine Wellen schlugen mir bis zur Brust. Ich spähte zu dem zehn Meter entfernten Betonpfeiler hinüber, der den Damm kennzeichnete. Unmöglich. Ich musste zurück und mir ein Versteck zwischen den Felsen suchen.

Eine Welle schwappte mir ins Gesicht, dann eine zweite. Das Salz brannte in den Augen. Mir klapperten längst die Zähne, und die Kälte, von der sich mein Körper bereits taub anfühlte, kroch mir ins Gehirn ... Das Risiko, mich irgendwo zwischen den Felsen zu verstecken, war geringer, als hier im Wasser an Unterkühlung zu sterben. Entschlossen kehrte ich um und machte mich daran, zum Strand zurückzuwaten.

Ein paar Meter von mir entfernt spritzte eine Fontäne auf. Dann links davon und näher als zuvor eine weitere. Eine dritte neben meiner rechten Schulter sprühte mir ins Gesicht. Langsam begriff mein benommenes Gehirn, was vor sich ging. Jemand warf vom Strand aus mit Steinen nach mir. Die schleichende Wirkung der Unterkühlung musste schon weiter fortgeschritten sein als gedacht, denn es dauerte noch einmal einige Sekunden, bis mir dämmerte, dass dieser jemand Spinks sein musste. Die Steine vertrieben mich so wirkungsvoll von der Küste wie Schüsse. Und es würde keine verräterische Schusswunde geben. Er stellte mich vor die Wahl.

Ertrinken nach Unterkühlung oder Ertrinken nach Gehirn-erschütterung, ein langsames Hinübergleiten in die Bewusst-losigkeit oder schlagartige Ohnmacht.

Ich dachte über diese Optionen nach und verwarf sie beide. Ich würde ihm nicht die Genugtuung eines weiteren sorgsam manipulierten tödlichen Unfalls verschaffen. Wieder schlug ein Stein alarmierend nahe im Wasser auf. Es gab noch eine Möglichkeit, nämlich ins Meer hinauszuschwimmen, und zwar nicht im schnellen Kraul-, sondern im langsamen Brust-stil. Mit etwas Glück würde er meinen Kopf im dunklen Was-ser übersehen und denken, er hätte mich getroffen.

Ich schwamm in die ungefähre Richtung der Markierun-gen los und rechnete jeden Moment mit dem Stein an mei-nem Schädel. Jedes Platschen würde ihm meine Position ver-raten, doch zu viel Vorsicht bedeutete den sicheren Tod. Ich machte mir eine bestimmte Anzahl an Schwimmzügen zum Ziel. Achtzehn … neunzehn … zwanzig. Dann die nächs-ten zwanzig. Im Wasser zerrten meine Kleider nach unten, an meinen Armen und Beinen schienen Bleigewichte zu hängen. Seltsamerweise war mir nicht mehr so kalt. Achtzehn … neun-zehn … zwanzig. Konnte nicht mehr weit sein, mit Sicherheit nicht.

War es auch nicht.

Unmittelbar vor mir ragte die erste Dammmarkierung in den nächtlichen Himmel. Ich senkte die Füße, und sie stießen nicht auf weichen Sand, sondern auf Stein. Sowie ich mich wei-ter voranarbeitete, sank mir das Wasser zuerst bis zur Taille, dann bis zu den Knien. Ich hatte den Damm gefunden. Auf Beinen, die mir nicht mehr ganz gehorchten, watete ich zur nächsten Markierung und zur nächsten und zur nächsten …

Mit bebender Brust blieb ich stehen. Ein Drittel des Damms musste ich hinter mir haben. Die Lichter von Cra-mond schienen ein wenig näher. Doch das Wasser war jetzt tiefer, sogar beträchtlich tiefer. Es ging mir bis zur Taille. Mein rechter Fuß stieß ins Leere, und ich taumelte nach vorn. Ich bekam einen Schwall kaltes Wasser in den Mund, in die Ohren, es schwappte mir über den Kopf. Prustend kam ich nach oben. *Herrje.* Ich war vom Damm abgekommen. Wild um mich schlagend, gelangte ich in die Nähe einer Markierung, die so eben zu erkennen war, und schluchzte vor Erleichterung auf, als ich mit einem Knie schmerzhaft auf die erhöhte Kante des Damms schlug.

Es war zwecklos. Mir schwanden die Kräfte. Zeit, sich einzugestehen, dass ich es ohne Hilfe nicht bis zum Festland schaffen konnte. Ich griff in die Tasche und zog den Sender heraus. Als ich mit steif gefrorenen Fingern versuchte, den Deckel abzuschrauben, rutschte mir der dünne zylinderförmige Stift aus der Hand und fiel ins Wasser. Ich sprang verzweifelt hinterher ... Nichts.

Tränen der Schwäche und Erschöpfung liefen mir über das Gesicht. Ich konnte nicht mehr. Spinks hatte gewonnen. – Nein, hatte er verdammt noch mal nicht. Wütend stürzte ich ohne Rücksicht auf Verluste in Richtung der nächsten Markierung voran. Dann die nächste ... Ich taumelte blindlings weiter ... Die kühle Nachtluft schnitt mir in die nassen Kleider. Ich zitterte am ganzen Leib. *Wenn das Zittern aufhört, dann wird es ernst.* Am nördlichen Himmel hinter mir war immer noch ein blasser, grünlicher Schimmer zu sehen. Ich *musste* mich konzentrieren, durfte meinen Gedanken keinen freien Lauf lassen. Vor mir ging die bleistiftdünne Linie der Markierungen in die Dunkelheit über. Ich musste mich jeden Moment daran orientieren, wollte ich nicht noch einmal vom Damm abkommen. Ich ließ einen weiteren Pfahl hinter mir. Wie viele waren es noch? Ich entsann mich vage, sie auf dem Hinweg gezählt zu haben. *Wie viele?* Auf einmal schien die Zahl von entscheidender Bedeutung. Hundertachtzig ... zweihundertfünfzig ... dreihun-

| 204

dert …? Es konnten unmöglich dreihundert sein. Das würde ich niemals schaffen. Wie lange brauchte ich von einem bis zum nächsten? Ich begann, die Sekunden zu zählen … Eine Sekunde, zwei Sekunden … acht Sekunden … *Zähl sie!* Dann würde ich wissen … Was? Ich war an der nächsten … Wissen, wie viele ich schon hinter mir hatte. Da stimmte etwas nicht. Wissen, wie viele es waren … Während ich darüber nachgrübelte, kam ich an zwei weiteren vorbei. Ich hatte sie gezählt, nicht wahr? Auf dem Weg zu diesem amerikanischen Gangster.

Es war jetzt nicht mehr so kalt. Ich zitterte kaum noch. Aber ich musste mich auf die Markierungen konzentrieren, ich musste von vorne zählen. Wieder ein Pfahl. Ging ich langsamer oder schneller? Ich strengte mein Hirn an, um es herauszubekommen. Keine Chance. Wie viele hatte ich schon hinter mir? Jedenfalls mehr als hundertfünfzig. Hundertfünfzig von … Ich hatte sie auf dem Hinweg gezählt. Genau so viele wie mein Geburtsdatum. 28. Juli, siebter Monat. Zweihundertsiebenundachtzig Markierungen. Und ich war schon an … Konnte mich nicht recht erinnern … Aber es waren viele, mit Sicherheit. Ja, die Lichter der Stadt waren wirklich schon sehr nah, keine Stecknadelköpfe mehr. Straßenlaternen, erleuchtete Fenster. Mein Spritzen und das Klatschen der Wellen gegen die Pfähle ging in einem Dröhnen über meinem Kopf unter – eine Maschine auf dem Weg zum Flughafen. Ihre Landelichter tauchten das Wasser in ein künstliches silbriges Mondlicht. Touristen und Geschäftsleute saßen warm und gemütlich in ihrer Kapsel, während ich …

Zu viele Markierungen. Konnte genauso gut aufgeben. Mir fielen die Augen zu … Mein Mund füllte sich mit Wasser. Ich keuchte, prustete. Musste ohnmächtig geworden sein. Ich widersetzte mich nicht länger der Strömung. Wie eine moderne Ophelia trieb ich dahin, natürlich ohne die Blumen. Hiramburgers letztes Opfer.

Wieder stieg die blanke Wut in mir wie eine Stichflamme hoch, und im selben Moment war ich hellwach. Er hatte die klaustrophobische Gina in die Falle gelockt, sie in Panik versetzt, ihr nur einen einzigen Fluchtweg gelassen, den sicheren Weg in den Tod. Auch mir hatte er eine Höllenangst eingejagt und mich so in diese Lage gebracht. Mein nächtliches Schwimmen im Meer sollte mein sicherer Tod sein. Er war Waldo, Gina und Madame Butterfly losgeworden, aber nein, ganz bestimmt nicht DJ Smith. Wenn ich diese überwältigende Lethargie abschüttelte, hatte ich immer noch eine Chance. *Schür diese Wut, gib diesen Flammen Nahrung, und du kannst den Bastard immer noch schlagen.*

Ich blickte angestrengt in die Dunkelheit, um die nächste Markierung zu erkennen. *Wo war sie?* Da drüben – links von mir. Doch mit jeder Sekunde wurde ich weiter weggespült. Jetzt brachte ich nur noch ein unbeholfenes Hundepaddeln zustande, doch nach wenigen Zügen schien auch das zu viel. Die Strömung hatte mich im Griff, und ich hatte ihr nichts mehr entgegenzusetzen. Wieso überließ ich mich nicht diesem unablässigen Sog? Wenn ich mich auf den Rücken legte und von der Flut tragen ließ, würde ich vielleicht an den Strand gespült … Einfach nur entspannen … Ruhe …

Schmerzhaft stieß ich mit dem Kopf gegen etwas Hartes. Dann noch einmal. Mit den Fingern berührte ich Holz, eine raue Oberfläche, mit Muscheln überzogen, dann Seetang so weich wie Seide. Ich öffnete die Augen und sah zerfressene, dunkle Gestalten, die sich vor die Sterne schoben. Ich hatte mich verhakt, ein Stück menschliches Treibgut an einer Reihe Pfosten, die bis zur Küste reichten, eine uralte Mole, deren Planken längst verschwunden waren.

Mit den tauben Fingern suchte ich Halt, rutschte ab. Ich schluchzte verzweifelt und versuchte es noch einmal. Wieder glitt meine Hand ins Wasser zurück. Ich nahm meine letzten

Energiereserven zusammen, um es noch ein einziges Mal zu versuchen. Das war meine letzte Chance. Eine weitere würde es nicht geben.

Es gelang mir, einen Arm um das schleimige Holz zu legen. Der nächste Pfosten war jetzt gerade so mit der anderen Hand zu greifen. Langsam, schrecklich langsam, arbeitete ich mich Richtung Küste, bis ich endlich mit den Füßen zuerst im Schlick versank, dann festen Sand unter mir spürte. Ich schleppte mich aus dem Wasser, taumelte den schmalen Strand hinauf und brach, mit dem Gesicht nach unten, auf einem Stück stachligem Gras zusammen. Natürliche Todesursache. Keine Verdachtsmomente. So hatte es Hiram J Spinks geplant. Und es war ihm um ein Haar gelungen. Es konnte ihm immer noch gelingen, wenn ich nicht bald gefunden wurde …

16

E s ist ohn-wahr-scheinlich wichtig«, flötete die Stimme, »ja, ohn-wahr-scheinlich wichtig. Genau drei Minuten von dem Moment an, wo die erste Luftblase aufsteigt. Das Ei gestern war eine Zumutung. Das Innere war so hart wie ein Golfball.«

Ich hörte eine gemurmelte Antwort, dann das Klickklack von Schritten, die sich entfernten. Ohne die Augen zu öffnen, zog ich mir die Decke über den Kopf. Offenbar war zwischen Felicity Lannelle und der respekteinflößenden Mrs Mackenzie eine erregte Diskussion im Gange.

Ich will es gar nicht wissen, dachte ich schläfrig. Ich will einfach nur schlafen.

»Man *glaubt* gar nicht, wie viele Möglichkeiten es gibt, ein Ei zu ruinieren!« Das Entsetzen war durch die kratzigen Baumwolllaken hindurch deutlich zu hören.

Mrs Mackenzies Bettwäsche hatte sich spürbar verschlechtert. Nach dieser unglücklichen Episode mit Gorgonzola hatte man mir offenbar eine minderwertige Garnitur zugeteilt.

»Und ich habe es experimentell bewiesen.« Lautes Rascheln mit Papier trieb mich zum Wahnsinn. »Zunächst ist da mal die Temperatur des rohen Eis …«

Ich rutschte weiter unter die Decke. Wieso konnte Ms Lannelle ihren Vortrag nicht in ihrem eigenen Zimmer halten? Mrs Mackenzie nahm Beschwerden nicht gut auf, aber darüber würde ich mit ihr reden müssen …

| 208

Ich war mit einem Schlag wach und kniff gegen das blendende Licht die Augen zu. Felicitys lautes Organ ließ sich gerade über den Toast aus. Laken und Decke waren mir vom Kopf gerutscht, und ihre Stimme drang mir wie ein Pressluftbohrer ins Trommelfell. Ich ertrug sie weitere fünf Sekunden, dann rief ich mit zusammengebissenen Zähnen: »Halten Sie die Klappe, Felicity.« Das jedenfalls war meine Absicht, doch meine trockene Kehle brachte nur ein heiseres Stöhnen heraus.

Der Monolog brach abrupt ab. Ich hörte Sprungfedern quietschen, dann folgte der mehrfache dumpfe Aufprall von Büchern und Papieren. Ein Schlappschlappschlapp von Füßen in Pantoffeln und schließlich eine Hand so leicht wie Blätterteig, die mir über die Stirn strich. Ich öffnete die Augen. Ein besorgtes Gesicht schwebte über meinem.

»Bin ich froh, dass Sie endlich aufgewacht sind, meine Liebe. Sie sehen ungleich besser aus. Nicht mehr so wie ein zartes Hühnchen.«

»Hühnchen?«, krächzte ich.

»Ihre Haut hatte diesen wunderbaren bläulich violetten transparenten Schimmer von frisch gekühltem Hühnchen, kurz bevor es der Küchenchef kulinarisch zubereitet. Im Gegensatz zu diesem Tiefkühlfraß aus dem Supermarkt.« Felicity erschauderte vor Ekel. »Seien Sie gewarnt, meine Liebe, nehmen Sie niemals …« Sie machte es sich auf dem Stuhl neben meinem Bett bequem und ließ sich genüsslich über das Grauen von Hühnchen aus der Massentierhaltung aus.

Ich betrachtete sie verträumt. Es hatte etwas so unglaublich Beruhigendes, die Bewegung ihrer Lippen zu beobachten, dass mir langsam die Augen zufielen. Ich schlief wieder ein.

»Sind Sie wach?«

Felicitys Stimme klang auf einmal so männlich. Seltsam. Vielleicht hatte es etwas mit Transvestiten unter den Insassen von Hühnerfarmen zu tun.

Ich war versucht, nicht zu antworten, sondern in der wohlig warmen Reglosigkeit zu verharren, doch da war sie wieder, die Stimme. »Sind Sie wach?«

Widerwillig öffnete ich die Augen und blickte auf die beruhigende, kompakte Gestalt von Detective Chief Inspector Macleod, der neben meinem Bett stand.

»Gut.« Er ließ sich auf den Stuhl fallen. »Wir sind ungestört.« Mit einer Handbewegung deutete er auf die Vorhänge, die rund um mein Bett zugezogen waren. »Und keine Sorge, Miss Lannelle kann uns nicht hören. Ich habe dafür gesorgt, dass die Diätassistentin mit ihr spricht. Ich würde nur zu gerne Mäuschen spielen. Eine ehrfurchtgebietende Dame.« Er hielt eine braune Papiertüte in der Hand und zog eine Weintraube heraus. »Hier, was zu beißen.«

Ich rappelte mich ein wenig hoch und nahm eine Beere. Macleod warf sich gleich mehrere auf einmal ein. »Ich hab ein paar Beziehungen spielen lassen. Das Krankenhaus wird jedem, der nach Ihnen fragt, sagen, Sie seien in einem kritischen Zustand. Das verschafft uns ein bisschen Zeit.«

»Zeit?«, krächzte ich und spürte, wie die Bändchen des Krankenhauskittels mir unbequem in den Rücken drückten.

»Zeit, in der Sie entscheiden können, ob Sie sterben werden oder nicht.«

»Sie klingen genau wie Hiram J Spinks«, sagte ich und nahm mir noch eine Beere.

»Ich gehe wohl recht in der Annahme, dass dieser feine Herr nicht nur indirekt damit zu tun hatte, dass wir Sie mehr tot als lebendig vom Strand gekratzt haben?«

Ich antwortete nicht gleich, da ich nur ungern an das Katz-und-Maus-Spiel auf der Insel zurückdachte. »Wer hat mich gefunden?«

»Als Sie kein Signal an die Jungs von der Zollfahndung gesendet haben, wussten wir, dass etwas schiefgegangen war.« Er warf mir einen Blick zu. »Natürlich wollten wir Ihnen nicht in die Quere kommen, aber ich habe sämtliche Küstenpatrouillen angewiesen, auf irgendwelche ungewöhnlichen Objekte oder Aktivitäten zu achten. Nicht, dass Sie sonderlich aktiv waren, als die Sie fanden«, fügte er trocken hinzu.

»Ja, Spinks wird davon ausgehen, dass ich tot bin.« Ich verstummte. Irgendwo weit weg war das Klappern von Metall oder Geschirr zu hören, dann im Flur das Klingeln eines Telefons. Ich holte tief Luft. »Tot wie Kumiko Matsuura. Sie ist auf der Insel … Ich habe ihre Leiche gefunden …« Ich konnte nicht weitersprechen.

»Lassen Sie sich Zeit«, sagte er freundlich und schaltete ein kleines Aufnahmegerät ein. Stockend begann ich zu erzählen.

»… jetzt ist mir natürlich klar, dass alles inszeniert war«, schloss ich meinen Bericht. »Ich habe genau getan, was er wollte.«

»Nur dass Sie nicht ertrunken sind.« Macleod machte das Aufnahmegerät aus. »Nun ja, wie gesagt, *werden* Sie nun sterben? Könnte von Vorteil sein.«

»Ja-a«, sagte ich, während ich auf der letzten Weintraube kaute. »Lassen Sie mich darüber nachdenken. Der Tod ist so endgültig, nicht wahr?«

Ich musste nicht lange auf Felicitys Rückkehr warten. Macleod war schon vor über einer Stunde gegangen, nachdem er mir versprochen hatte, mir eine Tasche mit Kleidern aus der Pension zu holen und sich darum zu kümmern, dass für Gorgonzola gesorgt war. Ich konnte es kaum abwarten, etwas zu unternehmen, um diesen Bastard Spinks zu kassieren, wie es vielleicht der verschiedene, unbetrauerte Waldo M Hinburger ausgedrückt hätte. Ich hatte beschlossen zu »sterben«, und ich wollte, dass Felicity etwas für mich tat. Wieder schielte ich zu ihrem leeren Bett hinüber. Sie hatte lange genug mit der Diätassistentin die Köpfe zusammengesteckt. Auch ich hätte liebend gern Mäuschen gespielt. Wie auf Kommando rauschte Felicity mit gerötetem Gesicht auf einer Woge der Empörung zur Tür herein.

»Es war ab-sooo-luuut *schrecklich*, ganz entsetzlich. Als sie mir sagten, die *Diätassistentin*« – sie legte ihre ganze Verachtung in das Wort – »wolle mich sprechen, habe ich natürlich angenommen, sie bräuchte meinen Rat, wie sie den Fraß verbessern können, den sie hier servieren. Na ja, wer könnte ihnen denn besser behilflich sein als Felicity Lannelle, *gourmet extraordinaire*? Und raten Sie mal, was passiert ist!«

Ich zuckte die Achseln, obwohl ich es mir recht gut vorstellen konnte.

»Die Ignorantin wollte wahrhaftig, dass ich *Diät* halte! Hat mir alle möglichen respektlosen Fragen gestellt. Ist das zu fassen?« Ohne meine Antwort abzuwarten, warf sie sich aufs Nachbarbett und blieb wie ein riesiges rosa-weißes Blancmange-Dessert liegen.

»Wo leben die nur!«, sagte ich diplomatisch. »Die müssen ganz schön hinterm Mond sein, wenn die glauben, eine Restaurantkritikerin könnte es sich leisten, auf Diät zu sein.« Das entscheidende Trostpflästerchen bekam sie gleich hinterher. »Sie werden ja sowieso morgen entlassen, stimmt's?«

Sie saß augenblicklich kerzengerade. »Stimmt, meine Liebe. Vergib und iss, um zu vergessen.« Sie kramte in der Tiefe ihres Spinds. »Ich hab hier doch was, genau das Richtige gegen so einen üblen Schock für den Organismus.«

Von der Tür aus unterbrach sie jemand beim Wühlen. »Entschuldigen Sie, Miss Lannelle. Die *Diätassistentin* sagt, Sie haben das hier liegen gelassen.« Die Schwester hielt einen Stapel Blätter hoch. »Ihr persönlicher Diätplan.« Lächelnd legte sie die Papiere aufs Bett und trat dann den Rückzug an.

»Pah!«, schnaubte Felicity. Mit einem dumpfen Aufschlag landete der Stein des Anstoßes im Papierkorb.

Sie wühlte erneut. Mir knurrte erwartungsvoll der Magen. Sie würde zweifelsohne etwas Essbares hervorkramen. Dann, endlich, zog sie mit einem Triumphschrei die Hand aus dem Spind und hielt eine kleine Schachtel in die Luft. Darin befanden sich die zwei größten Likörpralinen, die ich je gesehen hatte, jede in ein grünes Nest aus Seidenpapier gehüllt. Ich sah ihr zu, wie sie die Spitze der einen abbiss. Das würzige Bouquet von Weinbrand stieg mir in die Nase.

Sie blickte auf, bemerkte, wie ich jede ihrer Bewegungen verfolgte, und murmelte mit einem Mund voller Schokolade und Fünf-Sterne-Brandy: »Ach, wie unhöflich von mir.« Die pummelige Hand hielt mir die Schachtel mit ihrem letzten verbliebenen Schatz hin. »Über meinem Kummer habe ich Sie ganz vergessen!« Sie knabberte erneut an der üppigen dunklen Schokolade. »Wissen Sie, als heute Nachmittag jemand kam, Sie ansah und um Ihr Bett die Vorhänge zuzog, habe ich das Schlimmste befürchtet.« Sie drehte das Ei um und schlürfte anerkennend daran. »Besonders, als sie es so eilig hatten, mich zu dieser Frau zu schaffen. Wenn es nichts zu Persönliches ist, meine Liebe, wie sind Sie denn …?«

»Na ja«, sagte ich und leckte mir genüsslich die klebrigen Finger, »ich war so blöd, Cramond Island zu erkunden und mich von der Flut überraschen zu lassen. Und dann wollte ich auch noch durchs Wasser zurückwaten.«

»Wir machen alle mal Dummheiten, die wir bereuen, meine Liebe.« Sie schwieg, um sich das letzte Stück Schokolade mit

Brandy-Kruste langsam auf der Zunge zergehen zu lassen.
»Aber ich habe mich davon nie unterkriegen lassen.«

»Nicht mal, als Sie fast gestorben wären, nachdem Sie dieses Haggis gegessen haben?«

Felicity legte den Kopf schief und dachte eingehend über die Frage nach. »Ne-ei-n«, sagte sie langsam. Dann, in bestimmtem Tonfall: »Nein, definitiv nicht. Der Vorfall mit dem Haggis muss auf eine unglückliche Allergie zurückgehen. Bei meiner Tätigkeit sind Proben vor Ort unerlässlich. Ich halte mir einiges auf die Genauigkeit meiner Berichte zugute. Unglücklicherweise kann ich mich nicht mehr erinnern, wie mein Urteil ausfiel. Aber ich werde es natürlich in meinen Notizen finden. Ich freue mich schon darauf, sie zu lesen, wenn ich morgen meine Sachen packe.«

Das war der richtige Moment. Ich räusperte mich. »Ich arbeite bei einer Behörde, Ms Lannelle, und ich frage mich, ob Sie uns bei einer kleinen Sache behilflich sein könnten.«

Ihr stand der Schreck ins plumpe Gesicht geschrieben, und sie rutschte nervös auf ihrem Bett hin und her. »Doch nicht etwa fürs Finanzamt? Ich kann Ihnen versichern, dass meine ziemlich hohen Spesen für Essen, Wein und Hotelunterkunft *vollkommen* gerechtfertigt sind, da in meinem Beruf Qualität zählt. Falls –«

»Nein, nein«, unterbrach ich sie. Sie wurde schon rot im Gesicht. »Nicht fürs Finanzamt. Ich arbeite beim Gesundheitsamt, und wir ermitteln gerade im White Heather Hotel. Sehen Sie, die Ärzte können keine Ursache für Ihren Zusammenbruch feststellen, daher wäre es durchaus möglich, dass das Essen irgendwie verunreinigt war.«

Ich hoffte, dass Felicity sich so sehr auf das Thema Lebensmittelvergiftung konzentrieren würde, dass sie sich gar nicht erst wunderte, woher ich das alles wusste.

»Verunreinigt? Lebensmittelvergiftung?« Sie legte die Stirn

in tiefe Falten. »Aber Mrs Mackenzies Essen ist ab-sooo-luuut über jeden Zweifel erhaben.« Sie schüttelte den Kopf. »Nein, meine Liebe, ich muss Ihnen gestehen, dass ich ihr die Bestnote von fünf Gabeln gegeben habe. Alles ist perfekt. Das Besteck blitzblank …«

Ich beugte mich vor. »Das ist es ja gerade.« Mein Ton war ernst, mein Blick, wie ich hoffte, entwaffnend offenherzig. »Wir interessieren uns auch nicht für das Essen im Speisesaal. Davon habe ich mich selbst überzeugt. Es geht um das Essen in den Dosen.« Ich senkte die Stimme. »Unter uns gesagt, wir glauben, dass die Verunreinigung von den Dosenfüllmaschinen kommen könnte. Sie steht, wie Sie sich vielleicht erinnern, in der Garage. Nun fällt aber die Garage unter das Arbeitsschutzgesetz, und wir müssen eine Inspektion vorher ankündigen. Wie Sie vermutlich wissen.« Ich fügte diese Bemerkung hinzu, da sie selbst dem schwächsten und abwegigsten Argument einen Anschein von Wahrheit verleiht. Niemand bekennt sich gern zu seiner Unwissenheit. Felicity bildete da keine Ausnahme. Sie nickte heftig. »Wenn wir uns aber ankündigen«, fuhr ich fort, »wird natürlich jeder Beweis rechtzeitig verschwinden. Daher sind wir dringend auf Hilfe angewiesen. Auf jemanden, der ein Ablenkungsmanöver für Mrs Mackenzie inszeniert.«

»Ich?«, brachte Felicity atemlos hervor und sah mich aus großen Kulleraugen an.

Ich nickte. »Damit ich mir schnell die Dosenfüllmaschinen ansehen, ein paar Proben nehmen kann, so was in der Art. Ich bräuchte ungefähr eine halbe Stunde.«

Felicity ließ sich meinen Vorschlag lange durch den Kopf gehen. Dann schlich sich ein berechnender Ausdruck in ihr Gesicht. »Falls Sie tatsächlich Beweise finden, könnte ich die Mackenzies vielleicht verklagen …«

Ich hatte die Pension angerufen, um Jim Ewing wissen zu lassen, wann mein Taxi eintreffen würde, und so war ich, als ich noch etwas wacklig auf den Beinen den kurzen Pfad zum Haus hinauflief, nicht überrascht, dass augenblicklich die Haustür aufflog. Dass er auf mich zurannte und mich beim Arm packte, kam dagegen überraschend.

»Wie soll ich es Ihnen sagen, aber Gorgonzola ...« Er wusste nicht weiter und verstummte.

Ich starrte in sein rotes Gesicht und seine strahlenden Augen. »Gorgonzola? Was ...?«

Er drängte mich durch die Tür in die Eingangsdiele. »Keine Zeit für lange Erklärungen. Schnell! Sie werden sie auf frischer Tat ertappen.«

Nicht schon wieder ein Rauswurf aus einer Unterkunft wegen der kriminellen Machenschaften meiner Katze! Mir schwante Schlimmes. Der Gedanke, quer durch Edinburgh zu ziehen, um irgendwo gastlich aufgenommen zu werden, war mir im Moment zu viel.

Er warf die Küchentür auf. »Sie ist hier.«

Ich wagte nicht, hinzusehen, und schloss die Augen.

»Mit dem Kühlschrank hat sie angefangen, und jetzt ist sie bei den Wänden!«

Widerwillig öffnete ich langsam ein Auge. Der Kühlschrank war geschmacklos mit roter und schwarzer Farbe verkleckst, die Wände bis in Taillenhöhe rot, blau und gelb gesprenkelt. Vor meinen Augen sprang Gorgonzola in die Luft und wischte mit einer farbgetränkten Vorderpfote über die Tapete. Jetzt kreuzte in einem großen Bogen ein schmieriger roter Streifen fünf vertikale blaue Striche.

Hinter mir hörte ich Jim fragen: »Was sagen Sie dazu, hm?«

»O Gott, das tut mir so leid! Ich komme natürlich für den Neuanstrich auf.«

»Ich werde es genau so lassen, wie es ist.«

216

Ich wirbelte herum. Er stand mit verschränkten Armen da und sah meiner Katze lächelnd dabei zu, wie sie seine Küche ruinierte.

»Gucken Sie nicht so entsetzt. Sie sehen einer Katzenkünstlerin bei der Arbeit zu.« Gorgonzola tupfte gerade mitten in die blauen Streifen hinein weiße Abdrücke ihrer Pfoten. »Darauf habe ich seit Jahren gewartet. Hätte nie gedacht, dass ich so etwas noch mal erlebe.«

»Katzen*künstlerin*?« Verblüfft zog ich mir einen Stuhl heran und ließ mich darauf fallen.

»Viele halten das natürlich für nichts weiter als Reviermarkierungen, aber das erklärt nicht den selektiven Umgang mit Farbe.«

Ich hörte nur mit einem Ohr hin. Ich starrte auf die Yoghurtbecher, die an der Wand entlang fein säuberlich aufgereiht waren. »Wollen Sie damit sagen, Sie haben sie dazu *ermuntert*? Sie haben die Becher da mit Farbe gefüllt, damit sie die Pfoten eintunkt und die Wände beschmiert ...?«

»Während Sie im Krankenhaus waren, habe ich ihre Decke hier in die Küche gebracht, und als ich am nächsten Morgen reinkam, stellte ich fest, dass sie sich sämtliche Magnetbuchstaben von der Kühlschranktür geangelt und nach Farben geordnet auf den Boden gelegt hatte. Sie saß mit halb geschlossenen Augen schnurrend davor. Nun ja, ich wusste, dass das außergewöhnlich ist.« Er lief behutsam um Gorgonzola herum, die jetzt mit steil erhobenem Schwanz dastand und ihr abstraktes Kunstwerk betrachtete. »Das ist ein Zeichen für eine Katze mit künstlerischen Neigungen.«

Ich versuchte, ein ungläubiges Schnauben in ein Hüsteln zu verwandeln, doch es gelang mir nicht.

»Nein, im Ernst. Ich hab ein ganzes Regalbrett voll mit Büchern zu dem Thema. Aber ich mach Ihnen erst mal eine Tasse Tee. Wie ich sehe, stehen Sie ein bisschen unter Schock.«

Während er mit Tassen und Teekanne hantierte, starrte ich auf ihr Werk. Sollte ich mein Anerbieten, die Küche renovieren zu lassen, noch einmal bekräftigen?

Jim reichte mir eine Tasse. »Wenn sie fertig ist, wird sie noch eine Tatzenspur hinterlassen, eine Art Bestätigung, ihre Signatur.«

»Aber Ihre Küche«, jammerte ich, »sie ist …« Ich brachte das Wort »versaut« nicht über die Lippen.

»Eine Katzenkunst-Galerie«, sagte er. »Ich werde sämtliche Arbeiten rahmen lassen – sehen Sie, ich habe überall Papier hingehängt, damit ich die Kunstwerke später abnehmen kann. Jedes wird einen angemessenen Titel bekommen. Das da« – er zeigte auf den roten Halbmond über den blauen Streifen und weißen Tatzenspuren –, »ich denke, ich nenne es *Sonnenuntergang über sibirischen Wäldern.*«

Gorgonzola tunkte eine Pfote in die blaue Farbe und klatschte sie entschlossen in die rechte untere Ecke ihres jüngsten Œuvres.

17

Von meinem Versteck zwischen den Rhododendren aus beobachtete ich, wie das Taxi durch die Tore des White Heather Hotel einbog. Zeit, die Katze aus dem Sack zu lassen. Während Felicity den Fahrer bezahlte, bückte ich mich zur DEINS-Tasche vor meinen Füßen. Ich zog den Reißverschluss ein Stück auf. Gorgonzolas strubbeliger Kopf erschien in der Öffnung. Sie schielte böse und gähnte mit weit geöffnetem Maul, so dass die scharfen Zähne blitzten – eine eindeutige Spitze gegen mich, denn sie hasste es, in einer Tasche eingeschlossen zu sein. Ich ignorierte dieses Primadonnengehabe, strich mit dem Finger über ihr Halsband, um ihr klarzumachen, dass sie im Dienst war, und wandte meine Aufmerksamkeit wieder Felicity Lannelle zu.

Sie rauschte mit einem lauten »Mrs Mackenzie! Mrs Mackenzie!« durch die Eingangstür des Hotels.

Geduckt lief ich bis auf wenige Meter an die weit geöffnete Hoteltür heran. Ich hatte Felicity eingeschärft, mich mit keiner Silbe zu erwähnen. Ich konnte nur hoffen, dass sie sich von ihrer Rolle als Aushilfs-Null-Null-Sieben nicht dazu hinreißen ließ, ihre Instruktionen zu missachten. Ich wollte tot bleiben.

»Hu-hu, Mrs Mackenzie!« Es war kaum zu überhören, dass sie ihren Auftritt genoss.

Ich hörte, wie eine Tür aufging, dann folgten eilige Schritte.

»Wer –?« Als sie sah, wen sie vor sich hatte, brach sie mitten in ihrem Ausruf ab. »Ah, Miss Lannelle … Ich habe Sie gar

nicht so schnell ... Oh, Sie sehen aber ... was soll ich sagen?«
Vor Verlegenheit, einen Gast zu begrüßen, der gerade von töd-
lichem Botulismus wiederauferstanden war, kam Mrs Mackenzie ins Stottern.

»Na ja, ich wollte endlich meine Sachen holen. Sie haben
sie doch in Verwahrung genommen?« Ich hörte echte Besorgnis heraus.

Die unsichtbare Mrs Mackenzie murmelte etwas zu ihrer
Beruhigung.

»Wenn Sie mich dann bitte in mein Apartment lassen würden ...« Felicity stieß plötzlich einen Freudenschrei aus. »Oh,
dieses köstliche Aroma! Ab-sooo-luuut fantastisch. Was haben Sie da nur im Ofen? Meine liebe Mrs Mackenzie, Sie *müs-*
sen es mir verraten.«

Die Antwort war nicht zu hören, doch der Ton sprach vom
Stolz einer Meisterin ihres Fachs.

»Eine solche Komposition! Und so vertrackt!« Felicity
klang aufrichtig beeindruckt. »Ein falscher Griff, und das
Ganze ist hin. Könnte ich Sie vielleicht dazu überreden, mich
jetzt sofort mit in Ihre Küche zu nehmen, so dass ich den
nächsten Schritt beobachten kann? Mrs Mackenzie, ich, Felicity Lannelle, *gourmet extraordinaire*, bitte Sie inständig um
diesen Gefallen.«

Meine Erleichterung schwand. Sie hatte Mrs Mackenzies
Aufmerksamkeit mit einem Handstreich auf sich gelenkt, doch
wenn sie sich weiter so übertrieben aufführte, würde sie uns
noch alles vermasseln. Hastig duckte ich mich mitsamt meiner
Tasche hinter den nächsten Wagen.

Ich wartete, doch Felicitys Rauswurf durch eine erboste
Morag Mackenzie blieb aus. Stattdessen verstummte das Stimmengemurmel mit einem Schlag, als die Tür zuging. Sie waren
auf dem Weg in die Küche. Felicity hatte es geschafft.

Ein ausgewachsener Rhododendronbusch bietet Menschen,

die nichts Gutes im Schilde führen, ausgezeichnete Deckung. Das White Heather Hotel sollte sich wirklich einmal mit den hiesigen Beamten von der Verbrechensverhütung unterhalten. Ich schob ein wächsernes Blatt, das mir die Sicht versperrte, beiseite und taxierte mein Zielobjekt.

Die Garagentür war wie erwartet verschlossen. Vor zehn Minuten hatte ich gesehen, wie Mr Mackenzie in seinem kleinen blauen Lieferwagen davonfuhr, wahrscheinlich zu seiner Routinefahrt nach Edinburgh. Nachdem somit beide Mackenzies in Anspruch genommen waren, sollte ich vor Überraschungen sicher sein. Doch bei einer Tätigkeit wie dieser habe ich es mir zum Prinzip gemacht, nichts dem Zufall zu überlassen. Also verschaffte ich mir einen schnellen, aber gründlichen Überblick über die Örtlichkeit: Nirgends war eine Alarmanlage zu sehen, und die Deckung der Rhododendren reichte bis auf wenige Meter ans Garagentor heran.

Es sollte mich nicht mehr als zwei Sekunden kosten, die Klingel zu erreichen und einmal lang und schrill zu drücken, um sofort wieder hinter den Büschen zu verschwinden. Somit wäre ich nur für Sekunden zu sehen. Ich wartete. Die kleine Seitentür blieb zu. Zufrieden nahm ich die Reisetasche. Ein paar Versuche mit dem Dietrich, und ich wäre drin …

Mit einem lauten Klicken fiel die Tür hinter mir zu und war nur noch durch ihre schwachen grauen Umrisse zu erkennen. Ich habe schon immer die Theorie gehegt, dass man statt einer Alarmanlage genauso gut für potenzielle Einbrecher ein Schild aufstellen könnte: *Hier gibt es etwas zu holen!* Ich vertraute darauf, dass die Mackenzies meine Überzeugung teilten. Sie würden nicht unnötig die Aufmerksamkeit auf eine vermeintlich gewöhnliche Garage lenken.

Der dünne Lichtstrahl meiner Taschenlampe strich über die raue Betondecke. Keine Sicherheitsvorrichtungen. Auch keine

Fenster, demnach konnte ich es wohl riskieren, Licht zu machen. Mir blieb sowieso nichts anderes übrig. Der Zeitfaktor war entscheidend.

Als der Schalter nach unten ging, erstrahlte der Innenraum in hellem Licht. Ich blinzelte. Auf den ersten Blick hatte man eine Nullachtfünfzehn-Garage vor sich, die auch als Stauraum genutzt wurde und größtenteils vom Boden bis zur Decke und von Wand zu Wand mit einer undurchdringlichen Mauer aus Pappkartons zugestellt war. Allem Anschein nach hätten die Mackenzies keine Schwierigkeiten, halb Schottland mit Haggis zu versorgen. Das konnte nur bedeuten, dass eine Lieferung zum Abtransport bereitstand. Ich kam also gerade richtig.

Doch etwas nagte an meinem Unterbewusstsein und dämpfte meine hoffnungsvolle Stimmung. Ich starrte auf die Kartons, ließ meine Gedanken treiben und hoffte, dass die Saat des Zweifels keimte und aufging … Es musste eine Menge Arbeit sein, all diese Dosen zu füllen … Im Geist sah ich Murdo vor mir, wie er im Eilverfahren je einen runden Klumpen Haggis in die Dosen stopfte und Morag wie besessen die tödliche Bratensoße darüberlöffelte, bevor die Deckel von der … *Dosenfüllmaschine* geschlossen wurden. Ich sprach das Wort langsam aus und hörte, wie meine Stimme von den Wänden widerhallte. Es war keine da. Nicht hier in der Garage. Auch nicht in der Küche. Doch es musste eine geben.

Ich trat an den nächstbesten Stapel und strich mit der Hand über die glatte Pappe. Nach meiner groben Schätzung befanden sich mindestens einhundertfünfzig Kartons in der Garage. Dreitausend Dosen – das war ohne eine Maschine nicht zu schaffen. Ich stand ratlos da.

Ein leises, klagendes Miauen von Gorgonzola erinnerte mich daran, dass ich kostbare Zeit verstreichen ließ. Ich zog den Reißverschluss der Tasche auf. Sie streckte erst ein steifes Bein, dann das zweite. Nachdem sie alle vier derselben Übung unterzogen hatte, sprang sie leichtfüßig aus der Tasche und lief zu den Kartons, die alle so fugengenau aneinanderpassten wie die Steinquader an einer megalithischen Mauer im antiken Griechenland. Ohne mir allzu große Hoffnungen zu machen, sah ich ihr zu, wie sie kritisch die untere Reihe abschnüffelte. Die Chancen, dass sie am Karton oder auf dem Boden Drogenspuren riechen würde, waren gering. Außerdem ging es im Moment auch nicht darum. Wo war nur diese Maschine?

Plötzlich erstarrte Gorgonzola mit gesenktem Kopf und aufgestellten Ohren. Ich wartete gespannt. Behutsam streckte sie eine Pfote aus. Rums. In einer rötlich braunen Blitzaktion sprang sie zu. Das entsprach nicht ihrer Ausbildung für den Fall eines Drogenfunds. Und tatsächlich – der natürliche Katzeninstinkt hatte über die Erziehung beziehungsweise die Natur über die Zivilisation gesiegt. Sie hatte eine Maus entdeckt, war in Versuchung geraten und ihr erlegen. Ich merkte, wie meine Anspannung wich. Jetzt kratzte sie untröstlich an den Kartons, verkrallte sich in einem schmalen Spalt, in dem wahrscheinlich ein widerspenstiger Nager saß und sich schadenfroh die Schnurrhaare schleckte. Der ganze Stapel vibrierte, so dass die obersten Kartons sich verlagerten. Ein unverhoffter athletischer Sprung nach oben, ein brutaler Tatzenhieb gegen die unsichtbare Beute, und Gorgonzola baumelte hilflos mit den Krallen einer einzigen Pfote rund zwei Meter über dem Boden.

Ihr Gewicht und das wilde Gekletter waren genug. Wie im Zeitlupentempo neigte sich der ganze Stapel in einem der Schwerkraft folgenden Winkel und polterte mit einem Getöse zu Boden, das in dem abgeschlossenen Raum wie Donner klang. Die ganze Garage war erfüllt von einer Wolke Staub.

Als sie sich lichtete, sah ich, wie nur noch die Spitze eines rötlich braunen Schwanzes aus dem Grabhügel lugte. Für einen schier endlosen Moment konnte ich mich nicht rühren. »Wie gelähmt« war nicht übertrieben. Fünfzig Pfunddosen pro Karton. Gorgonzola hatte keine Chance gehabt. Dann endlich stürzte ich mich mit der Besessenheit eines Rettungshelfers nach einem Erdbeben, der verzweifelt mit bloßen Händen in den Trümmerhaufen gräbt, auf den Stapel, um unter den schweren Kartons Gorgonzolas Leichnam zu bergen.

Plötzlich schwankte der Berg. Der oberste Karton fiel holpernd zu Boden, und Gorgonzola sah mich mit runden, angsterfüllten Augen an. Sie war noch am Leben. Ich packte einen der Kartons, die den Weg zu ihr versperrten, und hob ihn mit aller Kraft an. Er rutschte mir aus der Hand und flog bis zur Decke, um mit einem hohlen Geräusch auf der anderen Seite der Garage auf dem Boden zu landen. Leer. Ich hob einen weiteren Karton hoch. Leicht wie eine Feder. Mit einem kräftigen Tritt bugsierte ich ihn zu den anderen. Sämtliche Kartons in diesem Stapel waren *leer* gewesen.

Ich nahm Gorgonzola auf die Arme und drückte ihr weiches Fell an mein Gesicht. Unter normalen Umständen hätte sie eine solche Liebesbekundung verschmäht. Diesmal jedoch schnurrte sie dankbar und schleckte mir mit ihrer rauen Zunge die Hand.

»Da warst du ganz und gar selber schuld«, schimpfte ich in ihr Ohr.

Das Schlecken wurde noch heftiger. Gorgonzola entschuldigte sich für ihren beinahe tödlichen Fehler. Ich kraulte ihr den Kopf. »Du hast gerade eins von deinen neun Leben verloren.« Sanft ließ ich sie zu Boden. »Wären da Dosen drin gewesen, wärst du jetzt –«

Ich schaute auf und stellte fest, dass in der Wand aus Kartons ein dunkler Durchgang klaffte. Mit hoch aufgerichtetem Schwanz lief Gorgonzola etwas wacklig darauf zu, und wie

Moses und das Volk Israel gingen wir zwischen den geteilten Wällen ins Gelobte Land.

Dabei sah er auf den ersten Blick gar nicht vielversprechend aus, dieser dunkle Zwischenraum am hinteren Ende der Verpackungsstapel. Ich leuchtete ihn mit der Taschenlampe aus. Ich bin nicht sicher, was ich erwartet hatte, jedenfalls fand ich nur einen rostigen Hotelgepäckwagen, der auf einem abgewetzten Teppichstück stand. Wieso sollte jemand einen Gepäckwagen hinter einer Wand Kartons verbergen wollen? Der Strahl richtete sich auf drei Schalter, die übereinander an der Ziegelwand angebracht waren. Ich hielt die Lampe schräg nach oben. Eine staubige, nackte Glühbirne hing direkt über dem Trolley. Eine Lichtquelle, drei Schalter. Seltsam. Ich verfolgte das Kabel von der Deckenrosette bis zum oberen Schalter und drückte ihn. Das matte Licht von der Decke fiel auf eine Gorgonzola, die sich erstaunlich gut erholt zu haben schien; sie spreizte gerade ihre Krallen und grub sie – um für künftige Opfer nicht aus der Übung zu kommen – genüsslich in den Teppich.

Mit einem anderen Schalter wurden wahrscheinlich die Neonröhren im Hauptteil der Garage bedient. Ich drückte den mittleren. Schon lag der Trakt hinter den gestapelten Kartons im Dunkeln. Wozu diente dann also der dritte Schalter? Das Kabel führte die Wand hinunter und verschwand im Betonboden. Ich starrte auf das Ende der Schnur. Das konnte nur bedeuten ... Ich schob den Gepäckwagen zur Seite. Ein Ruck an dem Teppichquadrat zwang Gorgonzola abrupt, mit ihrem Krallenwetzen aufzuhören, und enthüllte eine getarnte Bodenklappe.

Ich zog an dem Eisenring, der in die Mitte eingelassen war; die Klappe ließ sich mühelos öffnen. Mit neugierig zuckenden Schnurrhaaren trat Gorgonzola neben mich und spähte über die Kante der Öffnung. Eine solide Holztreppe mitsamt Geländer führte steil nach unten in die Dunkelheit. Bevor ich sie daran hindern konnte, schoss Gorgonzola die Stufen hinab. Ein Scharren, ein dumpfer Schlag. Dann ertönte aus der Dunkelheit ihr spezielles Miauen, das mir signalisierte, dass sie Drogen aufgespürt hatte.

Meine Hand schwebte über dem mysteriösen untersten Schalter. Höchstwahrscheinlich Licht und kein Alarm ... Ich ging das Risiko ein und drückte ihn. Unten wurde es flackernd hell. Ich holte meine Tasche, machte das Licht in der Garage aus und folgte Gorgonzola nach unten.

Hhhiiuu ... Ich atmete ganz langsam aus. Zwei Reihen Neonröhren erleuchteten einen Raum von der Größe eines gewaltigen Frachtcontainers. Sowohl die Decke als auch die Wände schienen aus Metall zu sein. Auch der Boden. Ja, der geheime Dosenfüllbetrieb für das Heroin-Haggis-Gemisch war ein tief in die Erde eingelassener Frachtcontainer. Sehr schlau. Überall blitzten Apparaturen aus rostfreiem Stahl. Ich zog meine Kamera aus der Tasche und hielt alles systematisch fest – die Etikettenrollen, die Stapel mit leeren Dosen, Förderbänder, zwei kleine Fülltrichter und einen Verschließapparat.

Es dauerte länger als ratsam, doch nach einer Weile war ich fertig und steckte die Kamera wieder ein. Gorgonzola balancierte derweil elegant über eins der Förderbänder, indem sie jeweils eine große Pfote genau zu beiden Seiten der Dosen platzierte, die zum Befüllen aufgereiht waren.

»Zeit zu verschwinden, Gorgonzola.« Ich packte die Reisetasche.

Bsss bsss. Das surrende Geräusch schallte durch die Metallkammer, und ich blieb wie angewurzelt stehen. Eine rote Lampe oberhalb der Treppe blinkte, um Eindringlinge zu melden, und durch die offene Falltür hörte ich, wie an der Garagentür Schlüssel rasselten. In wenigen Sekunden würden sie uns entdecken.

Unter einem kräftigen Adrenalinstoß schnappte ich mir Gorgonzola sowie die verräterische Tasche und hastete die Holzstufen hinauf. Hinter den Kartonstapeln erschien ein breiter Streifen helles Tageslicht. Gott sei Dank hatte ich die Hauptlampen ausgemacht. Gorgonzola wand sich heftig und schlüpfte mir aus dem Arm. Ich versuchte sie noch zu erwischen, doch sie bestand darauf, ihre Unabhängigkeit zu demonstrieren, und verschwand in der Garage.

Keine Zeit, etwas daran zu ändern. Ich knipste den obersten und den untersten Schalter aus. In der plötzlichen Dunkelheit, die mir gegen die Augenlider drückte, tanzten und wirbelten helle Muster. Meine Finger tasteten nach dem Stück Teppich, fanden es, klemmten eine Ecke in die Scharniere der Klappe, damit er richtig lag, und ließen die Falltür mitsamt Teppich über meinem Kopf zuklappen.

Mit pochendem Herzen hockte ich auf der obersten Stufe und drückte das Ohr ans Holz. Ich machte mir wenig Illusionen und noch weniger Hoffnung. Es gab kein Entkommen, und es würde keine Gnade geben. Frachtcontainer, Abfüllanlage, Metallgrab. In dieser Situation hätte ich gut eines von Gorgonzolas neun Leben gebrauchen können.

»Ach du Scheiße, Mackenzie! Jetzt schau sich das einer an!« Die langen amerikanischen Vokale drangen zwar gedämpft, aber unverkennbar zu mir herunter. Hiram J Spinks.

»Was?«

Ich hörte, wie Kartons zur Seite getreten wurden, dann eilige Schritte. *Klick.* Rund um den Rand der Falltür war ein dünner Streifen Licht zu sehen. Würden sie bemerken, dass der Gepäckwagen anders stand? Ich hatte eine trockene Kehle und keine Luft mehr in der Lunge.

»Scheint alles in Ordnung zu sein, Mr Spinks ...« Die Stimme war jetzt direkt über meinem Kopf.

Ich schöpfte ein bisschen Hoffnung.

»Sehen Sie nach, Mackenzie. Und gnade Ihnen Gott, wenn jemand hier drinnen gewesen ist.«

Klick. Die Neonröhren flackerten an, und der unterirdische Raum erstrahlte in gleißendem Licht. Über meinem Kopf hörte ich, wie der Teppich von der Klappe gezogen wurde. Instinktiv rutschte ich ein Stück die Treppe hinunter, um mich zu verstecken, doch dann hielt ich inne. Das leiseste Geräusch würde mich verraten. Wie ein hypnotisiertes Kaninchen starrte ich auf den immer größeren Spalt, als sich die Klappe langsam hob … zehn Zentimeter, noch einmal zwei … Ich sah die abgewetzten Spitzen von einem Paar Stiefel.

»Um Himmels willen«, brüllte Spinks. »Was ist das denn?«
Die Klappe fiel donnernd zu. Einigen dumpfen Schlägen folgten ein schriller Klagelaut wie von einem Geisterwesen, das Krachen eines schweren Gegenstands und eine Reihe deftiger schottischer Flüche.

»Verfluchte Katze! Sie ist irgendwo da oben auf den Kartons.«

Noch ein Klagelaut, der plötzlich abriss.

»Mr Spinks? Mr Spinks? Alles in Ordnung?«

Ich hörte Spinks' Stimme, laut, aber undeutlich und dann allmählich leiser. Schritte kamen näher, zögerten. Mit lautem Geklapper wurde der Eisenring angehoben und wieder fallen gelassen.

»Keine Ahnung, was in diesen amerikanischen Bastard gefahren ist«, brummte Mackenzie. »Ist doch keiner da gewesen. Nur diese verdammte Katze hat sich reingeschlichen, weiter nichts. Ich soll alles nach Außerirdischen absuchen, und er selber verpisst sich. Hab noch anderes zu tun …«

Die Schritte entfernten sich. Das Garagentor fiel krachend zu.

Ich lag eine halbe Ewigkeit da und war zu sehr am Ende mit meinen Nerven, um auch nur den Kopf zu heben. Doch meine

Gedanken überschlugen sich. Wieso in aller Welt war Spinks davongestürmt? Hatte ich, als er neulich im Hotel den Schläger zu Boden warf, mit meiner Vermutung Recht gehabt, dass er an Katzenphobie litt? Er war davonmarschiert, ohne sich noch einmal umzuschauen. Obwohl Gorgonzola nur ganz brav in der Auffahrt gesessen hatte. Sollte sie seine Achillesferse sein?

Und was war mit Gorgonzola passiert? Dieser plötzlich unterbrochene Klageruf konnte ... Bei dem schrecklichen Gedanken, dass sie mit einem gezielten Schlag oder Tritt brutal getötet und ihr lebloser Körper einfach nach draußen geworfen worden war, schob ich die Klappe hoch und verließ den Container, der um ein Haar mein Grab geworden wäre.

In seiner wütenden Hektik hatte Mackenzie vergessen, die Deckenlampe auszuschalten. Im matten Licht breiteten sich die Schatten über den Boden aus. Was war das? Ich befühlte zögernd etwas Weiches. Es war nur ein Stück grobes Sacktuch. Er konnte es sich jeden Moment anders überlegen und wiederkommen, doch ich durfte nicht weg, ohne herauszufinden, ob es Gorgonzola gut ging oder nicht. Also kramte ich die Pfeife aus der Tasche und warf einen prüfenden Blick auf den Haufen Pappkartons. Ich gab kurz hintereinander zwei Signale ab. Falls sie lebte, würde sie kommen ...

Ich ließ die Pfeife sinken. Zehn Sekunden, zwanzig Sekunden. Keine Reaktion.

Jetzt musste ich an die Gefahr denken, in der ich selber schwebte, und zusehen, dass ich wegkam, bevor es zu spät war. Es erschien mir zu riskant, die Hauptlichter einzuschalten. Ich knipste meine Taschenlampe an und schlich mich durch die Dunkelheit zu den grauen Umrissen, die mir zeigten, wo die Tür war. Die Hand am Yale-Schloss, blieb ich stehen. Ein letztes Mal hielt ich nach Gorgonzola Ausschau. Ich schwenkte den Strahl im Bogen über die Kartonwand. Nichts. Sie war mit Sicherheit tot.

In einem Beruf wie dem meinen ist kein Platz für Gefühls-
duselei, versuchte ich mir einzureden. Ich knipste die Taschenlampe aus und schob die Tür ein wenig auf. Dann schaute ich
durch den Spalt. Die Luft war rein. Jedenfalls war in meinem
Blickfeld niemand zu sehen. Ich würde zwanzig Sekunden
warten, bis ich es riskierte, hinauszugehen.

Vierzehn ... fünfzehn ... Etwas erschien mir plötzlich anders. Diese violetten Blumen waren eben noch nicht da gewesen. Kaum merklich ging die Tür zentimeterweise weiter auf.
Aber ich berührte sie nicht. Das Ganze war also eine Falle gewesen. Spinks und Mackenzie hatten doch gemerkt, dass ein
Eindringling sich in der Befüllanlage herumtrieb. Jetzt kamen
sie zurück, um ihn sich vorzuknöpfen. Ich starrte auf den immer größeren Spalt.

Nun denn, leichtes Spiel würden sie mit mir nicht haben.
Vielleicht konnte ich das Überraschungsmoment zu meinem
Vorteil nutzen. Während es für sie im Schutz der Garage leicht
sein würde, mich loszuwerden, wäre es bedeutend schwieri-
ger, mich in Sichtweite neugieriger Gäste, die vielleicht gerade durch die dekorativen Spitzengardinen ihrer Hotelfenster
schauten, umzubringen.

Ich ließ die Tasche fallen, riss die Tür auf und stürzte ins
Freie. Als mir gerade bewusst wurde, dass meine Hauruck-
Aktion auf keinen Widerstand stieß, verfingen sich meine
Füße in etwas Weichem. Ich stolperte und landete in voller
Länge auf der Einfahrt der Mackenzies.

Ich lag, unfähig, mich aufzurichten, still da und erwartete
jeden Moment den tödlichen Tritt in die Schläfe. Ich fühlte einen Druck im Rücken, dann einen stechenden Schmerz an der
Stelle, wo mir Spinks gerade die Stollen seiner Golfschuhe in
die Schultern bohrte. Ich riss mich los, indem ich mich zugleich nach links wegrollte und auf die Knie hochrappelte.

Es dauerte eine Weile, bis ich begriff, dass ich es nicht mit dem Gangster Hiram J Spinks zu tun hatte, sondern mit Gorgonzola, tierischer Mitarbeiterin bei der Zollfahndung. *Sie* hatte die Tür aufgemacht, und über *sie* war ich gestolpert. Sie erwiderte meinen ungläubigen Blick mit einem vorwurfsvollen Gesichtsausdruck. Ich nahm sie hoch und drückte sie, mit einem Kloß im Hals, an mich. Nachsichtig ließ sie die Gefühlsbekundung über sich ergehen – die zweite bereits an einem Tag. Wenn ich Reue zeigte, hegte sie keinen Groll.

Das ferne Zuschlagen einer Wagentür erinnerte mich daran, dass ich immer noch in Gefahr war. Ich setzte Gorgonzola ab, erhob mich und warf einen prüfenden Blick aufs Hotel. Keine zuckenden Gardinen, kein Mackenzie, der mit gewalttätigen Absichten auf mich losging. Dennoch sollte ich schnellstens die Garagentür schließen und zusehen, dass ich von hier wegkam. Ich schnappte mir die Tasche, setzte Gorgonzola hinein, zog die Tür hinter mir zu und verschwand im Gebüsch. Keinen Moment zu früh. Stiefel knirschten auf dem Kies. Das Kinn in den weichen Teppich aus Kompost geschmiegt, lag ich auf dem Bauch. Hinter dem Sichtschutz aus hängenden Zweigen mit glänzend grünen Blättern beobachtete ich Mackenzie dabei, wie er – einen hässlichen Schraubenschlüssel in der einen Hand, eine Schale Milch in der anderen – mit lauernder Miene Richtung Garage lief.

Er stellte die Schale ab und öffnete die Seitentür einen Spaltbreit. »Hier, puss, puss, puss …«

Ich schlängelte mich vorsichtig ein Stück zurück und war froh, dass es mir gelungen war, über Gorgonzola den Reißverschluss der Tasche sicher zuzuziehen. Immer ungeduldigere Beschwörungsformeln drangen bis zu meinem Versteck. Als Mackenzie schließlich der Geduldsfaden riss, krachte die Tür mit einem ohrenbetäubenden Knall zu.

»Blödes Vieh! Wenn ich dich erwische, schlag ich dir das Hirn zu Brei!«

Auf meinem Rückzug durchs Dickicht übertönte die Schimpfkanonade jedes verräterische Geräusch. In einigermaßen sicherer Entfernung stand ich auf und lief gebückt im Schutz der Rhododendren zur Straße und zum Wagen zurück.

Ich hakte die Erfolgsliste meiner Entdeckungen ab: eine in Gebrauch befindliche Dosenabfüllanlage, eine zum Verladen bereite Fracht und, möglicherweise, die Achillesferse von Hiram J Spinks, eine Katzenphobie.

Allmählich setzte der Schock ein. Ich streichelte Gorgonzola mit zittriger Hand und blickte versonnen durch die Windschutzscheibe. »Nun denn, Süße, ich glaube, du hast da drinnen noch ein paar von deinen neun Leben verloren.«

Und um Haaresbreite hätte ich mein einziges eingebüßt. Hätte Mackenzie die Bodenklappe nur ein wenig weiter angehoben …

18

Ich fand es unten auf Seite vier der Tageszeitung. Leicht zu übersehen. Keine Todesinsel-Schlagzeile, sondern nur ein einziger kleiner Absatz. Ich schlürfte meinen Kaffee und las von dem vorzeitigen Ende einer unbekannten jungen Frau, die von der Flut abgeschnitten worden und bei dem törichten Versuch, über den Wall zurückzuwaten, ertrunken war. Kumiko Matsuura erging es kaum besser, denn ihre Todesnachricht war dem Blatt eine Spalte von fünf Zentimetern wert. Es gab keinerlei Verdachtsmomente, dafür hatten Spinks – und Macleod – gesorgt. Tod durch Unfall für uns beide.

Aus einer langen Liste mit Esslokalen im Reiseführer hatte ich mir dieses kleine Café mit Galerie nur deshalb ausgesucht, weil es auf Felicitys Route nach Edinburgh lag. Als ich jetzt eine dickere Schicht Butter auf mein Scone strich und mich von den blassroten Sandsteinmauern des Hofs sowie den fröhlichen Töpfen mit feuerroten Geranien endgültig aus dem Schatten des Todes reißen ließ, beglückwünschte ich mich zu meiner Wahl des Treffpunkts zur Nachbesprechung.

»Hallöchen, meine Liebe!«

Als ich aufsah, rauschte die Feinschmeckerin *par excellence* in den Innenhof und steuerte meinen Tisch an.

»Ich bin ja s-o-o-o aufgeregt. Mir ist da eine ab-sooo-luuut grandiose Idee gekommen!«

Sie ließ sich auf den zarten Stuhl mir gegenüber fallen, dessen modisch dünne Metallbeine sich bedenklich bogen, wodurch das Möbelstück vor meinen Augen eine Metamorphose von der Moderne des zwanzigsten Jahrhunderts zum Regency-Stil des neunzehnten durchlief. »Aber erst mal müssen Sie mir verraten, wie Sie mit Ihren Ermittlungen vorangekommen sind. Davon hängt alles ab.« Sie beugte sich erwartungsvoll vor und nahm sich geistesabwesend mein halbes Scone.

»Also ...« Um Zeit zu gewinnen, winkte ich die Kellnerin heran und bestellte noch eine Portion Scones und frischen Kaffee. Hatte Felicity am Ende die Absicht, im White Heather Hotel zu bleiben? Falls ja, wäre sie eine überaus nützliche Spionin im feindlichen Lager. »Ich habe keine Spur von Verunreinigungen gefunden.« Ich zuckte die Achseln und machte eine wegwerfende Handbewegung. »Alles war makellos sauber.«

Sie strahlte, zog ein gewaltiges Bündel Notizbücher aus ihrer Handtasche und legte sie auf den Tisch. Der Stapel war gefährlich schief, eine bunte Nachbildung des Turms von Pisa. »Dann kann ich also Mrs Mackenzies Hotel in mein neues Projekt aufnehmen. *Den Meisterköchen über die Schulter geschaut – Haute Cuisine in deiner Küche.* Es soll ein interaktiver Kochkurs werden, mit Internet-Unterstützung und CD-ROM. Von den gewöhnlichen Kursen unterscheidet sich mein Projekt dadurch, dass der Lehrling dem Meister sozusagen während der Arbeit in den Kochtopf schaut. Diese Notizbücher enthalten meine Recherchen.« Sie griff nach der Kaffeekanne und goss sich eine Tasse ein. »Und – was halten Sie davon?«

»Sie meinen, Mrs Mackenzie die Geheimnisse der schottischen Speisekammer zu entlocken? Das gefällt mir!« Wenn ich mir auch sicher war, dass Mrs Mackenzie *ein* Geheimnis ihrer Speisekammer tunlichst verschweigen würde.

| 234

»Das wird jedem gefallen, meine Liebe.« Um für die neue Fuhre Scones Platz zu schaffen, verfrachtete Felicity den Turm von Pisa auf einen Nachbartisch. Dann zog sie den Teller mit dem Gebäck näher heran und atmete genussvoll den Duft ein. »Das himmlische Aroma frisch gebackener Scones gehört wirklich zu den sieben kulinarischen Weltwundern.«

Mit der gemächlichen Disziplin einer japanischen Geisha bei der Teezeremonie hob sie das Messer und schnitt das Gebäck entzwei. Ehrfürchtig platzierte sie je eine Butterecke auf die noch warmen Hälften, lehnte sich mit einem erwartungsvollen Seufzer zurück und faltete die Hände wie zum Gebet.

Ich trank meinen Kaffee in kleinen Schlucken. Jetzt, wo ich nicht länger unter den Lebenden weilte, brauchte ich jemanden im White Heather Hotel, jemanden, der keinen Verdacht erregen würde. Felicitys kleines Projekt würde das Problem lösen, doch die Bitte, Spinks und die Mackenzies im Auge zu behalten, passte kaum zu meiner Rolle als Inspektorin des Gesundheitsamts. Wenn ich dagegen …

»Ähm …«, fing ich an und wusste nicht so recht, wie ich das Thema anschneiden sollte.

Ohne die Butter-Scones aus den Augen zu lassen, beugte sie sich vor. »Ich weiß genau, was Sie fragen wollen, meine Liebe. Und die Antwort lautet, dass es von einer Reihe Faktoren abhängt.«

Der Schluck Kaffee, den ich gerade im Mund hatte, gelangte mir in die Lungen statt in den Magen. Unter einem heftigen Hustenanfall und mit tränenden Augen brachte ich krächzend heraus: »Tatsächlich?« Die Frau war ein Phänomen, nicht nur als Gourmet *par excellence*, sondern auch als Hellseherin, die ihresgleichen suchte. Ich hatte selber nicht gewusst, was ich sie fragen wollte.

Felicity stürzte sich auf den Leckerbissen. »Ja, meine

Liebe«, sagte sie mit vollem Mund. »Geheime ... Beobachtung!«

Ich wischte mir die Augen trocken. »Genau das wollte ich sagen.« Aber wie in aller Welt hatte sie mein Interesse an Spinks und den Mackenzies spitzbekommen?

»Wie scharfsichtig von Ihnen. Und, ja, das Geheimnis liegt darin, diese Scones genau zu beobachten. Man isst sie am besten just in dem Moment, in dem die Butter zu schmelzen beginnt.«

»Ah! Genauso sehe ich das auch.« Ich schluckte meine Enttäuschung zusammen mit dem schwarzen Kaffee hinunter.

Sie betupfte sich die Lippen mit ihrer Serviette, nahm die andere Hälfte des Gebäcks und biss andächtig hinein. Eine Weile herrschte Schweigen. Die Feinschmeckerin überlegte sich ihr Urteil.

»Mhhm ... wundervolle Konsistenz. Es läuft immer auf richtiges Timing und genaue Beobachtung hinaus. Allerdings muss ich mich schuldig bekennen, dass ich heute Morgen in beiderlei Hinsicht versagt habe. Natürlich war ich mit meinen Gedanken ganz bei dem neuen Projekt. *Welche Möglichkeiten! Was für eine Herausforderung!*«

Ich füllte meine Kaffeetasse auf und hörte nur mit halbem Ohr zu. Meine Beobachtungskunst musste sich uneingeschränkt auf Spinks konzentrieren. Ich starrte in die schwarze Brühe, als sei die Antwort dort zu finden.

Vor Empörung sprach Felicity plötzlich eine halbe Oktave höher und hatte meine volle Aufmerksamkeit. »Ich habe Mr Spinks' Koffer einfach nicht gesehen. Er hatte ihn an einer ganz und gar dummen Stelle gelassen.«

Meine Tasse landete lautstark auf der Untertasse und dunkelbraune Spritzer auf dem weißen Tischtuch.

»Koffer? Mr Spinks' Koffer?«, fragte ich nach.

»Ja, sicher.« Felicity klang ungewöhnlich schuldbewusst.

236

»Ich bin nur ganz leicht dagegen gekommen. Ich habe genau in dem Moment zurückgesetzt, wissen Sie, als der dumme Mensch sein Gepäck hinter meinem Wagen abgestellt hatte.«

»Er ist abgereist?«, fragte ich und gab mir redlich Mühe, nur mildes Interesse zu zeigen.

Meine Sorge war überflüssig. Sie hatte den Turm von Pisa um ein Notizbuch verkürzt und schrieb eifrig Notizen hinein.

»Ich dachte, er hätte bis nächste Woche gebucht, wenn dieses Golfturnier vorbei ist.« Wieder achtete ich auf einen beiläufigen Ton.

Sie hielt im Schreiben inne. »Ich möchte überhaupt nicht mehr an ihn denken.« Ihre füllige Gestalt waberte bedenklich. »Er hat mir eine *schreckliche* Szene gemacht.«

»Tatsächlich?«, brachte ich atemlos heraus, keine Spur mehr gleichgültig.

»Ich dachte, ich wäre schon wieder über einen dieser idiotischen Randsteine gefahren. Die sind derart im Wege, als sollten sie einem absichtlich unter die Räder geraten!« Die Hand mit dem Stift wedelte die kleinen Unbilden des Lebens weg wie eine lästige Fliege. »Auf einmal trommelt mir dieser grässliche Mann seitlich an den Wagen und schreit unflätig herum.« Bei der Erinnerung erglühten auf ihren Wangen rote Flecken.

Ich griff nach dem Strohhalm. »Er hat wohl nicht zufällig gesagt, wo er hinwollte?«

Felicity schlug energisch ihr Notizbuch zu. »Er erwähnte mehrfach die Hölle, aber ich nehme mal an, das sollte wohl eher mein Reiseziel sein.«

Nachdem Felicity den Turm von Pisa an die üppige Brust gedrückt und sich verabschiedet hatte, blieb ich noch eine ganze Weile sitzen und überlegte, was ich machen sollte. Spinks hatte sich also in Luft aufgelöst – aufgrund einer reflexarti-

237

gen Gewohnheit, seine Spuren zu verwischen, oder der Regel, nie zu lange an einem Ort zu bleiben? Oder hatte er von meiner Wiederauferstehung Wind bekommen und war untergetaucht, weil er sich bedroht fühlte? Egal aus welchem Grund, er war mir entwischt. Ich starrte nachdenklich auf die Töpfe mit den Geranien, deren leuchtendes Rot mich an Gina erinnerte. Die lebende Gina hatte mich nach Inchcolm und Tantallon geführt. Vielleicht konnte die tote Gina Spinks noch aus dem Grab heraus ans Messer liefern. Ich zückte mein Notizbuch und blätterte es bis zu der Seite zurück, auf der ich ihre hastig hingekritzelten Worte notiert hatte.

Inchcolm Cramond May
Tantallon Fast
Longniddry Bents

Ich ging die Liste durch. Vielleicht lieferte sie ja einen Hinweis auf Spinks' derzeitigen Aufenthaltsort. Inchcolm – ich war mir ziemlich sicher, dass er meinen kleinen »Unfall« dort verursacht hatte. Cramond – mit absoluter Sicherheit war er da gewesen. Genauso eindeutig handelte es sich bei der übers Lenkrad gebeugten Gestalt im Nebel von Tantallon sowie dem mörderischen Golfspieler am Longniddry Bents um keinen anderen als Spinks. Blieb demnach für seinen nächsten geplanten Auftritt die kleine Insel an der Mündung des Forth, die Isle of May. Oder aber Fast Castle an der Küste, südöstlich von Edinburgh. Ich stopfte das Notizbuch wieder in die Tasche und stand auf. Ich sollte noch einmal genau die Karte studieren und Macleod anrufen.

»Ich dachte, das müsste Sie interessieren.« Macleod schob ein Blatt über den Schreibtisch. »Das kam vor ein paar Tagen rein. Der Kollege, der es in Empfang genommen hat, dachte wohl, da sei kein Handlungsbedarf, und hat es unter ›Vorkommnissen im Straßenverkehr‹ abgeheftet. Es war ein Glücksfall, dass derselbe Beamte am Computer der Sachbearbeitungsstelle saß, als die Beschreibung der Leiche von Cramond Island durchgegeben wurde.«

»Ich könnte wahrlich ein bisschen Glück gebrauchen. Die Spur kühlt ab. Falls nicht Fast Castle oder May mit einem Trumpf aufwarten, haben wir ihn verloren.«

Ohne mir große Hoffnungen zu machen, überflog ich das Blatt, ein Standardformular, auf dem ein Fall von gefährlichem Fahrverhalten im Queen's Park in Edinburgh gemeldet wurde. Die Zeugenaussage von einem Mr Harry Crawford beschrieb, wie ein Wagen auf den Bürgersteig gefahren, eine Parkbank demoliert und nur knapp eine Frau verfehlt hatte, die darauf gesessen hatte.

Beschreibung des Fahrzeugs: Farbe: Rot. Fabrikat und Kennzeichen: unbekannt. Beschreibung des Fahrers: Frau asiatischer Abstammung, blonde Strähne im Haar.

Pflichtbewusster Bürger, dieser Harry, dass er meinen Beinahe-Abgang gemeldet hatte, doch wo sollte da die neue Spur sein? Ich sah Macleod fragend an. Der lehnte sich in seinem Sessel zurück und sah mich mit einem eindeutig selbstgefälligen Grinsen an. »Am Ende«, sagte er.

Ich betrachtete den Bericht erneut. Am unteren Rand der Seite war eine handschriftliche Notiz vom 29. Juni. *Vorkommnis im Straßenverkehr, Bezirksstraße, E8642: Zeuge H. Crawford meldet, asiatische Fahrerin zum zweiten Mal am Hafen von Anstruth, Fife, gesehen zu haben.*

Ich erwiderte Macleods Lächeln. »Ich denke, es ist an der Zeit, noch einmal ein bisschen mit Harry zu plaudern.«

Edith und Harry waren offenbar eifrige Gärtner. Blumenkästen mit rosafarbenen und violetten Petunien wucherten an den Fenstern und hingen in bunten Kaskaden vor dem Kieselrauputz ihres Hauses hinab. Über der Tür drehte sich ein riesiger Hängekorb langsam in der leichten Brise. Fein säuberliche Beete mit Geranien sowie weißen und blauen Stauden säumten den manikürten Vorzeigerasen. *Cuidado con el perro* warnte ein blau-weißes Keramikschild am schmiedeeisernen Tor, eine Botschaft, die von der grafischen Darstellung eines zähnefletschenden Mastiff unterstrichen wurde. Ein bisschen Wunschdenken seitens des kleinen Terriers? Ich unterdrückte ein Grinsen, wich den kreisenden Bewegungen des Hängekorbs aus und klingelte an der Tür.

Edith öffnete, während sie sich die Hände an einer blau-weiß gestreiften Schürze abwischte. »Ja?« Sie zog die Braue zu einer höflichen Frage hoch.

Der Terrier spähte vorsichtig hinter ihren Beinen hervor und gab ein halbherziges Wuff von sich. Aus der Küche war das Klappern von Geschirr zu hören.

»Ich weiß nicht, ob Sie sich an mich erinnern können, aber Sie und Ihr Mann waren vor einer Woche im Queen's Park, als ich beinahe von einem Auto überfahren wurde …«

»Ach ja, das war wirklich schrecklich!« Bei der Erinnerung riss Edith die Augen auf. »Sie *hätten* tot sein können. Ich hab dieser Tage noch zu Harry gesagt –«

Wie auf ein Stichwort rief Harry aus der Küche: »Wer ist da, Edith?«

»Harry, du glaubst nicht, wer hier ist …« Sie winkte mich herein.

Im Verlauf der nächsten Stunde erfuhr ich in allen Einzelheiten von Harrys Gabe, Geranien, Petunien und Pastinaken zu züchten, von Ediths Abenteuern im Supermarkt und dem Tierarztbesuch des Hundes. Dagegen nichts davon, dass sie

Kumiko Matsuura gesichtet hatten. Jedes Mal, wenn ich versuchte, das Gespräch auf ihre zweite Begegnung mit ihr zu bringen, schweifte die Unterhaltung auf verschlungenen Pfaden, zu denen sie sich ständig gegenseitig das Stichwort lieferten, in eine andere Richtung.

In meiner Verzweiflung sah ich schließlich wie beiläufig auf die Uhr. »Du lieber Himmel!« Ich stieß einen übertriebenen Entsetzensschrei aus. Der Hund, der zu Ediths Füßen auf dem Teppich lag, öffnete ein Auge, kam zu dem Schluss, dass seine Wachhunddienste nicht erforderlich waren, und setzte seine Verdauungssiesta fort. »Schon zwanzig nach vier! Wenn ich den Leihwagen nicht bis fünf zurückbringe, knöpfen sie mir die Miete für den ganzen nächsten Tag ab!«

Ich vertraute darauf, dass Ediths und Harrys schottische Sparsamkeit ihnen die Dringlichkeit der Situation vor Augen führte, und kramte aus meiner Handtasche Block nebst Stift hervor. »Die Polizei sagt, sie bringen die Frau, die mich beinahe umgebracht hat, vor Gericht, wenn ich sie ausfindig machen kann.«

Dann stellte ich ihnen eine Frage, von der ich hoffte, dass sie nur klar und eindeutig beantwortet werden konnte: »Die Fahrerin, Sie haben sie wiedergesehen – in Anstruther, nicht wahr?«

»Das stimmt.« Edith wandte sich an Harry. »Wir hatten gerade geparkt, nicht wahr, Harry?«

»Nein, ich glaube nicht, Edith. Wir kamen ja –«

Ich hielt Edith den Notizblock unter die Nase. »Schreiben Sie einfach auf, was sie gerade machte.«

Edith nahm den Stift. »Nun ja, meine Liebe … da brauche ich meine Brille. Hatte ich sie eben in der Küche, Harry?«

Er kratzte sich am Kopf und massierte sich nachdenklich das Kinn. »Glaube nicht, Edith.« Er legte die Stirn in Falten, schürzte die Lippen. »Du hattest sie noch, als du –«

Ich schnappte mir den Block. »Schon gut. Erzählen Sie mir einfach, was sie gerade gemacht hat.«

»Gemacht? Ich glaube, sie hat eigentlich gar nichts gemacht, oder, Harry?« Edith runzelte nun ebenfalls die Stirn.

»Du hast Recht, Edith. Ich glaube nicht.«

Ich biss die Zähne zusammen und unternahm einen neuen Versuch. »Sie meinen, sie stand da nur herum? Im Zentrum von Anstruther?«

Beide schüttelten den Kopf, Edith von links nach rechts, Harry von rechts nach links.

»Nein«, sagte sie.

Harry bestätigte den Bruchteil einer Sekunde später: »Nein.«

»Nein?« Meine Stimme ging in ein frustriertes Quieksen über.

»Nicht im *Zentrum*. Unten im Hafen auf einem Boot.«

»Nein, sie stand nicht, sie *saß* auf dem Boot.«

»Boot?« Im eklatanten Gegensatz zu dem nicht versiegenden Redeschwall der beiden schienen meine Beiträge sich auf Monosyllaben zu beschränken.

»Ja, auf dem Boot, der Fähre. Sie müssen bedenken, es war kein guter Tag für einen Ausflug auf die Insel, nicht wahr, Harry?«

»Nein, keineswegs. Tiefe Wolken. Ich hab gleich gesagt, das gibt noch Regen, nicht wahr, Edith?«

»Hast du, allerdings, Harry. Und du hattest Recht.« Edith sah ihren Mann freundlich an. Wettervorhersagen gehörten offenbar auch zu seinen vielfältigen Gaben.

»Fähre wohin?« Ich schob die Worte in den Dialog ein wie ein Perlenfischer das Messer zwischen die Muschelschalen.

»Die Isle of May, wo die Vogelbeobachter hingehen.« Edith konnte über meine blanke Unkenntnis nur staunen.

| 242

»Die Isle of May«, bekräftigte Harry. »Sind Sie noch nicht da gewesen?«

Ich schüttelte den Kopf. Ich dachte an Ginas Liste und das Wort »May«, das sie hingekritzelt hatte.

»Oh, für Vogelfreunde lohnt sich ein Besuch, ganz bestimmt.« Harry nickte kundig. »Teisten, Möwen, Papageitaucher …«

»Die Papageitaucher mag ich besonders, Harry. Die sind so komisch. Weißt du noch, wir haben mal das Fernglas mitgenommen und sie beobachtet, wie sie aus ihrem Bau fliegen und wieder zurück?«

Harrys wettergegerbtes Gesicht verzog sich zu einem Lächeln. Ich warf meine Frage ein, bevor er sich in endlosen Erinnerungen ergehen konnte. »Dann glauben Sie, die Frau fuhr wegen der Vögel rüber?«

»Oh nein, das glaube ich nicht«, sagte Edith mit Nachdruck. »Nicht mit diesem leichten Schuhwerk. Damit würde ich nicht mal durch den Garten gehen.«

»Da hast du Recht, Edith.« Sie lachten beide über die Dummheit der menschlichen Natur. »Man braucht Schuhe mit guten Sohlen. Der Kerl, mit dem sie hinfuhr, wusste es wohl besser. Golfschuhe mit Stollen.«

»Sie war mit jemand anderem auf dem Boot?«, fragte ich ungläubig und hatte damit eine weitere Grundregel einer Zeugenbefragung gebrochen: Nimm grundsätzlich nichts vorweg. Was konnten Edith und Harry noch versehentlich für sich behalten haben? Was konnte ich noch mit den richtigen Fragen zu Tage fördern?

»Ja, sie steckten die Köpfe zusammen und studierten ein Papier. Ich denke, eine Karte von der Insel, eine von diesen Touristenkarten. Sehen Sie, die Fähre wollte gerade ablegen. Wir schauen gerne zu, wie die Boote im Hafen ablegen, nicht wahr, Edith? Wir standen da oben auf dem Kai, und sie war unten, unterhalb von uns und ein Stück entfernt. Aber dann hat sie hochgesehen, und ich hab sie an dieser blonden Strähne im Haar erkannt. Ich sah Edith an, und ihr ging es genauso. Wir wussten nicht, was wir machen sollten, nicht wahr, Edith?«

»Sicher, Harry. Wir konnten ja wohl schlecht aufs Boot springen und zu ihr sagen: Entschuldigen Sie, haben wir Sie nicht neulich dabei beobachtet, wie Sie im Queen's Park fast eine Dame überfahren haben? Sie hätte es natürlich geleugnet. Oder so getan, als verstünde sie uns nicht, als könnte sie kein Englisch. Wir hätten nur einen Schwall Chinesisch oder sonst irgendein Kauderwelsch zur Antwort bekommen.«

»Auf der Heimfahrt haben wir darüber geredet, Edith, stimmt's?«

»Sicher, Harry.« Sie nickte zur Bekräftigung.

»Dann hat Edith zu mir gesagt: ›Harry, du musst einfach nur zur Polizei. Um den Rest sollen die sich kümmern.‹ Als wir zurückkamen, bin ich deshalb sofort hin.«

Und das war alles, was ich den beiden aus der Nase ziehen konnte. Nein, sie konnten Kumikos Begleiter nicht beschreiben. Nein, sie hatten sie nicht noch einmal gesehen. Auf der Habenseite war die Isle of May jetzt eine echte Spur. Und dieser Mann in Golfschuhen konnte niemand anders sein als Hiram J Spinks.

Ich sah noch einmal ostentativ auf die Uhr. »Ich muss jetzt aber wirklich.« Ich erhob mich vom Sofa und ging zielstrebig zur Tür.

Der Hund setzte sich auf, kratzte sich heftig und blickte Edith und Harry fragend an.

Zusammen begleiteten sie mich nach draußen. Edith öffnete mir das Tor. »Falls wir sie noch einmal sehen, melden wir es der Polizei.«

Harry köpfte sauber eine Geranie. »Ja, das machen wir, sofort.«

»Das ist sehr nett von Ihnen«, sagte ich.

Doch sie würden Kumiko nicht wiedersehen. Nicht in Anstruther oder sonst wo.

19

Kaum war ich wieder in meiner Pension, machte ich es mir auf dem Boden bequem und breitete die Karte von Ostschottland aus. Gorgonzola, die bis dahin auf dem Bett geschlummert hatte, streckte eine Pfote nach ihrem leeren Futternapf aus, versuchte abzuschätzen, was sie von mir als Wiedergutmachung für ihre traumatischen Erfahrungen in der Garage der Mackenzies erwarten konnte. Auch wenn sie von diesem Trauma vollkommen genesen war. Das wusste ich so gut, wie sie wusste, dass ich es wusste.

»Mach dir keine Hoffnung, Gorgonzola«, sagte ich.

Ich strich eine Falte aus der Karte. Anstruther war … da. Ich markierte die Stelle mit dem Finger. Dann muss die Isle of May … Ja, da war sie, ein einsamer Fleck im breiten Mündungsgebiet des Forth, von keiner Seite aus leicht zugänglich. Die wie ein Hundekopf geformte Halbinsel der Küste von Fife war das nächstgelegene Festland, was erklärte, dass Kumiko dort gesichtet worden war.

Gorgonzola verlegte sich auf ein jammervolles Miauen.

»Netter Versuch«, sagte ich unbekümmert, ohne von der Karte aufzusehen.

Inchcolm, Cramond, Tantallon, Fast Castle, Isle of May bekamen einen Kringel mit rotem Marker. Fünf rote Kreise auf der Karte, wie ein großes Punkte-Verbindungsspiel für Kinder. Ich nahm meinen Bleistift und verband die roten Markierungen mit Linien. Sie bildeten ein Dreieck, mit der Isle of May an der Spitze. Besagte das etwas?

Ich stand auf und starrte aus dem Fenster, um mich inspirieren zu lassen. Um diese Uhrzeit war die Promenade unter meinem Fenster fast leer. Eine kühle Meeresbrise hatte die meisten Feriengäste verscheucht, und nur die Hartgesottenen harrten aus. Am gelben Sand brachen sich die Wellen in einem zarten, frischen Schaumbesatz wie die Spitzen an einem Rüschengewand. Links von mir konnte ich, wenn ich den Hals vorreckte, noch so eben Inchcolm als einen grauen Fleck im blauen Wasser des Forth erkennen. Ich schob das Fenster hoch und lehnte mich hinaus. Rechts von mir lag in einiger Ferne blass purpurrot der Gipfel des Berwick Law, mein Markierungspunkt für Tantallon.

Ich ließ das Fenster auf und brütete weiter über meiner Topografie. Der westliche Punkt im Dreieck war Cramond, wo das den Gezeiten unterworfene Mündungsgebiet sich zu seinem Zustrom, dem Forth, verjüngte. Der oberste Punkt des Dreiecks, die Isle of May, lag an der Mündung, schon fast in der Nordsee. Ein Ozeandampfer konnte dort leicht eine Fracht abwerfen und auf seinem Kurs weiterfahren, ohne unnötig Aufmerksamkeit zu erregen. Und dann … Ich zog einige wacklige rote Linien von der Insel aus zu jedem eingekreisten Ort. Dann setzte ich mich auf die Fersen und bewunderte mein Kunstwerk. Die Strahlen der aufgehenden Sonne, die japanische Flagge. Ausgesprochen passend.

Die Karte raschelte und knitterte, und die Isle of May versank unter einer großen rötlich braunen Tatze. Als sie sah, dass sie meine ungeteilte Aufmerksamkeit hatte, ließ sich Gorgonzola langsam zur Seite fallen und schloss zum Zeichen, dass sie hungers gestorben war, die Augen.

Ich strich die Segel. »Du hast gewonnen, Gorgonzola.« Doch ganz geschlagen gab ich mich nicht. Ich wühlte die Dosen durch, bis ich ihre Lieblingsorte fand, gemischte Lachs- und Forellenstückchen. Hmm, der Vorrat wurde ein bisschen knapp. Ich musste das bald ändern. »Lachs und Forelle«, sagte ich laut.

Zwar lag sie reglos da, doch an ihrem Maul bildete sich verräterischer Sabber.

Ich kramte in der Seitentasche des Gepäckstücks. Mit den Fingern stieß ich auf den Löffel, aber keinen Dosenöffner. Ich kramte zwischen den Dosen, warf sie auf den Boden, stülpte die Tasche um und schüttelte sie kräftig. Kein Dosenöffner weit und breit.

Ein kurzer Seitenblick auf Gorgonzola zeigte mir, dass sie aus ihrer liegenden Stellung zu einer raubtierhaften, sprungbereiten Position gewechselt hatte. Zwei schlitzförmige Kupferaugen, ein zuckender Schwanz. Ich erkannte die Zeichen einer gekränkten Katze.

»Ich weiß, dass du es verdient hast, Süße, aber was soll ich machen?« Ich breitete beschwichtigend die Hände aus. »Jetzt lass mich nur eben diese Karte zusammenfalten.«

Ich zupfte an der Ecke, doch sie machte keine Anstalten, aufzustehen, sondern grub ihre stämmigen Vorderbeine mit den scharfen Krallen in das glatte Papier. Ein zahniges, rosa Gähnen machte deutlich, dass ein Machtkampf im Gange war.

Da klopfte es leise an der Tür.

»Herein.« In der Hoffnung, Gorgonzola wäre abgelenkt, zog ich unauffällig und dann noch einmal energischer an dem Faltplan.

Beim Geräusch zerreißenden Papiers steckte Jim Ewing den Kopf zur Tür herein. »Ich wollte nur mal fragen, ob die Katze Appetit auf Fisch hat.«

Gorgonzola beantwortete die Frage, indem sie demonstrativ die Seiten wechselte: Mit einem Satz war sie bei ihm und schlang sich einschmeichelnd um seine Beine.

»Da haben Sie die Antwort, Jim.« Die Runde ging an sie, und ich verlor mit Würde. »Ich habe den Dosenöffner verlegt.

Könnten Sie mir einen leihen? Die Katze ist sauer, weil ich ihre Dose nicht aufmachen kann.«

»Kein Problem. Ich hab unten einen übrig.« Er warf einen Blick auf die zerrissene Karte, die ich immer noch in der Hand hielt. »Bringen Sie die mit, ich müsste auch irgendwo Tesafilm haben.«

Gorgonzola stolzierte anmutig vor uns die Treppe hinunter. »Vielleicht ist sie in der Stimmung, noch so ein Gemälde abzuliefern.« Seine Augen funkelten bei dem Gedanken. »Ich habe ihre Staffelei stehen gelassen, und die Farben sind auch noch da.« Er zeigte auf ein großes Stück Papier, das an die Küchenwand geheftet war.

Doch Gorgonzola van Gogh stand nicht der Sinn nach Kunst. Unbeirrt marschierte sie zum Kühlschrank, stellte sich auf die Hinterbeine und schlug mit der Pfote nach dem Griff.

Während sie den Fisch geräuschvoll hinunterschlang, reparierte ich die Karte rückseitig mit Tesafilm.

»Haben Sie schon mal was von einem Fast Castle gehört?«, fragte ich.

»War da schon mal spazieren.« Jim durchforstete die Schublade nach einem Ersatzdosenöffner. »Schon seltsam, dass es vor fünfhundert Jahren mal so wichtig war. Aber heute gibt es nicht mehr viel her.«

»Demnach lohnt es keinen Ausflug?« Ich faltete die Karte zusammen und steckte sie in die Tasche.

Er lehnte sich auf die Arbeitsfläche und sah Gorgonzola dabei zu, wie sie mit der Zunge dem letzten Stück Fisch im Napf nachjagte. »Es sei denn, Sie sind Künstlerin oder gehören zu diesen Geschichtsfreaks.«

»Dann treibt es also nicht viele Leute dorthin?«, warf ich wie beiläufig ein.

»Ist heute ziemlich einsam. Als ich das letzte Mal da war,

hab ich keine Menschenseele zu Gesicht bekommen – außer ein paar Fischern. Wieso allerdings jemand von einer hohen Klippe aus angelt, ist mir schleierhaft.«

»Von einer Klippe aus?«, fragte ich. »Das ist allerdings ungewöhnlich.«

»Die Herausforderung, nehme ich an. Die haben spezielle Angelruten.«

Nachdenklich steckte ich den Dosenöffner in die Tasche. *Verquerer und verquerer*, würde Alice im Wunderland sagen.

In meinem Zimmer stellte ich leise den Klassiksender im Radio an, kaute auf einem Soft-Mint-Bonbon und blätterte den East-Lothian-Reiseführer durch, bis ich den Abschnitt über Burgen und Schlösser fand.

Fast Castle. Burgruine aus dem 14. Jahrhundert, spektakulär auf dem Rand einer Meeresklippe gebaut. Die Wolf's Crag in Sir Walter Scotts Roman Die Braut von Lammermoor. *Von der Hauptklippe führt eine Holzbrücke hinüber. Achtung, Gefahr bei Höhenangst!*

Gorgonzola beäugte mich neugierig, während sie energisch ihre Schnurrhaare von den letzten Resten des Fisch-Festmahls säuberte.

Die Musik im Radio verebbte mit einem langen Violinklang, dann meldete sich eine männliche Stimme und murmelte kaum verständlich: »… Abendkonzert … Wetterbericht …«

Ich beugte mich vor, um lauter zu stellen, und nahm mir ein zweites Kaubonbon.

»… ein stabiles Hochdruckgebiet über den Britischen Inseln. Der morgige Tag verspricht überall hohe Temperaturen und Sonne, außer einem schmalen Streifen an der Ostküste von Fife bis zu den Lothians, wo eine Meeresströmung für niedrige Temperaturen und höchstwahrscheinlich auch für Seenebel sorgen wird …«

Spinks und Burgen, D J Smith und Ostküsten-*haar*. Ich trat ans Fenster, stützte die Ellbogen auf den Sims, das Kinn auf die Hände, und betrachtete das charakteristische Dreieck von Berwick Law. Dahinter lag Fast Castle und die nächste Runde *Catch as you can* mit Spinks. Mir ging Jim Ewings Bemerkung über die Angler und ihre speziellen Ruten durch den Kopf. Also, wenn *das* nicht vielversprechend klang.

Lindas Schere blitzte, und meine Haare fielen in dunklen Büscheln auf den Boden.

»Ja, blond und Stachelschnitt.« Ich grinste. Die Friseurin sah mich an, dann zwang sie sich zu einem Ausdruck höflicher Aufmerksamkeit. »Ich wirke beim Festival an einer Aufführung mit und muss mich der Rolle anpassen«, erklärte ich.

In einer Mischung aus Zufriedenheit und Frust sah ich der Verwandlung meiner adretten Frisur zu etwas, das entfernt an eine gebleichte Klobürste erinnerte, zu. Mein einziger Trumpf in dem tödlichen Spiel mit Spinks war die Tatsache, dass er mich für tot hielt. Und ich hatte die Absicht, tot zu bleiben. Nach meiner Verwandlung würde er mich nicht erkennen, selbst falls ich das Pech haben sollte, ihm zu begegnen, wenn ich einen Tag lang Fast Castle observierte.

Die Friseurin bearbeitete geübt und flink meine Haare von der Kopfhaut bis zur Spitze. »*Fringe*, nicht wahr?«

Ich war mit den Gedanken weit weg. Begriffsstutzig starrte ich auf ihr Spiegelbild.

»Sie wissen schon, das inoffizielle Nebenprogramm des Festivals. Amateure und Studenten und so.«

»Ja, genau«, trällerte ich und ließ eine von vorn bis hinten erfundene Geschichte über meinen schauspielerischen Werdegang vom Stapel.

»Und wie sind Sie darauf gekommen, einen Mann zu spielen?« Sie trat zurück und betrachtete ihr Werk mit einem kritischen Auge, murmelte zufrieden etwas, zog ihre Gummihandschuhe aus und warf sie ins Becken.

»Ach so, ähm.« Die Frage traf mich unvorbereitet. »Bob ist im letzten Moment ausgefallen«, sprudelte ich drauflos.

Dann kam ein Redeschwall von ihr, doch ich hörte nur halb hin. Eine meiner Antworten ging wohl haarscharf am Thema vorbei, denn sie war verstummt und sah mich fragend im Spiegel an.

»Verzeihung«, sagte ich und winkte zur Entschuldigung mit der Hand. »Was meinten Sie? Ich war einen Moment in Gedanken. Ich hing noch einer Bemerkung von Ihnen nach.«

Was der Wahrheit entsprach. Männliche Rolle. Was für eine grandiose Idee! Wieso war *ich* nicht darauf gekommen? Nicht nur eine neue Frisur, sondern gleich eine Geschlechtsumwandlung. Darauf musste selbst der misstrauische Spinks hereinfallen.

Ich gab Linda ein üppiges Trinkgeld und marschierte auf dem schnellsten Wege zum nächstbesten Kostümverleih.

Der bärtige junge Mann mit der Stachelfrisur starrte mir, ohne mit der Wimper zu zucken, aus dem Badezimmerspiegel entgegen. Er streckte eine Hand aus und zupfte sich nachdenklich an seinem spärlichen blonden Bart. Ich grinste. Er auch.

Ich setzte mich aufs Bett und zog ein Paar Wanderstiefel an. Vor dem Garderobenspiegel schulterte ich den großen Rucksack, in den ich unübersehbar Zeichenbrett und Skizzenblock gesteckt hatte. Ich war jetzt ein Künstler auf Wanderschaft, passend in weit geschnittenem, rot kariertem Hemd und verwaschenen, an den richtigen Stellen ausgefransten Jeans. Meine Tarnung war mein Schutzschild.

Ich komplimentierte Gorgonzola aus dem Fenster, um sie

bis zu meiner Rückkehr sich selbst zu überlassen, und trampelte in meinen neuen Stiefeln ein wenig laut die Treppe hinunter. Aus dem Frühstückszimmer kam Jim Ewing mit einem Tablett schmutzigem Geschirr. Als er ruckartig stehen blieb, klirrte und klapperte es gefährlich.

»Guten Morgen, Sir. Wie kann ich Ihnen helfen?« Was dem Ton nach bedeutete: Was zum Teufel haben Sie hier in meinem Haus verloren? Er brachte seine kräftige Gestalt zwischen mir und der Haustür in Stellung, um deutlich zu machen, dass dieser Eindringling ihm eine Erklärung schuldig war.

»Ähm, hallo, Jim. Ich bin's, DJ Smith.« Ich hatte ihn an diesem Morgen gebeten, mir das Frühstück auf dem Tablett hochzubringen, und gehofft, mich unbemerkt zu verdrücken.

Er kam einen Schritt auf mich zu und nahm mein Gesicht unter die Lupe. »Gütiger Himmel! Wie haben Sie das denn angestellt?« Vor Staunen hing ihm die Kinnlade herunter.

»Ich hab da einen Freund, den ich seit einer Ewigkeit nicht gesehen habe. Ich habe mit ihm gewettet, dass er mich nicht erkennt, wenn er mich wiedersieht.« Ich lachte verlegen. »Hoch gewettet.«

»Also, ich setze auf Sie!«, sagte er und gab den Weg frei.

Ich winkte ihm noch einmal fröhlich zu, dann trat ich in die frühe Morgensonne. Als ich zurückblickte, stand er immer noch kopfschüttelnd da.

Wie gewöhnlich lagen die Meteorologen völlig daneben. Kein *haar*, nur zarte Frühnebelstreifen. Ein paar lockere Wolken trieben träge über den blauen Himmel. Ich hievte den Rucksack in den Wagen und blieb einen Augenblick auf der Promenade stehen, um einen Blick auf die von der letzten Flut geebnete Sandfläche zu werfen. Schlanke Seevögel auf langen Beinen stocherten im seichten Wasser, und am Horizont ragte Berwick Law wie ein rauchblauer Kegel auf. Eindeutig das Sujet für einen Künstler. Doch egal, was ich am Fast Castle auf meinen Zeichenblock bannen würde, es fiele in jedem Fall unter naive Kunst. Selbst die einfachsten Gegenstände kamen bei mir nie so heraus wie geplant. Ich musste mir eingestehen, dass ich Gorgonzola nicht das Wasser reichen konnte.

Fast Castle. Das Schild deutete das Kliff entlang nach rechts. Ich verlagerte den unbequemen Rucksack auf meiner Schulter. Vielleicht hätte ich es mit der Künstlerausstattung nicht ganz so authentisch halten sollen. Schon jetzt schien sie ein paar Kilo mehr zu wiegen als bei meinem Aufbruch. Für den zerfurchten, unebenen Weg waren zumindest die Wanderstiefel das Richtige. Ewing hatte gesagt, dass es nicht viele Besucher dorthin zog. Bis auf Spinks und Konsorten. Falls ich einen Unfall erlitt, wäre ich jedenfalls nicht gern auf deren Erste Hilfe angewiesen.

Ich war in beträchtlicher Entfernung von der Hauptstraße abgebogen, um den Pfad zu den Kliffen zu erreichen. Jetzt schlängelte er sich über graues, flechtenbewachsenes Gestein und verschwand hinter der Hügelkuppe. Auf der Anhöhe blieb ich stehen und sah nach unten. Von meinem Aussichtspunkt aus konnte ich meilenweit den Küstenstreifen entlangsehen. Zwischen den steilen Klippen und der gekräuselten See zogen gemächlich die Möwen ihre Kreise.

Ich hatte schon eine Weile die den Steilhang hinuntergestürzten Gesteinsbrocken im Auge, bevor ich die Überreste der Burg erkannte, deren grasüberwachsene runde Formen kaum von den grauen Felsen zu unterscheiden waren. Nur ein einziges zerklüftetes Mauerfragment hatte sechshundert Jahre Verwitterung und Krieg überdauert.

Zweifellos ein einsamer Ort. Vor sechshundert Jahren waren hier sicher laute Rufe, Pferdewiehern und klirrendes Metall von den Felsen widergehallt. Jetzt dagegen machte mir der

| 254

Schrei eines Seevogels, das schwache Wispern der See, die in der Tiefe an die Klippen brandete, und das Geräusch meines keuchenden Atems nur die Abgeschiedenheit bewusst.

Der Weg führte den steilen, grasbewachsenen Hang hinab, der zwischen mir und den immer noch weit entfernten Ruinen lag. Zuweilen verengte er sich zu einem bloßen Trampelpfad oder zu einem schmalen Grat über einen schwindelerregenden Abgrund, und es kostete mich immer wieder größte Überwindung, einen Fuß vor den anderen zu setzen. An einer Stelle jedoch waren Stufen in den Hang eingeschnitten, so dass ich den Blick nicht mehr starr auf den Boden heftete, sondern aufzuschauen wagte.

In weniger als dreihundert Metern Entfernung ragte ein Stück verwitterte rote Sandsteinmauer in den Himmel, das mit den grauen Klippen in seiner Umgebung verwachsen schien. Ich hielt den Atem an. Selbst als Ruine strahlte die Burg eine düstere Wirkung aus, die dem Betrachter einen Schauer über den Rücken jagen konnte. Die Erbauer von einst hatten den Standort gut gewählt. Das Gemäuer thronte nicht, wie ich angenommen hatte, direkt auf dem Rand des Kliffs, sondern auf einem Teil des Felsens, den ein urzeitlicher kataklysmischer Vorgang von der übrigen Hochebene gespalten hatte. Eine Brücke aus Holzplanken spannte sich über die Schlucht, und Handläufe aus schweren Ketten verhinderten den Sturz ins kristallklare Wasser am Fuß des Abgrunds.

Ich beeilte mich, hinüberzukommen, und fühlte mich erst wieder sicher, als ich festen Boden unter den Wanderstiefeln hatte; ich lief einmal um die Überreste der Burg herum und bis an den Rand des Kliffs. Wie gut, dass die Wettervorhersage geirrt hatte – bei Nebel oder *haar* wurde dieser Ort zweifellos zur Todesfalle.

Meine Nasenlöcher sträubten sich, als mir ein widerlicher, beißender Geruch entgegenstieg. *Tod.* Der unverwechselbare

Gestank des Todes. Links von mir befand sich eine tiefe Felsenspalte. Am Boden konnte ich auf einem dichten Nesselkissen ein Häufchen aus weißer Wolle und bleichen Knochen ausmachen, den verwesenden Kadaver eines Schafs. Was hatte ich erwartet, als ich allen Mut zusammennahm, um in den klaffenden Spalt zu sehen? Wohl etwas entschieden Grausigeres.

Ich schnappte nach Luft – was in der gegebenen Situation nicht klug war – und drehte mich weg. Am besten ließ ich alle weiteren Erkundungen bleiben und suchte mir stattdessen eine Stelle, wo ich meine Staffelei aufstellen konnte, bevor ich Gesellschaft bekam. Was früher oder später der Fall sein würde, da hegte ich keinen Zweifel. Ginas Liste hatte sich bei Tantallon und Longniddry als korrekt erwiesen, folglich stimmte wohl auch Fast Castle. Vielleicht war schon jetzt ein Hochleistungsfernglas auf mich gerichtet.

Der Gedanke traf mich wie ein Schock, und ich schlüpfte augenblicklich in meine Touristenrolle. Demonstrativ strich ich mit den Fingern über den uralten Mörtel zwischen den verwitterten Steinen. Entzückt betrachtete ich die leuchtend gelben Flechten und den farbenfrohen rosa Grasnelkenteppich am Rand des Kliffs. Die Hand schützend über die Augen gelegt, folgte ich den Abwärtsspiralen eines Vogelschwarms, der sich vor der kotbespritzten Felswand mit den alten Nestern von den thermischen Strömungen tragen ließ.

Es war nicht ratsam, zu lange auf ein und dieselbe Stelle zu starren, doch ich war zunehmend davon überzeugt, dass sich Fast Castle mit seinem grauen Kiesstrand, der nur mit dem Boot zu erreichen war, hervorragend zum Abwurf von Drogenlieferungen eignete. Im Osten hatte ich in einem Bogen von hundertachtzig Grad nichts als das Meer mit einem einzigen Fischerboot vor Augen, das im leichten Wellengang schaukelte. Im Norden waren in der Ferne die Umrisse von Fife und May auszumachen. Ich prägte mir alles ein.

Schließlich warf ich den Rucksack ab und schnallte das Zeichenbrett los. Dann hielt ich es in die Höhe und drehte mich einmal im Kreis, als suchte ich nach der besten Ansicht. Nahe dem Gipfel des Hügels blitzte etwa vierhundert Meter von mir entfernt einen Moment ein Sonnenstrahl auf Glas, möglicherweise ein Hinweis, dass ich einen Beobachter hatte. Natürlich war es denkbar, dass sich das Licht in harmlosem Flaschenglas brach, doch wohl eher nicht.

Ich fand eine gute Stelle am Hang und ging mit meiner Ausrüstung ein paar hundert Meter oberhalb, ein wenig rechts von der Burg in Stellung. Auf diese Weise käme ich niemandem in die Quere, der den Pfad entlanglief. Ein Problem war somit gelöst, doch kaum balancierte ich das Zeichenbrett bequem auf den Knien, tauchte das nächste auf. Wie gesagt, sind meine künstlerischen Fähigkeiten praktisch gleich null, doch wenn jemand des Weges kam, musste ich ein Bild vorweisen. Die meisten Menschen können der Versuchung nicht widerstehen, Künstlern über die Schulter zu sehen, und so musste ich auf den neugierigen Blick von mehr oder weniger unschuldigen Passanten gefasst sein.

Als mir die Idee kam, mich als Künstler zu verkleiden, war ich in meiner Begeisterung ins nächstbeste Spezialgeschäft gerannt und hatte mir ein, zwei Pinsel, einen Zeichenblock, ein Brett, einen Aquarellkasten sowie ein Büchlein über Aquarellmalerei für Anfänger gekauft. An sich hatte ich geplant, es vor meinem Ausflug zu lesen, doch wie heißt es so schön, der Weg zur Hölle … Ich überflog die erste Seite. *Aquarell ist vielleicht die schwierigste Technik in der Malerei.* Nicht gerade ermutigend. Meine Hoffnung, ein zweiter Turner zu werden, schwand. Aber gab es unter Turners Spätwerken nicht welche mit sehr verschwommenen (wenn auch zugegebenermaßen großartigen) Farben? Genauer betrachtet – welch Häresie! – ein einziges Geschmiere? Meine Stimmung hellte sich auf. Ich würde eben im Stil des reifen Turner arbeiten. Wer sagte denn, dass ich die Szene fotografisch getreu wiedergeben musste? Mit ein paar groben Umrissen und dünn aufgetragenen Farbschichten konnte ich ein passables Bild zustande bringen – Fast Castle bei Sonnenuntergang oder Fast Castle bei Nebel –, falls jemand neugierige Fragen stellte. Sollte tatsächlich jemand genauer wissen wollen, wo denn nun der Sonnenuntergang war und wo der Nebel, würde er von mir einen mitleidigen Blick zur Antwort bekommen. Mit dem unerschütterlichen Selbstvertrauen des geborenen Künstlers würde ich ihn (oder auch sie) davon in Kenntnis setzen, dass wir uns – angesichts einer profanen Ansicht – nicht auf das beschränken, was tatsächlich *da* ist, sondern die Wirklichkeit durch einen romantischen Sonnenuntergang oder einen Nebel aufwerten.

Ich skizzierte ein paar krakelige Umrisse der Burgruine und summte dabei fröhlich vor mich hin. Eine kühne Zickzacklinie mit dem Bleistift stand für den oberen Rand der Klippe, und schon konnte ich mit dem Malen beginnen. Und schon steckte ich fest. Aquarellfarben müssen mit Wasser angerührt werden. Diese elementare Erkenntnis hatte ich außer Acht gelassen. Die nächste Quelle für Wasser – und salziges obendrein – war etwa dreißig Meter unterhalb des Felsens. Betreten kaute ich an meinem nagelneuen Pinsel. Mir blieb nichts anderes übrig, als etwas von der Dose Bier zu opfern, die ich als Reiseproviant eingepackt hatte …

Ich kam gerade so richtig in Fahrt und platzierte in einem großen künstlerischen Wurf einen purpurfarbenen Farbklecks über ziemlich tristen grauschwarzen Flecken, als ein Schatten über mein Blatt fiel. Erschrocken sah ich auf. Hatte ich mich tatsächlich so in meine Arbeit vertieft, dass mir jemand auf dem Pfad entgangen war?

»So kann man sich täuschen. Wir dachten, Sie malen die Burg.« Die Stimme kam von hinten. Der Ton war sarkastisch, der transatlantische Akzent unverkennbar. »Tja, wie's aussieht, lagen wir so ziemlich daneben.«

Langsam drehte ich mich um. Nicht ein, sondern zwei Gesichter beugten sich zu meinem Bild herunter. Trotz ihrer Ruten und Spinnerkästen hielt ich die Männer keinen Moment für Angler. Leuchtend bunte karierte Hemden schienen bei Leuten, die sich für etwas anderes ausgaben, als was sie waren, die herrschende Dienstkleidung zu sein. Ich musste es ja wissen.

»Natürlich ist es die Burg!« Im letzten Moment fiel mir ein, dass ich die Stimme senken musste. »Es ist Fast Castle im *haar*.«

Der mit der offensichtlichsten Gangstervisage sah mich an und runzelte angriffslustig die Stirn. »Ich sehe keine Haare. Wo steckt denn Ihr Rapunzel, Mister? Wollen Sie mich verarschen?«

Ich freute mich im Stillen über das Mister und setzte einen weiteren violetten Klecks. »Nicht Haare, sondern *h-a-a-r*. Das schottische Wort für Meeresdunst. Ich sehe auch, dass im Moment keiner da ist, aber Nebel verleiht einem Bild diese romantische Note, nicht wahr?« Ich vertrat meinen Standpunkt in nüchternem Ton, ohne mir im Mindesten anmerken zu lassen, dass mich die Unterhaltung amüsierte. Sollten sie mich doch für einen harmlosen Spinner halten – dann würden sie meine Anwesenheit als bedenkenlos hinnehmen und sich um ihre Angelegenheiten kümmern.

»Aber wo ist die gottverdammte Burg?« Der Aggressive schien für beide zu sprechen. Der Schweigsame – der Gefährlichere von beiden – sah nur zu.

Was glauben Sie denn, was Sie im Nebel sehen?, lag mir als Antwort auf der Zunge, doch der Selbsterhaltungstrieb gewann die Oberhand. »Also« – ich strich mir nachdenklich über das dünne Bärtchen – »ich hab mich noch nicht ganz entschieden, wo die Burg hinkommt. Und wie viel davon zu sehen sein soll. So was braucht seine Zeit, wissen Sie, will in Ruhe bedacht sein.«

Ich legte den Kopf schief und machte zögernd einen Tupfer aufs Papier. Aus dem Augenwinkel heraus sah ich, wie der misstrauische Ausdruck spöttischem Grinsen wich. Achselzuckend machten beide Männer kehrt.

Die Reaktion setzte mit Phasenverschiebung ein. Ich blickte ihnen hinterher und wusste mit eiskalter Gewissheit, dass ich jetzt am Boden der Felsspalte neben dem Schafskadaver liegen würde, hätte ich bei ihnen den leisesten Zweifel erregt. Einen Moment lang sah ich meinen eigenen Leichnam dort liegen, den leeren Blick in den wechselhaften Himmel gerichtet. Tod durch Unfall, keine Verdachtsmomente.

Ich folgte meiner Stimmung und überzog das gesamte Blatt mit einer feierlich grauen Farbschicht. Es gehört zu den charakteristischen Eigenschaften von Wasserfarben, dass sie (wie mir das Anleitungsbuch, Kapitel vier, *Nass in Nass*, später bestätigte) unsauber ineinander verlaufen. Ich machte diese faszinierende Entdeckung, als ich ein paar impressionistische schwarze Kritzeleien einfügte, die für die Silhouette der Ruine standen. Ich hielt das Brett mit dem Block auf Armeslänge und betrachtete kritisch die Wirkung. Absolut nicht, was ich beabsichtigt hatte, aber ausgesprochen faszinierend.

Zwar waren Spinks' Galionsfiguren hinter dem Burggemäuer verschwunden, doch anhand ihrer wippenden Angelspitzen konnte ich ihre Position im Auge behalten. Sie mussten jetzt am Rand der Klippe, direkt oberhalb des kleinen Strands, sein. Selbst einem blutigen Laien konnte nicht entgehen, dass diese Angelruten ungewöhnlich lang und stabil waren. Ich widerstand der Versuchung, herauszufinden, was sie gerade trieben. Ein solcher Fehltritt konnte für meinen Auftrag wie für mich selbst fatale Folgen haben. Also verbannte ich jeden Gedanken daran, auf allen vieren hinüberzukriechen und sie, hinter einem Felsen versteckt, zu beobachten. Oder mich an die Burgmauer zu drücken und Fetzen ihrer Gespräche aufzufangen. Ich musste unter allen Umständen in meine Kunst vertieft wirken, davon hing mein Leben ab. Mit ein bisschen Glück würde ich ein paar Gesprächsfetzen aufschnappen, wenn sie mir ihren nächsten Besuch abstatteten. Denn dass sie noch einmal wiederkommen würden, um mich zu überprüfen, stand außer Frage. Reine Routine. An ihrer Stelle würde ich es nicht anders halten.

Als sie kamen, war ich gewappnet. Ich hatte meine Position gewechselt und saß westlich, halb von der Burg abgewandt, als interessiere sie mich nicht mehr. *Fast Castle bei Sonnenuntergang* war zu drei Vierteln fertig und brauchte ihren Blick nicht zu scheuen. Inzwischen bediente ich mich souverän meiner neuen Nass-in-Nass-Technik und berauschte mich anstelle der gedämpften Palette von Grau bis Violett, die mein erstes Meisterwerk beherrscht hatte, an prächtigem Gelb, Orange und Rot.

Aus dem Augenwinkel heraus sah ich, wie sie herüberkamen. Etwas in der Richtung: Na, Jungs, guter Fang heute?, war definitiv nicht angesagt.

Ich hörte leise Schritte, angestrengtes Atmen, und wieder fiel der Schatten über das Blatt. Ich würdigte sie kaum eines Blickes.

Der Aggressive schaute mir über die Schulter. »Was stellt es denn diesmal dar, Mister? Explodierender Cheeseburger über Fast Castle?« Den Worten folgte ein unschönes Kichern. »Klar, Sie kommen ganz groß raus. Wenn Sie's nicht vermasseln, benutzt es McDonald's als Werbung für seine Big Macs.«

Der zusammengekniffene Mund des Schweigsamen entspannte sich einen Hauch, während seine Augen wachsam blieben.

Explodierender Cheeseburger. Für den echten Künstler verletzend, für mich dagegen eine Quelle der Beruhigung, was ich sorgsam verbarg. Offenbar hatte ich den Lackmustest bestanden.

Ich setzte ein beleidigtes Gesicht auf. »Eigentlich ist es *Fast Castle bei Sonnenuntergang*«, versetzte ich spitz.

Der Aggressive bückte sich nach seinem Spinnerkasten, den er auf dem Boden abgesetzt hatte, während er mein Meisterwerk verunglimpfte. Erst da fiel mir auf, dass der Kasten triefend nass war; als hätten sie ihn untergetaucht. In Seewasser. Blitzartig war mir klar, wieso. Sie hatten einen Probelauf gemacht und dabei diesen Kasten als Ersatz für ein schwimmendes Paket benutzt.

Ich wandte hastig den Blick von dem verräterischen Gegenstand ab und zeigte nach oben. »Sehen Sie diesen Himmel?«

Beide legten den Kopf in den Nacken. Inzwischen hatte sich, so weit das Auge reichte, eine grau geränderte Wolkendecke über das makellose Blau gebreitet. Nur vereinzelt schimmerten noch klare Partien hindurch.

»Keine Aussagekraft für ein Bild. Sie brauchen stärkere Farben, so wie man sie bei Sonnenuntergang bekommt.« Kennerhaft wedelte ich mit dem Pinsel, so dass ein Spritzer Karminrot auf die Lederhose des Aggressiven fiel. Zum Glück bekam er es nicht mit.

Die beiden wechselten vielsagende Blicke. »Sie meinen, Sie hängen noch bis Sonnenuntergang hier rum, Mister?« Die scheinbar beiläufige Frage war in Wahrheit höchst brisant. Schließlich war es erst Nachmittag.

»Oh nein, so lange bleibe ich nie zum Malen. Da taugt das Licht einfach nicht mehr. Da verlässt man sich besser auf die Vorstellungskraft.« Ich tauchte den karminroten Pinsel in den Wasserersatz und wirbelte ihn energisch herum. »Ich packe bald ein. Sieht nach Regen aus, das ist tödlich für Aquarell.«

Sie wechselten wieder eine stumme Botschaft. »So 'n Schwachsinn«, hörte ich noch leise, als sie mir den Rücken kehrten und davontrotteten.

Ich malte *Fast Castle bei Sonnenuntergang* fertig und signierte es mit einem Schnörkel. Zwei Meisterwerke an einem Tag. Gorgonzola van Gogh bekam ernste Konkurrenz.

Selbst ohne Bart traf Macleod der Schock, als er mein stachliges blondes Haar sah, doch meine Entdeckungen fanden seine volle Anerkennung.

»Sie glauben demnach, die benutzen diese langen Angelruten, um Päckchen aus dem Meer zu fischen?« Nachdenklich zwirbelte er einen Stift zwischen den Fingern.

»Ja. Und das war heute der Probelauf, mit ihren Spinnerkästen. Ich bin mir ziemlich sicher, die eigentliche Lieferung läuft heute Abend. Die Möglichkeit, dass ich nach Sonnenuntergang noch da sein könnte, hat sie ziemlich nervös gemacht. Da fällt mir ein: Was halten Sie davon?« Stolz legte ich meine beiden Meisterwerke auf seinen Schreibtisch.

Bedauerlicherweise reagierte er nicht viel anders als die Schlägertypen von Spinks, nur ein bisschen taktvoller.

Er nahm *Fast Castle im Nebel* falsch herum in die Hand. »Ähm …«

Ich zeigte stumm auf die Signatur, und er korrigierte seinen Fehler.

»Ich weiß, ich bin Ermittler, aber … soll das Fast Castle sein?«

»Das ist *Fast Castle im Nebel*«, sagte ich zu meiner Verteidigung.

»Ah, verstehe«, erwiderte Macleod diplomatisch. »Ein Gegenstück zu Fast Castle ... ähm ...«

»... *bei Sonnenuntergang*«, half ich ihm geduldig auf die Sprünge.

Fast Castle bei echtem Sonnenuntergang fiel hinter mein Gemälde weit zurück. Im Grunde gab es keinen. Nur das zarteste Rosa tönte die wenigen Stellen, an denen der Himmel hinter den tiefen Wolken durchschimmerte. Macleod und ich hatten uns darauf geeinigt, dass ein Kundschafter – ich – Spinks' Männer im Alleingang observieren würde. Solange ich ihnen in sicherer Entfernung folgte, sollte das kein Problem sein, während zwei ein größeres Risiko darstellten und ein halbes Dutzend schon gar nicht unbemerkt bleiben würde. Dabei »vergaß« ich, ihm gegenüber zu erwähnen, dass ich ein wenig aktiver vorzugehen gedachte. Ich wollte versuchen, irgendwelche Päckchen abzufangen, die in meine Nähe geschwemmt würden. Macleod hätte mir das zweifellos auszureden versucht, deshalb sagte ich ihm nichts davon. Ich hatte Ebbe und Flut für diesen Abend studiert und das enge Zeitfenster ausgerechnet, das einem Boot blieb, um die Schmuggelware nahe der Klippe abzuwerfen und darauf zählen zu können, dass sie an den kleinen Strand gespült wurde. Natürlich hatten auch die Empfänger ihre Hausaufgaben gemacht, doch um kein Aufsehen zu erregen, würden sie wohl nicht vor Einbruch der Dunkelheit kommen. Darauf verließ ich mich. Genauer gesagt, hing mein Leben davon ab.

Ein Päckchen in die Finger zu bekommen und den Inhalt zu untersuchen war mir das Risiko wert. Außerdem hielt es sich in Grenzen, sagte ich mir. Spinks' Bande konnte sich wohl kaum sicher sein, dass ihre Schmuggelware vollständig am

Strand unterhalb der Burg anlanden würde, so dass ein fehlendes Päckchen nicht weiter auffallen würde.

Nach diesem wenig überzeugenden Sonnenuntergang war alle Farbe aus Himmel, Wasser und Land gewichen. Mir blieb vielleicht eine Stunde, bevor alles zu einem dunkelgrauen Einerlei verschwamm. Ich schüttelte ein Büschel stachligen Ginster ab. In den letzten Stunden hatte ich immer wieder die Stellung gewechselt, damit mir die spitzen Stacheln nicht in dieselben Körperpartien piksten. Die ganze Zeit war niemand den Pfad entlanggekommen. Soweit ich es beurteilen konnte, war ich das einzige menschliche Wesen an diesem einsamen Küstenstreifen.

Von der Jacke über die Hose bis zu den Handschuhen schwarz gekleidet, war ich selbst ein Geschöpf der Nacht geworden. Eine Schutzmaske aus schwarzer Seide verbarg mein stachliges blondes Haar und mein helles Gesicht. In der Hand hielt ich eine ausziehbare, robuste Angelrute aus Kohlenstofffaser, die ich in einem Anglerladen in der Nähe meiner Pension gekauft hatte. Ich hatte vor, zu der Ruine hinunterzugehen, ein Päckchen herauszufischen und lange vor der Ankunft von Spinks' Bande in mein stachliges Versteck zurückzukehren. Alles war genauestens durchdacht.

Zuerst lief auch alles nach Plan. Ohne einen Zwischenfall brachte ich die Holzplankenbrücke hinter mich, welche die Kluft überspannte, arbeitete mich um das Mauerstück herum, das verloren in der Landschaft stand und zerklüftet in den Himmel ragte, und streckte mich in voller Länge auf dem kleinen Stück weichen Grasboden an der Oberseite der Klippe aus. Als ich über den Felsrand dreißig Meter tief hinunterschaute, hatte ich sie vor mir. Zehn nasse, schwarz verpackte Bündel lagen teils auf dem Kiesstrand oder schaukelten noch im Wellengang.

Doch *Der beste Plan von Maus und Mensch / Geht oft nicht*

auf. Robert Burns hatte Recht. Der größte Fehler in meiner Rechnung war das erforderliche Geschick, um ein Päckchen hochzuangeln. Ich hatte die Formel vergessen: Schwierigkeit der Aufgabe mal mangelnde Übung im Umgang mit Angelruten gleich Zeitaufwand. Ein beträchtlicher – ein zu großer – Zeitaufwand.

Kostbare fünf Minuten vergingen, bis ich nach einigen Fehlversuchen endlich die ausziehbare Angelrute sowie die Spezialanfertigung eines Greifhakens mit beweglichen Klemmbacken zusammenmontiert hatte – eine Vorrichtung, um kleine Gegenstände besser fassen zu können. Vielmehr eine größere Ausgabe dieser ärgerlichen Kirmesattraktionen, bei denen man innerhalb weniger Minuten ein Stofftier packen und in ein Loch stecken muss.

Endlich war meine Riesenrute fertig, und ich spulte den Haken an der Schnur langsam ab. Mit lautem Klatschen landete er rechts von einem der Päckchen im Wasser. Ich zog die Schnur ein und versuchte es wieder. Und wieder. Beim dritten Mal landete der Haken genau auf einer Lieferung, die von weiteren Päckchen an den Strand geschoben worden war. Ich hob die Spitze der Rute einen Hauch. Eine der Klemmbacken glitt über die Beute. Ich hielt den Atem an. Irgendwo aus der Versenkung meiner nicht immer sinnvoll verbrachten Jugend traten mir längst vergessene technische Erkenntnisse ins Bewusstsein. Keine schnellen Bewegungen. Ich lockerte die Klemmen und wackelte behutsam daran. Ein wenig nach links, ein bisschen nach vorn. Wie lange fischte ich schon so im Trüben? Keine Ahnung. *Konzentrier dich, verdammt noch mal.*

Ich kniff die Klemmbacken zusammen und fing ganz langsam an, die Schnur aufzuspulen. Als sie sich straffte, verrutschte das Päckchen ein Stück, und eine Ecke hob sich vom Boden. *Jetzt sachte, ganz sachte. Nicht die Nerven verlie-*

ren. Dieser Zeitdruck. Wenn die Zeit um war, verlor ich nicht mein Geld, sondern mein Leben. Das Päckchen verschob und verhakte sich. Ich zog daran. Die Greifzange rutschte von der schimmernden, wasserdichten Verpackung, und die Beute fiel wieder auf den Kies. An diesem Punkt hätte ich aufgeben sollen. Aber so ist der Mensch nun mal – er kann der Versuchung nicht widerstehen, es noch ein einziges, letztes Mal zu probieren. Also spulte ich wieder ein wenig auf, öffnete die Klemmbacken weit und schwang die Spitze der Angelrute zur Seite. Ich hörte einen leisen, dumpfen Schlag, und diesmal hatte der Haken fest gegriffen. Um mich zu beruhigen, schloss ich die Augen und atmete ein paar Sekunden ruhig ein und aus. Das hier war meine letzte Chance. Meine Lage war bereits riskant. Wie riskant, sollte ich im nächsten Moment erfahren.

Versuchsweise straffte ich die Schnur. Der Greifer hielt. Den Druck gleichmäßig halten … nicht daran ruckeln. Das Päckchen zitterte, dann schwebte es in die Luft. Vorsichtig zog ich es so schnell, wie ich mich traute, hoch. Stetig, aber quälend langsam kam mir der rechtwinklige Fang entgegen. Endlich hatte ich ihn auf der Höhe des Kliffrands. Ich zog die Rute in meine Richtung und streckte die Hand nach meinem Preis aus. Ich berührte ihn mit den behandschuhten Fingern.

Genau in diesem Moment des Triumphs hörte ich das metallische Klirren des Kettenhandlaufs. Leise, doch unverkennbar. Jemand kam über die Brücke. Spinks' Leute, wer sonst! Mir blieben ungefähr dreißig Sekunden, bevor sie um die Ruine kamen und mich entdeckten. Falls sie mich nicht schon gesehen hatten.

Ich hatte nicht einmal die Zeit, aufzuspringen. In einer einzigen, fließenden Bewegung schnappte ich mir das Päckchen, schleuderte die Angel seitlich über die Klippe und hechtete zu der einzigen Stelle, die auf dem Felsvorsprung Deckung bot: die Spalte mit dem verwesenden Kadaver. Um sie zu finden, brauchte ich nur meiner Nase zu folgen.

In dem Bruchteil einer Sekunde, bevor die erste Gestalt um die Burgmauer kam, kugelte ich mich ein und ließ mich über die Kante rollen.

20

Mir war, als hätte ich irgendetwas Widerliches, Ungenieß-
bares im Mund. Dazu diese Kopfschmerzen! Ein Kater, dachte ich dumpf. Und der *Gestank*. War ich etwa auf einer Müllhalde in Ohnmacht gefallen? Ich zwang mich, ein Lid
zu öffnen. Au. Vor meinem Auge zuckten grüne und weiße
Blitze. Schnell machte ich es wieder zu und ruhte mich eine
Minute aus. Bis mich dieser Aasgeruch erneut wachrüttelte.

Ich hörte gedämpfte Stimmen, leise Schritte hin und her, einen dumpfen Aufprall irgendwo über mir.

»Pass doch auf!«, sagte jemand ungeduldig.

»Es ist glitschig. Ich finde keinen Halt ...« Dieses Gequen-
gel würde ich überall wiedererkennen. Es war Mackenzie.

Die Erinnerung war zurück. Und die Angst. Die Angst vor
Entdeckung. Todesangst – stärker als der Gestank, der mich
einhüllte. Sie allein verhinderte, dass ich mich erbrach. Selbst
in meinem benebelten Zustand wusste ich, dass ich auf mich
aufmerksam machen würde, wenn ich mich übergab.

Wortfetzen schwebten herüber. »... nur neun ... muss
wohl ... uns nicht leisten ... suchen ...«

Erneutes Gebrummel von Mackenzie. Dann plötzlich, lau-
ter und näher: »Was ist das für ein Gestank?« Über meinem
Kopf verdeckte eine dunkle Gestalt einen Teil des nächtlichen
Himmels.

Ich schloss die Augen. Katzenaugen reflektierten das Licht,
dasselbe galt sicher für meine. Falls er mit der Taschenlampe in
die Spalte leuchtete, wäre ich geliefert.

»… nur ein gottverdammtes totes Schaf … beweg deinen Arsch hierher …« Amerikanischer Akzent, aber nicht Spinks.

Ich öffnete die Augen. Mackenzie war weg.

Bei dem Sturz hatte sich mein linker Arm in der schmalen Spalte unter mir verklemmt. Etwas Scharfes bohrte sich mir in den Arm und tat höllisch weh. Falls ich die Stellung wechselte, konnte es sein, dass ich irgendetwas löste und mich den Killern dort oben durch ein Geräusch verriet. Ein großer Stein auf den Kopf, das genügte, um mir den Garaus zu machen. Aber ich *musste* mich bewegen. Der Schmerz war jetzt unerträglich. Nein, ich *durfte* nicht. Na schön: Ich würde bis hundert zählen und mich dann bewegen.

Ich schaffte es bis vierzig, dann konnte ich nicht mehr. Wenn ich wenigstens den Arm ein wenig entlastete … Ich versuchte, mich auf die rechte Hüfte zu drehen, doch dafür steckte ich zu fest in der Spalte. Ein bisschen Hebelwirkung … Mit der freien Hand tastete ich nach irgendeinem Halt. Unter meinen Fingern löste sich ein Stein und fiel raschelnd durch die Nesseln und das lange Gras. Ein zweiter kullerte nach unten und traf mich genau zwischen den Augen. Das Ächzen, das mir durch die zusammengepressten Lippen entfuhr, klang beängstigend laut.

»Was zum Teufel war das?«, fragte Mackenzie mit dünner, nervöser Stimme. »Es kam von da drüben.«

»Verflucht noch mal, Mac! Noch nie was von Methan gehört? Der Bauch von dem Schaf da unten ist wahrscheinlich zum Platzen voll.«

»Ich sag euch, da ist jemand!« Seine Stimme war jetzt deutlich näher.

Ich lag reglos da, während mein Herz wie ein Vorschlaghammer pochte und ich glaubte, sie müssten es hören. Selbst der Schmerz und der unbeschreibliche Gestank waren in den

Hintergrund getreten. Vermutlich das Adrenalin. Ich spürte, dass er direkt über mir stand.

»Methan, ich sag's dir. Hör auf, rumzuquengeln, und fass lieber mit an«, sagte die Stimme in bedrohlichem Ton. »Wir müssen wieder am Wagen sein, bevor der Mond aufgeht. Und jetzt beweg gefälligst deinen Hintern.«

Mackenzie murmelte eine Verwünschung. In einem Funkenregen flog ein Zigarettenstummel durch die Luft, dann entfernten sich Schritte.

Auf die Angst folgt überwältigende Erleichterung und danach vollkommene, lähmende Erschöpfung. Ich schaffte es, noch einmal schätzungsweise zehn Minuten liegen zu bleiben. Genauer gesagt, bis sich meine Augen an die Dunkelheit gewöhnt hatten und ich die Maden entdeckte. Dick und glänzend. Ekelhaft. Mir drehte sich der Magen um, die Muskeln verkrampften sich, und ich übergab mich. Reichlich und laut, ohne dass ich etwas dagegen machen konnte. Mein Versteck war damit aufgeflogen. Hilflos wartete ich auf den Vergeltungsschlag. Er blieb aus. Keine alarmierten Schreie, nur die Ruhe der Nacht, das leise Schlagen der Wellen an den Strand. Sie waren weg.

Jetzt brauchte ich nicht mehr stillzuhalten. Ich strampelte mich endlich aus der entsetzlichen Umarmung mit dem Schafskadaver frei, stützte mich auf und überlegte benommen, wie ich mich am besten aus der Spalte winden konnte. Was war außer dem verwesenden Tier – und mir – noch in der Mulde? Nesseln, ich erinnerte mich an Nesseln. Und ziemlich steile, nackte Wände. Hineinzufallen war leicht gewesen, hinauszuklettern würde sich wohl als schwerer erweisen. Ich fühlte mich schwach und schwindlig; vermutlich hatte ich eine leichte Gehirnerschütterung. Ich saß zwischen den Nesseln und sammelte mich, um hinaufzuklettern.

Ich brauchte eine ganze Weile, doch irgendwann fasste ich

mit der Hand über die Kante der Spalte. Ich mobilisierte gerade alle Kräfte, um meinen schmerzenden Körper hochzuhieven, als mir das Päckchen einfiel. Es hatte mich fast das Leben gekostet, das verdammte Ding in die Finger zu kriegen. Wie konnte ich es nur vergessen! Die Gehirnerschütterung war vielleicht schwerer als gedacht. Ich packte ein dickes Büschel Gras und blickte nach unten. Von hier aus sah man am Boden der Spalte nur Dunkel. Ich konnte nichts erkennen. Was mich vor Mackenzie beschützt hatte, wurde mir jetzt zum Problem. Ich biss die Zähne zusammen und rutschte wieder bis nach unten.

Am Ende fand ich meine Beute. Doch als ich schließlich in sicherer Entfernung von dem grässlichen Geruch mit dem Rücken an den abgetragenen Sandsteinblöcken der Ruine lehnte, war ich zu erschöpft, um Triumph zu empfinden. Hinter mir war der Vollmond über der schwarzen Landmasse aufgetaucht. Ich sah auf die Uhr, konnte aber meine Augen nicht koordinieren. Schätzungsweise war es inzwischen weit nach ein Uhr morgens. Ich rappelte mich auf die Beine, klemmte mir die kostbare Trophäe unter den Arm und machte mich auf den langen Weg zurück zur Straße.

Als ich meinen Wagen erreichte, stand der Mond schon hoch. Ich warf das kostbare Päckchen zusammen mit der Maske und den Handschuhen auf den Rücksitz und sank müde hinters Lenkrad. Bevor ich den Motor anwarf, drehte ich den Rückspiegel in meine Richtung. Ein todbleiches Gesicht starrte mir entgegen. Unter dem Klobürstenhaarschnitt entdeckte ich einen Bluterguss, der bereits eine interessante violette Färbung annahm, und eine Beule so groß wie ein Entenei. Meine Wange zierte eine gezackte Platzwunde mit verkrustetem Blut. Rundum ein erschreckender Anblick. Ich wünschte, ich hätte es mir nicht angesehen, denn jetzt fühlte ich mich noch elender als ohnehin schon. Ich legte den Gang ein und fuhr los.

Fünf Meilen vor Edinburgh wurden meine sehnsüchtigen Träume von einer ausgiebigen heißen Dusche und einem ach so weichen Bett von einer geschwenkten Taschenlampe brutal zunichtegemacht. Als ich mein Tempo drosselte, fielen meine Scheinwerfer auf eine Gestalt in gelber Jacke, die den Arm hochhielt. Auf der anderen Straßenseite stand ein Streifenwagen. Es musste wohl einen Unfall gegeben haben. In der egoistischen Hoffnung, nicht allzu lange aufgehalten zu werden, kurbelte ich das Fenster herunter.

Die Gestalt mit der Taschenlampe trat auf mich zu und beugte sich vor, um einen Blick ins Innere des Wagens zu werfen. »Nur eine Routinekontrolle ...«

»Guten Abend, Officer«, sagte ich beschwingt. »Gab's 'nen Unfall?«

Mein Lächeln wurde nicht erwidert. Mit zusammengekniffenen Augen registrierte er das getrocknete Blut, die Prellung, die Beule. »Wollen Sie einen melden, Sir ... äh, Madam?«

Das Päckchen. Plötzlich wurde mir das Päckchen auf dem Rücksitz bewusst.

»Nein, nein«, plapperte ich nervös. »Ach so, jetzt verstehe ich, was Sie meinen. Nein, nein. Das ist alles nur Make-up, ich hatte keine Zeit mehr, es abzuwaschen ... Ich war bei einem Erste-Hilfe-Kurs ... als Opfer.« Mein Lachen fiel eine Spur zu schrill aus. Angesichts seines skeptischen Blicks wurde meine Stimme wacklig und versagte schließlich ganz.

Er richtete sich auf. »Ich überprüfe nur eben Ihre Rücklichter.« Er ging.

Im Spiegel sah ich, wie er seinem Kollegen, der im Wagen auf der anderen Straßenseite saß, unauffällig ein Zeichen gab. Gebannt schaute ich zu, wie die Fahrertür aufging und ein bulliger Mann ausstieg. Ich wusste, was als Nächstes fällig war. Die höfliche Aufforderung, das Fahrzeug zu verlassen. Das »Aber hallo, was haben wir denn da!«, sobald er die verdächtige Seidenmaske und die Handschuhe entdeckte. Und dann die Drogen. Die verlockende Aussicht auf eine Dusche und ein weiches Bett hatte sich dank der Lothian and Borders Police in nichts aufgelöst. Mir stand eine lange Nacht bevor.

Wie lang genau, das hatte ich allerdings unterschätzt. Zwar hatten sie mich ziemlich schnell ins Polizeipräsidium chauffiert, doch die Befragung dauerte die ganze Nacht und den größten Teil des nächsten Tages. Nur ein einziger Polizist kannte meine wahre Identität, und das war Macleod, der weder übers Festnetz noch übers Handy noch per Brieftaube zu erreichen war. Er hatte sich mit seiner Angelausrüstung zu irgendeinem nebligen, regennassen Highland-See abgesetzt. Er war von der Außenwelt abgeschnitten. Und ich auch. Eine verdeckte Ermittlerin – inkognito und verhaftet.

Der dicke Finger drückte erneut die Aufnahmetaste. Mit leisem Zischen lief das Band.

»Ich frage Sie noch einmal. Woher haben Sie dieses Päckchen?« Die grauen Augen waren so unerbittlich wie die Stimme.

Ich starrte auf die nackten Wände des Vernehmungszimmers. Gehörte dieser öde Anstrich zur psychologischen Kriegsführung, um jemanden einzuschüchtern? Ich konnte kaum glauben, dass dieser verwaschene Farbton derzeit die Modefarbe für Küchen und Badezimmer war.

Ich räusperte mich. »Na schön, ich rede ...« Und schwieg. Was würden diese jungen Designer, die im Fernsehen anderer Leute Häuser umkrempeln, mit diesen langweiligen Wänden anstellen? Ein paar schwarz-weiße Streifen, um daran zu erin-

nern, dass sich hinter einem bald die Gefängnistore schließen?
»Ja, ich rede.« Sie lehnten sich erwartungsvoll vor. »Aber nur
mit DCI Macleod. Allein.«

Das musste man ihnen lassen – sie waren beharrlich, doch
irgendwann hatte ich sie mürbe gemacht. Nachdem das Gerät
eine Stunde Stille aufgenommen hatte, gaben sie auf. Sie führten mich zu den Zellen. Der Schlüssel drehte sich im Schloss,
und ich stellte mich auf einen längeren Aufenthalt hinter
schottischen Gardinen ein.

Doch am späten Abend wurde ich endlich geholt. Offenbar bot der entlegene Highland-See derart ertragreiche Fisch-
gründe, dass Macleod einen Tag früher heimgefahren war,
um seinen Fang in der Tiefkühltruhe zu verstauen. Auf dem
Nachhauseweg war der Workaholic kurz im Präsidium vorbeigekommen. Diese außerplanmäßige Heimkehr half mir aus
der Patsche.

Weder der Name, den ich angegeben hatte, noch die An-
klage wegen Drogenbesitzes hatte ihn darauf gefasst gemacht,
auf die ihm bekannte DJ Smith zu treffen. Als ich in sein Büro
geführt wurde, brauchte er ein paar Sekunden, bis ihm dämmerte, dass ich die Deborah Jones auf dem Anklageprotokoll
war. Wie einer seiner toten Fische bekam er den Mund nicht
zu, und während der Streifenpolizist meine Missetaten auf-
zählte, schielte er ein paarmal zu mir herüber.

»Gott, Sie sehen ja schrecklich aus!«, rief er, sobald wir alleine waren.

»Meinen Sie die Frisur oder die Prellungen?« Ich sackte
dankbar in den Sessel vor seinem Schreibtisch und tastete die
druckempfindliche Beule an meiner Stirn ab. »Es war die Sache wert. Wir haben eine neue Spur. Nämlich die.« Ich zeigte
auf sein Angelzeug, das am Aktenschrank lehnte. »Nein, ich
leide nicht an Gehirnerschütterung. Ich war auch beim Angeln. Und mein Fang ist einiges mehr wert als Ihrer. ›Im Besitz

von Drogen der Klasse A‹, nicht wahr? Also, ich bin folgendermaßen drangekommen ...«

Es war bereits nach Mitternacht, als ich leise die Haustür meines Bed & Breakfast öffnete und mich nach oben schlich. Kaum hatte ich die Tür zu meinem Zimmer aufgeschlossen, wusste ich, es würde Ärger geben. Ich hatte noch nicht das Licht angeknipst, als ein lautes Fauchen, gefolgt von einem dumpfen Aufprall, mir eine Konfrontation mit einer sehr erbosten Gorgonzola ankündigte. Ich hatte zwar das Fenster für sie offen gelassen und ihr einen Napf Wasser hingestellt, aber nichts zu fressen, da ich geglaubt hatte, noch vor Sonnenaufgang zurück zu sein. Als das Licht anging, musterten wir uns gegenseitig. Sie streckte ihre Beine, peitschte mit dem Schwanz hin und her, kniff die Augen zu bedrohlichen Schlitzen zusammen und stellte das Fell zu stachligen Büscheln auf.

»Lass das, Gorgonzola«, murmelte ich. »Du weißt, dass ich es bin, und ich weiß, dass Jim Ewing dich gefüttert hat. Du bist heute mit Sicherheit schon dreimal unten an der Gartentür gewesen und hast ihn um Futter angebettelt. Komm schon, gib's zu.«

Sie besaß so viel Anstand, wenigstens ein klitzekleines bisschen Beschämung zu zeigen. Ich nahm sie auf den Arm und drückte mein Gesicht in ihr struppiges Fell.

»Ich hab dich vermisst, Süße, ehrlich.« Es herrschte Waffenstillstand. Gorgonzolas raue Zunge ratschte mir über die Wange, und als ihre Erleichterung über Empörung und Angst die Oberhand gewann, signalisierte ein kehliges Schnurren aus tiefster Brust, dass sie mir vergeben hatte. Wir feierten unsere Wiedervereinigung mit einem gemeinsamen mitternächtlichen Festmahl, Ente für Gorgonzola und ein paar Tafeln Nussschokolade für mich.

Den größten Teil des Tages hatte ich in der Zelle geschlafen und auf Macleod gewartet. Angesichts meiner psychischen und physischen Erschöpfung war mir die schmale Pritsche mit der groben grauen Decke fast komfortabel erschienen. Daher schlüpfte ich jetzt nicht sofort ins Bett, sondern unterzog im Badezimmerspiegel meine Klobürstenfrisur einer eingehenden Prüfung. Die wasserstoffblonden Stacheln schimmerten unter der Lichtleiste messingfarben. Ich schürzte die Lippen. Falls ich die beiden Gangster wiedersah, die ich bei meiner künstlerischen Selbstverwirklichung auf dem Kliff getroffen hatte, wäre es nicht hilfreich, wenn sie mich sofort wiedererkannten. An der Länge meiner Haare konnte ich nichts machen, dafür aber an der Farbe.

Warum nicht gleich? Sollte eigentlich in einer halben Stunde erledigt sein. Auf dem Rückweg hatte ich in einem durchgehend geöffneten Supermarkt ein dunkelbraunes Haarfärbemittel gekauft. Ich öffnete die Packung, zog die Plastikhandschuhe heraus und überflog die Gebrauchsanweisung. *Handtuch um den Nacken ... aufs handtuchtrockene Haar reichlich auftragen ...* Kinderspiel! Ich schnappte mir die Flasche und klatschte mir das Zeug auf den Kopf. Dann verteilte ich es vorschriftsmäßig im ganzen Haar, bis mir die braune Flüssigkeit über die Stirn ins Waschbecken tropfte. Trotzdem verbrauchte ich bei meinem kurzen Haar nur die Hälfte des Inhalts. Als ich in den Spiegel sah, leuchtete mein Haar immer noch golden und kaum einen Hauch dunkler.

Durch die triefende Flüssigkeit hindurch las ich mit zusammengekniffenen Augen die Gebrauchsanweisung. *Machen Sie sich keine Sorgen über die Farbe. Sie ist nicht identisch mit dem Ergebnis ...* Natürlich. Meine eigene Farbe war herausgebleicht. Wahrscheinlich war eine Menge Chemie nötig, um den ursprünglichen Zustand wiederherzustellen. Mehrmals hintereinander massierte ich die Lotion in jede Strähne ein, bis ich den letzten Tropfen aufgebraucht hatte. Und nun? *Haar in ein Handtuch wickeln und dreißig Minuten warten.* Ich folgte der Instruktion und sank in einen Sessel. Na schön, die Prozedur hatte ein bisschen länger gedauert als gedacht, aber am Ende brauchte ich nur noch mal mit dem Föhn darüberzugehen, und bald wäre das ganze Messingblond verschwunden.

Während ich wartete, konnte ich ebenso gut etwas Sinnvolles tun und mich über die Isle of May schlaumachen. Die Tatsache, dass Edith und Harry die unbetrauerte Kumiko und Spinks gesehen hatten, musste eine wichtige Spur sein. Außerdem war es die einzige Spur, die ich in der Richtung hatte. Das Schiff, auf dem sie die beiden gesehen hatten, fuhr zur Insel, und da Spinks nicht zum Sightseeing hier war, konnte das nur bedeuten, dass ihre dubiosen Geschäfte sie nach May führten.

Was wusste ich über die Insel? Ich durchwühlte meine vielfarbige Kollektion an Broschüren. *Golfplätze in East Lothian, Burgen und Schlösser im Gebiet der Lothians, Das Historische Edinburgh, Ausflüge rund um Edinburgh, Shopping in Schottlands Hauptstadt* ... Wehmütig legte ich letztere weg. Vielleicht, wenn ich Spinks und seine Bande endlich festgenagelt hatte ...

Der Botanische Garten und das Gewächshaus-Erlebnis. »Was meinst du, Gorgonzola, ob es zum Gewächshaus-Erlebnis gehört, im Tropenbecken zu lauern?«

Gorgonzola hielt mitten in ihrer Katzenwäsche inne, starrte mich nachdenklich an, gähnte und widmete sich dann noch hingebungsvoller ihrer Körperpflege.

Inseln der Firth of Forth. Da musste eigentlich was zu holen sein. Doch über May gab es nur einen kurzen Abschnitt und eine Panoramaansicht von den Klippen. Das war's.

Ich sackte so schwer in den Sessel, dass mir fast mein Frotteeturban vom Kopf gerutscht wäre. Geistesabwesend zurrte ich das lose Ende fest. Viel mehr beschäftigte mich gerade ein Nussstückchen, das sich zwischen meinen Zähnen festgeklemmt hatte. Vergeblich schlang ich die Zunge um einen Zahn. Um mich besser auf das Wesentliche zu konzentrieren, schloss ich die Augen. Hatte mir Macleod nicht etwas über May gegeben? Ich hatte ihm von dem Gespräch mit Edith und Harry erzählt, und er hatte mir irgendeine Naturzeitschrift in die Hand gedrückt, die ich nach einem flüchtigen Blick in die Tasche gesteckt hatte. Ich stand auf und holte die Tasche aus dem Kleiderschrank. Ja, die Zeitschrift war noch da. Auf dem Cover war ein kess aussehender schwarz-weißer Vogel mit einem großen Schnabel abgebildet. Ein Tukan? Nein, ein Papageitaucher, das war's. Ich überflog das Inhaltsverzeichnis. *Naturschutzgebiet der Insel May in der Firth of Forth. Feature des Monats: Papageitaucher-Kolonie am Pilgrim's Haven, Isle of May.* Ziemlich langer Artikel – und eine Karte.

Gorgonzola hatte inzwischen ihre Chance genutzt und es sich in meinem Sessel zwischen den warmen Kissen gemütlich gemacht. »Mach dich nicht so breit, Dickerchen!«, sagte ich und schob sie ein Stück zur Seite.

Mit einem Ruck sackte mein Kopf herunter. Ich musste eingenickt sein. Ich gähnte. Bis obenhin mit Ente vollgefressen, war Gorgonzola demselben Trieb gefolgt – ihr Kopf war zur Seite gedreht, die rosa Zungenspitze schaute aus dem Maul und eine Pfote baumelte über die Sesselkante. Ich gähnte wieder. Die Einwirkzeit des Färbemittels musste um sein. Einmal kurz durchgewaschen und ab ins Bett. Ich rieb mir die Augen und griff nach dem Wecker. Ich hatte das Zeug eine halbe Stunde über die empfohlene Zeit auf dem Kopf gelassen. Na ja, sollte eigentlich keinen großen Unterschied machen. Vermutlich war mein Haar jetzt ein bisschen dunkler als geplant.

Verschlafen trottete ich zum Waschbecken hinüber. Ein richtig dunkles Braun, das in Schwarz überging, wäre mir auch recht. Es wäre –

Iiiigitt! Ich starrte in den Spiegel. Mir blickte eine Mischung aus Frankenstein und Punk mit giftgrünem Haar entgegen. Ich schloss die Augen und hielt mich am Waschbecken fest. Langsam zählte ich bis zehn, wagte es, ein Auge zu einem dünnen Schlitz zu öffnen, und warf einen kurzen Blick in den Spiegel. Der grünhaarige Punk verdrehte die Augen. An der Schläfe lief ihm ein braunes Rinnsal wie eine Kriegsbemalung herunter.

Ich kniff die Augen wieder zu. Machte sie wieder auf. Es hatte nichts mit dem Licht zu tun. Kein Zweifel, mein Haar erstrahlte in Giftgrün. Und trotz einer ganzen Flasche Shampoo, das ich mir energisch einmassierte, blieb es dabei.

Am nächsten Morgen lief ich, das Haar diskret verhüllt, schon vor neun Uhr vor Lindas Friseursalon auf und ab und wartete verzweifelt, dass sie kam. Endlich schwenkte ihr Wagen in die Parkbucht. Mit gesenktem Kopf kramte sie in ihrer Handtasche nach dem Schlüsselbund und bemerkte mich erst, als ich ihr den Weg verstellte.

Erschrocken sah sie auf. »Was für ein *fantastisches* Make-up! Im ersten Moment habe ich Sie nicht erkannt. In welchem Stück haben Sie noch gleich gespielt?«

»Kein Make-up. Ich bin von der Bühne gefallen«, entgegnete ich. »Ich brauche einen Termin. Unbedingt.«

Sie schüttelte bedenklich den Kopf. »Ich seh mal im Kalender nach, aber ich glaube nicht …«

Ich folgte ihr in den Salon. »Es ist ein Notfall.« In einer theatralischen Geste riss ich mir die schwarze Maske vom Kopf, die ich für meine heutige Maskerade zu einer Pudelmütze umgestülpt hatte.

Anerkennenswerterweise blieb sie äußerlich ungerührt, auch wenn ihre Mundwinkel zuckten und die fest zusammengekniffenen Lippen ihr Glucksen nur mühsam zurückhalten konnten.

»Du liebe Güte.« Es gelang ihr, ein lautes Wiehern in ein Hüsteln zu verwandeln. Sie führte mich zu einem Sitz und legte mir ein buntes Frisiertuch um die Schultern. »Die erste Kundin ist noch nicht da. Ich schau mal, was ich machen kann.«

Geschäftig sondierte sie eine Reihe Flaschen mit Lösungen und Flüssigkeiten. Durch das Rauschen des Wasserhahns drangen ein paar unterdrückte Gluckser und Schnaufer.

»Wie konnte das nur passieren?«, lamentierte ich. »Ich habe meine Naturfarbe verwendet.« Mit düsterem Blick starrte ich auf das Gespenst im Spiegel.

»Machen Sie sich keine Sorgen.« Linda tätschelte mir die grünen Stacheln. »Rot. Das ist die Antwort.«

»Rot!« Ich schnappte nach Luft. Hatte ich mich in die Hände einer Irren begeben? Ich befreite mich aus dem Frisiertuch, um aufzustehen.

Linda drückte mich wieder auf den Sessel. »Vertrauen Sie mir. Ich bin Friseurin! Wissen Sie, Sie hätten nicht versuchen sollen, blondiertes Haar selbst zu färben. Aber Sie sind nicht die Erste. Haben wir alles schon gehabt.« Bei der Erinnerung an frühere Do-it-yourself-Desaster lachte sie lauthals los.

»Na ja«, brummte ich missmutig, »es stand kein Warnhinweis auf der Packung.«

»Die meisten lesen sowieso keine Gebrauchsanweisung. Auf diese Weise bekomme ich eine Menge Kundschaft«, sagte Linda und bearbeitete frohgemut meine grüne Bürste.

»Voilà!«, rief sie und riss mir wie ein Zauberer bei seinem Lieblingstrick das Frisiertuch von der Schulter.

Langsam legte sich ein zufriedenes Lächeln über mein Gesicht. Kein schrilles Grün. Mein Haar war unauffällig dunkelbraun. Jetzt stand dem gefährlichen Ausflug auf die Isle of May nichts mehr im Wege. Mit Hilfe von ein wenig Make-up – zugegeben, einer Menge Make-up –, das ich mir über Beule und Kratzer schmierte, fiel ich sicherlich unter den anderen Tagesausflüglern zum Vogelschutzgebiet im Forth nicht weiter auf.

Auf der Seeseite waren die hohen Klippen so tief zerklüftet, dass man in einigen Spalten mühelos ein Boot vor neugierigen Augen verstecken konnte. Es war leicht nachzuvollziehen, woher Spinks' Interesse an diesem windgepeitschten Eiland rührte. Das Touristenboot schob sich mit dem Bug in den kleinen natürlichen Hafen und wurde an der Betonmole vertäut. Ich schulterte die Kameratasche und ließ mich mit dem Strom der anderen Passagiere ans Ufer treiben. Ein Gericht braucht unumstößliche Beweise, und ich war entschlossen, sie zu liefern. Meine Ausrüstung – Fernglas und Kamera mit starkem Zoom – entsprach zugleich der Grundausstattung eines begeisterten Naturfotografen. Niemand würde sich darüber wundern.

Zu beiden Seiten der Mole lag ein glitschiger Teppich brauner Algen auf den Felsen. In den seichten Wasserlachen, welche die Ebbe hinterlassen hatte, schossen winzige Fische hin und her, während in der Luft Seevögel ihre Kreise zogen und sich in die Tiefe stürzten. Ihr Kreischen drang durch das aufgeregte Geplapper der Menschenmenge. Papageitaucher konnte ich nicht ausfindig machen. Unter den Vögeln, meine ich.

Ich tat so, als studierte ich die einfache Karte, die das Fährunternehmen mit dem Fahrschein ausgegeben hatte. Vielleicht war ich nicht der einzige Besucher, der sich harmloser gab, als er war. Daher schien es mir wichtig, dass ich als Amateur in der Masse unterging. Nur für alle Fälle.

Ich wedelte mit einer Broschüre, um einen Mann mit rosigem Gesicht auf mich aufmerksam zu machen. »Wo kann man die besten Bilder von Vögeln machen?«

»Keine Ahnung.« Er deutete einen Pfad hinauf zu einem

Holzbau. »Vielleicht bekommt man dort Informationen. Und auch was zu trinken«, fügte er hoffnungsvoll hinzu. Auf der Suche nach vermutlich etwas Stärkerem als einer Tasse Tee, trottete er davon.

Allmählich löste sich die Gruppe auf. Ich machte mich wohl ebenfalls besser auf die Socken. Gestern hatte ich mich anhand einer detaillierten Karte in großem Maßstab mit der Topografie und den Ortsnamen der Insel vertraut gemacht – dem Süd- und Nordhorn, den Maiden Rocks, dem Pilgrims' Haven sowie dem Kirkhaven, der kleinen Bucht, in der wir angelegt hatten. Auf einer Karte, der ich nicht entnehmen konnte, inwieweit diese Orte für Spinks' Zwecke geeignet waren, blieben diese Namen Schall und Rauch. Ich musste mir zu Fuß ein Bild verschaffen.

In gemächlichem Tempo begab ich mich auf dem unebenen, grasbewachsenen Pfad Richtung Südhorn und ließ dabei die Kamera betont lässig vor der Brust baumeln, als ginge es mir nur um ein paar gelungene Schnappschüsse von Vögeln. Bis jetzt war mir nicht klar gewesen, dass »Horn« wortwörtlich zu nehmen war – die Insel sah aus wie die Riesenversion eines alten Grammofons.

Ein stechender Schmerz durchfuhr meinen Knöchel. In Gedanken vertieft, war ich mit dem Fuß in einem Grasbüschel hängen geblieben. Solche unebenen Wege wären im Dunkeln nur schwer wiederzuerkennen. Ich hinkte ein paar Schritte weiter und ruhte mich für einen Moment an einem Tor mit zwei Pfeilern aus. Auf der kleinen Wiese dahinter hoppelte ein Hase durch Wildblumen und Lichtnelken, die so dicht wie Gänseblümchen wuchsen. Wildblumen waren wirklich ein hübscher Anblick. Ich summte ein paar Takte von »An English Country Garden«. Als ich meinen Knöchel versuchsweise kräftig schüttelte, krallte sich eine Distel (wie es sich für das Symbol Schottlands gehört, mit violetter Blüte) hinterhältig an mein Bein und stach mir durch die Hose in die Haut. Anscheinend waren nicht alle Wildblumen niedlich und zart.

Tief atmete ich die nach Tang und Salz riechende Seeluft ein, in die sich der weniger angenehme Guanogeruch aus den Vogelnestern mischte. Durch die Wolkenbänke drangen schwache Sonnenstrahlen. Wo einmal eine Straße entlanggeführt hatte, herrschten jetzt Gras und Unkraut.

Kurz vor meinen Füßen befand sich ein tiefer Einschnitt im Fels. Ich näherte mich vorsichtig dem Rand. Das nackte schwarze Gestein war mit einer dicken Schicht leuchtend weißem Vogelkot bedeckt. Am Grund glitzerte das Wasser so klar, dass ich kaum erkennen konnte, wo die Klippen aus der Oberfläche traten. Eine seichte Höhle setzte sich zwischen den anderen Schatten noch dunkler ab und unterbrach die gerade Linie, wo die Dünung einen Haufen Treibgut gegen die harte Steinwand warf. Wenn sie wie am Fast Castle ihre extralangen Angeln benutzten oder ein Schnellboot hineinschickten, eignete sich diese Stelle perfekt für Spinks' Lieferungen. Allerdings war sie bei Wellengang ein wenig riskant. Ich richtete meine Kamera auf einen zerrupften schwarzen Vogel, der auf einem zerklüfteten Vorsprung hockte. Die Höhle kam praktischerweise ganz unten mit aufs Bild. Ich drückte auf den Auslöser.

Wo genau befand ich mich eigentlich? Nicht leicht zu sagen. Die grobe Skizze der Touristenbroschüre war keine sonderliche Hilfe, doch in der Bucht darunter bot der Steinhaufen, der an den Old Man of Hoy erinnerte, gute Orientierung. Ich kramte in meinem Rucksack und zog die detaillierte Karte heraus. An den Rand schrieb ich: *eventuell Sichtung von Kormoran*. Immerhin war es nicht auszuschließen, dass die Karte in feindliche Hände geriet. Man konnte nicht vorsichtig genug sein.

Wie's aussah, hatte ich die Klippe für mich. Schon erstaunlich, dass eine so kleine Insel eine ganze Schiffsladung verschlucken kann. Weit und breit waren keine quengelnden, heulenden Kinder oder sonst jemand in Sicht. Wieso hatte ich dann dieses Prickeln im Nacken? Dieses untrügliche Gefühl, beobachtet zu werden?

Langsam faltete ich die Karte zusammen und schob sie in den Rucksack. Während ich mir die Riemen über die Schulter legte, drehte ich mich wie zufällig einmal um die Achse und blieb mit dem Rücken zur See stehen. Nichts. Niemand. Nur ein toter Seevogel unter einem zerzausten Busch, der, als stellte er sich schlafend, den Kopf unter einen Flügel gesteckt hatte. Vielleicht wurde ich ja vom Meer aus durch ein Periskop beobachtet ... Ich versuchte, über diesen idiotischen Gedanken zu lachen, und stapfte nervös weiter.

Wie sich herausstellte, war Pilgrims' Haven ein grauer, steiniger, vom üblichen Treibgut entstellter Strand: Die Flut hatte einen zerfetzten Hummerkorb, ein paar alte Autoreifen und grüne Plastikplanen angespült. Von den Wellen hin und her geworfen, schürfte ein gelber Plastikkanister an den runden Kieseln. Dieser Felsbrocken am Horizont musste ... Ich sah auf meiner Karte nach ... der Bass Rock sein. Und Tantallon lag fast in gerader Linie dahinter. Das Spinks-Dreieck.

Ein Seehund tauchte aus dem Meer hoch. Ich sah zu, wie sein dunkler, glatter Kopf in den sanften Wellen auf- und untertauchte. Ich blickte über die weite Wasserfläche und versuchte, einen Erinnerungsfetzen ins Bewusstsein zu holen ... Und da fiel es mir ein: Gina. Gina, die mit dem Gesicht nach unten vor den Felsklippen von Tantallon auf dem Wasser schwamm, während neben ihrem dunklen Kopf ein gelber Kanister auf den Wellen tanzte. Der Seehund tauchte unter. Eben noch war er da, im nächsten Moment nur noch Wellenkräusel. Taucher – eine weitere Möglichkeit, wie Spinks seine Päckchen abladen oder holen lassen konnte, vielleicht in einem Hummerkorb. Einem Hummerkorb mit einem leuchtend bunten Schwimmer …

Der entlegene Strand von Pilgrims' Haven im Schutz der kleinen Bucht wäre für Spinks der ideale Ort, um seine Ware entgegenzunehmen. Auf die Landkarte schrieb ich: *eventuell Sichtung von Seehund.* Ich ging in die Hocke und machte mein zweites Foto, diesmal mit dem zerbrochenen Hummerkorb im Vordergrund.

»Ein Haufen Müll. Was finden Sie an einem Foto von Müll so toll?« Die näselnde Stimme klang seltsam bedrohlich.

Als ich hochsah, stand er vor mir, der Schweigsame von Fast Castle, eine Zigarette in der hohlen Hand. Vielleicht war diese Hummerreuse tatsächlich etwas Besonderes, wenn sie ihn zu einem solchen Redefluss inspirierte. Ich hockte mich wieder hin und machte eine Nahaufnahme. »Ein Fotowettbewerb.« Ich warf ihm ein gewinnendes Lächeln zu und forschte in seinen misstrauischen Augen nach dem fatalen Funkeln des Wiedererkennens. Zu meiner Erleichterung blieben sie unbeteiligt. Ich richtete mich auf und steckte die Objektivkappe wieder fest. »*Meeresfrüchte*, so lautet das Thema … Mit einer großzügigen Auslegung fällt man der Jury ins Auge.«

»Ach ja?« Nach so viel Kommunikation verfiel er wieder in Schweigen. Ein einziger kritischer Blick taxierte mein starkes Fernglas mit der Vierhundert-Millimeter-Linse.

Ich kam der Frage zuvor. »Ich fotografiere Vögel, beruflich. Hätten Sie gedacht, dass ich mit toten Vögeln mehr Geld verdiene als mit einem tollen Bild von … sagen wir …« – unter seinem eiskalten Blick suchte ich verzweifelt nach einer passenden Spezies – »einem von diesen schnuckeligen Papageitauchern? Hätten Sie nicht geglaubt, was?«

Seine steinerne Miene ließ darauf schließen, dass er überhaupt nur selten etwas glaubte.

Ich plapperte weiter. »Die Öko-Lobby kriegt den Rachen

nicht voll von Fotos mit ölverpesteten Vögeln und dergleichen. Bringt einem ein hübsches Sümmchen ein.«

Der Schweigsame warf seine glimmende Kippe in die nächste Welle. Er schien das Interesse an mir verloren zu haben. Ich steckte mir die Landkarte in den Gürtel und stapfte mit einem leutseligen »Tschüss« knirschend über den Kiesstrand zurück zum Pfad. Als ich diese letzten heiklen Sekunden Revue passieren ließ, stand mir der nasse Schweiß auf der Stirn. Ich hatte gerade das Felsplateau mit seinen weißen Nelkenteppichen erreicht, als ich hinter mir schnelle Schritte hörte.

»He, Sie da«, rief er. »Kenn ich Sie nicht von irgendwo her?«

Jede Faser in mir brüllte *Lauf!*. Ich drehte mich um und wartete, bis er mich eingeholt hatte. Ich tat so, als musterte ich sein Gesicht, dann schüttelte ich langsam den Kopf. »Wir waren beide auf dem Schiff, oder?«

Er war nicht auf dem Schiff gewesen. Sonst hätte ich ihn dort entdeckt. Ich schenkte ihm ein entwaffnendes Lächeln und betete zum Himmel, dass er in mir nicht den schlaksigen Künstler vom Fast Castle wiedererkannte. Jetzt schüttelte er den Kopf. Es ließ ihm keine Ruhe. Er konnte jeden Moment darauf kommen.

In Krisensituationen mobilisiere ich eine ungeahnte Vorstellungskraft. Meine Kollegen bewundern mich für diese Gabe. Purer Selbsterhaltungstrieb, nehme ich an.

»Ich kann's mir denken!«, rief ich mit wohldosiertem Stolz. »Sie haben mein Bild im *Guardian* gesehen. In der gestrigen Ausgabe. Seite sieben oder acht, oder war es siebzehn? Ich war die Gewinnerin des Wildlife-Fotowettbewerbs.« Er war mit Sicherheit kein *Guardian*-Leser. »Es war in der ersten Ausgabe. Wissen Sie«, sagte ich mit gespielter Entrüstung, »ich hab doch tatsächlich fünf Exemplare der zweiten Ausgabe gekauft, um sie meinen Freunden zu schicken, aber es war nicht mehr da! Was soll man *davon* halten?«

Während ich drauflosplapperte, überlegte ich fieberhaft: Wenn er nun eine Verbindung herstellte zwischen dieser Tierfotografin und dem Künstler mit dem stachligen blonden Haar? Würde er mir abkaufen, dass ich einen Künstler zum Bruder hatte? Ich glaube nicht. Er zündete sich noch eine Zigarette an, hielt die hohle Hand über die Flamme und blickte misstrauisch geradeaus. Er hörte mir nicht zu. Sein Gehirn war mit einem Suchdurchlauf auf der Festplatte beschäftigt.

Mit einem entschuldigenden Lächeln drehte ich mich um. Was wollte er schon machen? Er konnte mich wohl kaum bei helllichtem Tage niederschlagen, wo er jeden Moment mit Zeugen rechnen musste. Allerdings war hier weit und breit niemand zu sehen. Wir waren vollkommen allein. Schon erstaunlich, wie eine solch kleine Insel eine ganze Schiffsladung verschlucken kann, hatte ich erst vor einer Weile gedacht. Es war mir ganz recht gewesen, am grünen Rand der Welt zu sein. Jetzt sehnte ich mich verzweifelt nach Zeugen. Die Klippen über der Bucht waren niedrig, keine zehn Meter hoch, für einen Unfall allerdings hoch genug. Ein kräftiger Stoß und …

Ich zwang meine Beine zu einer entspannten Gangart. Nicht zu schnell, sondern ganz normal. Und ja nicht noch einmal umdrehen. Ich spitzte die Ohren, um das leiseste Geräusch zu hören, wappnete mich für einen kräftigen Schlag auf den Rücken. Oder den tödlichen Schlag ins Genick. Der Kerl wusste bestimmt, wie man geräuschlos tötet. Diese blühende Fantasie, mit der ich gerade geprahlt habe, hat auch ihre Kehrseite.

Ich hätte mir weniger Sorgen über einen Nackenschlag als über Schlaglöcher machen sollen. Ich fiel kopfüber mit dem

| 288

Gesicht ins buschige Gras. Als ich mich hochrappelte und umsah, war der Schweigsame nirgends mehr zu sehen.

Dabei hatte ich vom höchsten Punkt der Klippe aus eine gute Sicht. War er wieder an den Strand hinuntergegangen? Und falls ja, wieso? Eine interessante Frage, der ich nachgehen sollte, auch wenn es gefährlich werden konnte. Also trottete ich den Weg zurück. An einer Stelle, die, wie ich hoffte, vom Strand aus nicht zu sehen war, machte ich eine weitere Bauchlandung, nur diesmal mit voller Absicht. Ich robbte mich auf den Ellbogen voran und hielt die Kamera mit Teleobjektiv bereit. Tatsächlich – er war da unten und betätigte sich just in diesem Moment als Strandguträuber. Als er nach der Hummerreuse griff, ruinierte er sich die teuren Schuhe im Wasser. Bevor er sich zu mir umdrehen konnte, hob ich die Kamera, machte einen Schnappschuss und robbte zurück.

Dann lief ich ein wenig gebückt den Pfad entlang und richtete mich erst, als ich mich sicher fühlte, aus der Neandertalerhaltung auf. Ich sah auf die Uhr. In einer Stunde würde das Boot wieder ablegen – genügend Zeit, um mir über den Rest der Insel einen Überblick zu verschaffen. Es musste noch andere Landeplätze geben, und ich wollte wissen, wo.

Ich fand eine Reihe von Möglichkeiten. Zum einen diese schmale Bucht mit schwarzgrünem Wasser unterhalb eines kleinen Damms, die den merkwürdigen Namen Mill Door trug (und die ich auf meiner Karte vorsichtig mit den Worten markierte: _seltenen_ _Papageitaucher mit weißem Schnabel gesichtet_). Die andere Stelle war das North Horn und die tief gelegene Insel Rona, die durch eine beschottete Bailey-Brücke mit der Hauptinsel May verbunden war _(zum zweiten Mal seltenen Papageitaucher gesichtet)_.

Die laute Schiffssirene dröhnte quer über die Insel. Ich hatte folglich noch eine Viertelstunde, um nach Kirkhaven zurückzukehren, oder ich blieb hier auf der Insel. Es war nicht weit bis zum Hafen, und auf der Schotterstraße, die in einen breiten, grasbewachsenen Weg überging, kam ich leicht voran. Als ich den Pfad erreichte, der zur Mole hinunterführte, hatte ich noch fünf Minuten. Das Boot hatte sich bereits halb gefüllt, die besten Plätze waren schon belegt, und der dünne Nieselregen, der eingesetzt hatte, führte zu einem Gerangel um die trockenen Plätze.

Ein weiteres Sirenensignal ermunterte die Nachzügler, einen Schritt zuzulegen. Wegen der Gezeiten musste das Schiff pünktlich los. Man hatte uns bei der Überfahrt ausdrücklich gewarnt. Sollte ich mich einfach hinter diese Mauer stellen und auf der Insel bleiben? Ich gebe zu, dass ich mit dem Gedanken spielte. Doch die Versuchung war im Keim erstickt, als ich plötzlich den Schweigsamen am oberen Ende des Pfads stehen sah. Ich registrierte die weiße Linie, die das Salzwasser auf seinen teuren Schuhen hinterlassen hatte, und die feuchten Stellen an seinen teuer gewandeten Schultern. Er hatte offensichtlich schon eine Weile im Nieselregen gewartet und die Leute beobachtet, die an Bord gingen. Ich bewegte mich mit der Schlange vorwärts und mied seinen Blick.

Als hätte ihn mir der Himmel geschickt, lief plötzlich neben mir der Mann mit dem roten Gesicht. »Was zu trinken bekommen?«, fragte ich und drehte mich zu ihm um.

Sein finsterer Blick sprach Bände. »Klar, ich hatte die Wahl zwischen Orangensaft und Cola«, sagte er. Dank meiner tiefempfundenen Mitleidsbekundungen bestand ich mit Bravur die Prüfung des Schweigsamen. Als wir an ihm vorbeikamen, spürte ich, wie sich sein Interesse verstärkte und er sich ebenso schnell wieder entspannte. Diese neugierige Fotografin verließ die Insel.

Doch ich hatte vor, zurückzukommen. Bei Nacht, wenn der Schweigsame nicht mehr Wache schob.

21

Es ist etwas *Entsetzliches* im Hotel passiert!«
Ich erkannte auf der Stelle das vertraute Timbre von Felicity Lannelle. »Was?«, stammelte ich. »Erzählen Sie …«
So vergeblich wie Knut der Große versuchte ich mehrere Male, die Flut der langgezogenen Klage- und beängstigenden Keuchlaute einzudämmen. Bevor ein Satz zu Ende war, fing schon der nächste an. Aus alldem wirren Geplapper hörte ich nur die Worte »mein Kochprojekt«, »Mrs Mackenzie« und »ab-sooo-luuu-tes Desaster« heraus. Hatte Mrs Mackenzie etwa die Arme vor der Brust verschränkt und sich schlankweg geweigert, die Geheimnisse ihrer Speisekammer mit Felicity zu teilen, so dass ihr Buchprojekt gescheitert war, bevor es Gestalt annehmen konnte? Ja, das musste es wohl sein. Felicity hatte Mrs Mackenzie eröffnet, dass sie nur als eine von vielen Chefköchen abgehandelt würde. Mrs Mackenzie ertrug vermutlich keine Rivalen. Vielleicht hatte sie verlangt, mit *ihrer* Küche der absolute Star in Felicitys Œuvre zu sein. Vielleicht hatte sie in einer Anwandlung von Eifersucht Mr Mackenzie aufgetragen, Felicitys kostbare Notizbücher den Flammen zu übergeben. Und all ihre Forschungsarbeit war nur noch Rauch und Asche.

Doch selbst eine Felicity Lannelle am Rande des Nervenzusammenbruchs musste irgendwann Luft holen, und als es so weit war, warf ich hastig ein: »Wo sind Sie? Im White Heather? In Ordnung. Bin in einer halben Stunde da.« Bevor eine weitere Klagewelle über mich hereinbrechen konnte, legte ich auf. Ich würde ihr helfen. Es wäre eine Chance, im Hotel herumzuschnüffeln. Selbst wenn es Mrs Mackenzie gegen den Strich ging, würde sie es wohl kaum wagen, einen lukrativen Gast wie Felicity zusätzlich zu verärgern und mich vor die Tür zu setzen.

Ich fuhr auf den Parkplatz des White Heather. Vor dem Eingang stand mit weit geöffneten Türen ein Krankenwagen. Hatte Felicitys Kummer einen Nervenzusammenbruch herbeigeführt? Nachdem ich den Motor ausgeschaltet hatte, hörte ich das leise Geräusch eines Autos, das hinter mir die Einfahrt hochfuhr, und in dem schmalen Rechteck meines Rückspiegels sah ich einen Streifenwagen. Er kam mit knirschenden Reifen auf dem Kies zum Stehen. Felicity hatte doch wohl nicht etwa ... Mir wurde flau im Magen.

Die Tür auf der Beifahrerseite ging auf und ein steifbeiniger Macleod kam zum Vorschein. In meiner Magengrube bildete sich ein Klumpen Eis. Warum war ich am Telefon so kurz angebunden gewesen! Ich hätte ahnen müssen, dass ihre wenig gefestigte Persönlichkeit unter äußerstem Stress zum Selbstmord neigen würde.

Ich drückte auf einen Knopf, und meine Scheibe glitt lautlos nach unten. Ich stieg nicht aus. Ich blieb sitzen und wartete, bis Macleod über den Kies zu mir herüberkam. Es war albern, doch auf diese Weise blieb mir die gefürchtete Nachricht für zwanzig ... fünfzehn ... zehn Sekunden erspart. Er legte die Hand auf das Autodach und bückte sich, bis er auf meiner Augenhöhe war.

»Ich glaube, Ihr Mann hat erneut zugeschlagen.« Er machte ein grimmiges Gesicht. »Natürlich lässt sich das wieder einmal nicht beweisen. Im Moment zumindest noch nicht. Bis die Kriminaltechniker hier ordentlich herumgeschnüffelt haben.«

Der Klumpen in meinem Magen wurde zu einem großen Eisbrocken. Spinks musste meine Verbindung mit Felicity spitzbekommen und nur gewartet haben, bis sie den Hörer auflegte, um zuzuschlagen.

»Tot?« Ich brachte nur ein heiseres Krächzen heraus.

»Eindeutig. Oh ja, eindeutig tot.« Die plumpe, unerschrockene Felicity mit ihrer volltönenden Stimme, ihrem schwankenden Turm an bunten Notizbüchern und ihren abenteuerlichen Zukunftsplänen. Irgendwie hatte ich das Gefühl, es wäre alles meine Schuld. Ich wandte den Kopf ab, weil mir die Worte fehlten.

»Sie wirken ein bisschen verstört. Ich hatte keine Ahnung, dass er Ihnen etwas bedeutet hat.« Vor Staunen bekam Macleods Stimme einen scharfen Klang.

Ich brauchte ein bis zwei Sekunden, bis mir dämmerte, welches Pronomen er benutzt hatte. »*Er?*«, fragte ich ausdruckslos.

»Mackenzie. Was hatten Sie denn gedacht?« Er richtete sich auf und öffnete mir die Wagentür.

»Ich …« Über seine Schulter erhaschte ich einen Blick auf eine wogende Gestalt, die zu uns die Treppe herunterkam.

»Es ist *entsetzlich*! Eine Katastrophe!« Felicitys Gesicht war schmerzlich verzerrt. Sie tupfte sich die geschwollenen Augen mit einem Taschentuch von der Größe einer Serviette.

Der sonst so zurückhaltende Macleod konnte angesichts solch öffentlich zur Schau getragenen Kummers über den Tod des wenig betrauerten Murdo Mackenzie sein ungläubiges Staunen kaum verhehlen. Sein Gesicht war sehenswert – und meins natürlich auch.

»Felicity …!« war alles, was ich stammeln konnte, bevor sie mich fest an ihren kummervollen Busen drückte.

Macleods entschlossenes »Wenn Sie mich bitte entschuldigen, meine Damen!« und sein lautes Räuspern retteten mich im allerletzten Moment vor dem Ersticken. Ich löste mich aus der tränenreichen Umarmung.

»Falls Sie mitkommen und bei den anderen in der Lounge warten wollen, schicke ich Ihnen, sobald wir in der Garage fertig sind, jemanden, um Ihre Aussage aufzunehmen.« Er zog ein Notizbuch aus der Tasche. »Könnte ich wohl Ihre Namen erfahren, meine Damen?« Diskret wie immer, achtete er darauf, mein Inkognito nicht auffliegen zu lassen.

»Ms Smith. Ms DJ Smith.«

»Ms Lannelle, *Feinschmeckerin*«, brummte Felicity, offensichtlich darüber verstimmt, dass man ihr trotz ihrer Berühmtheit zumutete, sich vorzustellen.

Während ich die tränenbefleckte Restaurantkritikerin Richtung Eingangshalle dirigierte, dachte ich über Macleods versteckten Hinweis nach. Auch wenn ich noch nicht wusste, wie Mackenzies Leben vorzeitig geendet hatte, war es offenbar in der Garage geschehen. Aber wie? Und wieso? Jedenfalls handelte es sich um keinen »Unfall«. Da war sich Macleod anscheinend sicher gewesen.

»Wo *waren* Sie denn, als Sie die schreckliche Nachricht erfahren haben?« Ich formulierte meine Frage vorsichtig, um nicht erneut die Schleusen zu öffnen.

In der Eingangshalle blieb Felicity taumelnd stehen. Sie legte die Hand auf einen eleganten Tisch mit dünnen Beinen, um sich abzustützen. Unter dem Frontalangriff wackelte er alarmierend, und der Blumentopf mit dem Farn, der ihn zierte, rutschte beinahe von der Platte.

»Ich bringe es einfach nicht über mich, darüber zu reden. Es ist … es ist so ab-sooo-luut schrecklich.« Ihre Lippen zitterten. Mit den Fingern strich sie über die weichen grünen Wedel des Farns. Geistesabwesend rupfte sie daran, während sie sprach. Ein dünnes grünes Gerinnsel sammelte sich auf den makellosen viktorianischen Kacheln. An diesem Tag würde Mrs Mackenzie sich nicht daran stören. Sie hatte größere Sorgen.

»Sie haben einen furchtbaren Schock erlitten«, versuchte ich Felicity zu trösten. »Gehen wir in die Lounge, und ich versuche, eine Tasse Kaffee für uns aufzutreiben – oder vielleicht was Stärkeres.«

Einen Augenblick lang hörten ihre Finger mit dem Zupfen auf. »Vor den anderen möchte ich überhaupt nichts sagen«, zischte sie theatralisch. »Geschäftsgeheimnisse, Sie wissen schon! Die Leute können ja *so* skrupellos sein, wenn es um Diebstahl geistigen Eigentums geht!«

Bei diesen letzten Worten zitterten ihre Lippen erneut. Demnach hatte ich mit meiner ursprünglichen Vermutung über ihren Kummer gar nicht so falsch gelegen. Zweifellos war das aufgehende Soufflé ihrer ehrgeizigen Kochbuchpläne unter dem eisigen Wind von Mackenzies plötzlichem Tod jäh zusammengesackt. »So ist es, Felicity!«, rief ich und packte die Gelegenheit beim Schopf. »Einer bahnbrechenden Idee wie Ihrer kann auch ein solcher Rückschlag nichts anhaben. Jetzt gehen wir in Ihr Apartment, genehmigen uns einen kräftigen Schluck, und Sie erzählen mir alles unter vier Augen.«

»Also, ich saß da im Wintergarten und wartete darauf, dass Mr Mackenzie den Frühstückskaffee serviert. Sie haben ein hervorragendes Angebot. Man hat die Wahl zwischen einer Reihe von Spezialitäten.« Dank mehrerer Gläser ihres Kochsherrys schien Felicity einigermaßen gestärkt. »Jamaican Blue Mountain, natürlich«, sagte sie mit einer überschwänglichen Handbewegung, »und Monsoon Malabar Mysore, einfach köstlich!« Sie ließ sich die exotischen Silben auf der Zunge zergehen wie die exquisiten Kaffeesorten selbst. »Haben *Sie* eine Lieblingssorte?«

Ich war drauf und dran, ihrem labilen Kreislauf den nächsten schrecklichen Schock zu versetzen und mich zu meiner Vorliebe für Instantkaffee zu bekennen, doch ich kam nicht zu Wort.

»Mein Favorit ist Sumatra Mandheling. Dieser *zarte* Beigeschmack von Schokolade ist ab-sooo-luut himmlisch.« Ein verträumter Ausdruck glättete ihre plumpen Züge.

»Sie saßen also da und lechzten nach dem ersten Schluck von ihrem Mandheling ... aber vergeblich?« Ich schwieg und sah sie aufmunternd an.

»Es kam gar kein Kaffee.« In Erinnerung an den versagten Genuss verzog sich ihr Gesicht voller Empörung. »Ich gebe ehrlich zu, dass ich schon dachte, der Standard ließe nach. Doch dann ... dann« – sie nahm einen weiteren Schluck aus ihrem Glas –, »dann kam auf einmal dieser entsetzliche, schrille Schrei irgendwo von der Rückseite des Hauses.« Bei der Erinnerung bebte ihre füllige Gestalt. »Wissen Sie, ich fühlte mich an den Schrei erinnert, den ein Hummer von sich gibt, wenn man ihn in kochendes Wasser wirft.« Eine Weile sann sie über ihren kulinarischen Erfahrungsschatz nach. »Na ja, natürlich haben wir uns alle verwundert angesehen. Keiner wollte etwas sagen. Dann sind wir alle zu den Fenstern hinübergerannt. Doch da war nichts zu sehen. Und dann kam Mrs Mackenzie taumelnd aus der Garage. Sie stand einfach nur in der Sonne und hielt die Hand vor den Mund. Sie schwankte. Dann gab sie dieses fürchterliche Stöhnen von sich. Es klang wie ...« Felicity legte eine Pause ein, um den passenden kulinarischen Vergleich zu finden. Als ihr auf Anhieb keiner einfiel, sagte sie: »... wie eine von diesen widerwärtigen grauen Tauben, *guurrrrh, guurrrrh, guurrrrh*.« Ihre Nachahmung des tierischen Lauts war überzeugend. »Meine Liebe, ich kann Ihnen sagen, mir standen die Haare zu Berge. Eine so kultivierte Frau, immer so gesittet und streng, so *verschlossen*, und dann so was!« Sie schüttelte traurig den Kopf und schaute eine ganze Zeit lang schweigend in die bernsteinfarbenen Tiefen ihres Glases, als erhoffte sie sich von dort eine Antwort auf eines der großen Rätsel des Lebens.

Auch ich schwieg. Hatte Mrs Mackenzie so heftig auf den plötzlichen Tod des geliebten Ehemanns reagiert oder auf die Erkenntnis, dass sie mit Spinks nicht ungestraft ein falsches Spiel treiben konnten?

Felicity leerte ihr Glas in einem Zug. »Einer ihrer Angestellten ging nach draußen und brachte sie ins Haus. Wir standen nur alle da und sahen uns stumm an. Das Schweigen war unheimlich. Irgendwann kam jemand und informierte uns, es habe einen schrecklichen Unfall gegeben und Mr Mackenzie sei tot. Ich stand völlig neben mir.« Sie scharrte verlegen mit den Füßen. »Sehen Sie, ich hatte alles für den frühen Nachmittag verabredet. Mrs Mackenzie wollte mich in das Geheimnis eines ihrer erfolgreichsten Rezepte einführen. Aber *jetzt* …« Wieder starrte sie düster in ihr Glas.

»Wenn sie sich in ein paar Monaten allmählich von allem erholt hat, ist es ihr vielleicht ganz recht, sich mit etwas Neuem abzulenken«, unternahm ich einen zarten Vorstoß. »Vielleicht können Sie sich dann noch einmal mit ihr in Verbindung setzen.« Ich hielt es keineswegs für ratsam zu erwähnen, dass sie dann mit ihrer exquisiten Köchin vielleicht nur noch durch Gitterstäbe kommunizieren konnte.

In der Garage waren die weiß gekleideten Männer von der Spurensicherung emsig bei der Arbeit. Man hatte für zusätzliche Scheinwerfer gesorgt, und an der Stelle, wo Macleod und ein glatzköpfiger Mann zusammenstanden, war ein Teil des Innenraums mit einem Flatterband abgesperrt. Die beiden Herren sahen zu, wie der Polizeifotograf einen Stapel Pappkartons ablichtete.

Als Macleod mich sah, winkte er mich herüber. »Er ist erst

seit zwei Stunden tot. Diesmal haben wir eine echte Chance, unseren Mann festzunageln.«

Vermutlich stellen sich die meisten von uns unbewusst vor, dass ein Mordopfer mit einem Messer zwischen den Schulterblättern oder mit zerschmettertem Schädel daliegen muss. Dabei erschienen sämtliche Morde von Spinks auf den ersten Blick wie Unfälle. Keinerlei Verdachtsmomente, das war sein Markenzeichen. Was hatte er sich diesmal einfallen lassen?, fragte ich mich ebenso neugierig wie besorgt.

Die Kartons, die ich säuberlich vom Boden bis zur Decke an den Garagenwänden gestapelt in Erinnerung hatte, lagen jetzt auf einem großen Haufen. Einige waren aufgeplatzt und die Dosen in alle Richtungen gerollt. Zuerst übersah ich die Hand. Als ich sie entdeckte, konnte ich meinen Blick nicht mehr davon lösen. Die Finger schienen zu einem stummen Hilferuf in die Höhe gereckt. Ansonsten waren die sterblichen Überreste von Murdo Mackenzie barmherzigerweise unter den Kartons verborgen. War er schnell gestorben oder … Ich schluckte schwer.

Der Glatzkopf beantwortete meine unausgesprochene Frage. »Ein schneller Tod, würde ich sagen.«

Ich hob eine Dose auf. »Selbst eine davon muss ein ziemliches Gewicht haben«, sagte ich.

Er schürzte die Lippen. »Schwere Kopfverletzungen – allerdings nicht von diesen Kartons. Es wurde einiges darangesetzt, die Tatwaffe zu vertuschen, aber normalerweise kriegen wir so was raus.«

»Sie meinen, er wurde *nicht* von diesen Kartons erschlagen?«

»Ich denke, wir werden feststellen, dass er bereits tot war.« Die starken Lampen schimmerten auf seiner Glatze, als er über einen der Kartons hinweg auf einen Gegenstand dahinter blickte, vermutlich Mackenzies Kopf. »Formspur, verstehen Sie.«

| 298

»Form…?«

»Die menschliche Haut behält von einem Gegenstand, der mit einiger Wucht darauf trifft, einen Abdruck zurück. Zum Beispiel von einem Strick, einem Schuh, einer Autostoßstange oder, wie in diesem Fall, von einem dünnen Metallrohr.«

»Wie dem Schaft eines Golfschlägers«, sagte ich langsam. Der Pathologe bückte sich, um sich etwas genauer anzusehen, das hinter dem Karton lag. »Volltreffer. Nicht nur der Schaft. Auch der Schlägerkopf. Gebogene Seitenlinienmarkierung. Die Ferse eines Putters. Ja, ich würde sagen, es war ein Putter.«

Spinks hatte sich darauf verlassen, dass Mackenzies Tod als bedauerlicher Unfall durchgehen würde. Diesmal hatte er sich verrechnet.

Im Sichtschutz eines Einwegspiegels versuchte ich zu ergründen, was in Mrs Mackenzie vorging. Fahl und abgespannt, doch mit kerzengeradem Rücken saß sie am Vernehmungstisch. Sie war die Stärkere in dieser Partnerschaft gewesen, welche vermutlich weniger von Liebe als Dominanz geprägt gewesen war. Sie würde sich erholen. Klammerte sie sich jetzt an die Hoffnung, die Polizei hätte das unterirdische Labor noch nicht entdeckt? Es war gut versteckt, und wenn die Kriminaltechniker ihre Arbeit auf den vorderen Teil der Garage konzentrierten …

Macleod sagte gerade: »Ich weiß, es ist schmerzlich für Sie, Mrs Mackenzie, aber wir *müssen* Sie fragen, wie Sie die Leiche Ihres Mannes gefunden haben. Es ist vollkommen verständlich, dass Sie sich nicht an viel erinnern können.«

Ein heftiges Nicken von der kerzengeraden Gestalt. »Der Unfall … So ein furchtbarer Schock …« Ihre Unterlippe zitterte.

»Das ist es ja. Sehen Sie, wir glauben nicht, dass der Tod Ihres Mannes ein Unfall war.«

Mrs Mackenzie sackte plötzlich zusammen, als hätte ihr Macleod einen physischen Schlag versetzt.

»Kein Unfall …?«, flüsterte sie. Ihr Blick war wild und ängstlich.

»Er war bereits tot, als die Kartons auf ihn fielen.«

»Nein!«, hauchte sie.

»Fällt Ihnen irgendjemand ein, der so etwas …?«

Doch sie hörte nicht zu. Sie starrte einfach geradeaus. Ihre Wangen zuckten.

»Wollen Sie gar nicht wissen, wie er gestorben ist?« Macleod wartete.

Es gelang ihr, seinen Blick zu erwidern.

»Wollen Sie es nicht wissen?«, wiederholte er.

»Wie denn?« Sie bewegte kaum die Lippen.

»Schwere Kopfverletzungen. Als Waffe diente vermutlich ein Golfschläger.«

Sie zuckte heftig zusammen. Dann richtete sie sich wieder kerzengerade auf. Auf den bleichen Wangen bildeten sich kleine rote Flecken. Ihr schlaffer Mund verspannte sich zu einer dünnen, grimmigen Linie. Zu meinem Staunen stellte ich fest, dass dieses Gesicht vor allem eines zum Ausdruck brachte: blanke Wut.

Macleod goss Öl ins Feuer. »Hat seinen Schädel wie eine Eierschale zerschlagen.« Er schob einen braunen Umschlag über den Tisch. »Möchten Sie die Fotos sehen?« Sein Ton war beiläufig, als ginge es um ein paar Urlaubsbilder.

Die kalkulierte Brutalität tat weh, doch sie hatte die gewünschte Wirkung. Ihr goldener Ehering glitzerte im grellen Licht, als sie sich mit ihren knochigen Händen an der Tischkante festhielt.

»Ich habe Murdo gewarnt, dass er gefährlich ist! Ich habe ihm gesagt, er soll besser nicht …« Sie hielt inne.

»Falls Sie Angst haben, sich selbst zu belasten, Mrs Mackenzie, muss ich Ihnen sagen, dass wir *alles* wissen, was Sie unter Ihrer Garage haben und wozu es dient.«

Sie sackte gegen die harte Lehne ihres Stuhls. Ich sah, wie ihr letzter Widerstand in sich zusammenfiel. Mit einer erschöpften Bewegung strich sie sich eine Strähne zurück. »Was wollen Sie noch wissen?«, fragte sie tonlos.

Jetzt tauschte Macleod die Peitsche gegen Zuckerbrot. Freundlich und onkelhaft besorgt lehnte er sich vor. »Wir müssen den Mörder Ihres Mannes fassen. Können Sie uns dabei helfen, Morag?«

22

In dem kurzen dämmrigen Interludium zwischen dem langsam schwindenden Sommerzwielicht und dem Mondaufgang schob sich der Kutter der Küstenwache mit flüsterndem Motor langsam in die winzige Bucht am nördlichsten Zipfel der Isle of May. Ich war eine der dunklen Gestalten, die ans Ufer kletterten und im Windschatten der Betonplattform am Nordhorn Stellung bezogen. Es würde noch eine Stunde dauern, bis der Vollmond über dem Horizont stand: gewöhnlich der Freund des Schmugglers; diesmal allerdings nicht.

Mondlicht. Die lexikalische Definition »Sonnenlicht, das von der Oberfläche des Mondes reflektiert wird« ist objektiv, wissenschaftlich und korrekt, doch die Dichter schreiben Vers um Vers, um seine Schönheit zu rühmen ...

Die dunkle Gestalt neben mir wechselte zur Entlastung der verkrampften Muskeln die Stellung. Um mich von der tödlichen Langeweile des Wartens abzulenken, lauschte ich mit geschlossenen Augen auf die Geräusche der Nacht, die Mondscheinsonate der Natur – das Klatschen der Wellen an den Felsen, das traurige Seufzen der nächtlichen Brise durchs Seegras, der ferne, gespenstische Schrei eines Seevogels ... Im Geist hörte ich die Eröffnungsmelodie des Filmklassikers *Dangerous Moonlight* ...

Die große Lieferung war für heute Nacht, die Vollmondnacht, angesetzt. Mehr wusste Mrs Mackenzie nicht. Diesen Teil der Arbeit hatte sie ihrem lieben Verblichenen überlassen, während sie die Soße zubereitete. Das war ihre kleine betrügerische Masche gewesen – sie hatten sozusagen ihr eigenes Süppchen gekocht, ihr wahres Geheimrezept. »Überschüssige« Soße war gleichsam abgeschöpft und separat verkauft worden. Alles sehr profitabel, bis Spinks ihnen unter den Deckel schaute.

Um ein Uhr nachts stand der Vollmond hoch über dem Horizont. Wie vom Wetterdienst vorhergesagt, trieb eine steife östliche Brise immer wieder Wolkenfelder über den erleuchteten Himmel. Sonst bewegte sich nichts. Bei Wind aus dieser Richtung war eine Landung nur in der Altarstanes-Bucht dreihundert Meter südöstlich möglich. Mit unseren Lasernachtsichtgeräten würden wir auf diese Distanz mühelos jedes Detail erkennen.

Plötzlich surrte es in meinem Ohrstöpsel. »Zielobjekt Null.«

Zielobjekt Null, unser Name für das Boot, das die Drogen abwarf, näherte sich seinem Bestimmungsort. Über Kopfhörer würde ich keine Meldung mehr bekommen, bis unser Objekt in die Bucht eingelaufen war. Die Meldung war von einem Mitglied der Schnellreaktionskräfte gekommen, die in wasserdichtem Anzug und gelbem Ölzeug auf einem der kleinen Fischerboote in einer Meile Entfernung an der Winde standen. Zielobjekt Null, ein geräuschlos herangleitender Schatten, hatte wohl misstrauisch die Decks der Fischerboote mit eigenen Nachtsichtgeräten abgesucht, bevor es Richtung Bucht abgeschwenkt war.

Im glitzernden Wechselspiel zwischen Mondlicht und Schatten konnte man unmöglich mit bloßem Auge auch nur für Sekunden ein kleines, bewegliches Objekt sehen. Mit dem Nachtsichtfernglas dagegen … Ja, da war es, ein leistungsstarkes Motorboot, das aus Richtung Pilgrims' Haven herüberglitt, der einzigen weiteren Landungsstelle auf dieser Seite der Insel. Altarstanes oder Pilgrims' Haven, beide Abwurfstellen kamen in Frage. Um sicherzustellen, dass sie sich für Altarstanes entschieden, war die *Maid of the Forth* an dem kleinen Strand von Haven vor Anker gegangen. An Bord hatten sich die Glückspilze der Eingreiftruppe unter dem Deckmantel einer Hochzeitsgesellschaft bereits seit Stunden auf Kosten des Steuerzahlers lautstark mit Trinken und Tanzen vergnügt.

Sobald sich die Klippen vor die Silhouette des Bootes schoben, verschwand der dunkle Fleck vor meinem Nachtsichtgerät. Ich schwenkte das Fernglas in alle Richtungen. Würden sie einen gelben Kanister als Markierung für die Lieferung in der Bucht hinterlassen oder standen Spinks' Männer schon am Strand bereit? Unser Ausguck oberhalb der Klippe würde –

»Eingetroffen«, sagte die Stimme blechern in mein Ohr. Um die Funkstille nur so kurz wie möglich zu unterbrechen, war die Botschaft denkbar knapp. Doch sie enthielt alles, was wir wissen mussten.

»Los.« Der Ton war kühl und sachlich. Neben mir erhoben sich dunkle Gestalten aus dem hohen Gras und rannten los. Ich folgte ihnen. Über die Brücke, leicht bergauf, bis auf das Plateau der Klippe. Sie rannten, so schnell sie konnten, den Pfad zur Bucht hinunter. Ich blieb. Meine Order. Ich war auf Beobachtungsposten. *Sie* waren die Experten für bewaffnete Einsätze.

Hinter einem Felsbrocken versteckt, sah ich den schmalen Streifen Strand und die schwarzen Umrisse des Bootes vor dem mondhellen Wasser. Ein gedämpfter Ruf, ein Platschen, das Aufheulen eines Motors – das Boot der Drogenhändler ergriff die Flucht. Weißes Kielwasser schäumte auf, als es eine enge Kehrtwende beschrieb und aus der Bucht zu entkommen versuchte. Dann kam die Flottille der Schnellreaktionskräfte aus der Deckung der Fischerboote, und plötzlich erstrahlte eine weiße Lichterkette wie ein funkelndes Halsband zwischen den äußersten Felsnasen. Die Lichter verschmolzen.

Die Eingreiftruppe holte zum entscheidenden Schlag gegen ihr Zielobjekt aus.

In einem verzweifelten Fluchtversuch raste das verfolgte Boot mit heulendem Motor davon. Für Sekunden erkannte ich seine schwarze Silhouette, dann blitzte es unter den Suchscheinwerfern auf – es versuchte, auf die offene See zu gelangen. Ganz links entdeckte ich zwischen den Lichtern eine Lücke. Genau dorthin lenkte der Fahrer das Boot.

Im nächsten Moment war der Grund für die Lücke klar: Bis zu meinem Beobachtungsposten auf der Klippe hörte ich das Kreischen und Knirschen von Metall. Ich sah, wie der Bug in die Höhe gerissen wurde, als suchte er dort ein Entkommen. Für Sekunden hing das Boot reglos in der Luft, dann beschrieb es wie in Zeitlupe eine elegante Rolle rückwärts und krachte ins Meer. Ich schauderte. Noch mehr Tote.

Nachdem der Motor des Bootes verstummt war, gellten Rufe und Schreie vom Strand durch die Nacht. Inzwischen war die Bucht von den Suchscheinwerfern der sich nähernden Boote wie eine Bühne erleuchtet. Am Rande des Wassers tanzte ein lebloser Körper in den Brandungswellen, der Kleidung nach kein Mann der Eingreiftruppe. Das Überraschungsmoment hatte Wirkung gezeigt. Unter mir band eine Gruppe dunkler Gestalten mit schwarzen Masken drei Männern, die bäuchlings auf dem Kies lagen, die Arme auf dem Rücken zusammen. Zwei Schüsse schallten über den Strand. Einer der Polizisten stürzte nach hinten und blieb reglos liegen. Die Suchscheinwerfer schwenkten über die Klippen; meine Seite des Strands blieb im Schatten. Ein Wärmesucher richtete sich auf eine Gruppe Felsen.

»Zollfahndung. Ergeben Sie sich innerhalb von zehn Sekunden. Wiederhole. Ergeben Sie sich innerhalb von zehn Sekunden.«

In der Felsgruppe rührte sich nichts.

»Fünf Sekunden, vier, drei …«

Bei *zwei Sekunden* waren aus der Zuflucht Rufe zu hören. Ich reckte den Kopf. Aus den Schatten zuckten orangefarbene Flammen. *Pfftt.* Eines der Lichter explodierte. Es folgte ein Schuss aus der entgegengesetzten Richtung, der eine Staubwolke aufwirbelte. Steinsplitter spritzten wie Regen ins Meer. Stille.

In dem Moment hörte ich das schabende Geräusch eines Schuhs, das leise Knirschen von Kies, den keuchenden Atem eines Menschen, der vom Strand aus den Pfad heraufhastete. Jemand von der Eingreiftruppe? Ich duckte mich vorsichtshalber hinter den Felsen.

Die Geräusche wurden lauter, markanter, sie kamen immer näher. Ich legte mich flach auf den Boden. In dieser Höhe konnte ein Gesicht von einer flüchtigen Person wohl kaum entdeckt werden. Hoffte ich jedenfalls. Im schwachen Licht, das vom Strand heraufreichte, sah ich von der Gestalt nicht viel mehr als eine Silhouette. Doch ich hatte genug gesehen. Es war unverkennbar das Profil und der Bürstenhaarschnitt von Spinks.

Was tun? Einen Serienmörder verhaften, auch wenn ich unbewaffnet war?

Oder: Ihm folgen und, so schnell es ging, Verstärkung anfordern?

Oder: Unauffällig liegen bleiben und die Kommandostelle informieren?

Letztlich hatte ich keine Wahl. Um ihn zur Rechenschaft zu ziehen, musste ich ihm dicht auf den Fersen bleiben. Doch ich konnte mir einen zusätzlichen Vorteil verschaffen. Ich schaltete das Kehlkopfmikrofon ein, das unser ganzes Einsatzkommando trug.

»Hier Smith. Ziel Nummer zwei bewegt sich in südlicher Richtung. Nehme Verfolgung auf.«

| 306

Inzwischen hatte Spinks einen Vorsprung von hundert Metern. Im hellen Mondlicht würde es nicht leicht sein, ihm zu folgen, ohne von ihm gesehen zu werden. Jederzeit bereit, mich auf den Boden zu werfen, falls er sich umdrehen sollte, rannte ich los. Er schaute nicht zurück. Er schien einzig darauf bedacht, so schnell wie möglich voranzukommen, und er machte so viel Lärm, dass er mich nicht hören konnte. Er nahm den höher gelegenen Pfad. Als ich mir seiner Route sicher war, sagte ich ins Mikrofon: »Hier Smith. Bewege mich Richtung Hauptleuchtturm.«

Der Hauptleuchtturm war ein weithin sichtbarer Orientierungspunkt, ein quadratischer Turm mit gotischen Bogenfenstern und Zinnen. Selbst im Dunkeln konnte man ihn nicht verfehlen. Daneben befand sich in Form eines Funkmasts, der sich nadeldünn in den nächtlichen Himmel reckte, in einem rechteckigen Gebäude die moderne Version der alten Anlage. Als Wolken über den Himmel jagten und den Mond verdunkelten, hatte ich Mühe, mich an die schlechte Sicht zu gewöhnen. Um nicht auf dem unebenen Boden kopfüber zu stürzen oder aber in den kleinen Weiher zu fallen, der auf der Karte großspurig als See ausgewiesen war, blieb ich einen Moment stehen.

Spinks' Schatten war in der dunklen Gebäudemasse untergegangen. Da ich nichts sehen konnte, setzte ich auf mein Gehör. Ich schloss die Augen, um mich besser zu konzentrieren. Dabei versuchte ich, das Rascheln des Windes im Gras und meinen vom anstrengenden Sprint beschleunigten Herzschlag zu überhören. War das eben das Geräusch einer Tür, die leise zugezogen wurde? Ich riss die Augen auf und starrte in das undurchdringliche Dunkel am Fuß des Turms. Nichts. Würde er dort unterschlüpfen, bis die Operation der Zollbehörde abgeschlossen war und er sich unbemerkt davonschleichen konnte? Höchste Zeit, dass Verstärkung kam.

Büiep … Rechts von mir ertönte der schrille Schrei eines aufgeschreckten Vogels. Hatte Spinks ihn bei seiner Flucht zum Meer hinunter gestört? Von einer Sekunde zur anderen, als hätte jemand das Licht angeknipst, erschien der Mond wieder am Himmel. Aus dem Augenwinkel heraus erhaschte ich einen flüchtigen Blick auf etwas, das sich vor den weiß getünchten Wänden eines alten Turms auf dem Rand der Klippen bewegte. Ich versuchte mir ins Gedächtnis zu rufen, was ich dort bei meinem letzten Besuch als knipswütige Touristin gesehen hatte. Neben dem Turm befand sich ein schmaler Hohlweg, der zu einem kleinen Damm und einem Kraftwerk hinunterführte, und darunter wiederum eine schmale Meeresbucht mit dem seltsamen Namen … Mill Door. Auf meiner Karte hatte ich die Stelle mit der Bemerkung *Sichtung eines seltenen Papageitauchers mit weißem Schnabel* markiert.

»Hier Smith. Mill Door«, sagte ich knapp ins Mikrofon. Sie würden begreifen, dass Zielperson Nummer zwei versuchte, auf dem Seeweg zu entkommen, und ein Boot hinausschicken, um ihm den Weg abzuschneiden. Ich musste lediglich dafür sorgen, dass er keinen Rückzieher machen konnte, bevor sie dort ankamen.

Ich lief zum Hohlweg hinunter. Die Schlucht war so schmal und tief, dass das Mondlicht kaum bis hier herunter drang, doch es reichte, um zügiger laufen zu können. Zugleich auch lauter, gewiss, doch das war ein vertretbares Risiko. Auch Spinks würde nur darauf achten, schnell voranzukommen.

Jetzt, wo ich aus dem Schatten des Hohlwegs trat, hatte ich keine Deckung mehr. Doch es war kaum anzunehmen, dass ich beobachtet wurde. Spinks steuerte ganz sicher ein Boot an, das in der schmalen Bucht vertäut lag. Vor mir ragte der Betonblock des Kraftwerks auf. Ich rannte daran vorbei – und blieb abrupt stehen.

Unter mir wand sich eine befestigte Rampe zum Meer

hinab. Meine Zielperson kletterte gerade in ein motorisiertes Schlauchboot, das an einem Eisenring befestigt war. Die Strecke zwischen uns bot keinerlei Deckung und war so hell erleuchtet wie ein Seziertisch. Spinks warf den Außenbordmotor an, der stotterte ... und aus ging. Noch einmal zog Spinks kräftig an der Schnur. Ich überlegte, ob ich in einem verzweifelten, aberwitzigen Versuch, ihn abzulenken und Zeit zu gewinnen, hinunterrennen, wild mit den Armen winken und etwas hinüberbrüllen sollte. Die Eingreiftruppe würde schätzungsweise fünf Minuten brauchen, um auf meine letzte Meldung zu reagieren.

Diese fünf Minuten waren mir nicht vergönnt.

Hinter mir hörte ich ein leises Geräusch. Ein Arm legte sich mir um den Hals und riss meinen Kopf nach hinten. Eine kalte Stimme sagte: »Keine Bewegung!«

Meine Muskeln gehorchten. Man wehrt sich nicht, wenn sich einem die scharfe Spitze eines Messers in den Hals drückt. Spinks hatte nicht zurückgesehen. Ich ebenso wenig. Ein fataler Fehler. Fatal und möglicherweise tödlich ... Der Arm drückte fester zu.

Die Todesnähe schärfte auf wundersame Weise meinen Verstand. Ich sackte zusammen, schloss die Augen und knickte in den Knien ein, so dass mein Angreifer mit dem Arm mein ganzes Gewicht zu tragen hatte. Er stieß einen erstaunten Laut aus, und die Klammer um meinen Hals lockerte sich ein wenig. Doch bevor ich Zeit hatte, mir den nächsten Schachzug zu überlegen, wurde der Arm, in dessen Griff ich mich immer noch befand, weggerissen; ich spürte einen brutalen Schlag zwischen die Schulterblätter und stürzte atemlos auf den steinigen Boden. Trotz meiner Benommenheit fühlte ich, wie mich jemand auf den Rücken drehte. Ein Fuß drückte sich mir in die Magengrube, eine Messerspitze ritzte mir erneut die Kehle, dann zog mir jemand die schwarze Maske vom Kopf.

Das Wiedererkennen beruhte auf Gegenseitigkeit. Der Schweigsame blieb sich treu und sagte nichts. Da ich nach Luft schnappte und mir immer noch der schwere Stiefel ins Zwerchfell drückte, schwieg ich mit ihm um die Wette. In einem Anfall von Redseligkeit sagte er: »Hab dich schon mal gesehen.« Der Stiefel drückte fester.

Er stand auf, ohne den Fuß zu heben, und drehte den Kopf zur Seite, als blickte er links hinter mir in die Nacht. Er schien auf etwas zu warten.

Ich hörte das Geräusch eines Schuhs, dann Spinks' näselnde Stimme: »Was ist, Al?«

Der Schweigsame fuhr mit dem Kopf herum und sah mich an. »Hat uns vor 'n paar Tagen nachspioniert.«

Aus der Froschperspektive sah ich, wie Spinks zu mir herunterstarrte. Obwohl der Schweigsame mir immer noch den Fuß in die Magengrube rammte, bekam ich, so hoffte ich, genügend Luft, um ein paar Worte herauszubringen. *Sag das Richtige! Vielleicht ist es das Letzte, was du sagst.* Soweit es unter den gegebenen Umständen möglich war, schnappte ich nach Luft. Meine Stimme durfte nicht zittern.

»Zollfahndung, Mr Spinkssss.« Das letzte Wort endete in einem Stöhnen und Zischen, als der Schweigsame mehr Gewicht auf mein Zwerchfell legte.

In dem verzweifelten Versuch, ihn aus dem Gleichgewicht zu bringen, packte ich sein Bein und grub ihm die Nägel ins Fleisch. Keine Chance. Meine Lunge versuchte panisch, sich aufzupumpen, doch der Sauerstoffmangel raubte mir binnen Sekunden alle Kraft, und ich sackte halb ohnmächtig zurück. Genau in dem Moment, als mir schwarz vor Augen wurde, nahm er den Fuß von meinem Bauch, so dass ich normal durchatmen konnte. Ich keuchte heftig. Als ich versuchte, mich auf den Ellbogen zu stützen, setzte mir der Schweigsame den Fuß auf den Oberarm und nagelte mich wieder am Boden fest. Auf meinem anderen Arm stand Spinks. Einen Moment lang sahen sie zu mir herab und überlegten.

»Mach sie kalt.« Spinks' Stimme war scharf, bestimmt und emotionslos. In diesem Ton hätte er einen Caddie anweisen können, einen lädierten Golfball wegzuwerfen.

Der Schweigsame nickte mit ausdruckslosem Gesicht. Ich starrte zu ihm hoch. Wie würde er Spinks' Anweisung in die Tat umsetzen? Schon seltsam, dass ich meinem Mörder in die Augen blickte, ohne vor Angst gelähmt zu sein. Mein geistiger Abwehrmechanismus hatte unter Stress auf Schongang geschaltet. Ein Teil meines Gehirns ging kühl die Liste der Möglichkeiten durch, mich umzubringen. Messer. Fuß auf den Kehlkopf. Kugel. Schädel einschlagen ... Ein anderer Teil von mir begehrte in einer Mischung aus streitbarer Wut und Selbstmitleid auf: *Was gibt denen das Recht, mich kaltblütig umzubringen, mich ohne Skrupel, wie eine lästige Fliege, totzuschlagen?*

Schließlich brachte ich hervor: »Ich glaube, Sie machen einen *Riesenfehler*, Mr Spinks.« Mein Gott, ich klang wie eine Figur in einem zweitklassigen Film. Er brauchte darauf nichts weiter zu antworten, als: Ich glaube nicht.

Spinks lächelte kalt. »Ich glaube nicht.«

Das war zu viel. Ich konnte nicht dagegen an. Der Stress, vermute ich. Ich kicherte.

»Ihr kennt doch die Redewendung, Jungs. Wer zuletzt lacht, lacht am besten.« Ich lächelte sie strahlend an.

Sie tauschten einen Blick. Spinks nahm seinen Fuß von meinem Arm und schnippte im selben Moment die Finger. Der Schweigsame ließ von meinem anderen Arm ab und zerrte mich hoch. Kaum stand ich wacklig auf den Beinen, riss er mir brutal den rechten Arm auf den Rücken und drehte mich zu Spinks um.

»Ich gebe dir dreißig Sekunden, das zu erklären, bevor Al

dir das Genick bricht.« Er klang, als könne er es kaum abwarten, dass Al die Drohung wahr machte.

Fang mit dem an, was sie nicht leugnen können, und die Trottel glauben dir alles. Auf der ganzen Welt bestand darin das Geheimnis jedes Trickbetrügers. Soweit es mir der Schweigsame, der mir den Kopf nach oben drückte, erlaubte, blickte ich Spinks fest in die Augen.

»Als ich gesehen habe, wie Sie Altarstanes verlassen, habe ich es ihnen gefunkt. Mein Mikro hat alles übertragen, was ich gesagt habe.« Der Druck von Als Arm um meinen Hals drückte mir fast die Luft ab. »Hat *keuch* Ihre Bewegungen *keuch* verfolgt. Sie wissen *keuch*, dass Sie hier *keuch* mit einem Schlauchboot *keuch* am Mill Door *keuch* sind.«

Das Kommando erfuhr *in diesem Moment* von dem Schlauchboot.

Al drückte fester zu. Mir dröhnten die Ohren, ich sah einen roten Dunstschleier vor den Augen, dann wurde es schwarz. Im nächsten Moment konnte ich plötzlich wieder atmen, ich spürte seinen Arm quer über die Schultern und die Brust. Als ich schwach mit den Beinen einknickte und verzweifelt nach Atem rang, spürte ich, wie jemand mir die Jacke aufknöpfte. Ich hörte einen grunzenden Laut der Befriedigung oder auch Überraschung. Ein schneidender Schmerz im Nacken, das Mikro zerriss. Der Köder war geschluckt. Jetzt kam der Haken.

»Wir haben rund um die Insel einen Kordon mit Booten der Steuerfahndung«, log ich. »Wenn Sie da durchkommen wollen, brauchen Sie mich.« Wenn man eine Lüge auftischte, konnte es nicht schaden, ein bisschen dick aufzutragen. »Ich bin die stellvertretende Leiterin des Finanz- und Zollamts von Schottland.« Auf jeden Fall klang es beeindruckend, und vielleicht brachte es mir ein wenig Aufschub, auch wenn ich mir keine Illusionen darüber machte, welches Schicksal Spinks mir zugedacht hatte. Selbst wenn er mir die Geschichte abkaufte, würde er mich liquidieren, sobald ihm die Flucht gelungen war. Er würde sich nicht einmal die Mühe machen, den Mord als einen seiner kleinen »Unfälle« zu kaschieren.

Er starrte mich an. In der Stille war das leise Brummen eines starken Schiffsmotors zu hören. Während er Spinks' nächste Order abwartete, legte Al erneut seinen Arm um meinen Hals. Würden sie mich töten? Das Brummen war zu einem gedämpften Dröhnen geworden, das rasch näher kam. Spinks drehte sich um und horchte. »Schaff sie runter ins Boot.« In der Gewissheit, dass Al seine Befehle jederzeit ausführen würde, rannte Spinks den gebogenen Damm hinunter, ohne sich noch einmal umzusehen.

Al trieb mich voran und weidete sich daran, jedes Mal, wenn ich langsamer wurde oder stolperte, schmerzhaft an meinem Arm zu rucken. Auch wenn ich diese kostbaren Minuten gewonnen hatte, musste ich zugeben, dass meine Aussichten nicht allzu vielversprechend waren. Deborah Jane Smith war definitiv keine gute Kandidatin für eine Lebensversicherung.

Als wir das Schlauchboot erreichten, stotterte der Motor ein, zwei Mal, dann sprang er an. Al verdrehte mir noch einmal den Arm. Der stechende Schmerz schoss mir wie ein Stromschlag durch den Körper, und ich merkte erst nach einer Weile, dass Al mich wieder losgelassen hatte. Meine Schulter und mein Oberarm standen in Flammen, vom Ellbogen nach unten empfand ich dagegen nur eine seltsame, pochende Taubheit. Ich spürte wieder die Messerspitze, diesmal zwischen den unteren Rückenwirbeln.

»Steig ein und leg dich auf die Planken.« Der Ton war sachlich, die Botschaft klar. *Tu, was man dir sagt, oder du hast dieses Messer im Rückenmark.* Ich tat, was man mir sagte. Als Al ins Boot stieg, schaukelte es. Ein Stiefel stemmte sich mir in die Nieren, so dass sich mein Gesicht an die feuchten, kalten

Laufbrettlatten drückte. Diese Position als Fußabtreter beschränkte meine Sicht. Selbst wenn ich den Kopf so weit zur Seite drehte, dass ich mir fast den Hals verrenkte, konnte ich über den bauchigen Seiten des Bootes nur einen schmalen Keil des nächtlichen Himmels sehen. Mit dem Gesicht nach unten, von Als Schuhgröße fünfundvierzig plus fest an den Boden gedrückt, würde es mir schwerlich gelingen, sozusagen mit einem Sprung frei zu kommen.

Tu was, bevor es zu spät ist!, schrie ich in stummer Panik. Wenn ich mich plötzlich auf die Knie hochrappeln ... Spinks einen Kopfstoß verpassen, ihn aus dem Gleichgewicht und über Bord werfen ... mich selbst ins Meer stürzen könnte, bevor sich Al gefasst hatte ...

Langsam, ganz langsam winkelte ich die Ellbogen an. Ich überlegte. Sie hielten zweifellos nach den Hütern des Gesetzes Ausschau. Wenn ich also jede schnelle Bewegung vermied ... mich hochstemmte ... Ich spannte die Armmuskeln. *Jetzt!*

»Lass das.« Al versetzte mir einen so heftigen Schlag gegen den rechten Ellbogenknochen, dass mich von dem brennenden Schmerz eine Woge der Übelkeit erfasste und ich nach Luft rang. Zur Warnung folgte ein Tritt in die Rippen. Ich schloss die Augen und konzentrierte mich darauf, die Übelkeit in den Griff zu bekommen und mich nicht zu übergeben. Über eine Flucht zu fantasieren war es definitiv nicht wert, mit dem Gesicht in meinem Mageninhalt zu liegen. Es ist schon etwas Seltsames mit dem menschlichen Gehirn. Es kann sich nur mit einer Form von Signalen auf einmal befassen. Und so kam cs, dass ich die Schmerzen im Ellbogen nur wie von ferne spürte, solange ich mich auf meinen verkrampften Magen konzentrierte.

Platsch! Der halbe Ozean schwappte mir ins Gesicht. Mir blieb kaum die Zeit zu blinzeln, als schon die nächste Woge kam. Mein Gehirn vergaß die Übelkeit und analysierte diese neuen Daten. Größere Wellen. Demnach hatten wir den Schutz der Küste verlassen. In welche Richtung fuhren wir? *Denk nach!* Ob er mir die Sache mit dem Kordon nun abgekauft hatte oder nicht, Spinks würde auf keinen Fall nach Altarstanes im Norden fahren, von wo aus das Boot der Steuerfahndung zu erwarten war. Andererseits hatte er nicht den kürzesten Weg aufs offene Meer genommen, denn wir hatten gerade erst die Bucht verlassen. Folglich fuhren wir nach Süden. Ich hatte keine Ahnung, wie viel Zeit vergangen war, seit wir in Mill Door aufgebrochen waren, doch die rauere See bedeutete, dass wir uns der Inselspitze näherten – und damit Pilgrims' Haven.

Zum ersten Mal, seit Al mich in den Schwitzkasten genommen hatte, glimmte Hoffnung in mir auf. Falls wir immer noch dicht vor der Küste waren, würde das Schlauchboot durch das Mündungsgebiet des Haven kommen. In dieser kleinen Bucht wiederum lag die *Maid of the Forth* mit der feiernden Eingreiftruppe vor Anker. Möglicherweise machten sie sich mit wahrhaft lauter Musik bis weit übers offene Meer bemerkbar.

Ich horchte angestrengt, doch bisher hörte ich nur das Dröhnen des Außenbordmotors. Ich schielte zu Spinks. Er ließ keinerlei Anspannung, keine Anzeichen möglicher Gefahr erkennen. Ein hartnäckiger Zweifel drohte den Hoffnungsfunken auszulöschen. Vielleicht fuhren wir ja gar nicht nach Süden.

Der Hoffnungsschimmer verlosch. Keine Musik. Es war eindeutig keine Musik zu hören. Ich hatte mich an einen Strohhalm geklammert. Wahrscheinlich war der Trupp auf der *Maid* unterrichtet worden, als die Kollegen in der Bucht von Altarstanes mit ihrer Razzia begannen; sie hatten ihre Sachen gepackt und waren zum Hafen zurückgefahren. Sobald die Insel hinter uns lag und keine Verfolger in Sicht waren, würde

Spinks mich über Bord gehen lassen, so wie ein Umweltsünder eine Packung Zigaretten aus dem Autofenster wirft oder eine Bierdose in den Hafen. Das war's dann also.

Th, th, th, th … th … th … Ich brauchte mehrere Sekunden, bis mir die plötzliche Stille ins Bewusstsein drang: Der Außenbordmotor war stotternd ausgegangen.

»Verdammter Mist!« Spinks betätigte ungeduldig den Startknopf. Für Sekunden heulte der Motor auf, dann ging er wieder aus.

Gab es doch wieder einen kleinen Hoffnungsschimmer? Falls unser Benzintank leer war, standen die Chancen nicht schlecht, dass dieses Boot der Eingreiftruppe, das ich aus Altarstanes hatte kommen hören, uns einholen könnte. Und dann …

Klick. Die Flamme eines Feuerzeugs warf Schatten über Spinks' Arm. Al sagte: »Ein halber Tank Benzin.«

Rechts von uns ertönte urplötzlich laute schottische Tanzmusik. Wenige Sekunden später brach sie ebenso schlagartig ab, als hätte jemand eine Tür zugemacht. Ich hörte das helle Lachen einer Frau, dann ein grölendes Duett. Die *Maid of the Forth.* Sie musste es sein, auch wenn ich nicht sagen konnte, wie nah.

»Die verdammte Elektroanlage muss nass geworden sein!« Als Spinks sich nach vorne beugte und außerhalb meiner Sichtweite mit irgendetwas hantierte, schaukelte das Boot. »Verflucht noch mal, schnapp dir das Ruder, solange ich versuche, sie trocken zu bekommen. Wir treiben auf dieses verdammte Schiff zu.«

Wenn ich nur außer Stiefeln und der Seite des Bootes etwas sehen könnte! Selbst der Ausschnitt des Himmels war verdunkelt, seit Spinks und Al die Position gewechselt hatten. Welche Chancen hatte ich, die *Maid of the Forth* auf mich aufmerksam zu machen?

Null. Al kam mir zuvor. Als ich gerade die Lungen mit Luft vollsog, um einen richtig lauten Schrei vom Stapel zu lassen, wurde mein Kopf zurückgerissen, und im nächsten Moment hatte ich einen übel schmeckenden, öligen Lappen im Mund.

»Wenn du versuchst, ihn rauszunehmen, breche ich dir den Arm.« Er gab mir einen Vorgeschmack, indem er mir den linken Arm verdrehte.

Zum Schreien gehört ein tiefer Atemzug. Mein Schmerzensschrei kam als ein gedämpftes Wimmern heraus, das höchstens ein paar Meter weit zu hören war. In meinem Kopf tobte eine Mischung aus Schmerz und Wut und einer zähneknirschenden Bewunderung für Als Effizienz.

»Okay, das hätten wir.« Das metallische Scheppern, das ich hörte, kam vermutlich von der Motorhaube am Außenborder, die Spinks zuschlug. *Lass ihn nicht angehen. Lass ihn nicht angehen.* Wenn unser Motor nicht ansprang, hatte der Kutter der Zollfahndung gute Chancen, uns einzuholen.

Er sprang an.

»Funktioniert offenbar wieder.«

Das stetige Klopfen steigerte sich zu einem Dröhnen, als Spinks versuchsweise den Motor hochjagte. Das Boot machte einen Satz nach vorne.

Ohne Vorwarnung ging der Motor wieder aus, und wir kamen mit einem heftigen Ruck zum Stehen. *Wummm.* Al landete unsanft auf mir.

»Gibt's Probleme? Braucht ihr Hilfe?« Die Frage drang laut und klar von der *Maid* herüber. Verlockend nah.

Ich drehte den Kopf auf die andere Seite und schielte nach oben. Mond und Sterne waren hinter einer Wolkendecke verschwunden. Spinks ragte wie ein stummer Riese über mir auf. In der Ferne war das stetige, lauter werdende Brummen eines Kutters zu hören.

Eine Frau kicherte. »Die wollen mit uns Paddy feiern, Jim.

Laschi doch an Bord. Könn frisches Blut gebrauchen.« Schallendes Gelächter.

Spinks ging in die Hocke und beugte sich über die Seite. »Irgendwelcher Plastikmüll scheint sich in der Schraube verheddert zu haben.« Quer übers Wasser ertönte ein heftiger Schluckauf. »Komm, sei nich so, Jim. Natülisch wolln die mitmachen. Worauf waddstu noch«, beharrte die Frau in quengeligem Ton.

Al stemmte sich hoch, wobei er mir den Ellbogen in die Nieren stieß. »Besoffene Arschlöcher. Ich werde euch –«

»Halt die Klappe, Al! Sieh zu, dass du den Propeller von dem Müll frei bekommst.« Spinks sprach leise und eindringlich.

»*Oh, ye'll tak the high road and I'll tak the low road*«, tönte es ein wenig schräg von der *Maid of the Forth*.

Jetzt meldete sich eine neue Stimme: »Hey, ihr da! Hier ist ein toller Ceilidh im Gange, solltet ihr euch nicht entgehen lassen. Außerdem tolle Frauen und jede Menge zu trinken!« Wieder attackierten ein paar Takte fortissimo aus »The Bonnie Banks of Loch Lomond« unsere Trommelfelle. »Wartet! Wir kommen und holen euch. Dauert nicht lange!«

Die »Kavallerie« war zu meiner Rettung im Anmarsch. Hochstimmung. Euphorie. Aber übertrieben sie es nicht ein bisschen?

»Verflucht noch mal, beeil dich, Al. Wenn diese Besoffenen hier rüberkommen, sind wir in ernsten Schwierigkeiten.«

Al gab ein Grunzen zur Antwort. Sie lehnten sich beide über das Heck des Bootes und achteten nicht auf mich. Eine bessere Gelegenheit würde ich nicht bekommen. Mein linker Arm war dank Al immer noch wie gelähmt, mein rechter an der Bootswand eingeklemmt. Ich versuchte, mich ein wenig zur Seite zu drehen, um ihn frei zu bekommen. Ja, das ging. Hatte ich mich erst bewegt, blieben mir nur Sekunden. Das war meine allerletzte Chance.

Ich robbte blitzschnell zum Gummistöpsel – ziehen oder drehen? *Ziehen ...*

Steckte fest wie in Zement, bewegte sich keinen Millimeter. Ich drehte verzweifelt an dem Stöpsel. Noch einmal, meine schwitzenden Finger rutschten ab ...

»Was zum T...?« Al stellte mir den Fuß auf den Rücken, packte mich an den Haaren und zerrte meinen Kopf zurück. Entschlossen hieb er mir mit dem Messer auf die Finger.

Ich spürte einen brennenden Schmerz und einen nassen Strahl an der Kehle. Einen kalten, keinen warmen Strahl. Bevor ich ganz begriffen hatte, was das hieß, geriet das Boot heftig ins Schaukeln, und ich landete mit dem Gesicht im Wasser. Die Nase voller Wasser, den öligen Lumpen im Mund, bekam ich plötzlich keine Luft mehr. Panisch spannte ich die Muskeln in meinem rechten Arm, zog die Knie an und hievte in einer übermenschlichen Kraftanstrengung Kopf und Schultern hoch.

Nur am Rande hörte ich es im Wasser klatschen, dann rief Spinks etwas. Halb spuckte ich, halb zog ich mir den Lumpen aus dem Mund, während ich mich gleichzeitig zur Seite warf, um Als nächste Attacke abzuwehren.

Doch sie blieb aus. Kein gezücktes Messer. Kein Al. Nur Spinks im grellen Licht eines Suchscheinwerfers, der die Motorhaube umklammerte und mich mit offenem Mund anstarrte.

»Finanz- und Zollamt.« In der akustischen Deckung all der schottischen Reels hatte sich der Kutter unbemerkt genähert.

Die Tanzmusik brach abrupt ab. In der plötzlichen Stille bemerkte ich erst jetzt, dass Al auf der anderen Seite des Dollbords wie ein Wahnsinniger mit Armen und Händen im Wasser ruderte. Plötzlich tauchte er, den Arm in die Höhe gestreckt, das Messer immer noch in der Hand, aus der Tiefe auf. Die Klinge blitzte im Licht. Sauste rasierklingenscharf herab.

Wuuusch. Ein Teil des Schlauchbootes sackte wie ein Soufflé unter einem Kälteschock zusammen. Als verzerrtes Gesicht erschien und versank im selben Augenblick. Das Messer blitzte und zielte erneut. *Wuuusch.* Wie ein entsetzliches Seeungeheuer oder die Figur aus einem Hitchcock-Remake tauchte Al in der klaffenden Lücke auf. Er war dabei zu ertrinken. Unsere Blicke trafen sich. Ihm stand der Tod in die Augen geschrieben – seiner und meiner. Er würde nicht still und ergeben ins Dunkel hinübergleiten. Er hatte vor, mich mitzunehmen.

Hwit. Das Messer stieß nur wenige Zentimeter von meiner ausgestreckten Hand entfernt in die Unterseite des Bootes. Ich rappelte mich hoch und warf mich rücklings über die Seite. Ein letzter Blick auf Spinks' ausgestreckten Arm, dann schlug das kalte Wasser über meinem Kopf zusammen.

23

Der Schweigsame starrte mich mit gefletschten Zähnen an. Selbst tot konnte er einem noch Schauer den Rücken herunterjagen. Ich ließ das Tuch auf sein Gesicht zurückfallen. Ob Macleod das Zittern meiner Hand bemerkt hatte?

»Das ist er.« Mit einer nonchalanten Geste, auf die Macleod natürlich nicht hereinfiel, wandte ich mich ab.

Er nickte dem Mitarbeiter des Leichenschauhauses zu. Der Mann zog das Tuch noch einmal weg. Al hatte ein weißes Plastiketikett ums Handgelenk.

Macleod zeigte mit dem Finger darauf. »Alberto Pettrini, ein widerliches Miststück. Wir haben seine Fingerabdrücke genommen, und die Jungs in New York haben uns gesteckt, mit wem wir es zu tun haben. Es gibt eine Verbindung zur Mafia. Die haben ihn unter den schweren Jungs geführt.«

Es war mir noch nie leichtgefallen, in einem Leichenschauhaus zu stehen und mir einen Toten anzusehen. Doch wenn ich mich auf den klinisch sauberen rostfreien Stahl und das grelle Licht konzentriere, bekomme ich die Übelkeit in den Griff. Nein, nicht die Leiche selbst oder die Spuren der Gewalt treiben mir die Galle in die Kehle. Vielmehr muss ich unwillkürlich daran denken, dass dieses leblose Fleisch auf dem Metalltisch einmal ein Individuum gewesen ist, mit seinen Eitelkeiten, seinen Hoffnungen und Ängsten, so wie ich – die dunklen Haarwurzeln unterhalb des blond gefärbten Haars, die lackierten Zehennägel, das Pflaster am Finger. In Als Fall war es der halbmondförmige dunkelblaue Bluterguss auf einem Fingernagel. Eine Zehe an meinem rechten Fuß hatte eine ähnliche Erinnerung an einen kleinen Unfall davongetragen, bei dem ich eine Dose aus Gorgonzolas Vorratslager abbekommen hatte.

»Ihr Glück, dass er nicht schwimmen konnte.« Macleods Stimme schien von weit weg zu kommen.

Die Bemerkung half mir, mich zu fassen. Al war ein Killer gewesen, kalt und skrupellos. Wenn er seine Opfer erledigte, empfand er dabei vermutlich nicht mehr als … Ich suchte nach einem passenden Vergleich … als ein Mitarbeiter des Leichenschauhauses, der eine Leiche etikettiert.

Ich kehrte dem Toten unter dem Tuch den Rücken. »Vor allem, dass das Schlauchboot an der Stelle den Geist aufgegeben hat.«

Macleod warf mir einen kurzen Blick zu. »Das war keine Frage des Glücks. Als die Eingreiftruppe hörte, dass Sie in ihre Richtung kamen, haben die Jungs zwischen der *Maid* und der Boje in Propellerhöhe eine Plastikleine gespannt.«

Meine Erinnerung an die Episode war zusammenhanglos, verschwommen und chaotisch – zuerst der Schock des eiskalten Wassers, von dem mir fast das Herz stillstand, dann die angenehme Nachtluft. Ich wusste noch, wie ich gegen die gleißend hellen Scheinwerfer, die über das tintenschwarze Meer glitten, die Augen zukniff und verzweifelt auf das nächstbeste Boot zuschwamm, wie mir immer wieder die Wellen über dem Kopf zusammenschlugen, wie ich nach Luft schnappte … hustete … wie glattes, graues Metall die Sterne verdeckte, raue Hände an meinen Armen zogen, wie ich unsanft auf einem harten Metallboden landete … würgte, keuchte … wie mich jemand auf die Seite drehte.

Al hatte weniger Glück gehabt. Ein letztes Mal hatte sein Messer wie Exkalibur im Lichtkegel der Suchscheinwerfer gefunkelt, dann war seine virtuose Inszenierung von *Morte*

| 322

d'Arthur vorbei. Als sie mich aus dem Wasser zogen, war von ihm weit und breit nichts mehr zu sehen.

Auch nicht von Spinks. Außer Reichweite der Kutterscheinwerfer war es nicht weiter schwer gewesen, die wenigen hundert Meter an den Strand zu schwimmen. Ich hatte so ein Gefühl im Bauch, dass er im Schutz der Dunkelheit und in der allgemeinen Aufregung entkommen war.

Macleod schien meine Gedanken zu lesen. »Wir suchen immer noch nach der Leiche von diesem Spinks. Natürlich können wir nicht ganz ausschließen, dass ihm die Flucht geglückt ist.« Dem Ton nach hielt er das allerdings nicht für wahrscheinlich.

»Mmm« war alles, was ich dazu sagte.

»Nicht überzeugt?« Macleod zog eine Braue hoch und wies mit dem Kopf Richtung Al. »Den da haben wir zwar nach sechs Stunden rausgeholt, aber es kann einige Zeit dauern, bis eine Leiche nach oben treibt – hängt davon ab, was derjenige zuletzt gegessen hat. Habe mir sagen lassen, indisches Curry wäre ein ausgezeichnetes Auferstehungsmittel.«

»Wie ...?«, fragte ich.

»Um die Toten hochzutreiben. Gase, wissen Sie. Vielleicht hatte er eine Zeit lang nichts gegessen.«

Als sich die Türen des Leichenschauhauses hinter uns schlossen, erhaschte ich einen letzten Blick auf den Schweigsamen. Nunmehr für immer mundtot gemacht, wurde seine verhüllte Leiche gerade in ein gekühltes Fach verfrachtet.

Nachdem ich für die formularbesessenen Kollegen im Archiv meinen Bericht zu dem Fall ergänzt und bei meiner Behörde eingereicht hatte, war's das. Operation Schottische Nebelsuppe abgeschlossen. Sie erwarteten mich am Montag wieder an meinem Schreibtisch. Ich überlegte, ob ich Nachspielzeit beantragen sollte, da ich bei der Dienstausübung verwundet worden war, doch schmerzende Arme, mehrfache Prellungen und ein paar leukoplastverklebte Finger, die mit Als Messer Bekanntschaft gemacht hatten, würden nur spöttisches Grinsen ernten. Außerdem muss ich zugeben, dass selbst Gorgonzola, nachdem sie mich einmal kurz beschnuppert und mit rauer Zunge abgeschleckt hatte, wenig Besorgnis an den Tag legte – ihre Art, mir ihr Missfallen darüber zu bekunden, dass ich sie schon wieder über Nacht im Stich gelassen hatte.

Wenigstens einer nahm meine angeschlagene Verfassung dankenswerterweise zur Kenntnis: Jim Ewing. Er half mir, meine beiden Reisetaschen die Treppe hinunterzutragen und im Kofferraum zu verstauen. Auch diesmal war er der Inbegriff an Diskretion und verkniff sich jeden Kommentar zu meiner bedauernswerten Erscheinung.

Ich wandte mich Gorgonzola zu, die bereits auf dem Rücksitz Platz genommen hatte. »Eine Künstlerin muss auf ihre Pfoten achten, Gorgonzola«, sagte ich, als ich sie in ihrem Spezialgeschirr festschnallte. Falls ich scharf bremsen musste, würde sich ihr Sturzflug bei der Ankunft im White Heather Hotel nicht wiederholen.

»Sie sind jederzeit herzlich willkommen. Freie Kost und Logis gegen ein neues Meisterwerk der Katzenkunst.« Jim Ewing knallte die Klappe des Kofferraums zu und blieb winkend an der Haustür stehen. Durch die offene Tür war hinter ihm an prominenter Stelle Gorgonzolas rot-blau-weißes Œuvre an der Wand zu sehen: *Sonnenuntergang über den Wäldern von Sibirien.*

Mir blieb also noch ein wenig Zeit. »Wir geben Ihnen ein ganzes Wochenende«, hatten sie generös gesagt, obwohl es gerade eben reichte, um die vierhundert Meilen nach London in einem Tempo zu fahren, bei dem mir nicht die Zylinderkopfdichtung meiner alten Rostlaube um die Ohren flog.

Ich konnte genauso gut die Touristenroute nehmen, mir ein

paar Sehenswürdigkeiten gönnen und es langsam angehen lassen. Ich würde Edinburgh über die A1 verlassen, um alter Zeiten willen einen Abstecher zum White Heather Hotel machen und von dort aus nach Newcastle weiterfahren. Als Nächstes plante ich einen kurzen Abstecher zum Hadrianswall, bevor ich Durham mit seiner Kathedrale ansteuerte. Die Nacht würde ich in York verbringen und ... alles Weitere vom Wetter abhängig machen ...

Ein paar zarte Wolken sprenkelten den strahlend blauen Himmel. Als wir gemächlich am Südufer der Firth of Forth dahinrollten, blies mir durch das offene Schiebedach eine warme Brise um den Kopf. An diesem schönen Tag gab es nicht den geringsten Anflug von dem nasskalten *haar*, mit dem ich diesen östlichen Küstenstreifen inzwischen in Verbindung brachte. Gorgonzola lümmelte mit geschlossenen Augen und zuckendem Schwanz in der Sonne. Auf der Suche nach einer angenehmen, leichten Musik drückte ich auf die Radiotaste.

»... ein Hoch ... an der Küste weht ein leichter Wind bei Temperaturen um die zwanzig Grad.« Es folgte das kurze Zeichen des Lokalsenders und die Ansage: »Sieht nach perfektem Wetter für den ersten Tag der schottischen Golfmeisterschaft in Muirfield aus.« Die Hintergrundsmusik schwoll zu einem dissonanten, schweren Beat an. Hastig schaltete ich um. Schon besser – gefällig, klassisch, melodiös. Von dem hellen Sonnenlicht auf der Straße taten mir die Augen weh. Selbst mit Blende war es zu hell. Der Verkehr war, vor allem in meiner Richtung, dichter als erwartet. Es war Wochenende und ein strahlender Tag. Vermutlich zog es viele Menschen an die langen Strände zwischen Northberwick und Longniddry. Die Sanddünen von Longniddry ... *Ich* hatte meinen Besuch dort nicht genossen, doch an einem Tag wie diesem und ohne dass mir jemand in mörderischer Absicht folgte ...

Der Wagen vor mir kam am hinteren Ende eines Staus zum Stehen. Ich hatte keinen Grund, deshalb nervös zu werden, mit den Fingern auf dem Lenkrad zu trommeln oder dergleichen. Hier war ein Stau wesentlich angenehmer als irgendwo in London. Ich summte zur Radiomusik und dachte an Spinks ... Wo würde er untertauchen, falls er entkommen war? Ich hatte nicht die geringste Ahnung. Wahrscheinlich war er tatsächlich ertrunken. Und überhaupt, was ging mich das an? Am besten zog ich einen Schlussstrich unter die Sache und blickte in die Zukunft.

Ich starrte auf ein Schild des Automobilclubs, dessen schwarze Beschriftung sich scharf vom gelben Hintergrund abhob. *Schottische Golfmeisterschaften von Muirfield.* Darunter ein abgewinkelter Pfeil, der nach links wies und die Auskunft *1 Meile.* Wenn Spinks nun tatsächlich noch am Leben war? Er würde sich sicher fühlen, oder, da alle dachten, er sei tot? Und einen Golffanatiker zog es zweifellos zu seiner Meisterschaft wie eine Motte ans Licht. Ich merkte, dass mein Herz bei dem Gedanken schneller schlug. Wie eine kalte Dusche war der nächste deprimierende Gedanke – dass ein Abstecher nach Muirfield ein fruchtloses Unterfangen war, bei dem ich drei bis vier Stunden vergeuden würde. Und falls ich York besuchen wollte, musste ich dann nicht nur auf den Hadrianswall verzichten, sondern wahrscheinlich auch auf die Kathedrale von Durham. Das Straßenschild für die Abzweigung kam auf mich zugekrochen. Der Wagen vor mir bog nach links ab. Ich musste mich entscheiden. Sollte ich? Oder besser nicht? Ich blinkte links.

Binnen fünf Minuten bereute ich meinen Entschluss. Stoßstange an Stoßstange schleppte sich eine endlose Schlange im Stop-and-go-Verkehr dahin, und ich kam so mühsam voran, dass mir mein Schneckentempo von eben plötzlich wie Überschallgeschwindigkeit erschien. Die Sonne knallte aufs Dach.

Ich kurbelte das Fenster herunter und pumpte mir die Lungen mit Kohlenmonoxid voll. Hastig schloss ich das Fenster wieder. Ich trommelte mit den Fingern auf dem Lenkrad. Schlechtes Zeichen. Erst jetzt wurde mir das gereizte Kratzen auf dem Rücksitz bewusst. Noch ein schlechtes Zeichen. Hohe Temperaturen machen die Besitzer von Pelzmänteln meist nicht sehr glücklich. Gorgonzola war ganz und gar nicht cool und zeigte mir unmissverständlich, dass sie *auf der Stelle* aus diesem Backofen wollte.

»Dauert nicht mehr lange, Süße«, sagte ich besänftigend.

Wir krochen um die nächste Kurve. Gepflegte Grünflächen mit strategisch darauf verteilten Sandhindernissen reichten zu beiden Seiten bis an die Straße. Auf Rasen so glatt und grün wie ein Billardtisch flatterten rote und gelbe Fähnchen. Dies alles machte mir Hoffnung, dass die kriechende Autoschlange … nun ja, hinter der nächsten Kurve zu Ende war.

Falsch gedacht. Vor uns nahm die Blechlawine kein Ende. Was hatte mich nur geritten, als ich diesem hirnverbrannten Einfall folgte, nach Spinks Ausschau zu halten? Ich hätte jetzt längst auf dem römischen Wall lustwandeln und mir in irgendeinem Country-Pub einen Drink genehmigen können … Eine frustrierende Viertelstunde später fuhr ich langsam nach Gullane rein, eine Kleinstadt mit grauen Häusern. Mir gegenüber befand sich ein weiteres gelbes Schild des Automobilclubs, das auf einen öffentlichen Parkplatz verwies. Die Fahrzeuge vor mir schwenkten scharf nach links, und ich schwenkte hinterher. Häuser im aufwendigen Stil der dreißiger Jahre mit schmucken, weiß gestrichenen Holzveranden lugten hinter Mauern und Hecken hervor – exklusiv und abgeschottet. In der Ferne glitzerte und funkelte das Meer, im Vordergrund diente eine weitläufige Fläche kurz gemähtes Gras als Parkplatz. Die Erlösung war in Sicht.

Das heißt einerseits ja, andererseits auch nicht. Zehn Fahrzeuge weiter vorne orchestrierte ein Ordnungshüter mit rotem Gesicht das Einparken der Autos. Mit übertriebenen, ausladenden Bewegungen, als hätte es einen untersetzten Geschäftsmann in eine Aerobicgruppe verschlagen, dirigierte er die Autos auf die vorgesehenen Plätze. Plötzlich klatschte er mit der flachen Hand auf die Kühlerhaube des vierten Wagens vor mir. Sein Arm schoss dramatisch nach rechts. Den Hinweis »alles voll« trug die Brise bis zu mir. Der abgewiesene rote Wagen mit Vierradantrieb donnerte zwischen mannshohen Dornenbüschen einen holprigen Sandweg hinunter. Wir Übrigen krochen artig hinterher und konzentrierten uns darauf, unsere Federung möglichst schonend über die Schlaglöcher und Erhebungen zu bugsieren.

Genau eine Stunde nach meiner idiotischen Entscheidung, mich auf die Suche nach einem Toten zu begeben, kam mein Wagen in Muirfield, der Heimat der ehrenwerten Golfspieler von Edinburgh, zum Stehen. Ich befreite Gorgonzola aus ihren Gurten und blieb bei geöffneten Türen und Fenstern eine Weile sitzen, um die Meeresbrise zu genießen. Die aufgelöste Gorgonzola kroch mit letzter Kraft über den Fensterrahmen und plumpste als ein heißer ingwerfarbener Klecks unter den nächstbesten Busch. In allen Richtungen hörte man Türen schlagen und laute Rufe. Ich stemmte mich steif aus dem Sitz. Wo ich schon mal hier war, konnte ich auch weitermachen. Ich wühlte in meiner Tasche nach einem Foto von Spinks aus der Verbrecherkartei, das Macleod dem New York Police Department abgeluchst hatte. Dann schloss ich den Wagen ab, überließ Gorgonzola im Gebüsch ihrem Schicksal und folgte der Menge.

Keine Ahnung, was ich erwartet hatte. Vielleicht ein imposantes schmiedeeisernes Eingangstor mit einem aufwendigen Wappen aus aufsteigenden oder geschwungenen Golfschlägern in leuchtendem Blattgold. In Wahrheit war der Zugang zum Gelände der ehrenwerten Gesellschaft ziemlich unspektakulär. Unter dem Transparent, das für die Meisterschaft warb, befand sich ein unscheinbares Tor, das dem Besucher knapp und unzweideutig mitteilte: *Dies ist ein privater Golfclub. Zutritt verboten.* Ich war schon ein wenig enttäuscht und reihte mich zusammen mit Tausenden anderen Besuchern in die endlose Schlange, um für meine Eintrittskarte ein Vermögen hinzublättern. Diese Kosten konnte ich nicht auf die Spesenliste setzen, es sei denn, es war ein Wunder geschehen und ein Hiram J Spinks seinem Grab am Meeresgrund entstiegen. Da ich noch nie bei einem Meisterschaftsspiel gewesen war, hatte ich keine Ahnung, was ich als Nächstes machen sollte. Vielleicht half mir das dicke Begleitbuch weiter, das ich zusammen mit der Eintrittskarte bekam. *Geschichte von Muirfield ... 1744 ... ältester Golfclub der Welt ... Regeln des Clubs ... Damen ist es gestattet, in Begleitung eines Herrn zu spielen ...* Hatten die schon mal was von *political correctness* gehört? Ich blätterte die Hochglanzseiten weiter durch. *Zu den Offenen Meisterschaften, die in Muirfield stattfinden, zählen der Ryder Cup, der Walker Cup, der Curtis Cup ...* alles sehr ehrfurchtgebietend.

Der Plan des Golfplatzes erinnerte ein wenig an einen tödlichen Virus unter dem Mikroskop. Die Rasenflächen waren hellgrüne Kringel vor dunklerem Hintergrund, die Bunker sandfarben abgehoben. Ich überflog die Legende. *Loch 1. Das schwierigste Eröffnungsloch in Schottland ... Loch 2. Auf den ersten Blick harmlos, aber tückisch ... Loch 4. Kurzes Loch, aber bergauf ... herausfordernde Bunker ... Loch 5. Erhöhte Lage. Großartige Aussicht auf Edinburgh und Fife ... 16. Bunker ...* Falls mich das Golfspiel langweilte, konnte ich mich immer noch an der Umgebung erfreuen. Vielleicht würde ich von diesem Loch aus sogar die gelb-schwarz karierte Mütze von Hiram J Spinks erspähen!

Von meinem Standort vor dem Clubhaus aus – einem viktorianischen Bau im Stil eines Pavillons mit weißem Holz und rot gedecktem Dach – hatte ich den gesamten Parcours, wie er in meinem Faltplan gezeichnet war, vor Augen. Um jedes Green befand sich in Hufeisenform eine kleine Menschentraube. Hinter mir dröhnte es aus dem Lautsprecher: »Spieler 7 und 8 werden in fünf Minuten den Ball vom Tee schlagen.« Dort würde ich starten. Loch 1.

Zuerst bemerkte ich den Mann neben mir nicht. Ich war zu sehr damit beschäftigt, die Menge abzusuchen.

»Sie sind vom Sicherheitsdienst, oder?«, murmelte mir jemand ins Ohr.

Erschrocken blickte ich zur Seite. Dicht neben mir stand ein Mann mit hellbraunem Haar, knochiger Gestalt und einem riesigen blaugrünen Golfschirm unter dem Arm. Einer von zweihundert anderen, die sich um das Loch scharten.

»Mir ist nicht entgangen, wie Sie die Menge gemustert haben. Sie haben nicht einmal mitbekommen, was da gerade am Loch passiert ist, oder?« Sein Adamsapfel hüpfte wie ein Jojo.

Ich sah fasziniert zu. Er war groß, als hätte sein Besitzer gerade in dem Moment, als ein Golfball angeflogen kam, den Mund aufgemacht, und das Geschoss wäre ihm im Hals stecken geblieben.

»Heute sind eine Menge klingende Namen hier. Und genauso viele Spinner. Wahrscheinlich kennen Sie deren Visagen alle von den Kopfbildern, nicht wahr?« Er wartete keine Antwort ab. »Haben Sie auch …« – er schwieg und senkte verschwörerisch die Stimme – »einen *Namen*?«

»Smith«, sagte ich aus dem Mundwinkel heraus. Die Enttäuschung huschte ihm wie ein Schatten übers Gesicht.

Ich konnte nicht widerstehen. »Na ja«, flüsterte ich und sah

| 330

mich theatralisch um, als wollte ich mich vergewissern, dass mich niemand sonst hörte,»man kennt mich auch als S.«

Er tippte sich vielsagend mit dem Finger an die Nase und zwinkerte.»Lassen wir's dabei bewenden! Ich schweige wie ein Grab!«

Ich starrte ihn ungläubig an. Er sah nicht nur aus wie eine Figur aus einer Fernsehcomedy, er redete auch so. Die beiden Spieler, ihre Caddies und der größte Teil der Menschentraube waren verschwunden.»Wo sind denn alle hin?«

Er hob den blaugrünen Schirm und deutete mit der Spitze den Fairway entlang.»Der Ball ist im linken Bunker gelandet. Sie sind alle da rüber, um sich den Spaß nicht entgehen zu lassen. Vielleicht kommen wir auch noch rechtzeitig hin.« Mit federnden Schritten lief er in die genannte Richtung.

Ich zögerte. Ich hatte mir eigentlich vorgestellt, wie ich von einem Loch zum nächsten ging und mir die Gesichter anschaute – vielleicht einige Stunden lang. Mir war nicht klar gewesen, dass die Menschentrauben ständig wechselten, dass einige an einem Loch verweilten, andere dagegen ihrem Favoriten quer über den Golfplatz folgten. Vielleicht konnte mir mein seltsamer Gefährte von Nutzen sein. Vier Beine waren besser als zwei.

Am Bunker holte ich ihn ein. Irgendwie hatte er es geschafft, sich in die vorderste Reihe der Zuschauer zu drängeln, doch als ich versuchte, es ihm gleichzutun, bildeten Rücken, Schultern, Ellbogen und vorgereckte Köpfe eine undurchdringliche Barriere. Wo rohe Kräfte vergeblich walten, greift man besser zu List und Tücke.

»Ein Notfall! Lassen Sie mich durch!« Ich legte einen so eindringlichen Ton an den Tag, als ginge es um eine Katastrophe von ungeahnten Dimensionen. Wenn auch widerstrebend, teilte sich die Menschentraube instinktiv, und ich schlüpfte nach vorne. Rotschopf oder Adam, wie ich ihn insgeheim getauft hatte, reagierte auf mein Kommen mit einem konspirativen Zwinkern. Offenbar war ich in einem entscheidenden Moment erschienen. Mit der Unterwürfigkeit eines aufmerksamen Butlers reichte ein Caddie einem genervt aussehenden Spieler einen Schläger.

»Sandwiches bringen nichts.« Adams Ton war düster.

Sandwiches? Ich sah ihn verständnislos an. War das ein Passwort? Irgendeine verschlüsselte Botschaft, auf die ich zum Beispiel antworten musste: Kuchen ist besser?

Ich machte den Mund auf, um etwas unglaublich Dummes zu sagen, als Adams Apfel sich beinah überschlug. »Nein, er sollte keinen Sandwedge benutzen. Ein langes Eisen wäre viel besser.« Rotschopf nickte weise.

Ich schluckte hinunter, was immer ich gerade sagen wollte. Stattdessen flüsterte ich ihm bedeutungsschwanger zu: »Ich würde gerne mit Ihnen sprechen.«

Er riss sich keine Sekunde vom Spielgeschehen los. »Egal, worum es geht, S, es muss warten, bis er das hier hinbekommen hat.«

Ein Sandwölkchen spritzte in die Höhe. Als der Ball am Rand des Bunkers einen wackligen kleinen Tanz vollführte und dann langsam zurückrollte, so dass er auf dem säuberlich geharkten Sand eine lange, flache Spur hinterließ, ging ein Seufzer durch die Zuschauerreihen. Der Spieler und sein Caddie hielten Kriegsrat ab. Ein anderer Schläger wurde aus der Tasche gezogen.

»Sag ich doch!«, kommentierte Adam triumphierend.

Ein kurzer, glatter Schwung, ein hörbares Klick, als der Schläger traf, und der Ball flog in hohem Bogen aus dem Sand zurück auf den Fairway.

Während wir auf dem Rasen beim Putt zusahen, unternahm ich einen zweiten Versuch. »Als ich sagte, ich wollte mit Ihnen sprechen, meinte ich, beruflich.«

»Scht!«, zischte er und legte den knöchernen Finger an die Lippen. Ich dachte, er wollte die nächste Mantel- und Degen-Show hinlegen, doch er wies mit dem Kopf in Richtung der Spieler. »Wir dürfen nicht reden, während sie sich auf ihren Putt konzentrieren. Schlechter Stil.«

Der Golfspieler im roten Hemd kauerte sich über den Ball. Er probierte mehrere Putt-Möglichkeiten aus. Dann *klick*. Der Ball rollte in großem Abstand am Loch vorbei und blieb etwa einen Meter dahinter liegen. Adam sog geräuschvoll die Luft zwischen den Zähnen ein. »Zu kräftig, und er hat die Neigung nicht einkalkuliert.«

Erst als Rothemd das Loch verloren hatte und wir uns um die Spieler an Loch 2 neu gruppierten, hatte ich endlich die volle Aufmerksamkeit meines Gefährten.

»Ihr Land braucht Sie«, flüsterte ich und legte so viel Gewicht in meine aufgeblasenen Worte wie der Chef des Spionagerings in einem drittklassigen Film.

Sein Kopf fuhr herum.

»Ja, die Operation hier ist von internationaler Tragweite.« Ich schwieg und sah ihn fragend an. »Kann ich auf Sie zählen, A?«

Er machte große Augen. »Woher wussten Sie meinen Namen …?«

Ich legte einen Finger auf den Mund. »Keine Namen. Schließlich sind wir vom *Geheimdienst*.«

Der Golfball in seiner Kehle hüpfte heftig.

»Und, A?«

Nachdem mein Vorrat an Klischees beinahe erschöpft war, hielt ich den Atem an.

»Ich bin dabei, S.« Seine Augen funkelten, auch wenn er versuchte, die Aufregung zu verbergen. »Geht es um Raub?«

»Es steht mir nicht zu, darüber zu reden. Aber sehen Sie sich das an.« Ich zückte das Verbrecherfoto von Spinks. »Das ist der Mann, den wir suchen. Groß, hager. Bevorzugt grellbunte, karierte Mützen. Wir haben einen Tipp bekommen, dass er hier auftauchen könnte. Er ist ein äußerst gefährlicher Zeitgenosse. Es ist unbedingt ratsam, sich von ihm fernzuhalten.« Ich sah auf den Plan. »Ich flitze zu Loch 17 hinüber, und von dort aus schaffe ich 16 und 15. Arbeiten Sie von Loch 3 aus weiter. Wenn Sie ihn sehen« – ich blickte in den Himmel, der immer noch tiefblau und nur von den zartesten Wolkenbändern getrübt war, die keinen Regen versprachen –, »geben Sie mir mit Ihrem Schirm ein Zeichen. Halten Sie das Ding in die Luft und machen es zwei oder drei Mal auf und zu.«

Adam nahm das Foto von Spinks und starrte es an. »In Ordnung, S. Ich kann mir Gesichter gut merken. Falls er mir über den Weg läuft, entwischt er mir nicht.«

Im Hochgefühl seiner Mission mischte er sich unter die Menge, die jetzt zum Green an Loch 2 strebte. Ich hatte ein bisschen ein schlechtes Gewissen. Wenn er nun tatsächlich über Spinks stolperte? Wenn er sich nun allzu sehr für seine Rolle als Spion begeisterte und unnötige Aufmerksamkeit oder gar eine Kugel auf sich lenkte? Hatte ich ihn mit meinem 007-Spielchen in tödliche Mission geschickt?

Es war zu spät, ihn zurückzurufen. Die Möglichkeit, dass Spinks tatsächlich hier herumgeisterte, ging ohnehin gegen null. Nein, ich würde diesen blaugrünen Schirm nicht zu sehen bekommen.

Ich irrte. Aus dem Augenwinkel heraus, in ziemlicher Entfernung am 5. Tee, in die Höhe gereckt, öffnete und schloss er sich drei Mal.

Um im Klischee zu bleiben, würde ich sagen, mir stockte der Atem. Handelte es sich um eine Verwechslung? *Ich kann mir Gesichter gut merken. Falls er mir über den Weg läuft, entwischt er mir nicht*, hatte er gesagt. Meine Kehle war plötzlich wie ausgetrocknet. Auftrag ausgeführt, alles sprach dafür. Natürlich musste ich mich erst selbst davon überzeugen, bevor ich Macleod und seine Jungs anrief.

Von Loch 14 aus zum Tee 5 zu kommen, war kein Problem, kostete aber Zeit. Ich musste warten, bis die Spieler an Loch 3 auf dem Green waren, um hinter der Menschentraube hindurchzukommen. Dann schoss ich, so schnell ich konnte, um das verwaiste Tee 4 herum, bevor ich die hundert Meter zu der Stelle trabte, an der der Schirm mir über die Schultern der Zuschauer hinweg das diskrete Signal gegeben hatte. Ich traf genau in dem Moment ein, als die Spieler sich anschickten, weiterzufahren.

Bei der vagen Möglichkeit, Spinks aufzuspüren, hatte ich eines nicht bedacht: das Gerüst, das für die Fernsehübertragung des Sportereignisses aufgestellt worden war. Jederzeit bereit, sich auf ihr Opfer zu stürzen, lauerten riesige schwarze Kameras wie Geier auf hohen Podesten. Und überall liefen Männer mit Camcordern neben den Sportmoderatoren her, die wie Marsmännchen in Comics mit ihren Miniaturantennen auf den Mützen über das Gelände marschierten und in ernstem, eindringlichem Ton in ihre Mikrofone murmelten. Der Tumult, den eine Verhaftung mit sich bringen würde, wenn ein Einsatzkommando bewaffneter Polizeibeamter auf den Golfplatz stürmte und das Spiel unterbrach, würde live im Fernsehen übertragen. Bei der Vorstellung brach mir der kalte Schweiß aus. Ich holte tief Luft. Erst einmal das Naheliegende. Ich musste zweifelsfrei den Mann identifizieren, auf den mich der Schirm aufmerksam gemacht hatte.

Adams Kopf drehte sich wie eine Meerkatze auf Beutefang in alle Richtungen, um gleichzeitig seine Zielperson im Auge zu behalten und nach mir zu suchen. Als er mich sah, runzelte er die Stirn und verdrehte die Augen. Er neigte den Kopf und den Schirm nach links, um wie ein Jagdhund auf einen abgeschossenen Fasan zu zeigen. Es war einfach nur Pech, dass genau in diesem Moment das Spiel aus irgendwelchen verfahrenstechnischen Gründen unterbrochen wurde. Starrten eben noch alle gebannt auf die Kontrahenten, ließen sie jetzt in der Hoffnung auf etwas Interessantes die Blicke schweifen. Und was konnte interessanter sein als ein Mann, der den Hals so steif hielt, als nähme er an einem Wettbewerb für lebende Statuen teil. Ich war die Einzige, die querfeldein – in gerader Linie zu Adam – zum Tee hinüberstürmte. Jeder, der ihn sah, sah auch mich.

Ich konnte nichts dagegen tun. Ich suchte die Menge ab. Und da war *Spinks*, der Schock stand ihm ins Gesicht geschrieben. Als sich unsere Blicke trafen, durchfuhr es mich wie ein Blitz. Rechts von mir, in der Nähe von Loch 12, wurde plötzlich heftig applaudiert, als jemand offenbar einen schwierigen Schlag absolvierte oder das Loch gewann. Ich war wie in einer anderen Welt und nahm nur von ferne und schemenhaft wahr, wie vereinzelte Stimmen in meiner Umgebung etwas murmelten.

»Auftrag ausgeführt, S.« Adam stieß seinen Schirm siegreich in den Boden.

In genau diesem Moment sprang ich nach vorn. Ich weiß auch nicht, was in mich gefahren war. Wollte ich Spinks die Hand auf die Schulter legen und brüllen: Sie sind verhaftet? Mich auf ihn werfen? Ich sollte es nie erfahren. Als mein Fuß mit Adams Schirm einen flotten Tango hinlegte, verwandelte sich mein Sprung in einen wenig eleganten Sturzflug. Mit einem Aufschrei fiel Adam zu Boden und landete so schwer auf mir, dass mir alle Knochen wehtaten. Benommen rappelte ich mich hoch. Spinks war nicht stehen geblieben, um höflich zu warten, bis wir unsere Glieder sortiert hatten. Er war verschwunden.

Kaum ertönte das *Klack* des Schlägers am Ball, verlor die Menge das Interesse an uns. Die Leute scharten sich um das

Tee und reckten die Köpfe, um nichts zu verpassen. Ich versuchte, mich wieder nach vorne zu drängeln. Keine Chance. Es kostete mich wertvolle Sekunden, um die Traube herumzulaufen. Ich blickte nach rechts und links. Ein paar Meter Gras trennten den Fairway von dem steinigen Pfad, der parallel zum Golfplatz verlief. Von Hiram J Spinks war weit und breit nichts zu sehen.

Schweres Keuchen hinter mir kündigte die Ankunft des ernüchterten Adam an. Bevor er zu einer langatmigen Entschuldigung ansetzen konnte, schrieb ich ihm auf die Rückseite meiner Meisterschaftsbroschüre die Nummer von Macleod und drückte sie ihm in die Hand.

»Schnappen Sie sich ein Telefon und holen Sie Verstärkung, A.« Ich war ziemlich zuversichtlich, dass mein Fernsehkommissar-Verhalten ihn zum sofortigen Handeln inspirieren würde. »Nennen Sie denen die Code-Wörter Operation Schottische Nebelsuppe. Sagen Sie, sie sollen Hunde mitbringen und Straßensperren errichten.«

»Alles klar, S.« Er huschte davon.

Der Pfad zu meiner Rechten bot auf mehreren Metern keine Deckung. Falls Spinks dort entlanggelaufen war, musste ich ihn immer noch sehen. Doch links zweigte ein schmalerer, grasbewachsener Trampelpfad ab, der durch eine dichte Gruppe Sanddorn und Koniferen führte. Auf einem verwitterten Schild stand *Pfad nach Gullane*. Er musste zu seinem Wagen zurück. Und der stand in der Nähe des Dorfs. Ich rannte los.

Zwischen zwei Reihen mannshohem Sanddorn preschte ich davon. Weit konnte er nicht sein. Nach wenigen Minuten musste ich mich entscheiden: Sollte ich den schmalen, gewundenen Pfad durch den Sanddorn nehmen oder den breiteren durch dichtes Nadelgehölz? Ich zögerte. Aufs Geratewohl loszustürzen hatte wenig Sinn. Das Stampfen meiner Füße auf dem harten Boden hatte alle anderen Geräusche übertönt. Jetzt hörte ich trotz meines keuchenden Atems rechts von mir das ferne Rauschen der Wellen am Strand. Ich horchte auf irgendwelche Schritte vor mir. Nichts. Durch den Sanddorn oder die Koniferen? *Was?* Für uns beide zählte vor allem das Tempo ... Ich entschied mich für den breiteren Weg.

Meine Schritte federten auf dem weichen Teppich aus alten Nadeln und Tannenzapfen. In ihrem Kampf um Licht hatten die Bäume außer an den höchsten Ästen alles Grün abgeworfen. An ihren toten Zweigen hingen schwarze Zapfen wie Begräbnisschmuck, und das spärliche, fleckige Sonnenlicht, das durch die Kronen drang, unterstrich nur die Düsternis. Selbst um die Mittagszeit herrschte unter dem dichten Baldachin ewiges Zwielicht. Unheimlich, eindeutig unheimlich. Der Pfad wand sich und beschrieb Haarnadelkurven, so dass ich immer nur wenige Meter weit sehen konnte. Mir blieb nichts anderes übrig, als langsamer zu laufen. Ein verstauchter Knöchel, und ich konnte Spinks vergessen.

Nach einer ganzen Weile lichtete sich der Wald. Hier und da hatten sich auf den helleren Partien leuchtend grüne Mooskissen ausgebreitet. Inzwischen führte der Pfad deutlich nach unten. Die Bäume hörten plötzlich auf, und ich starrte auf einen niedrigen Hügel, dessen Hänge von undurchdringlichem Gestrüpp bewachsen waren.

Der Pfad wurde hier noch einmal steiler und wand sich in Zickzacklinien hinauf, bis das Gebüsch in Seegras und Disteln überging. Der Sand unter meinen Füßen ließ darauf schließen, dass ich die Dünenbarriere erreicht hatte. Das Meeresrauschen klang jetzt sehr nahe. Auf der Kuppe blieb ich einen Augenblick stehen, um durchzuatmen. Von diesem Aussichtsposten aus hatte ich die besten Chancen, ihn zu entdecken, doch ich sah immer noch keine fliehende Gestalt. Mist. Hatte ich mich doch falsch entschieden?

| 338

Vor mir lag die nächste Reihe grasbewachsener Sanddünen. Ein ganzes Stück weiter links schwebte ein Vogel auf der Jagd dicht über dem Boden. Unter mir befand sich ein Tal mit grünem Sanddorn und einem Netzwerk schmaler Pfade – vielfältige Möglichkeiten für eine Flucht. Ich hatte keine Ahnung, wo sie jeweils endeten. Sie konnten ebenso gut im Kreis verlaufen oder versanden. Ich versuchte, mich in Spinks hineinzuversetzen. An seiner Stelle würde ich versuchen, auf einer sicheren Route zum Strand zu kommen …

Ich stürzte mich ins Tal hinunter und keuchte auf geschwächten Beinen die nächste zehn Meter hohe Düne hoch. Draußen auf See schob sich ein leuchtend roter Öltanker im Schneckentempo an den blaugrauen Hügeln der Fife of Forth entlang. Dann plötzlich hinter mir *tschak tschak tschak tschak*. Mit lautem Schnattern flatterte ein Vogel aus einer Gruppe verkümmerter Kiefern, deren Spitzen jenseits der nächsten Dünenkuppe zu sehen waren.

Falls Spinks dort hinuntergelaufen war, wäre es ein fataler Fehler, ihm auf direktem Weg zu folgen. Vielmehr musste ich die Deckung des Sanddorns nutzen und mich von hinten anschleichen. Ich huschte eine schmale Rinne in der Düne hinunter. Als mir die Dornen in die Kleider und Hände stachen, zuckte ich wiederholt zurück, kämpfte mich jedoch weiter durchs Gebüsch. Am anderen Ende des Dickichts legte ich mich flach auf den Boden und blickte angestrengt durch das Geäst.

In meinem Kampf mit dem Stachelgestrüpp war ich übers Ziel hinausgeschossen. Ich war oberhalb einer großen Bucht herausgekommen. Die weißen Schaumkronen kräuselten sich auf dem goldenen Sand, die traumhafte Szene aus einer Ferienbroschüre.

Ich lutschte an einem langen Kratzer auf dem Handrücken, der zu bluten begann. Nicht wieder in die Folterkammer der

Stacheln zurück! Nur wenige Meter von mir entfernt wand sich ein Pfad durchs Gebüsch. Dort würde ich zum Strand hinuntersteigen und dann parallel zum Wasser weiterlaufen. In beide Richtungen wäre jemand dort unten meilenweit sichtbar.

Auf halber Strecke verlangsamte ich meinen Schritt, um mich an einem überhängenden Dornbusch vorbeizumanövrieren. Eine trotzige Ranke schlug aus und verfing sich an meiner Socke. Ich bückte mich, um sie zu lösen, und erstarrte mit ausgestreckter Hand. Im glatten, pudrigen Sand waren tiefe Fußabdrücke, und noch immer rieselte es in die frischen Vertiefungen.

Etwas Hartes schlug mir ins Genick. Der blaue Himmel wurde schwarz, mir knickten die Knie ein, ich spürte, wie ich stürzte ... und in den weichen Sand fiel. Dann schien ich zu rutschen ...

Wenn ich ein Auge öffnete, konnte ich vielleicht ... Konnte ich was? Kann mich nicht erinnern. Ist auch egal. *Ist es nicht!* Wieso? ... Ich rutschte und schwamm auf dem Rücken einen Fluss aus Sand entlang. Wie Ophelia. Sie sang, als sie ertrank, nicht wahr? Was sollte ich singen? Ein stechender Schmerz, als ich mit Rücken und Schultern auf das Flussbett schlug ... Meine Kleider waren nass. Nasse Kleider sind ... schwer, nicht wahr?

Bis ihre Kleider, die sich schwergetrunken
Das arme Kind von ihren Melodien
Hinunterzogen in den schlamm'gen Tod ...

Schlammiges Wasser ... nein, salziges Wasser ... schwimmen, schwimmen ...

Hinter den geschlossenen Augenlidern hervor sah ich, wie sich ein Schatten bewegte. Eine durch und durch bedrohliche

Stimme krächzte: »Wer versucht, Hiram J Spinks reinzulegen, hat nicht lange zu leben. Du bist mir einmal zu oft in die Quere gekommen, du Miststück.«

Ich spürte Hände unter mir, sie hoben mich hoch und rollten mich auf den Bauch. Ich schluckte Wasser ... Ich schnappte nach Luft ... Ich schluckte ...

Zu viel des Wassers hast du, arme Schwester!
Ach, ist sie denn ertrunken?
Ertrunken, ertrunken.

Epilog

Das Lazarus-Syndrom, so heißt das, glaube ich, besser bekannt als Nahtod- oder außerkörperliche Erfahrung. Schwarze Leere. Ein langer, dunkler Tunnel. Ein helles Licht am Ende. Wärme, Frieden, Ruhe. Das Gefühl, aus großer Höhe hinunterzusehen ... Ich hatte das ganze Programm. Wirklich ziemlich interessant.

Da schwimmt jemand mit dem Gesicht nach unten und hat meine Kleider an. Ich *glaube*, mich zu erinnern, wie Adam durch die Wellen zu mir herüberrennt. Ich hatte das Gefühl zu rufen, doch es kam kein Laut ...

Mir wurde speiübel. Ich konnte den Kopf nicht aus dem Kissen heben, ohne dass sich der Raum zu drehen begann und es mir den Magen hob. Ich war schon seit einer Woche im Edinburgher Krankenhaus, auch wenn ich mich an die ersten Tage kaum erinnern kann. Ich hatte ein Einzelzimmer, weil ich Ruhe brauchte, wie sie sagten, und gegen das Licht waren die Jalousien heruntergezogen. Von den dumpfen Kopfschmerzen einmal abgesehen, fühlte ich mich gar nicht so schlecht, solange ich ruhig dalag. Ich hatte keine andere Beschäftigung, als an die Wände zu starren und die Bettwäsche mit dem rot eingestickten RIE eingehend zu betrachten. Ich dachte intensiv darüber nach, was sie im Royal Infirmary Perth wohl machten ... und nickte ein.

»Fühlen Sie sich schon fit genug für einen Besucher?«, fragte Macleod.

Vorsichtig schlug ich die Augen auf, ohne den Kopf zu bewegen. Ich stöhnte schwach. »Nein, ich fühle mich wie ein seekranker Matrose mit einem Kater.«

»Geschieht Ihnen recht«, sagte Macleod ohne eine Spur von Mitleid. »Was zum Teufel haben Sie sich nur dabei gedacht, ohne Verstärkung hinter Spinks herzujagen? Hätte dieser Kerl, den Sie angeheuert haben, nicht ein Handy organisiert und wäre Ihnen dann gefolgt, hätten wir jetzt ein weiteres ›Unfall‹-Opfer zu beerdigen. Als er Sie aus der Brandung zog, hat er noch gesehen, wie ein Mann weglief. Der Beschreibung nach könnte es Spinks gewesen sein.«

Adam, der durch die Wellen patschte …

Ganz gegen meine Natur sah ich wohl besonders zerknirscht und reumütig aus, denn Macleod setzte sich neben mein Bett und tätschelte mir in eindeutig onkelhafter Manier die Hand.

»Natürlich besteht die *Möglichkeit*, dass er damit nicht durchgekommen wäre«, sagte er zu meinem Trost. »Wir sind grundsätzlich misstrauisch, wenn ein gesunder Erwachsener ertrinkt. Und dann ist da schließlich noch der Bluterguss in Ihrem Nacken.«

Ich hielt es für angebracht, die Unterhaltung auf ein weniger peinliches Thema zu lenken. »Danke für Ihre Nachricht, dass Jim Ewing sich um Gorgonzola kümmert.«

Er nickte. »Als wir den Wagen fanden, wusste ich, dass sie irgendwo in der Nähe war. Ich erinnerte mich, dass Sie diesen Wirt erwähnten, der sie besonders ins Herz geschlossen hatte.«

Er warf eine Papprolle aufs Bett. »Beinah hätte ich vergessen, Ihnen das hier zu geben. Offenbar hat Ihre Katze neuerdings die Neigung, Wände zu verunstalten. Komischerweise ist Ewing entzückt. Er sagt, sie sei eine Künstlerin.« Das Zucken um seine Mundwinkel stand im Widerspruch zu seinem Pokerface.

Ich versuchte, mich vorzubeugen, überlegte es mir aber anders, als das Zimmer sich wieder alarmierend zu drehen begann. »Ich kann den Kopf nicht vom Kissen heben«, sagte ich zu meiner Entschuldigung.

Er zog ein Blatt Kartonpapier in DIN A3 aus der Papprolle. »Was sagte ich noch gleich?« Er betrachtete nachdenklich das Blatt und drehte es um hundertachtzig Grad. »Spinks ist uns durch die Straßensperre entwischt. Ich glaube, wir haben ihn verloren. Er ist ein ausgekochter Fuchs. Wenn Sie ertrunken wären, hätten wir ihn nur schwer des Mordes anklagen können. Wir hatten nichts weiter als die etwas vage Personenbeschreibung, die uns Ihr informeller Mitarbeiter geliefert hat.« Er drehte das Gemälde noch einmal um neunzig Grad. »Ihr informeller Mitarbeiter schien unter dem Eindruck zu stehen, er sei aus irgendeinem Grund vom MI6 angeheuert.«

»Ich vermute mal, er hat Sie M genannt.« Ich griff nach Gorgonzolas Kunstwerk.

»Sie haben's erfasst, S.« Er ignorierte meine ausgestreckte Hand. »Wissen Sie, dieser Künstler, dieser Pikatzo, hat durchaus etwas. Hab schon Schlimmeres bei Ausstellungen in der Academy gesehen.«

»Wenn ich es mir mal ansehen dürfte …« Ich grabschte wieder danach, sank jedoch mit einem Stöhnen zurück.

Jetzt war es an Macleod, zerknirscht auszusehen. »Tut mir leid, ich habe nicht an Ihren Kopf gedacht. Hier ist das Katzenmeisterwerk.« Er hielt es hoch.

Ich war von den breiten Streifen Grün, den Klecksen in Gelb und den scheinbar willkürlich gesetzten Linien in Rot und Schwarz ziemlich angetan. Am rechten unteren Bildrand befand sich die Signatur, ein blauer Pfotenabdruck.

»Sie sollten das von einem bewaffneten Kollegen bewachen lassen, M. Es ist ein Vermögen wert.«

»Ja, ja«, sagte er besänftigend.

»Sie glauben mir nicht? Fragen Sie Ewing, der wird Ihnen bestätigen, dass Gemälde von Katzen in den Staaten bis zu fünfzehntausend Dollar einbringen. Ich denke, *Impressionen von Muirfield* wäre ein passender Titel.«

Macleod hielt das Blatt auf Armeslänge und studierte es eine Weile mit übertriebener Ehrfurcht. »Fünfzehntausend Dollar, ja? Setzen Sie diese blaue Pfote unter *Fast Castle bei Sonnenuntergang* und *Fast Castle im Nebel* und gehen Sie in Pension.«

Ich machte ein verletztes Gesicht. »Ihnen fehlt es im Umgang mit Kunst am nötigen Ernst, Chief Inspector. Das ist –«

Was ich ihm erklären wollte, wurde von einem lauten, hitzigen Wortgefecht vor der Tür unterbrochen.

Macleod runzelte die Stirn. »Wir haben im Flur einen Kollegen abgestellt. Es dürfte eigentlich keine –«

Die Tür öffnete sich einen winzigen Spalt und wurde im nächsten Moment so laut zugeknallt, als wäre ein Schuss gefallen.

Macleod durchquerte mit wenigen Schritten das Zimmer. Als er die Tür aufriss, dröhnte der wütende Streit im Flur um einige Dezibel lauter. In Anbetracht der fatalen Folgen einer plötzlichen Bewegung lag ich mit geschlossenen Augen still.

»… ab-sooo-luut skandalös …« Das unverwechselbare Timbre wurde zu einem unverständlichen Murmeln gedämpft, als die Tür wieder zufiel.

Ich wurde mehrere Minuten lang im Ungewissen gelassen, bis ich Macleod schließlich sagen hörte: »Fühlen Sie sich stark genug für den Besuch eines *gastropode extraordinaire*? Sie besteht darauf, sie hätte Ihnen *absolut* Wichtiges mitzuteilen.«

Ich schlug die Augen auf und verdrehte sie in seine Richtung. »*Gastronome*«, sagte ich streng. »Ein Gastropode ist ein Bauchfüßler mit Stielaugen …«

345

Seine Mundwinkel zuckten.»Genau. Korrekte Beschreibung, finden Sie nicht?«

Ich erstickte einen Lachanfall.

»Sie besteht darauf, es sei eine Frage von Leben und Tod.
Wollen Sie sie sehen, oder soll ich sie wegschicken?«

Die Entscheidung wurde mir abgenommen. Die Tür ging
ein paar Zentimeter auf. Durch den schmalen Spalt sah ich einen jungen Polizisten, der, wie es aussah, mit einem wogenden, purpurfarbenen Chiffontuch zu kämpfen schien.

»Schon in Ordnung!«, rief ich.»Lassen Sie sie rein.«

Felicity stürmte mit hochrotem Kopf und schweißgeba-
det ins Zimmer.»Meine Liebe, Sie sehen ja ab-sooo-luut entsetzlich aus! Bleich wie ein Gespenst. Kein klitzekleines bisschen Farbe im Gesicht. Aber keine Bange, ich hab Ihnen ein
paar Kleinigkeiten mitgebracht, die Ihnen schnell wieder auf
die Beine helfen.« Mit einiger Mühe entwirrte sie einen weißen Wärmeschutzbehälter aus den voluminösen Falten ihres
Kaftans.»Hier! Sie werden sehen, das geht runter wie Butter.«

Vor meinem geistigen Auge sah ich eine köstliche Portion
Eiscreme, seidig schimmernd, cremig weich und erfrischend.
Eine meiner Vorlieben.»Wundervoll!« Ich sabberte.»Was für
eine Sorte ist es?«

»Sorte?« Aus den Falten von Felicitys ballonartigem Kaftan schien ein wenig die Luft heraus zu sein, als sie auf den
Stuhl neben dem Bett mit Pikatzos Fünfzehntausend-Dollar-
Impressionen sank. Würde ich den Titel in *Impressionen* auf
Muirfield ändern müssen? »Sorte?«, wiederholte sie.»Nun ja,
sehr deliziös natürlich, aber definitiv«, sie schürzte nachdenklich die Lippen,»definitiv Richtung Fisch.«

»*Fisch!* Ist das vielleicht ein neues Gourmetrezept von Ihnen, Felicity?«, fragte ich irgendwie verblüfft.

»Oh nein, meine Liebe. Das ist nicht auf meinem Mist gewachsen. Es ist etwas ziemlich Traditionelles.« Sie öffnete den

Deckel und spähte in den Behälter. »Ich denke, diese hier …«
Zwischen Daumen und Zeigefinger hielt sie zur genaueren In-
spektion die warzige Schale einer mittelgroßen Auster in die
Höhe.

Macleod und ich tauschten einen Blick. Offenbar hegte er
gegen Austern eine ähnliche Abneigung wie ich. »Ich glaube,
die Damen wollen jetzt unter sich sein.«

Ich hörte, wie der Flüchtige leise die Tür hinter sich
schloss.

»Ihr Projekt, Felicity? Gibt es etwas Neues?«, fragte ich in
der verzweifelten Hoffnung, das Thema könnte mich vor der
Zwangsernährung mit schleimigen Mollusken bewahren.

Ihre Augen wurden feucht. Unbemerkt glitt die zweischa-
lige Muschel wieder zu ihren Gefährten in der Box. »Es *gibt*
kein Projekt! Ich *habe* kein Projekt.« Eine Träne lief über die
plumpen Konturen ihres Gesichts und verschmolz mit der
Salzlake der Austern. »Es sind *entsetzliche* Dinge passiert. Mrs
Mackenzie wurde« – sie senkte die Stimme zu einem dramatischen Flüstern – »wurde *verhaftet*.«

Ich konnte wohl schlecht sagen: Ich weiß. Ich habe dafür
gesorgt! Nun ja, ich hatte nicht *persönlich* die Handschellen
zuschnappen lassen, aber trotzdem …

In gespieltem Entsetzen riss ich die Augen auf. »Verhaftet!
Doch nicht etwa wegen *Mordes* an Mr Mackenzie?«

»Nein, nein, nein«, schluchzte sie. »Es steht überall in der
Zeitung. Wegen *Drogendelikten.* Ihre fantastischen Rezepte
waren der Schlüssel zu meinem Projekt. Aber wer will schon
die Rezepte einer *Kriminellen* lesen?«

»Ich bin sicher, dass die Situation *irgendwie* zu retten ist,
Felicity.«

In einer liegenden Version von Rodins Denker schmiegte
ich das Kinn in die Hand. Ich hegte nicht viel Hoffnung. Die
in Tränen aufgelöste *gourmet extraordinaire* war nicht in der

Verfassung, an einem Brainstorming teilzunehmen. So, wie sie sich in ihrem Kummer suhlte, war ihr Denken wahrscheinlich nicht ergiebiger als wässriger Kartoffelbrei. Dank Spinks' unorthodoxer Behandlungsmethoden war meine intellektuelle Leistungskraft ebenfalls ziemlich kläglich.

Als das purpurfarbene Zelt unter kaum verhohlenen Schluchzern bebte, kam mir dennoch die zündende Idee. Ich tätschelte ihr tröstend die Hand. »Ihr Projekt *wird* ein Erfolg.« Ich lächelte. »Nennen Sie es doch einfach *Gourmet-Rezepte aus der Gefängniszelle.*«

Ihr vergrämtes Gesicht glättete sich. »Ab-sooo-luut superb!«, hauchte sie.

Freudestrahlend tauchte sie die Hand in die Tiefen des Styroporbehälters. Mit einer eleganten Geste zog sie zwei Gläser und eine kleine Flasche heraus.

»Austern und Champagner. Zeit für eine klitzekleine Feier, finden Sie nicht?«

Danksagung

Unser Dank gilt unserer Freundin Irene Fekete, mit der unser Weg zum fertigen Buch begann, sowie unserer Agentin Frances Hanna von Acacia House Publishing, Brantford, Ontario, die über die Jahre fest an DJ Smith und Gorgonzola geglaubt hat.

Edith und Harry danken wir dafür, dass sie sind, wie sie sind.

Bei unseren Recherchen schulden wir unseren Dank:

Cherry und Ray Legg für ihr nautisches Fachwissen, insbesondere hinsichtlich der Eigenschaften von Schlauchbooten und Wasserleichen.

Linda vom Friseursalon Headstart in Joppa, Edinburgh, für ihre unschätzbaren Ratschläge zum heimtückischen Unterfangen laienhaften Haarefärbens und zur nachträglichen Schadensbegrenzung.

Elizabeth Scott, der wir unser solides Wissen rund um die Katze verdanken.

Diejenigen unserer Leser, die sich insbesondere für das Phänomen malender Katzen interessieren (oder die bloße Vorstellung abwegig finden), verweisen wir auf die erstaunlichen Kunstwerke in *Weshalb Katzen malen – eine Theorie der Katzenästhetik* von Burton Silver und Heather Busch.